言葉の位相

詩歌と言葉の謎をめぐって

Aki Tanioka
谷岡亜紀

角川書店

言葉の位相　詩歌と言葉の謎をめぐって　目次

Ⅰ

Ⅱ

Ⅲ

装画　泉谷しげる
装幀　間村俊一

言葉の位相

詩歌と言葉の謎をめぐって

谷岡亜紀

I

言葉の位相

1

とりあえず言葉の曠野へ

今回からこのコラムを連載することになった。名付けて「言葉の位相」。やや格好よすぎるタイトルかとも思うが、とりあえず志は高く、これでいくことにした。

位相とはごくざっくばらんに言えば「位置と様相」と翻訳できるが、もともとは高等数学の用語に起因するらしい。位相幾何学。トポロジーである。難しいことは分からないが、「位相」という語の原義は例の相対性理論などにおける「相対」という概念といくぶん関わるようだ。たとえばある物の大きさを言う時、単独では小さいとか大きいとか言えない。人間は東京タワーより小さい。ゴジラは東京タワーより大きい（と思ったが）、というように、ある基準というか定点を措定することではじめて、大きい小さいを言うことができる。これすなわち大きさの「相対性」。速さでも長さでも熱さでも同じである。言葉も同様に、それだけを周囲と切り離して単独で考えても、なかなか現場での生な姿は見えて来ないのではないか。歴史性や同時代性の中に置いて、そしてまた時には雑踏の中や酒席に置いて、立体的・相対的な位置を確認することが必要だと思う。

これはまた、短歌そのものについてもあてはまるだろう。ある作品について考えるとき、その歌が和歌短歌史全体の中でどのような「位相」にあるのか、和歌革新運動を定点としたときはどうか、現代短歌運動を基準にするとどうか、といった視座が最終的に必要だと言える。批評とはつまりその位置確認の作業である。当然そのような視座は、どの歌をよしとするかという選歌の基準にも要求されるだろう。

位相と同じような科学的な学術用語が文学の論文や批評に持ち込まれた例として、ベクトルやスパン、リニアなどといった言葉が浮かぶ。そうした用語にはどこか一九六〇年代の学生運動世代の匂いがある。たとえば吉本隆明。記号論理学という分野がある（私は大学の哲学の講義で齧ったぐらいで、もともと数学や科学と論理学とは親和性があるが、ひと頃そうした物言いが特に流行った時代があった。トートロジーとかアポリアとか、やたら難解な語が好んで使われた。「位相」もその尻尾にあると言えなくもない。ちなみに吉本自身はのちに、本当に理解していれば難解な用語に頼らず平易に書けるはず、ということで自著『言語にとって美とはなにか』を噛み砕いて書き直した。それでも私には難解だったが。

言葉に関する言説はとかく批判に晒されやすいが、私は、現場から、できるだけ自分の頭で考えてみたいと思う。学者・研究者ではない私（たち）もまた言葉の当事者であり、短歌というたいへんホットな、生きた日本語の最前線にいるのだ。

言語・言葉というものには、一定の〈遊び〉幅がある。無原則に運用すれば混乱するが、あんまり教条主義的に捉えると窮屈で息が詰まる。厳密さと曖昧さと。そのバランスを視野に入れながら、とりあえず言葉の曠野に旅立つことにする。

2 はじめに言葉ありき

仮名遣いや文法、さらには日本語発生学などを含めて、言葉に関する論考はなぜか批判に晒されやすい。たとえば大野晋の日本語タミル語起源説や、丸谷才一らの戦後の「国語改革」をめぐる批判の応酬など、かなり激しいやり取りがそこここで繰り返されて来ている。なんと言うか、誰かが何かの説を唱えると、必ず一斉にそれへの反論がされる感じである。それだけ言葉の問題はホットであり、また別の見方をすればファジーなのだろう。常に反論というか反証というか、説に該当しない例外が見つかるわけである。だから、特に私のような言語学の専門家でない人間は、疑問があっても敬して遠ざけたいという思いがないとは言えない。だが前回も書いたように、言葉は学界の専門家だけのものではない。言うまでもなく一人一人が当事者なのだ。

ましてや短歌は、やや身びいきをして言えば、日本語の現場の一番ヴィヴィッドな、最先端部分だと言えるのではないか。文語口語、新旧仮名遣い、直喩暗喩、古語、古典、押韻、本歌取り、枕詞、序詞、題詠……。しかもそれらは現代の話し言葉や新しいカタカナ語と隣接して用いられている。詩歌の中でもこれだけ広範に言葉の諸相に直面するものはない（と思う）。現在において文語文法や旧仮名遣いを（古典研究ではなく）生きた言葉として実際に使用しているのは短歌俳句だけと言ってよい。しかも名詞構文を基本とする俳句に対して、短歌は七七の長さの分だけ用言の使用頻度が高く、それだけ文法（とくに活用の問題）が大きなウエイトを占める。そのような短歌に日々関わる以上、私たちはどうしても言葉に無自覚ではいられないのだ。

まず問題は文法、である。しかも得意な人ほど落とし穴にはまりやすい面がある。ともすれば文法を硬直的に考えてしまうのだ。学校では、文法とは……という理念は飛ばして、始めに文法ありきといった教え方をすることが多い。だから中高生は文法を、言葉に先んじてあらかじめ決められた法律か憲法のように捉えやすい。本当は始めに文法……ではなく、言葉ありきなのだが。現場で運用されているそれぞれの言葉は、〈場〉や時代に応じて、常に曖昧に移ろい揺れている。文語文法も、特定の時代（平安時代）の特定の場所（京都周辺）の特定の階級（貴族を中心とした）に用いられた特定の言葉である。だがそうした曖昧さ＝相対性を強調すると学校の勉強としては具合が悪いだろう。第一、試験問題にできない。丸谷才一が言うように、言葉の問題は常に教育行政の問題と関わっている。まあそれには長短両面があるけれど。

思わず力んでしまったが、このコラムでは、特定の立場から主張や批判を展開するのではなく、われわれの言葉をめぐる状況がどのようになっているのか、さまざまな話題を拾う中で、問題の在処をポイントアウトすることを心掛けたい。その延長に、言葉の様々な「位相」を考えてゆく。

3 文語文法あれこれ

文法とは本来、言葉自体に先んじて存在する憲法や法律のようなものではないだろう。まずは言葉ありきである。たとえば短歌語法の基本とされる「文語」文法とは、平安時代の（限られた階級の限られた場所における）実際の言葉の運用を検証して、そこに法則性を見出だした規範と言うべきものである。もう少し細かく言えば「平安時代の言語体系を基本にして、奈良時代以前の要素を加味したもの」（安田純生『現代短歌のことば』）ということらしいが、平安時代の現場の言葉を基準として成立したものであることに変わりはないだろう。とすると万葉の時代の言葉は厳密には「文語文法」ではないわけである。だから「美し国（うましくに）」「ながながし夜」というふうな、終止形で連体修飾する例が上古には有り得たのだと理解すると、納得がいく。

平安時代は書き言葉と話し言葉がほぼ同じ、つまりほぼ言文一致だった（むろん文字が書ける都の一握りの階級に限られた話だが）という。「けるかも」とか「なりにき」とか喋っていたわけである。これもちょっと驚く。むろん話し言葉と書き言葉が全く同一だった、ということはないだろうが、「古今集」は「口語」歌集であった、と言っても間違いではないことになる。ちなみにイントネーションも、現在の標準語や東京言葉とは明らかに違っていただろう。当時は録音機がなかった！　ので断定はできないが、普通に考えれば京都弁や関西弁に近かったと考えるのが合理的だ。そういえば塚本邦雄さんは、古典和歌を関西弁で（例の甲高い早口で）読み上げていた。塚本の和歌短歌史観の根底には、東京はしょせん〈大田舎〉との思いがあった。いずれにしても、まず京都の周辺で貴族らを中心として話されている話し言葉があった。それを文章に写した書き言葉が用いられた。そしてその法則性を検証した文語文法が成立した、ということなんだろう。

平安時代の語法である文語文法が、その後これほどまで長く規範となった大きな理由は「源氏物語」と「古今和歌集」（以下、古今集）だろう。特に和歌の規範としての「古今集」の存在は絶大だ。だからこそそれに続く勅撰和歌集は「後撰集」「拾遺集」と名付けられた。あくまでも「古今集」の「後撰」であり、「拾遺」なのだ。そして「新・古今」「続・古今」さらには「新・続・古今」などという勅撰和歌集も生まれたのだった。「古今集」は、まこと長きにわたって和歌の手本であり元祖だった。その美的世界の神髄をわれわれは現在、花札に見ることができる。紅葉と鹿。

すすきと満月。花札をやくざな博打の道具と軽んじてはいけない。

だから「古今集」を手本とする和歌が、その語法である文語文法を貴び遵守したのはよくわかる。だが近代以降ではどうか。明治の和歌革新の理念は和歌的な世界の否定と革新だった。なのに、一方では「古今集はくだらぬ集」と言いつつ、相変わらずその語法を模倣することには、一つの矛盾、ねじれがある。和歌ではなく短歌を作る我々は、それをどう捉えるべきだろうか。

4　文語という迷宮

古文を読むのに、その規範言語である文語文法を基準とするのはまったく当然である。問題はいまを生きる我々が、いまの我々の生活に根差す「近代・現代」短歌を読み、作るときに、どこまで「文語」を絶対視するかである。ただし、明治になって登場した口語文法以外には、現実的に文語文法しか体系的な規範がないこともまた確かだ。我々が「口語文法」と呼ぶものは「国家を統一するには、日本のどこでも通用する話し言葉の制定がまず何より必要」（山口仲美『日本語の歴史』）との政治的・国家的理念から、いわば人工的に作られた言語体系である。ここにおいて我々は、文語か口語かというハムレット的二元論の中で懊悩することを運命づけられる。こんなことは和歌の時代の歌人にはなかった。古典学者・国語学者を除いては、近・現代歌人（と俳人）だけが、こんな手に余る問題に日々直面することになっている。これを理不尽と言うべきか、試練と呼ぶべきか。

文法の問題はとかく、「正しい」か「間違い」か、白か黒かという議論になりやすい。厳密さと柔軟さの加減が難しい。そのような中で私に大きな示唆を与えてくれたのは安田純生著『現代短歌のことば』（一九九三年刊）、『現代短歌用語考』（一九九七年刊）である。古代・中世和歌の研究者であり歌人である安田は、平安時代の言語体系を文語、後の時代にその言語体系を模倣した言語を山括弧つきの〈文語〉、と区別した上で、「文語の体系自体、学問的に完全に究明されつくしているわけではない。その朦朧とした部分を有する文語と〈文語〉を完全に一致させるのは、至難の業どころか、まずもって不可能であろう」と述べる。また〈文語〉（文語らしいもの、文語調）の誤用について、「『一般化している誤用といっても誤用である以上、正しいかたちに改めるべきだ』とまでいえるかどうか」と問題提起している。学問的に厳密であろうとすると、逆に柔軟に対処せざるを得ないところに、我々の〈文語〉の今がある。

安田が指摘する中でいくつか興味深い例を拾う。まず「恋ふ（う）」。これは平安時代に上二段活用であったものが中世以降四段活用に変化した。かつて塚本邦雄〈馬を洗はば馬のたましひ冴ゆるまで人恋はば人あやむるこころ〉がその点をめぐって話題となった、いわくつきの例である。あくまで文語文法ならば未然形は「恋ひば」。ちなみに命令形は「恋ひよ」。同じような例には「忍ぶ」

がある。これもあくまで文語なら「忍びば」「忍びよ」。上野不忍池は、文語文法なら「忍びずの池」となる。「死ぬ」は、ナ変が後に四段活用に変化した。文語ならば「死ねり」は誤用（ナ変動詞に完了の助動詞「り」は付かない）となる。「満つ」「生く」は四段から上二段に変化した。あくまで平安中期の文語では、「満つ時」「生く時」が正しく、「満つる時」「生くる時」は間違いとなるのだ。うーん。まこと〈文語〉とは巨大な迷宮である。

5　文語と口語

短歌などで現在用いられているいわゆる「文語体」の曖昧さを示す好例に「愛す」「訳す」「信ず」「感ず」等がある。「愛しし人」なのかそれとも「愛せし人」なのか。命令形は「愛せ」なのか「愛せよ」なのか。なかなか悩ましい。同様に「訳しし」か「訳せし」か、「信じし」か「信ぜし」か、「感じし」か「感ぜし」か……。

実はこれらはいずれもサ変（複合サ変）である。あくまで文語文法では、いずれも掲出例の後者が正しく、前者は「間違い」となる。周知のように過去の助動詞「き」の連体形「し」は、サ変の場合は未然形に付く。だが「感ぜし」「感ぜず」が正しく「感じし」「感じず」が誤りというのは、現在の我々にはかなり違和感がある。あまり難しいことを言わず、両方良しとしていいのではないか。「感じし」は「感ぜし」の一部口語化したもの（「感ぜ」の口語化した「感じ」＋文語助動詞「し」）とも考えられる。口語動詞ならば文語文法の関与からは離れる。

文語と口語の問題はなかなか興味深い。ここでごく簡単に整理してみる。まず平安時代にはほぼ言文一致だった（とされている）。ただしそれは京都を中心にしたごく限られた場所の限られた階級の話である。大多数の人は、それぞれの土地の言葉を喋り、読み書きはできなかった。いずれにしろ平安時代の権力者らの言語体系（文語）が規範となり、書き言葉（文章語）として受け継がれて行ったが、話し言葉はどんどん変化し、やがて書き言葉と話し言葉は絶望的に乖離した。明治政府は（藩の分立ではない）近代統一国家樹立と、その合理的統治のために、言語の統一と新しい書き言葉の流布（識字率の向上）を計り、やがて「共通語」「標準語」なるものを作った。いわば富国強兵のための国策である。国民の識字率を上げないと国力は上がらず、西洋に太刀打ちできない。そのためには庶民にもわかる（漢文調ではない）平易な書き言葉が必要だった。やがて時間をかけて言文一致は一つの達成をみたが、しかし今それからまた時が経ち、口語文法の内部で、書き言葉と話し言葉は離れ始めている。たとえば我々は既に「なのである」「であろうか」とは喋らない。それにつれて書き言葉も少しずつ変化し、堅い「論文調」は今や論文においても敬遠されつつある。

口語化において大きな役割を果たしたのは音便だろう。もともと音便は発音・発声の便宜性に基づいている（フランス語のリエゾンなどとも理屈は近い）。たとえば「行きて」が「行って」となり（促音便）、「赤し」が「赤い」となる（イ音便）。「にてあらむ」↓「であらん」↓「であらう」↓「であろう」↓「だろう」などは撥音便とウ音便が複雑に絡んでいる。思うに、口語化は連体形を一度経由すると考えられる。〈浴ぶ↓浴ぶる↓浴びる〉〈赤し↓赤き↓赤い〉。口語文法で終止形と連体形が同じなのは、こうした変化のルートを辿ったためと考えると納得がゆく。

6

「口語」夜明け前　1

元々は、文語とは書き言葉（文章語）、また口語とは話し言葉（会話語）の意味だが、現実はもう少し複雑だ。実際には次の三つのレベルの言葉が混在している。まず平安時代の語法を規範とした古い書き言葉である「文語」（文語文）、話し言葉を元に明治以降に作られた新しい書き言葉「口語」（口語文）、そして生活の現場で日常的に話される（文字通りの）「会話語」である。古代、日本には書き言葉（文字）がなかった。それで先進国である中国大陸の文字＝漢字を借りた。すなわち、わが国最初の書き言葉は中国語（漢文）だった。以後、漢文は長く正式文書として用いられ、それを読み書き出来ることが、エリートの条件ともされた。そののち中国の文字（漢字）から仮名が作られ、漢字仮名混じり文という形で、当時の話し言葉が文章語化された。これが文語ということになる。実にややこしいが、文語とは平安期における口語（口語文＝話し言葉に基づく新しい書き言葉の規範）だったのである。

やがて、その「新しい書き言葉の規範」は時代と共に古びて、日常的な話し言葉と大きく離れて行き、ついに明治になって再度の言文一致と「共通語」の必要が叫ばれた。以前書いたようにそれは、近代統一国家としてのアイデンティティを確立して、西洋列強に追いつくために、まず言語を統一する必要があるとの、国家政策によっていた。それまで恐らく土佐の言葉と薩摩の言葉とでは、ほとんど通じなかったのではないか。龍馬と西郷が会話できたのは、二人とも江戸言葉や京言葉という共通言語を知っていたからではないかと想像する。国家統制のために、まず言語を統一する。これは戦時中日本が台湾や朝鮮に強制したことであった。明治の口語政策もまた、一面ではそれに似た部分を持つとも言える。

山口仲美著『日本語の歴史』は、そうした文語と口語のせめぎあいと、文語から口語への移行過程を論じてたいへん刺激的であり、教えられることが多い。以下、要約しつつ紹介してゆく。

言語の全国統一は、まず話し言葉の統一から始められた。全国で通じる平易な話し言葉＝「共通語」の制定である（書き言葉が後回しになったのは当時の識字率と関係すると思われる）。いずれにしろ、そこでどのような言葉を基準とするかが問題となった。まず、新政府の主導権を握る薩摩や長州の言葉が候補となったという。世が世なら今頃我々は全員薩摩弁を喋っていたかも知れない。あるいは、もし龍馬が長生きしていたら土佐弁であったかも。ともかく様々な議論の後、東京の中流社会の言葉＝山の手言葉を基準とすることが法的に最終決定されたのは大正二年。明治新政府になってから実に四十五年かかったという。

そうした公的な動きの遅さに先んじて、新しい共通語としての口語を牽引したのは文学者だった。まず小説。さらに文語の牙城とも言える短歌でも、明治末から大正にかけて口語運動が大ブレイクしてゆく。

7
「口語」夜明け前　2

前回に続いて、山口仲美著『日本語の歴史』から、明治の「口語」成立の流れを追いたい。まず話し言葉の全国的統一（すなわち「共通語」の制定）が進められ、結局、東京山の手言葉を基準にすることに落ち着いた。そこでの紆余曲折に取材したのが、井上ひさしの戯曲『國語元年』である。むろん指針が決まってからも、共通語としての「口語」が実際に生活に定着するまでには、しかるべき長い歳月が必要だった。

全国共通の話し言葉のイメージが一応できると、次の段階としてその話し言葉に書き言葉を合致させること（言文一致）が大目標となった。前島密らは既に幕末において、書き言葉と話し言葉の隔たりが日本が遅れをとった原因の一つと痛感していたという。そこでまず問題になるのは、どんな文字表記をするかだった。まず出たのは、西洋に倣って表音文字だけにするという案である。いわば識字率向上の過激な特効薬である。西周らは日本語ローマ字化を唱えた。さらに漢字を全廃して仮名だけとする案、漢字数を思い切って制限した漢字仮名混じり文とする案など「議論百出」であった。このうち最も穏当だった、漢字制限を前提とする漢字仮名混じり文、という案に従って改革は進む。現在の当用漢字、常用漢字などの漢字制限もこの延長にある。ちなみに明治十八年にはローマ字を国字とすることを目指す「羅馬字会」が設立された。そこで言語学者チェンバレン（佐佐木信綱の師の一人として知られる）は、「ローマ字普及のためには、難解な漢語を廃して、話し言葉を中心にした言文一致の文章にすべき」と主張した。また福沢諭吉は早くも明治五年に、平易な文語文で『学問のすゝめ』を書き「普通文」の先駆となった。

口語の普及を牽引したのは文学だった。口火を切った二葉亭四迷は、自分の小説の文体について坪内逍遥に相談したところ、逍遥は「円朝の落語通りに書いて見たら何うか」と言ったという。三遊亭円朝。明治落語界中興の祖で、例の名調子『怪談牡丹灯籠』の円朝である。逍遥は円朝の「語り口のすばらしさに魅せられて」いたのだった。そして四迷は『浮雲』を書いた。また「山田美妙も、円朝の影響を受けて、言文一致の小説を書きました」と山口仲美は記している。なんと、われわれの「口語」の元祖は名人三遊亭円朝であった。こんな面白いエピソードが隠れていたとはオドレェタである。『日本語の歴史』には、四迷、美妙の後に「言文一致」に関わった文学者として萩野由之、高崎正風、尾崎紅葉、正岡子規、高浜虚子らの名が続く。運動は文学から新聞、さらに教育界へと広がっていった。そして最後に官報や公用語に及んで、言文一致運動は一応の達成をみた。

現在、地方の純朴な青少年も、少しかしこまると「標準語」もどきを喋る。テレビの圧倒的な影響力である。明治国家の大計、言文一致による全国統一は、皮肉にも最終的にテレビにより完遂されたのだった。

8 文法はむつかしい 1

私の経験からも、選歌や歌会、市民短歌講座やカルチャーセンターなど、歌の現場で出会う文法上の問題（あえて「間違い」「誤り」という言葉は避けておきたい）には、一定のパターンがあるようだ。逆に言えば、そこだけ押さえておけば、ほぼ文語文法と無難に付き合える要点でもある。

まず、過去の助動詞「き」（特にその連体形「し」）にまつわる問題。一番多いのは、たとえば

「晴れた空」の「た」の代用として機械的に「し」が使われる用例だろう。すなわち「晴れし空」。「き（し）」は過去（回想）の助動詞と言うぐらいで、最低限、一定の時間経過が必要とされる。今朝から「晴れし」空はまあいいとして（このあたり、どれだけの時間差があればいいかという問題も現在かなり微妙だ）、今現在の眼前の〈状態〉を言うのには使いたくない。目の前に積もっている雪を「積もりし雪」などと言うのも同じ。ただしこの助動詞「き」にはもう一つ、〈過去ではなく〉現在の発見・驚きを表す用例が指摘されている。その女性はなんと「エリスなりき」（森鷗外『舞姫』）といった形である。なお同じ過去の助動詞（伝聞過去）の「けり」も現在の〈気付き・驚き〉を示すことがあると丸谷才一は紹介する。「あ、今日は日曜日だったっけ」のケは「けり」の短縮形が現在に残るものという（『桜もさよならも日本語』）。現在の驚きや強調を示すのに過去形や過去完了を使うのは英語などでもよく見られる。それと同じだろう。「遅かりき」などは耳に馴染みがあるし、現代でも「遅かったか！」などと言う。

次に過去の「し」がサ変とカ変に付く場合。まず「せし」と「しし」。教科書的にはサ変は「せし」（為し）、四段（で語尾が「す」の動詞）では「しし」と使い分ける。「議論せし」「決闘せし」……。「残しし」「話しし」「乱しし」という具合に。ただし連体形が「議論せし」ならば、理屈としてはその終止形「議論せき」もあってしかるべきだが「為き」という用例にお目にかかったことはない。不思議だ。

次にカ変と結び付いた「来し」。これを「きし」と読むのか「こし」と読むのかなかなか悩ましいが、安田純生は「それは誤りだからよくないとか、こうしなければならないとか、いっているのではない」と断ったうえで、歴史的には「キシとならずコシとなるのが原則」だったと述べる（『現代短歌用語考』「越えてきし」）。なお、「来し」の終止形は、やはり理屈では「来き」だが、私は見た事がない。う〜ん。

過去の「き」の次に問題となるのが、完了の助動詞「り」。文語の完了の助動詞には「つ」「ぬ」「たり」「り」があるが、「り」が最もクセがあり、サ変に付く「せ（為）り」以外は四段動詞の已然形のみに付く（「思えり」等）とされる。下二段動詞に無理やり付けた「耐えり」「終えり」「植えり」「食べり」等々は、何よりも美学の問題としてみっともない気がする。

9　文法はむつかしい　2

教室などでよく見る形容詞の困った用例は「高けり」「美しけり」といった形。ややこしいが形容詞の活用は「けれ」か「かり」のみで「けり」は無い。「けり」は伝聞過去の助動詞で、形容詞に付く時は「高かりけり」「美しかりけり」となる。

一方、文語の動詞の問題例には、まず上二段・下二段活用の連体形の「る」抜きがある。たとえば「浴ぶる水」を「浴ぶ水」とする用例である。上二段・下二段動詞は口語文法とかなり違うので、どうしても混乱するのだろう。また同様に、「愛す人」（連体形は本来「愛する人」）など、サ変動詞の「る」抜きにもよく出会う。

ただしこれはあくまで文語文法を規範とした時の話である。「愛す人」は口語なら許容できる。少なくとも口語化して四段活用に変化した「愛さず」を可とするなら同じ四段型の「愛す人」も可とするしかないだろう。文語文脈で書かれた歌でも、一部に口語が混じる例は頻繁にある。

むろん自らあくまで文語表記を選択するなら、基本的にその規範に従うのは当然だが、問題は「規範」そのものがかなりファジー（曖昧）であることだ。これは言葉・言語というもの自体がファジーだからある意味では仕方ないとも言えるが。前に触れた「恋ひず」「忍びず」と「恋はず」「忍ばず」、「満つ時」「生く時」と「満つる時」「生くる時」のどちらを〈正しい〉とするかなどは、その顕著な例だと言える。「誤用」をどう捉えるべきか、どこからが「誤用」なのか、なかなか悩ましい。

安田純生は『現代短歌のことば』の中で「集めり」など、下二段動詞に、本来付かない完了の助動詞「り」が付いた「誤用」について、そうした例は中世では決して珍しくないと言い、「誤用であるとしても、九百年ほど前から存在した、いわば由緒ある誤用なのである」と述べている。その由緒ある「集めり」を排除し、一方では同じ中世以降の用例「恋はば」「死ねり」「満つる時」を〈正しい文語〉とするのは、考えてみれば変だ。言葉にも運不運（盛衰）があり、我々の文語観はかなり曖昧に刷り込みをされているようだ。ちなみに現在口語的に用いられる「やうに」は平安時代にも広く使われ、一方いかにも文語的に響く名詞「すぎこし」（＝過去）は「特殊な近代詩歌語」だとも指摘されている。

雑誌の特集などで「作歌のための文法入門」みたいなのを見る。そこには、これはこうと断定的に羅列するだけで、なぜそうなのか、例外はないのかといった探求がない。決まっているから、というのは読者も迷いがなくて楽だが、じゃあいつ誰が決めたんだろう。そこで思考停止しては文法の醍醐味には到達できない。「教科書文法」は本来、文法の入り口にしか過ぎないだろう。〈正しい文語文法〉とはひとつの幻想であり、文法とはもっとしなやかでやっかいで奥深いものだと思う。「一般に国語の先生は文法が好きでない」（『日本語の文法を考える』）。大野晋の言葉である。

10 誤用？

先日ある結社誌で「夢む」という結句の歌に出会った。「夢みる」の文語形として用いられた表記だと思われる。実際は「夢みる」は文語でも「夢みる」で、「夢む」とはならない。ただここに、いわゆる「誤用」の生まれるメカニズムのひとつが象徴的に現れており、興味を引かれた。

「夢みる」は「夢＋みる」の複合動詞。「みる（見る）」は口語文法でも文語文法でも上一段で、ほぼ同じ活用形をとる。終止形はどちらも「みる」。ちなみに、文語には上一段動詞は少ないが、同じ仲間として「着る」「似る」「居る」等がある。その一方でたとえば、系列の違う「落ちる」は文語では「落つ」（上二段）となり、「寝る」は「ぬ」（下二段）となる。「落ちる」は「落つ」、「寝る」は「ぬ」。であれば「夢みる」は文語では「夢む」となるはずだと作者は考えただろう。「夢みる」はいかにも口語調だ。つまりより文語的であろうとして誤用が生じている。そこがたいへん興味深い。われわれには何と言うか、文語と口語は基本的に違うはずだという思い込みがある。それが過剰に作用すると、ついこうした不思議な言葉が生まれるのだろう。同様に「試みる」は「試む」とはならず、「煮る」は「ぬ」とはならない。「用いる」は「用う」とは（本来は）ならない。いずれも文語上一段動詞である。

今の話でついでに思い出したが、息子が小さい頃、「落っこちる」と言うところを「おっこつ」と言っていた。当時は、ちょっと面白いと思った程度だったが、「落ちる」の文語形が「落つ」ならば、「落っこちる」の文語形は「落っこつ」（！）ではないか知らん。辞書的には「落っこちる」は関東地方の口語方言であり、文語という概念には必ずしもなじまないが、理屈としては「落っこつ」は十分通る。

話題はさらに移るが、私がたまに行く下北沢の鮨屋（回転式の）に「生けホタテ」という品書きがあり、いつも頭を悩ませていた。この「け」は、誤用？　「生きホタテ」ならば何も問題はない。「生きている（ほど新鮮な）ホタテ」という意味の「生きホタテ」。「生き霊」や「生き神」など連用形で名詞を修飾する例なら、いくらでも馴染みがある。「通り雨」「走り梅雨」「遊び人」などと同じ形である。だが、考えてみれば「け」の例もいろいろ浮かぶ。「生け垣」「生け贄」「生け花」「生簀」「生け造り」……。文語動詞「生く」には自動詞と他動詞がある。現代に言う「生きる」と「生かす」。口語なら違いがはっきりしているのだが、文語だと終止形は同じ「生く」で、活用の形で自動詞と他動詞を区別している。そこにややこしさがある。結論から言うと、「生けホタテ」は、下二段活用の他動詞「生く」（生かす、生かしておく）の連用形が「ホタテ」に接続したものと考えられる。なるほど。ただ生きているのではなく、技によって「生かしている」というところに（回転式ながら）鮨職人さんの心意気があるわけだ。

11 文語ワンダーランド

前回、文語の上一段動詞について書いた箇所で、〈「用いる」は、文語文法でも、「用う」とは本来はならない〉と述べた。スペースの関係で省略したが、あえて「本来は」などという書き方をしたのには理由がある。「用いる」を辞書で引くと、次のような興味深いことが書いてある。「用いる」＝モチヰル。他上一。元来は「持ち率る」の意味でワ行上一段活用だったが、平安中期以降にハ行転呼の現象が生じてヰ・ヒが混同し、「もちひる」とも記されるようになった。さらにハ行上二段にも活用するようになった。またイ・ヒ・ヰの混同により中世以降はヤ行にも活用した。云々。つまり旧仮名遣い表記では「もちゐる」が本来であるものの「もちひる」も誤用とまでは言えず、さらに元々の形であるワ行上一段の「用ゐる」から、ハ行上二段の「用ふ」（新仮名遣いならば「用う」）、そしてついにはヤ行の「用ゆ」まで許容範囲となったというのだ。こんな話を聞くと、今後どのような表記を「用いる」べきか悩んでしまう。うーん。文語恐るべし。

もう一点、やはり前回述べた「生けホタテ」か「生きホタテ」かという話と関連して、ひとつ思い出したことがある。「生けるしかばね（屍）」という言葉である。この「け」はどうだろう。「生きている」という意味であれば、文法的には「生くるしかばね」が正しいのではないか。まさか生け花を「生ける」ように死体を生けるわけではないだろう。それだと猟奇ホラーかスプラッター・ムービーである。

結論から言うと、「生ける」「生くる」両者とも有り得る。「生けるしかばね」の「生ける」は、動詞「生く」の已然形＋完了の助動詞「り」の連体形である。終止形は「生けり」。だが、完了の助動詞「り」は、サ変（の未然形）と四段（の已然形）にしか付かないはずでは。そう、思い出してほしい。動詞「生く」は平安期には四段活用で「か・き・く・く・け・け」と活用したのだった。われわれが〈正しい文語〉と思い込んでいる「き・き・く・くる・くれ・きよ」という活用（すなわち上二段活用）は、平安末期以後の変化形だった（「生くるしかばね」はそれに従った、中世以降の用法＝上二段活用の連体形、である）。そのあたりの事情を、ふたたび安田純生著『現代短歌のことば』で、最後に確認しておきたい。

古く「生く」は四段活用であった。四段から上二段に転じ始めたのは平安時代の末ころだといわれている。（中略）したがって、「生きむ」「生くる何々」とするよりも「生かむ」「生く何々」とするほうがオーソドックスな文語表現だといえる。

都にも恋しき人の多かればなほこのたびは**生かむ**とぞ思ふ

尼になし給ひてよ。さてのみなむ**生くやう**もあるべき。

（『源氏物語』「手習」）

（藤原惟規『後拾遺集』巻十三）

（安田純生『現代短歌のことば』「集めり」）

12 文語と口語、まとめとして 1

これまで文法の問題、文語と口語の問題を辿ってきたが、書きたいことはそれ以外にも山ほどあるので、一応この辺りでひと区切りということにして、簡単におさらいとまとめをしておきたい。

まず文語文法の規範である平安時代はほぼ言文一致だった。だから「古今集」は一方では口語歌集であるという言い方もできる。「口語」の意味は、当時の話し言葉をほぼそのまま仮名文（といっても、実際には漢字仮名まじり）による和文（国文）で表記したということである。当時の話し言葉といっても、実は限られた地域＝京都周辺、の一握りの階級の言葉だが。であるにしても、和歌を音読するときは、正確を期するなら京都弁のイントネーションで読むべきではないか。実際にはNHK教育放送などでも現代風な東京言葉（標準語）のイントネーションで音読している。そういえば源氏物語なども。あれってどうなんだろう。まあいずれにしろ、では当時の正式な「文語」は何か。「仮名」に対する「真名（まな）」、すなわち漢文（当時の先進国である中国の言葉）である。例の、平安時代の日本最初の仮名文日記である「土佐（左）日記」。貫之のあの「男もすなる日記といふものを女もしてみんとてするなり」というへんてこな書き出しは、明らかに日常的な口語体＝仮名文への照れだろう。もともと男は、日々の備忘録や仕事の覚書として漢文による簡潔な「日記」を付ける習慣があった。いわば公的・社会的な日記である。漢文は〈公〉的権威であり、いっぽう仮名＝口語は〈私〉、すなわちプライベートな心情の吐露だった。だからどうしても私的な日記や歌の場合は仮名書きの必要があった。

それにしても現代にいう「文語」文の代表格たる古今集が「口語」歌集……。なぜそんなややこしいことになるのか。それは、広義の文語（文章語）・口語（会話体）と、狭義の文語（平安時代の語法に基づく伝統的な言語体系）・口語（明治以降に作られた新しい言語体系）と、その二つの意味が、現在、並立し錯綜しているからである。

時代が下り、平安時代の言語体系から話し言葉が徐々に離れて行った。それには政治の中心が関東に移ったこと、貴族の時代から武士の時代になったことも、おそらく影響しているだろう。そして平安語法は書き言葉の伝統的規範「文語文法」として残り、一方明治政府の国策として、言文一致の新しい国語＝「口語文」が作られた。

そうした新国語制定と連動して、近代歌壇における言文一致を目指す「口語短歌」が生まれてきた。その経緯については随分昔、二十代半ばの頃「心の花」に長いものを書いた（「検証・口語短歌」『〈劇〉的短歌論』所収）のでそちらに譲るが、明治三十九年の「最初の口語歌集」青山霞村（草山隠者）『池塘集』以来、啄木の平易な文語口語混交体を経て、大正から昭和初期の口語短歌（新短歌）運動の盛り上がりに繋がってゆく。しかしその自由な「反伝統」運動は、戦争へ向かう窮屈な世相の中で、潮が引くように一度衰退して行った。

13
「夢む」再考

少し前に「夢む」という不可思議な言葉を取り上げ、「より文語的であろうとして誤用が生じている」と書いた。それについてある方から、「夢む」は手元の辞書に出ているとご質問があった。そこで正確を期するために、図書館でありったけの古語辞典、国語辞典等々に当たってみた。

まず古語辞典には「夢見（ゆめみ・ゆめみる）」「夢に（を）見る」「ゆめ見る」等は出ているが、「夢む」は、ただ一冊を除いて掲載されていなかった。私が発見できた唯一の例は『角川古語大辞典』（全五巻）で、「ゆめむ」の項目を立てて「『ゆめみる』を擬古的に一語化したもの」と記されていた。次に国語辞典、国語大辞典。こちらでは約半数に「夢む」が掲載されていた（ちなみに時枝誠記、金田一春彦らの編纂した国語辞典にはどれも取り上げられていない）が、取り上げられている辞典でも、いずれも「（自上二）『夢見る』に同じ」と大変そっけなく、用例もほとんどに記されていなかった。例外的に用例が豊富だったのは小学館『日本国語大辞典』（全十三巻）で、例示されていたのは尾崎紅葉『続々金色夜叉』、石川啄木『雲は天才である』、さらに国木田独歩、高村光太郎、田山花袋である。先の「『ゆめみる』を擬古的に一語化したもの」という解説と併せ読むと、近代に流通した擬古典語（古語もどき、あるいは文語もどき）という姿が見えて来る。ちなみに『大言海』（全四巻）には「前條ノ語（＝ゆめみる）ノ転訛」と書かれている。「転訛」。ありていに言えば、「夢む」は「夢見る」の訛ったものであり、習慣的な誤用（と言って悪ければ変化形）が、近代になって通用例として一部の辞書で認知されたもの、ということになる。繰り返しておくが、「誤用」の意味は、あくまで文語文法（＝平安語法を規範とした文章語）に合致しているか、いないか、ということである。それ以上でも以下でもない。

さて問題はここからである。一部の辞典には認知（追認）されている「夢む」を、使うか使わないか。べつに短歌に「正しい」文語文法（＝「正しい」平安時代の言葉）以外は使ってはいけないという決まりは何もない。たとえば口語。たとえば方言。また縷縷このコラムで強調して来たように、「文語文法」には元々グレイゾーンがたくさんある。だから「夢む」を良しとするのも一つの見識ではあるだろう。だが、私は（あくまでも私は）使わないだろう。「夢む」を認めることはその連体形「夢むる時」というへんてこな日本語をも認めなくてはならないからである。それは、私はいやだ。

結局、前にも書いたようにここから先は美学の問題になるだろう。さらに言えば、短歌という「言葉の先端」にいる以上、言葉の運用に、最終的には自分自身で多少の責任を取る覚悟が必要だと思う。その判断基準として、まずはそれぞれが、可能な限り調べることが大切だ。「文法の醍醐味」は、その先にのみ拓けてゆくのだから。

14　文語と口語、まとめとして　2

考えてみれば、文語だ口語だと日々悩んで来たのは、世に近現代歌人（と俳人）ぐらいである。渦中にいるわれわれはそれが当たり前だと思っているが、客観的にみればかなり奇妙な眺めだろう。歴史的にも、言文一致とされる平安時代には、口語／文語の悩みはなかった。時代が下って、その時代時代の言葉と平安語法とが離れて行っても、「古今集」を元祖というか規範とする王朝和歌の伝統にあっては、平安語法を遵守することに何ら矛盾はなかった。錯綜は、明治の和歌革新運動において、一方では「古今集はくだらぬ集」と言い、和歌からの脱却を企図しつつ、用いる言葉においてはその古い文法を踏襲した時点で始まった。ごく乱暴に言えばだが。本来は和歌革新運動では、まっ先に用語改革の徹底（つまり言文一致＝口語化）をすべきだったかも知れない。少なくともその時点が、文語／口語のねじれを解消する最大のチャンスではあった。だがそうはならなかった。まだその段階では、明治新政府の国策である、言文一致による新しい国語（口語文）の制定作業が、追いついていなかったのだった。それで現在まで、なんとなく曖昧なまま来てしまった。もちろん幾度かの口語短歌の盛り上がりはあった。特に小説などの言文一致運動と連動した、大正から昭和初期の新興（口語）短歌の隆盛は特筆される。だが小説はじめほぼすべての文章がついには口語化を完遂したのに対して、短歌だけはそうならなかった。

このように書くと強硬な口語化推進論者のように聞こえるかもしれないが、違う。実際に歌を作る場面では、文語脈ならではの利点を感じることも多い。私の現時点での個人的な立場は、いわばソフトな文語脈を基本としつつ、時に口語を織り交ぜる折衷派、柔軟派である。いや私だけではない。現在多くの歌人がそのような現実的な選択をしている。そこに短歌の現在がある。

文語を用いる上での最大のネックは、上二段・下二段動詞の扱いだ。浴ぶ・浴ぶる、始む・始むる、食ぶ・食ぶる。その終止形と連体形は、現在かなり奇異に響く。さらに「飛び跳ぬ（る）」「夕焼く（る）」といった複合動詞になると、奇異な感覚はいよいよ強まる。「引っ掛ける」なんていう語を無理に文語にしようとすれば終止形は「引っ掛く」、連体形は「引っ掛くる」である。「おもしろ過ぎる」「楽し過ぎる」の終止形に至っては「おもしろ過ぐ」「楽し過ぐ」……まさにおもしろ過ぎる。

いずれにしても、上二段・下二段動詞が口語と文語の落差を最も印象づける。もともと四段動詞（走る、話す……）、上一段動詞（見る、似る、居る……）などは、口語／文語の差はほとんどない。カ変、サ変はともかく、ナ変、ラ変は、数自体が少ない。だから上二段・下二段動詞をクリアーすれば、短歌の文体上の［古めかしさ］はぐっと軽減される。私自身は、始む→始める、食ぶ→食べる、という形で、その部分のみ便宜的に口語を用いるようにしている。それが一番よい方法かどうかはわからないが、しかしそうした折衷型の時代が、今後いよいよ加速してゆくことだけは間違いなさそうだ。

15　仮名遣いをめぐる冒険　1

短歌においては、文語／口語という文法の問題と並んで、旧仮名／新仮名という仮名遣いの問題が、話を非常にややこしくしている。定型による音数制限と併せてこの三つを「短歌の三重苦」と呼ぶ人もいるらしい。というのはもちろん冗談だが（少なくとも定型は恩寵である。短歌形式を苦と考えるならば、もともと短歌を選んでいない）、ではわれわれは仮名遣いの真実について、どれだけ知っているだろうか。仮名は、いつどのように成立したのだろうか。そもそも仮名とは何なのだろうか。

「仮名」とは「仮」の「名」である。名は言葉・文字のこと。では仮（借り）ではない言葉・文字は何か。「真名（まな）」、すなわち中国の言葉であるところの漢文である。かつて日本（という概念がどのあたりから成立したかも大きな問題だが）には、言葉（話し言葉）はあったが、残念ながら文字がなかった。それで当時の先進国・中国の文字を借り、さらにそれをアレンジして仮名（片仮名、平仮名）が生まれた。ご本家に対して、それを崩した文字は略式であり借り物であるという意識が、仮名という語には反映されている。ちなみに、片仮名の「片」も〈完全でない〉という意味がある。いずれにしろ、日本最初の書き言葉は漢文だった。長くそれは正式な公用語であり、漢籍に通じることはエリートの重要な条件であり続けた。仮名の成立の背景にはまずそのような事情があった。

ここで仮名の成立史を山口仲美著『日本語の歴史』、および『日本文芸史』1〜3巻を参照しつつ整理してみたい。後者は古橋信孝、藤井貞和氏らの企画・編集による文学研究必携の書というべきもので、現在「心の花」に「古歌を慕う」を連載されている森朝男先生も執筆しておられる。

さて、漢文が唯一の書き言葉であった時代のあとに「万葉仮名」が生み出された。これは、楷書または行書で書かれた漢字の音訓によって日本語を表記するものである。たとえば「八間跡」（大和）。たとえば「名津蚊為」（懐かし）。たとえば「奈尓波都尓佐久夜己乃波奈」（難波津に咲くやこの花）。日本語の発音に一対一で漢字を当てていることがわかる。中には「相見鶴鴨」（あひ見つるかも）なんていう楽しい例もあるけれど、基本は一対一である。ただしその漢字は一種類ではなかった。「あ」なら、安のほかに阿、愛、亜、悪……。たくさんあり、これが後の「変体仮名」に繋がってゆく。

ところが、本来の漢字と万葉仮名とを一つの文に混ぜて使うと、どこが本来の漢字でありどこが万葉仮名なのか判りづらい。そこで日本語の音に対応している仮名の部分だけを崩して書くようになった。それが「草仮名」である。そしてそれをさらに崩していってついに「平仮名」が生まれた。すなわち漢字の元の意味を完全に離れた、純粋な〈表音文字〉の完成である。なお現在のように一音に対して一つの仮名に決まったのは、なんと明治三十三（一九〇〇）年！　になってからであるという。

16　仮名遣いをめぐる冒険　2

仮名遣いの成立過程を、『日本文芸史』その他をもとに再確認しつつ、先に進みたい。本邦最初の文字（書き言葉）である漢字が入って来たのは、四世紀末頃であったらしい。「王仁（わに）」という渡来人が『論語』などをもたらしたのが最初であるという。『論語』。日本人が最初に接した文字は、なんと『論語』だった。ではそれ以前に日本には文字はなかったのか。実は、平田篤胤ら近世の国学者が、漢字渡来以前の日本固有の文字の存在を主張している。称して「神代文字」あるいは「日文」。ただこれは私の目から見ても、ハングル文字の粗末な模倣にしか見えない。国粋主義的な人々にとって、わが国が固有の文字を持たず、中国から借用したという事実を認めることは屈辱だった。その涙ぐましい心情を思う。まあ現在でも、漢字を日本固有の文字だと素朴に思っている人は少なくないが。

中国の漢字が表音文字として使用されて万葉仮名となり、それが草仮名に崩され、さらに平仮名となった。これは前回述べた。その一方、漢文および「変体漢文（漢式和文）」は、長く仮名よりもステイタスの高い公式な書き言葉であり続けた。中国語の語順で表記される漢文に対して、「変体漢文（漢式和文）」は、漢字だけを用いながらも日本語の語順に近い書き方をしたものを言う。漢文の日本流アレンジである。

ところで仮名文字の運用規則である「仮名遣い」はいつどのように成立したのか。この問題もなかなか深い。実はわれわれが「旧仮名遣い」と呼ぶ、伝統的な仮名文字運用の規則・規範が確定されたのは、なんと江戸時代（！）である。「旧」仮名遣い、「歴史的」仮名遣いと言うけれど、わりと最近のことなのだ。えっ、まさか。

仮名文字の運用規則である「仮名遣い」。その制定に、最初に大きな役割を果たしたのは、われらが藤原定家である。定家は、歌人、歌論家、和歌指導者、官僚であるのみならず、古典の発見蒐集・研究・編纂、さらには国語学（あるいはまた歴史の記録や書道まで）において多大な成果を残したマルチ人間だった。定家が整理・策定した仮名遣いの法則は、「定家仮名遣い」と呼ばれる。それまで実は仮名の運用には特に普遍的絶対的な規則がなく、かなりアバウトなものだったらしい。いわば、難しいことは言わず話す通りに書けばいいという感覚か。たとえば平安時代にも（一定の暗黙の了解はあっただろうが）法律のような厳然とした規則が先んじてあったわけではないようだ。文語文法もそうだが、あくまで現実・現場が先であり、法則性の発見や整理、規範化は後付けである。だから、常に一定のグレイゾーンは残って当たり前なのだ。こうした言語自体の持つファジーさ（曖昧さ、可変性）を理解しないと、議論はすぐに硬直した原理主義に陥ってしまう。

「定家仮名遣い」は行阿の『仮名文字遣』という書物によって増補され、江戸時代に契沖がその誤りを正して仮名遣いの規範を確定するまで、広く信奉されてゆく。

17 仮名遣いをめぐる冒険 3

　仮名文字の運用規則である「仮名遣い」。その整理・策定に最初に大きな役割を果たしたのは藤原定家だった。それは前回書いた。それまでももちろん「仮名」は用いられていたが、その運用の規則「仮名遣い」は厳密に定められておらず混乱があった。アバウトだったのである。やっと鎌倉時代に定家によって、遅ればせながらというか、その一つの規範が作られた。この「定家仮名遣い」は、行阿の『仮名文字遣』という書物によって増補され、広く信奉されてゆく。だがそれも、残念ながら完全ではなかった。江戸時代になってその誤りを正して仮名遣いの規範を確定したのが、水戸黄門の時代の僧・国学者・歌人である契沖である。その書の名は『和字正濫鈔』。同書においてやっと、我々が「旧仮名遣い」と呼ぶ仮名運用体系が完成されたと言える。元禄八（一六九五）年のことだった。

　そしてそれからわずか二五一年。仮名遣いにとって革命的なことが再び起こる。昭和二十一年の「新仮名遣い」（内閣告示では正式には「現代かなづかい」）の制定である。何せそれまで用いたり学校で教えたりしていた仮名の運用の約束を、一気に新しいものに変更すると政府が言い出した（というか強制した）のだった。教科書も新聞も出版物も個人的な手紙も何もかも、ともかく今日から新しい言葉遣いで書け、というわけである。今の世なら暴動になるだろう。こういう大改革というか革命は敗戦時というドサクサだからできた。「一億総懺悔」「古いものはすべて悪」という時代の気分が、それを後押ししただろう。思えば明治政府による口語文法（＝新国語）制定も、明治維新というコペルニクス的転回と連動して企図された国策だった。こういった荒技は平時にはまず無理である。

その「新仮名遣い」への改変の基本理念は〈仮名とはあくまで発音を表す表音文字である〉という原点に立ち戻ることにあった。一例をあげれば現在「ぢ」と「じ」はともに、日本語ローマ字表記におけるＺＩ（またはＪＩ）と発音し、「づ」と「ず」はともにＺＵと発音しているが、当初はそうではなかった。「ざ」行のZ音に対して、「だ」行はすべてD音、つまり「ぢ」はＤＩ（ディ）、「づ」はＤＵ（ドゥ）と発音していた。発音が違うからこそ仮名表記が「ぢ」と「じ」、「づ」と「ず」二つに分かれているのだ。

ところがいつからか発音が変化して、現在のように「づ」も「ず」も同じZ音系列の発音になってしまった。そうなればもはやＤＵという発音を表す仮名「づ」は必要なく、本来のＺＵに対応する「ず」だけでいい、また表音文字という原点からもそうすべきである、ということでなされたのが、「新仮名遣い」への広範な変更だった。「ゐ」（ＷＩ）から「い」（Ｉ）への変更、「ゑ」（ＷＥ）から「え」（Ｅ）への変更、「ふ」（ＦＵ）から「う」（Ｕ）への変更も然り。つまり簡単に言えば、ずれてしまった発音を現状に合わせる（可能な限り近付ける）、というのが、この昭和二十一年の国語大改革の骨子である。〈仮名とはあくまで発音を表す表音文字である〉という理念がそれを支えた。

18　番外・「龍馬伝」外伝

今回は番外編として、仮名遣いから離れて少し脱線することにした。といっても一応、言葉や歌に関わる話題である。

私の故郷高知を舞台としたNHK大河ドラマ「龍馬伝」が、いよいよ（二〇一〇年十月現在）佳境に入ってきた。毎週楽しみに観ているが、少しだけ気になることがある。土佐の方言が時々微妙だ。NHKは「言葉」に自負を持っており、しっかりした方言指導者もいるはずだが、方言に対して現在どういうスタンスを取っているのだろうか。「××しちゅう」「××ぜよ」「××やき」。役者はそれなりに頑張っているし、これ以上厳密な方言にすると意味が取れなくなるだろう。それはわかる。時代物と言っても結局現代のドラマであり、標準語に方言をミックスしたような言い回しは、まあ仕方ないだろう。ただイントネーションはどうか。たとえば「サカモト」。ドラマではこれを現代の標準語風に平板に発音しているが、高知では現在でも「サカモト」と頭に強いイントネーションを置いて発音する。「イワサキ」然り「ナカオカ」然り。さらに土佐弁よりメジャーな？　京都弁、関西弁のイントネーションも、時々東京風にひっくり返る。そのあたりのことをＮＨＫはどう捉えているだろうか。ちなみに高知出身の広末涼子の土佐弁はさすがだった。蛇足だが、高知市内の中学で広末さんに英語を教えたのは、私の高校の同級生である。

土佐弁はいわばネコ語とネズミ語のミックスに聞こえる。語尾に頻繁に「にゃあ」と「ちゅー」が付く。「寒いにゃあ」「こごえちゅー」てなもんである。

ＮＨＫの話に戻るが、以前にもここで書いたように、今や高知（を始め地方）の純朴な青少年たちも、少しかしこまれば標準語もどきをしゃべる。テレビの圧倒的な影響力である。言ってしまえば現在、日本語の未来を握っているのはテレビであり、そのもっとも良心的な防波堤はＮＨＫである（と思われる）。イントネーションを含めて、特に子供たちへの影響力は絶大だ。日本語はテレビを模倣する、のである。これは実は凄いことだし、一面怖いことでもある。もしテレビが「ラ抜き言葉」を一斉に解禁すれば、瞬時にそれが日本語のスタンダードとなるだろう。そこには微妙にファッショの匂いがある。杞憂だろうか。

先日「龍馬伝」に、京都の公家・三条実美が天皇の側近として登場していた。さらに高崎正風と少年時代の吉井幸蔵も。三条実美は公卿、政治家であると同時に、堂上派の旧派歌人として知られる。高崎正風は旧派の代表歌人であり初代御歌所所長。佐佐木信綱の『思草』に序文を寄せている。吉井幸蔵は薩摩藩士で、父の維新の功績により伯爵位を得て、帝国水難救済会会長などをつとめた。吉井勇の父である。

又あふと思ふ心をしるべにて道なき世にも出づる旅かな　坂本龍馬

龍馬の父は土佐の万葉学者・鹿持雅澄の門下、また祖母は土佐の国学者・井上好春の娘であり、姉・乙女にあてた書簡その他に龍馬の歌二十数首が残されている。

19　仮名遣いをめぐる冒険　4

これまでに、〈仮名とは発音を示す表音文字である〉という原点の確認まで話が進んだ。ではもともとはどのように発音していたか。たとえばハ行。これはＦ音（さらに古くはＰ音）で発音していたことが知られる。ハヒフヘホは唇を一度合わせて、ＦＡ（ファ）ＦＩ（フィ）ＦＵ（フ）ＦＥ（フェ）ＦＯ（フォ）。だから有名な例だが「母」はＦＡＦＡ（ファファ）と発音されていたらしい。

そのさらに前はPAPA（パパ）だった！「思ひ」はO・MO・FI（オモフィ）と発音していたらしい。ワ行はどうか。ワヰ（ウ）ヱヲ〔わゐ（う）ゑを〕はW音系列で、WA（ワ）WI（ウィ）WE（ウェ）WO（ウォ）。では濁音はどうだったか。たとえば、前にも述べた通りダ行はD音。DA（ダ）DI（ディ）DU（ドゥ）DE（デ）DO（ド）。だから「あぢさゐ」は、A・DI・SA・WI（ア・ディ・サ・ウィ）と発音していたのだった。逆に言えばもともとそう発音するからこそ、それに対応する表音文字「ぢ」「ゐ」が用いられたのである。仮名遣いの原点はまさにここにある。

山口仲美『日本語の歴史』によると、上代（奈良時代とその前後）には、母音がAIUEO以外にさらに三つ、合計八つもあり、日本語で用いられる音数は清音六十一音、濁音二十七音もあったらしい。たとえば「恋＝こひ」の「こ」と「声＝こゑ」の「こ」は別の発音がされており、それを表記する万葉仮名も（当時ひらがなはまだなかった）厳密に使い分けられ、決して重なることがなかったという。それを突き止めたのは国語の歴史的研究の開拓者の一人・橋本進吉である。その複雑な発音が長い時をかけて徐々に整理統合され、一部の発音は廃れ、戦後に制定された新仮名遣い（現代かなづかい）ではついに清音四十四文字（音）、濁音十八文字（音）となった。ただし、その他に「ぱ」行や拗音、撥音（ん）などあるが（ちなみに山口謠司著『日本語を作った男　上田万年とその時代』では、清音四十六音、濁音二十三音、拗音三十三音の合計百二音が現代日本語の音韻数であるとしている）。いずれにしても、いやはやである。

繰り返すが、「旧」仮名遣いから「新」仮名遣いへの変更の基本理念は、いま現在流通している発音に表記を近付けることにあった。「あぢさゐ」はある時期からA・DI・SA・WI（アディサウィ）ではなくA・JI［dzi］・SA・Iと発音されるようになった。「思ひ」はO・MO・FI（オモフィ）からO・MO・Iという発音に変化した。だからそうした発音に実質的に対応する「あじさい」「おもい」という仮名表記に移行させたのだった。これを逆から考えると、現代に旧仮名遣いを用いるとは、（あくまで理屈上は）それが指し示す古代人と同じ古い発音を選択するということになる。〈仮名とは表音文字である〉とは、仮名が発音を逐一指定しているということである。その原点からするならば「あぢさゐ」と仮名表記するという行為は、現代風なAJISAIではなくADISAWI（アディサウィ）という発音を選択するという意思表示に他ならない。理屈上はそうなるのではないだろうか。そうした発音発声への配慮抜きに旧仮名遣いを使うのは、一つの矛盾をはらむ。このことを現代の歌人はどう考えるべきだろうか。

20　仮名遣いをめぐる冒険　5

仮名とは発音を示す表音文字。くどいがこれが出発点である。だから旧仮名遣いを用いることは（理屈上は）その仮名が示す古い発音を用いるということになる。青を「あを」と書くことは、AWO（アウォ）と発音せよという表音指定に他ならない。たとえば釈迢空の歌集『春のことぶれ』に「ゑいとれす」という不思議な言葉が出て来る。「ゑ」はワ行なのでWE。すなわちこの語はウェイトレス、と発音する。迢空は旧仮名遣いの発音をしっかり意識しているのである。ちなみに私の故郷高知には、旧仮名遣い当時の古い発音が、現在もいくつか残っている。たとえば「水」。若年層はどうだか知らないが、ある程度上の年代の人は（中には我々世代でも）今もまだこれを「みづ」すなわちMIDU（ミドゥ）と発音する。「月」の「つ」は、現在のTSU（ツ）ではなくTU（トゥ）と発音する。ミドゥ、トゥキ。これだけで高知出身者かどうか、およそ見分けることができる。いや本当の話である。どうだろう。短歌における旧仮名／新仮名の議論には、そうした、本来基本であり出発点であるところの発音発声の観点が抜けていないだろうか。

現在、短歌が直面する旧仮名遣いのややこしさも、まさに「表音」文字という部分に起因する。現場の発音に基づいているので明確な法則性がない。「青」に何故「あを」と仮名を振るかと言えば、古い時代に単にそう発音していたからである。現実が先であり、そこに法則性は生じようがない。場当たり的だからこそややこしい。

だが次第にその発音も変化し始める。いくつかの古い発音は早く平安時代から変化を始め、それ以降も様々な発音が時代につれて段階的に変化した（白石良夫『かなづかい入門』）という。しかし、書き言葉は規範性が強いので、おいそれとは変化しない。そこにズレが生じる。フットワークがよく現場に密着して軽やかに変化する話し言葉と、いかめしく保守的な書き言葉。前者は「本音」に、後者は「立前」になぞらえることも出来そうだ。本音は〈私〉に、そして立前は〈公〉に対応する。文法でも仮名遣いでもそうである。われわれはプライベートではくだけた話し言葉を、そしてかしこまった席では硬い文章語的表現を用いている。だがあんまり本音と立前が乖離すると、さすがによろしくない。その乖離を解消しようとしたのが、文法では文語文法から口語文法への大改革であり、仮名遣いでは、旧仮名遣い（歴史的仮名遣い）から新仮名遣い（現代仮名遣い）への一大改革だった。

だが、およそどのような改革でも、完璧ということはなかなかない。「改正」と銘打たれて成立した新仮名遣いにも、どうしてもいくつかの矛盾点や錯綜部分が見えてくる。それを現在急先鋒として批判している一人が丸谷才一である（その主張は、いつかまた後で触れる）。一方で旧仮名遣いについても、表記と発音とのズレという決定的な問題以外にも、現在あえて用いるに当たっての、いくつかの混乱や具合の悪さを指摘することができる。一長一短、完璧な打開策がない以上、じゃあどうしようか。ここにアポリア（難題）がある。

21 仮名遣いをめぐる冒険 6

旧仮名遣いにおける仮名文字と発音との乖離を可能な限り縮小するために、戦後の昭和二十一年に内閣告示によって制定されたのが、新仮名遣い（現代仮名遣い）である。だが、この改革によってかえって生じてしまった錯綜や不都合もあった。

まずごく素朴なクエスチョンは、仮名と発音との合致という基本理念から外れる例外を一部残したことである。〈おばあさんは川へ洗濯をしに……〉。この「おばあさんは」の「は」を我々はＷＡと発音する。こうした、（語頭以外の）ハ行音の発音がワ行音になる現象を「ハ行転呼音」という。たとえば「思ふ」。これなどもハ行転呼によって発音がワ行に変化したと考えられる。だから仮名改革では、変化した発音に対応する「思う」（「う」はワ行の「う」）という表記に改めた。しかし一方で「おばあさんは」の「は」は、発音に合わせた「わ」という表記にならなかった。「川へ」の「へ」の発音は、元来のＦＥからハ行転呼によってワ行のＷＥとなり、さらにア行のＥとなったと考えられる。これも仮名と発音とのズレをそのまま残して現在に至る。「洗濯を」の「を」。これもいわくつきだ。この「を」はもとからワ行だが、今やこれを正確にＷＯ（ウォ）と発音している人は、もはやアナウンサーでも少ないと批判される。ただ、一応これは仮名と古い発音との一致がかろうじて意識されたまま残っている希有な例とも言えるが。

この「は」「へ」「を」三つの助詞は、文節の単位（結節点）を明示するマークと言うか目印として、敢て発音の問題を措いて元のまま残したと考えられるが、それにしても、よく考えるとやはり微妙は微妙だ。読み書きに不慣れな子供や外国人などが、「は」と「わ」、「へ」と「え」、「を」と「お」の使い分けで混乱するのは、無理もないところではある。

新仮名遣いへの移行によるもっとも典型的な錯綜は、「づ」と「ず」の問題だ。新仮名遣いで、一方では「うなずく」「つまずく」と表記しつつ、他方で「もとづく」「ちかづく」と表記する。電子辞書もパソコンのＷＯＲＤの変換も「づ」と「ず」をめぐってアナーキーに混乱している。「みみずく（木菟）」などは、辞書によっては「現代仮名遣いでも〈みみづく〉も許容」などと書かれている。さらに象徴的なのは「出(い)づ」と「出(で)ず」だろう。旧仮名遣いでは「出(い)づ」は肯定、「出(で)ず」は否定と明解だったが、新仮名遣いへの移行で「出(い)づ」も基本的に「出(い)ず」と表記するようになった（「ず」と「づ」を併記している辞書も多いが、それはそれでまた混乱する）ために、ルビが無いと出たのか出なかったのか（「出(い)ず」か「出(で)ず」か）わからなくなってしまった。その上この「出ず」は、〈で・で・ず・ずる・ずれ・でよ〉と、ダ行とザ行の入り組んだ摩訶不思議な活用になってしまっている。だいたいにおいて、そのような「づ」と「ず」の混乱を引き起こしながら、自らは昭和二十一年の改革で「現代かなづかい」をためらいなく名乗っているのだから、事態はまことに難しいのである。さて、この「難しい」は、ムズカシイ？　ムツカシイ？　それともムヅカシイ？

22　仮名遣いをめぐる冒険　7

旧仮名遣いから新仮名遣いへの移行による錯綜例について、さらに見てゆきたい。まず前回に続いて「づ」と「ず」の問題。「出ず」の場合と同じ混乱は「詣ず」「奏ず」等にも見られる。「づ」を「ず」に無理に統一することで〈で・で・ず・ずる・ずれ・でよ〉という、ダ行とザ行に跨がる活用の混乱が生じてしまい、また「詣ず」→「詣でる」、「奏ず」→「奏でる」と、同じ新仮名遣いでありながら文語と口語によって語尾に齟齬が生まれている。さらに「撫ず」（旧仮名遣いでは「撫づ」）に至っては、口語表記に「撫ぜる」「撫でる」が並立してしまった。一方で「詣ず」「奏ず」では「詣ぜる」「奏ぜる」は成立せず統一性に欠ける。

さらに「吾妻」「吾嬬」「東」の仮名表記。旧仮名遣いでは「あづま」だったが、これを無理に「あずま」としてしまったために、やはり混乱が生れた。「妻」は現在でも「つま」なのに、「吾」(私の)という語が前について音が濁ると「ずま」になり、「妻」という語意は飛んでしまう。ちなみに「東」に「あづま」と当てたのは、一説に、ヤマトタケルが東征の帰りに、自らのために浦賀水道に入水した妃・弟橘媛の死を悲しんで「あづまはや」(ああわが妻よ)と嘆いたという故事による。

同じように、新仮名遣いへの移行によって元の語意が飛んでしまった例は数多い。たとえば「片方・傍」(かたえ)。旧仮名遣いの「かたへ」の「へ」には「辺」(あたり・ほとり・そば=何かに隣接する部分・その線や面)の意味があった。「水辺」(みずべ)と濁る時は現在も「へ」を残しながら、「かたへ」を機械的に「かたえ」と変更するのはいかにも統一性に欠ける。あるいは「上」(うへ)の「へ」も同じ例かも知れない。さらに、前回挙げた「つまずく」(躓く=爪突く)「うなずく」(頷く=項突く)なども、やはり新仮名遣いへの変更によって原義は飛んでしまっている。

次にタ行の混乱。古くタ行はTA(タ)TI(ティ)TU(トゥ)TE(テ)TO(ト)とT音で統一されていたというが、現在では、TA(タ)CHI(チ)TSU(ツ)TE(テ)TO(ト)と、タ(T)行とチャ(CH)行とツァ(TS)行が錯綜している。現在のタ行の発声で舌がもつれるのはそのためである。われわれはタチツテトと発声する時、無意識に三つの舌の形を

（しかも瞬時に）使い分けているのである。もっともこれは仮名遣いの問題というよりは、発音の変化の問題になるが。ちなみに似たことはハ行にも見られる。ハ行はかつてＦ音で発音されていた（さらに前はＰ音だったとも言う）が、それがＨ音に移行して現在のハヒフヘホという発音になった。しかし実はこのうちフだけは、現在でもＦ音で（唇を一度軽く閉じて）ＦＵと発音している。つまりＨＡ・ＨＩ・ＦＵ・ＨＥ・ＨＯ。日本人は英語の［ｈｕ］の発音（たとえばＨＯＯＤとＦＯＯＤの発音の区別）が苦手だが、それは現代日本語のハ行におけるＨＵ音の欠落によると思う。

23　仮名遣いをめぐる冒険　8

前回は旧仮名遣いから新仮名遣いへの変更による言葉の錯綜例を見たが、一方で、歌人の半数近くが現在も短歌に用いていると言われる旧仮名遣いの中にも、混乱や錯綜はいろいろ指摘できる。典型的なのは音便の問題である。たとえばどこどこへ「向かう（動詞）」は旧仮名遣いで「向かふ」と書く一方、「向こう側（名詞）」の場合には「向かう」と書く。後者の語尾はムカヒのウ音便だから旧仮名遣いでも「う」でよいと説明されるが、こういう使い分け自体、「旧」仮名遣いの理念にどこかそぐわない部分がある。音便とはそもそも口誦（口語）による、その時代に応じた新たな変化型であり、多くの言葉や文法は音便を介して変化刷新されてゆく。「添うて」「思うて」「歌うて」……さらに「恋しい」なども音便だから旧仮名遣いとして「正しい」とされるが、そもそも「旧」仮名遣いの成立時には「恋し」「恋しき」という語はあっても「恋しい」はなかっただろう。本来は時代的に齟齬する「口語文法＋旧仮名遣い」という組み合わせをどう考えるか。短歌でそのような議論はほとんどされて来なかった。複雑な音便変化を含む「オヂイサン」といった「旧仮名」表記（オホチチサマ→オホヂサマまたはオヂヂサマ→オヂイサンといった変化のルートか）も、やはり違和感なしとしない。音便とはいわば、古い時代から現在へ、「旧」から「新」への、過渡期的表記、または移行過程と考えると、それを「旧」（＝歴史的）仮名遣いの範疇とするにはいささか戸惑いがある。

さらに思い付く例を挙げれば、「休憩しよう」「散歩しよう」などの「しよう」。旧仮名遣いでこれを「しやう」と書くのは、比喩表現「××のやう（様）な」との混同による誤用である。前者の「××しよう」（休憩しよう……）は、提案したり同意を求めたりする時に用いる口語助動詞。文語の「せむ」が音便によって「せう」となり、さらに音転（口語化）して「しよう」となった。なお同じような例に、「行ってみよう」などの「みよう」がある。これも旧仮名遣いで「みやう」とはならない。ならないのだが、やはり音便表現を旧仮名遣いの範疇とすることに、かなり違和感は残る。「行かう」（「行かむ」のウ音便）、「遊ばう」（「遊ばむ」のウ音便）、「走らう」（「走らむ」のウ音便）……等々もまたしかり。

音声表記と旧仮名遣いの齟齬はオノマトペ（擬音語・擬態語）にも言える。「ざわざわ」は旧仮名遣いでも「ざわざわ」なのに、「ふわふわ」は「ふはふは」となるというのも（一応の理由はある＝つまり昔そう書かれていた、という単純な理由であるとしても）やはり混乱する。一方で「じっと」は「ぢっと」とも書いたと辞書にある。そうなのだ。「じっと」はオノマトペではなく副詞だが、しかしその起源は音感の言語化と考えられる。もともとオノマトペ（とそれに類する表現）は、音の質感をそのまま言葉に写し取ったものなのに、ことさらにどちらの表記が「正しい」とか「間違い」とか言うのはやはり腑に落ちない。

24 字音仮名遣いの問題 1

仮名と発音とのずれ・齟齬とともに、現代における旧仮名遣い（歴史的仮名遣い）使用の最大のネックは、「字音仮名遣い」の問題である。近代以降これが多くの人を苦しめ、また問題をいたずらに混乱・錯綜させてきた。生活に旧仮名遣いが用いられなくなった昭和二十一年以降は、問題は解消したと見えたが、古典研究者や国語学者を除いては、ひとり我らが短歌と俳句のみが、生きた言葉の現場で、混乱を現在にまで引きずっているのである。

字音仮名遣いとはどのようなものか。たとえば王、横、凹、押、央、桜、翁、欧、殴、嘔、応……。これらはいずれも音読みではオウと発音し、また新仮名遣いではその発音に則して「おう」と書くが、旧仮名遣いでは王・横は「わう」、凹・押は「あふ」、央・桜は「あう」、翁は「をう」と記述するとされ、その一方で欧・殴・嘔・応などは新仮名遣いと同じく「おう」と書く。またたとえばいずれもショウと発音する勝、商、小、渉は、旧仮名遣いではそれぞれ勝（しよう）、商（しやう）、小（せう）、渉（せふ）となるとされる。このような、やたら繁雑な漢字音読み（=字音）の仮名遣いの指定が、いちいちあてがわれているのである。しかも明確な法則性なく（ただし前出、山口謠司著『日本語を作った男　上田万年とその時代』では「こうした仮名遣いは、中国隋の時代に作られた『切韻（せついん）』という字書に基づくもので、遣唐使以来の伝統を持つ歴史的な発音表記の方法である」とされている）。本来、旧仮名遣いとは、和語（日本固有の言葉）の仮名表記における規範だったはずが、いつのまにか外国語または外来語である漢語にまで拡大されている。一般的には文字通り漢字表記される漢語では、仮名でどう表記するかは、ほぼ問題にならない。なのにあえてパンドラの箱を開けて、事態をかき混ぜてしまったとも言える。

そのような罪作りなことをしたのはだれか。江戸中期の本居宣長であるという。宣長は、それぞれの漢字の中国における発音を逐一調べ、その発音に似せてひとつずつ仮名を当てて分類したという。気の遠くなるような作業ではある。だが、その基準はかなり曖昧だった。まず外国語である中国語の発音を日本の文字遣いである仮名で完全に表記するのは不可能だ。それは、たとえばＣＯＦＦＥＥとコーヒーが音声的にはまったく別物であるのと同じである。さらに中国の発音と言っても、いつの時代のどの地方の発音によるのかによっても大きく違う。宣長の「字音仮名遣い」の試みは、最初からそのような曖昧さを抱えたものだったと言える。問題は、そうした性格のものがいつの間にか誰かに権威づけされて、絶対的な（と見える）規範になってしまったことにある。そのあたりを、旧仮名遣いの問題をラディカルに突く白石良夫著『かなづかい入門』では次のように述べる。「現代人（現代仮名遣世代）は、歴史的仮名遣に異質の仮名遣が内在しているということ、つまり国語仮名遣と字音仮名遣の区別に無頓着である」「字音にいたっては、架空の古代外来語なのだから。専門家はそれがわかっていたので、もっと便利な仮名遣への改訂に苦心した。だが、学問的に裏付けられて合理的なものだという幻想に支配された中途半端な日本語論者は、頑固にそれに抵抗した」。

25　字音仮名遣いの問題　2

「字音仮名遣い」の問題について、歌人で日本語教育の専門家である河路由佳が、歌誌「りとむ」の「りとむBOX」という質問コーナーに、たいへんわかりやすく解説していた。旧仮名遣いに関連して或る人が「遊興（いうきよう）遊侠（いうけふ）勇怯（ゆうけふ）雄強（いうきやう）夕境（ゆふきやう）などと使いこなしたいものです」と述べたことに対して河路は、「これは字音仮名遣いではありませんか。字音仮名遣いがすらすら書ける人などまずいないでしょう。漢字で書けば必要がないので市民生活にさほど不自由を与えなかったといわれるものの、戦前の中学生や中学校の教師たちはどれだけこれに苦しんだかしれません。歴史的仮名遣いを論じるときに、字音仮名遣いを一緒にするのはやめようではありませんか」と述べる。定家、行阿、契沖の仮名遣いが対象としたのはいずれも固有の日本語（和語）だったが「これに対して本居宣長は、この問題を漢字の音読みについて研究し、〈字音仮名遣い〉として権威付けを行いました。（中略）漢籍の古典からいわば中国語の古語の発音を忠実に表そうとしたわけです」「元来実用に役立つものでもなく、本来の意味で『仮名遣い』と言えるかどうかも疑問です」「戦前の議論を見ても歴史的仮名遣いを擁護する人でも字音仮名遣いは不要と考えるのが普通でした」と言う。字音仮名遣いなるもののあやうさは、まさにこの河路の言葉に尽きると言ってよい。たとえば、現在における旧仮名遣い（歴史的仮名遣い）派の急先鋒である丸谷才一でさえも「わたしは、すでに述べたやうに、字音仮名づかひと大和ことば（和語）の歴史的仮名づかひとは別のものと考へてゐる」（「言葉と文字と精神と」『桜もさよならも日本語』）と言う。丸谷は、日本語や仮名遣い、また政府による国語改革への批判を述べた自著の多くにおいて、巻末に「わたしの表記法について」という覚書を掲載し、その中で「仮名づかひは歴史的仮名づかひ」を用いるが「ただし字音の仮名づかひは、原則として現代仮名づかひに従ふ」と明記している。

ただし丸谷才一であればこそ、このように高らかに宣言できるが、我々だといくらおかしいと思ってもなかなかそうはいかない。辞書を引くとご丁寧にも遊興（いうきよう）遊侠（いうけふ）……と、しっかりと「旧仮名遣い」が明示されているのである。まあ「いうきよう」「いうけふ」……は仮名だけでは意味が取れず、必ず漢字表記されると思われるのであまり害はないかも知れないが、植物名などはどうか。「さざんくわ」「れんげう」「ぢんちやうげ」。旧仮名遣いの歌の選や添削において「さざんか」という仮名表記に出会った場合、私はジレンマを持ちつつもやはり「さざんくわ」に直さざるを得ないだろう。でないと私が「間違えた」と指摘されることになるだろう。じつに悩ましいのである。字音仮名遣いのようなこうした一国の言語の大問題が、なし崩しに一現場、一個人の判断に委ねられてしまうところに、そもそも根本的な危うさがある。

26 丸谷才一の「国語改革」批判

いわゆる「国語問題」と呼ばれるものがある。日本語の用字・用語などの整理・改善についての諸問題で、具体的には仮名遣い、漢字制限、送り仮名、字体の整理などの問題を言う。もともと明治政府には、日本語（特に漢字）が繁雑すぎるために国力が向上せず、西洋列強に遅れを取ったという思いがあった。そこから日本語総仮名文字化や総ローマ字化といった過激な意見が出てきた。確かに英語圏ではＡＢＣ……文字に限ればわずか二十六字だけを覚えればいい。そこだけ見ればハンディは明らかなように映る。敗戦後アメリカ占領軍も「日本の民主主義育成のために」同じように考えた。そこで先手を打って日本政府は敗戦の翌年に、日本語の平明化のために、「現代かなづかい」と「当用漢字表」を内閣告示（訓令）として公布した。これにつならる一連の動きが戦後の国語改革である。それはまず教育制度上の改革として実施された。

文学者としてこの改革を繰り返し批判している急先鋒が、丸谷才一である。丸谷は「昭和二十一年の『現代かなづかい』と『当用漢字表』にはじまる一連の改革は、日本語に対して重大な過失を犯し、われわれの文明を無残にゆがめることになつた」（「言葉と文字と精神と」引用、以下同）と言う。つまり、旧仮名遣いの廃止と漢字制限は、取り返しのつかない改悪であるとする。戦後の新仮名遣い批判では福田恆存『私の國語教室』が知られるが、現代における徹底性において、丸谷の姿勢は一貫している。しかも「大野晋という日本一の家庭教師がついている」だけあって、文法等への理解も卓越している。丸谷によると、国語改革推進の根拠は究極のところ二つだったという。すなわち「第一は、文字がむづかしすぎてとても覚えきれないから易しくしようといふこと、第二は、むづかしい文字ではタイプライターやコンピュータが使へないし印刷にも困るといふことだつた」。このうち後者は、アメリカ占領軍の意向が如実に反映されていると言えるが、皮肉なことにまさにコンピューター（ワードプロセッサー）の日本語変換能力の飛躍的進歩によって、今やその問題は過去のものとなった。あとは「文字がむづかしすぎてとても覚えきれない」という危惧が妥当かどうかだが、丸谷は、日本人の言語能力は向上しており杞憂に過ぎないとし、むしろ「言語の官僚統制」による弊害の方が計り知れないと言う。「現代かなづかい」と一連の漢字制限によって、多くの言葉の由緒があやしくなり、日本語の体系が曖昧になり、ゆがみ、言葉としての歴史的統一性、法則性が混乱したと指摘する。「つまり日本語は乱雑で朦朧としたものになつたのである。言語は認識と思考のための道具だから、これはわれわれの世界がその分だけ混乱し、秩序を失つたことを意味する」。「国語改革は、日本語の合理性と機能性をそこなつた」「日本語の歴史性、伝統性を失はせた」「しかし今ならばまだ打つ手がある。国語改革といふ国家的愚行を廃棄することがそれである」とたいへん厳しい。

27 丸谷才一著『日本語のために』

戦後の「国語改革」批判の急先鋒・丸谷才一の主張を知る上で比較的手頃な著書は、『桜もさよならも日本語』と『日本語のために』である。このうち後者で槍玉にあげている一つが、学校教育での漢字の筆写における「止めはね・はらい」等の問題である。私は丸谷の新仮名遣いと漢字制限への批判には必ずしも賛同しないが、この戦後漢字教育の「止めはね・はらい」の問題は大きな示唆を含み、教えられる点が多い。

丸谷によると、もともと昭和二十三年に政府が出した「当用漢字字体表・使用上の注意事項」では、ちゃんと次のようにただし書きされていたという。【これを筆写（かい書）の標準とする際には、点画の長短・方向・曲直・つけるかはなすか・とめるかはね又ははらうか等について、必ずしも拘束しない】。政府は、いわゆる「とめるかはね又ははらうか等」は必ずしも一律ではなく自由であってよいと言っているのであり、丸谷によるとつまり「たとへば『木』の字の下は、はねても止めてもよかつたのである」。だがそれは徹底されなかった。そればかりか学校では逆に「教員たちは書家の好みないし書き癖による教科書活字の新字体に杓子定規にとらはれて、『木』の下をはねたら×といふやうな教育をおこなつたのだ」。ウーン。小学時代にあれほどうるさく言われた止めやはね。その「一切の規範としてよりすがつたのは、たかが一書工の書いた字体だつた」とは。

そこから丸谷は、「言葉と文字とは、本来、文明の伝統に属してゐる。だから歴史の厚みを存分に受けとめたかたちで、自在に伸びちぢみしながら、今日の実用に役立つことができる」ものなのに、「国語改革がもたらした劃一主義、官僚主義」はその融通性を破壊してしまったと結論づける。つまり、「こんな窮屈なことになつたのは、日本語が官僚統制の対象となつたせいにほかならない。眞実はたつた一通りしかないことになつたのである。しかし言葉とか文字とかいふ複雑なものの場合、さうゆかないことがしよつちゆうあるのは当然だらう」「戦前のやうに、文字と言葉の規範が文明そのものにあつた時代には、その規範が、確実には存在しながらしかも極めてゆるやかであつて（もしさうでなければ種々の差支へを生ずる）いろいろの自由が認められてゐた。漢字の字体にしても、いろいろの字体がいづれも正しいといふ、いはば複数的な正しさが認められてゐた」。

言葉という元来フレキシブルでファジーな（悪く言えば曖昧な部分を残す）ものについては、一定の遊び幅やグレイゾーンはつねに存在するのであり、丸谷が繰り返し強調するように、この「複数的な正しさ」がたいへん重要だ。それをもし二者択一で全て○か×か、正しいか誤りかという硬直した原理主義だけで押し通そうとすれば、まさに逆に「種々の差支へを生ずる」のである。思えば私がこのコラムで繰り返し強調してきたのも、言葉を扱う現場でのそうした柔軟性と、規範としての整合性との折り合いをどうつけるかという命題だった。

28　白石良夫著『かなづかい入門』 1

白石良夫著『かなづかい入門』は、入門というタイトルとは裏腹に「真面目で優秀で勉強家のわかい国語学者」に向けて語られた、非常にラディカルな「仮名遣い」論である。著者は大学教員ののち文部省に入省し現在も研究を続けている。本書はそうした「戦後国語改革」支持の立場からの、改革批判者（著者の言葉によると「現代仮名遣よりも歴史的仮名遣のほうが優れていると確信しているひとたち、あるいはなんとなくそう思っているひとたち」）への返答だと言える。その返答の上に著者は「仮名遣い」とは何かを説く。思えば私自身、旧仮名遣いの優越性を説く文章には数多く出会ったが、新仮名遣いを褒める文章にはほとんどお目にかかっていない。それも不思議だが、まず今回は主張の核心に入る前に、本書から改めて「仮名遣い」成立の歴史を押さえておきたい。その点に関してこの『かなづかい入門』は、非常に明晰で教えられる点が多いからである。

まず、平仮名がまだない万葉仮名（真仮名）の時代。そこでは発音によって厳密に仮名（万葉仮名）が使い分けられていた。つまり「純粋な音節文字」（表音文字）だった。そして万葉仮名から平仮名が作られた。やがて時代とともに発音が変化し仮名にも混乱が生じた。つまり表音文字である仮名の最大のネックは、皮肉にも発音表記の混乱そのものだったと言える。たとえば「故」。定家の時代、発音はユエなのに表記は「ゆえ」「ゆへ」「ゆゑ」と三通りもあった。元々「ゆへ」はYUFE、「ゆゑ」はYUWEという発音に対応していた。その表音機能がごっちゃになってしまった。

鎌倉時代の藤原定家は、この混乱をどうにかしなくてはと考えた。古典の写本の表記がばらばらだったからである。そこで定家は、古い用例を参照して自らのマニュアルを考案した。「仮名遣い」とはこの仮名運用のマニュアル（規範・ガイドライン）のことであり、「定家仮名遣い」こそが本邦初のそれである。ただし古い文献で分からない仮名遣い（たとえば「お」と「を」の区別）は、自らが独自の法則を決めて使い分けたため、現在の「旧仮名遣い」とはいくぶん違う。さらに定家の仮名遣いは言わば自ら（自分および御子左家（みこひだりけ）の歌学）のためだけのマニュアルだった。いずれにしろこのマニュアルに沿って、定家によって古今集ほかの歌集、源氏、伊勢、和泉式部日記、蜻蛉日記、枕草子などの定本（決定版）が作られた。我々は、まさにその多大な恩恵に与かっているわけである。

定家仮名遣いの誤り部分を正したのが、江戸元禄時代の契沖である。契沖は万葉仮名に、発音による厳密な使い分けがあることを発見し、その使われ方を整理した。つまり仮名が混乱する前の原点に還ったのである。その仮名の厳密な使い分けは、平安初期から中期までほぼ守られていた。すなわちこの契沖の発見が現在の「旧仮名遣い」の基となる。ただこの「契沖仮名遣い」は、その当時にあってはあくまで和歌和文を書く時の規範であり、日記や手紙などといった日常的な文章にまで適用されたわけではない。「旧仮名遣い」が国家的な規範となったのは、ずいぶん下って明治になってからだった。実はとても新しいのである。

29

白石良夫著『かなづかい入門』2

『かなづかい入門』は、現在の国語行政（新仮名遣い等の）を推進する側から、新旧の仮名遣いを比較検討し、仮名遣いとは何かを論じたものである。新旧仮名遣いを巡る議論への一つの問題提起として主張を辿りたい。

白石は、近現代の「歴史的仮名遣い」の基盤である契沖仮名遣いは、あくまで「古代人との交信の道具」であり「そもそも現実のコミュニケーションのためのものではなかった」と述べる。だから契沖も真淵も宣長も、それを専ら古典研究において使用し、日常的な文章（日記や手紙）では必ずしもその規範には従っていない。

ほんらい契沖仮名遣いは、現在を記述するものとして想定されていなかった。それを〈今〉の記述に当てはめることに、一つのジレンマがあった。白石は「後世の言葉を古代語で表記する不自然さ」と記す。たとえば「〜しませう」「ぢやあ〜」といった「旧仮名」表記。「そんな表記は一〇世紀前半以前の実例などにない」し、語源に遡って類推するにしても「近世の言葉を書き表すのに古代式の表記法をつかう、いささか遡りすぎるのではないか」と述べる。

そうしたジレンマを抱えつつ、「歴史的仮名遣い」は明治になって初めて国民全体の規範に昇格した。意地悪く取れば、それしか適当なものがなかったとも言えるだろうか。つまり明治政府の選択肢は、新しい規範を一から作るのか、旧いものを援用するか、この二つしかなかった。そしてその「旧い」仮名遣いは、戦前の学校教育行政によって「国語」として絶対化されていったのだった。ただし白石によると「歴史的仮名遣い」は、規範としての成立から百年後の現在においてもまだ体系としては完成しておらず、不確定要素を残しているという。古代の文献の言語的研究や解析がさらに進めば、将来訂正されてゆく要素を残している。それはいわば「古代語」（歴史的言語）としての宿命と言えるだろうか。

一方で「発音と仮名表記とのあいだにあるずれ、それによって引き起こされる仮名のつかい方の混乱を、いかに社会的な約束で調整するか」という理念から、戦後になって新仮名遣いが制定された。具体的には昭和二十一年に「現代かなづかい」が告示公布され、昭和六十一年に、その部分改訂版である「現代仮名遣い」が告示公布された。

その「現代仮名遣い」制定に関わった白石が「こんにちの規範仮名遣に残された最大の問題と称してもいい」と自ら述べるのが「じ・ぢ」「ず・づ」の書き分けの問題である。混乱はどこから起こったか。それは、新仮名遣い制定に当たって、旧仮名遣いにおける「ぢ」「づ」の表記を原則的に「じ」「ず」に改めながら、学問的整合性のためにいくつかの例外規定を設けたことに起因する。六十一年公布の「現代仮名遣い」には、「いなずま」「きずな」「うなずく」「つまずく」……等々の「ず」は「づ」でも可、云々と書かれている。どちらでもいいと言われると混乱するのは人情であり、またその通達が不徹底だったこともあって、一部混乱を残したまま現在に至っている。

30　仮名遣いの課題　1

日本現代詩歌文学館の開館二十周年記念行事として〈詩歌のかな遣い――「旧かな」の魅力〉と題されたシンポジウムが開かれ、一冊の冊子となった。パネリストは辞書や国語に詳しい評論家・武藤康史、詩人・作家の松浦寿輝、俳人・小川軽舟、そして永田和宏と司会の篠弘。座談の中で永田は、旧仮名遣いのメリットとして、「歌の滞空時間」（一首を読むのにかける時間）を長くできることを挙げ、さらに「違和を増幅する装置」「意味性から離脱する一つのメソッド」としての魅力を語る。小川軽舟も「旧かなの違和感が詩的な魅力を生む」とした上で「旧かなで書くとふだんの言葉とは異化されて気恥ずかしさが消える」と言う。また篠は旧仮名遣いの「目でもって読み取るリズム感」を指摘している。

「違和」「異化」さらに「意味性」の問題（篠の言う「リズム」も、意味性の止揚と捉えることもできる）。語られていることは詩歌にとって大切なポイントである。たとえば、あえて旧仮名遣いを選択して書かれた松浦の最新詩集『吃水都市』は、レトロな非日常性が不思議な挑発力を生む、出色の詩集だった。私は江戸川乱歩の『パノラマ島綺譚』などの世界を思い出した。むろん一方には、「違和」「異化」「意味性の止揚」といった詩歌のいわば核心部分を、仮名遣いというハードウエアに委ねてしまっていいのかという疑義もあり得るだろうが、問題提起として十分に説得力をもつシンポジウムだったと言える。

特に注意したいのは、発言者が誰も（丸谷才一や戦後すぐの福田恆存のようには）新仮名遣い自体を改悪とは言っておらず、「豊かな表現を求めて」という冊子の副題が示すように、あくまで文芸作品の表記の選択肢として、旧仮名遣いの魅力を語っている点である。この姿勢は重要だろう。

ただ、記録全体を見て惜しいのは、やはり仮名遣いと発音の関連という視座が脇に置かれていることである。一か所小川軽舟が、仮名遣いと発音に関する研究のパイオニア橋本進吉の著書『古代国語の音韻に就いて』を挙げて、「現代かな遣いと旧かなとの違いというのは、もとはしっかりした発音の違いだった……」と述べているが、記録を見る限り議論はそこからあまり進展していない。仮名表記と発音との乖離をなんとか修復し、仮名と発音を可能な限り近付けるというのが、旧仮名遣いから新仮名遣いへの一大改革の最大の骨子であり理念だった。幾度も述べて来た通り「表音文字」であるというのが「仮名」のアイデンティティである。であれば新仮名遣い／旧仮名遣いの論考には、是非その視座を加えて、さらに議論を深めてもらいたいと思う。

もう一点、これもこのコラムで繰り返した「字音仮名遣い」の問題。さすがに武藤康史が「字音語旧かな」表記への疑義を提出しているが、なんとなく敬遠された感がある。旧仮名遣いの歌で「さざんくわ」か「さざんか」か「れんげう」か「れんぎよう」か。これは「旧かな派」の歌作にすぐにも直結する待ったなしの大問題である。

31　仮名遣いの課題　2

以前、二回にわたって紹介した『かなづかい入門』の中で、著者白石良夫が現代仮名遣いの最大の課題として挙げているのが、「じ」と「ぢ」、「ず」と「づ」の使い分けの問題である。短歌に身近な例を挙げるならば「出(い)ず（づ）」「奏(かな)ず（づ）」「詣(もう)ず（づ）」「愛(め)ず（づ）」……。繰り返し述べたように、現代仮名遣い制定の理念は、仮名と発音の乖離を可能な限り縮めることにあった。その大前提からすると「出づ」は「出ず」と変更されなければならない。すでに「づ」の発音は、DU（ダ行）ではなくZU（ザ行）になっているからである。だが同時にザ行に固定してしまうと、出ぜず・出ぜたり……という有り得ない日本語が生じてしまう。だから、原則では新仮名の理念を優先しつつも、「で・で・ず・ずる・ずれ・でよ」という、ダ行とザ行の錯綜した苦しい活用を許容し、また昭和六十一年公布の「現代仮名遣い」で、いくつかの語について〈「じ・ず」を用いることを本則とするが「ぢ・づ」を用いても可とする〉といった例外規定を付記したのだった。多くの辞書で（たとえば広辞苑）「出ず」と「出づ」がごく曖昧な形で併記されているのはこのためである。

なぜこんなややこしい事になったのか。それは、もともと新仮名遣いが、現代における文語文法の使用を想定していないからである。現代の生活言語として我々が「出づ」を使うことはまあない。「出る」と言うだろう。であれば「づ」と「ず」のジレンマは生じない。せいぜい一部の「不徹底な表音主義」（『かなづかい入門』）のあいまいな仮名表記にたまに出会って疑問を感じる程度だろう。たとえば「頷く」はウナヅクかウナズクか、というような。（実は「頷く」「躓く」……等々も「現代仮名遣い」の例外規定に挙げられている。すなわち「ず」を本則とするが「づ」も可と付記されているという）。

思えば「旧仮名派」の歌人の多くも、生活言語としての新仮名遣いを否定しているのではない。あくまで文学（短歌）のレベルにおいて、旧仮名遣いを選択している場合が大半だと言える。その大きなメリットの一つは、文語文法との相性である。これを逆に言うと、現在これほど新仮名／旧仮名を意識するのは短歌・俳句に関わる人々だけである。文語文法の使用をも含めて、言ってしまえば短歌・俳句が現代日本語の中で特殊なのだ。これは短歌の内部に居るとなかなか見えない部分である。丸谷才一の一連の日本語にまつわる著書や、白石良夫著『かなづかい入門』等、文法・語法関連の本が売れるのも、短歌俳句人口の多さがおおいに関係していると、私はにらんでいる。現代においていまだ文語文法や旧仮名遣いに現場で関わり続けている歌人・俳人の存在に、彼らはおおいに感謝すべきである。いずれにしろ、現代における「古代語」使用という特殊事情（ある種のねじれ現象）をベースとしている以上、旧仮名遣い／新仮名遣いの問題に一定のグレイゾーンがあるのは、考えてみれば当たり前かも知れない。

32　仮名遣いの課題　3

「出づ」を新仮名遣いでは原則的に「出ず」と表記することになり、「で・で・ず・ずる・ずれ・

でよ」というダ行とザ行に跨がる苦しい活用が生じた。そのジレンマについては何度も触れた。だが考えてみればダ行自体が現在は「DA・ZI・ZU・DE・DO」とダ行とザ行に跨がって発音されている。であれば「で・で・ず……」という活用は、「表音」の面からは理に適っているとも言える。縷縷述べたように文語+新仮名［出(い)ず、愛(め)ず……等］も、口語+旧仮名［だらう、しませう……等］も、共に相性が悪い部分を持つ。それは時代が違うから当然で、端から無理を承知なのだ。同様に、音便による〈旧〉から〈新〉への移行過程である「歌うて」「思うて」といった「旧仮名遣い」が苦しいのも当然だろう。

　文語文法という、現代社会では想定外の語法を基盤とする短歌において、仮名遣いの問題に（新旧ともに）曖昧さが残るのは当たり前だろう。特に一部の旧仮名遣いについては学者にも諸説があり、それが辞書にも反映されて、歯切れの悪い記述が散見される。たとえば「まう二度と」「どぜう」といった怪しい言葉に時々出会うのである。さらに「公孫樹」（いてふ→いちやう）「水仙」（すゐせん→すいせん）「机」（つくゑ→つくえ）「或いは」（あるひは→あるいは）「蹲る」（うづくまる→うずくまる）のように、最近の研究によって旧仮名表記が改められた例（後者が現在一般に正しいとされる旧仮名遣い）も多い。安田純生は、発刊の古い辞書にそうした研究成果が反映されていない懸念を述べている（「仮名遣いと国語辞典」『歌ことば事情』所収）。

　仮名遣いがそのように曖昧な部分を残すことを知った上で、ではどういう対応を取るか。最も現実的な選択は、最新の研究成果が反映された複数の辞書辞典に当たることだろう。辞書によって表記が割れる時は……仕方無い、多数決である。一国の言語の問題を一現場の判断で決定することはできない以上、それはいたしかたない。

大勢につく、無難な方につく、と言えば言葉は悪いが、もともと「言葉」とはそういう要素を持つ。仮名遣いや文法は、どちらの用例が多いか（一般的か）という多数決による、マニュアルでありガイドラインであり、慣例であり有用な方便なのだ。しかも文語文法も旧仮名遣いも、時代に流通する表現であるために、或る意味時代の変化とともに微妙に姿を変えて来ている。それを便宜的と言えばそうだが、その柔軟性（丸谷才一流に言えば「複数の正しさ」）も、言葉の大きな特性だろう。だからそれを運用する我々も、グレイゾーンを認め、そのフレキシブルでファジーな特性に応じた柔軟な許容性を持つべきだろう。

仮名遣いについて言えば、やはり文語と旧仮名遣い、口語と新仮名遣いが、より相性はいい。それを敷衍すれば新仮名／旧仮名の議論は、短歌で結局どういう文体を選ぶかという根本的な問題に行き着く。そのことを再確認して、私の〈仮名遣いをめぐる冒険〉の一応のまとめとしておきたい。

33

アジアの言語事情　1

日本の表音文字である仮名遣いを考えてきた延長に、少し近隣アジアの文字に目を向けてみたい。あまり堅苦しくならず、私が実際に行った場所で、見て、感じたこと、考えたことをざっくばらんに紹介する。

まず、日本と同じ漢字（＝中国文字）文化圏における表音文字事情を見ると、これがなかなか面白い。たとえば香港。香港の言語事情は、中国への返還にともなって大きく変化しつつある（従来の広東語と英語に代わって、北京語が勢力拡大しているという）が、外来語の表音表記に関してはもともとたいへんユニークだ。「巴士」（バーシイ＝バス）、「的士」（デクシィ＝タクシー）、「麦當勞」（マッドーヌ＝マクドナルド）、「肯塔基」（カンタツゲイ＝ケンタッキー）、「彌敦道」（ネイトントウ＝ネイザン・ロード）……。読みに漢字（ただし香港では基本的に正漢字）の音を当てると言う意味では、万葉仮名と同じ考え方だと言える。韓国は、同じ漢字文化圏から出発しながら、表記に関しては独自の表音文字を創出した。ハングル文字である。私が行ったことのあるプサン、ソウルに関しては、町並みの看板などを見ても、ハングルと英語が圧倒的（中には日本の平仮名、片仮名も）で、漢字はずいぶん少ない印象を持った。よくわからないが、現在漢字表記は、人名以外では急速に減少しているのではないか。中国の文字から離れて、自前の表音文字を創出し、それを積極的に推進する。そこには当然、ナショナリズムの問題が大きく関わっている。「アンニョンハセヨ（こんにちは）」の「アンニョン＝安寧」、「カムサハムニダ（ありがとう）」の「カムサ＝感謝」など、漢字文化圏のなごりは現在も随所に残っているけれど。

ベトナムも、日本や韓国と同じように、もともとは漢字文化圏だった。すなわち、文字に関しては中国の影響下にあった。たとえば「ベトナム＝ヴェトナム」の語源は「越南」であり、また「ホーチミン」は漢字の「胡志明」から、「サイゴン」は同じく「西貢」から来ている。そのベトナムはある時期から自国語のローマ字（アルファベット）表記の道を選んだ。「越南」「胡志明」「西貢」はそれぞれ「ＶＩＥＴＮＡＭ」「Ｈｏ　Ｃｈｉ　Ｍｉｎｈ」「Ｓａｉｇｏｎ」（ただし一部ややこしい発音の記号がつく）となった。私が見た範囲では、警察の車両に「公安」（コンアン）と漢字で書かれていたのが逆に新鮮だった。

ちなみに「ニッポン」も「ジャパン」も中国語から来ている。昔、中国では日の出の方角にあるわが国を「日本」＝太陽の根本（の国）と呼んだ。中国の古い時代の発音では「ジッポン」。それが発音変化して「ニッポン」となり、後に短縮されて「ニホン」となった。また同じ「ジッポン」から、「ジャパン」という言葉が派生した。なお「ジパング」という外国による古い呼称は、ホンコン（ＨｏｎｇＫｏｎｇ）などと同じく、アルファベット表記で末尾に付けられた無音のＧを、発音したことによる。すなわち元は同じ「ジッポン（グ）」である。

34
アジアの言語事情　2

前回に引き続いて近隣アジアの言語事情に目を向けてみたい。私が実際に現地に行った場所に限って、自分の目で見たこと、考えたことをざっくばらんに書いてみる。世界のどの国を歩いても、街角の看板やネオン、また駅や食堂など様々な場所で目にする文字には、それぞれの国や地域の歴史的な事情が反映されているが、特にアジアでは、植民地や占領の問題が絡んで、複雑な言語事情を呈している場合が多い。

フィリピンはマゼランの上陸後スペインに占領されたが（国名もスペイン王フィリップにちなむ）、その後アメリカの大艦隊に破れたスペインがなんと二千万ドルでアメリカに売り払ってしまった。大戦中には日本の侵攻を受けたがアメリカが再び奪回し、現在もアメリカの影響が残る。「公用語」をタガログ語とし「共通語」を英語とする複雑な事情はその歴史による。

インドは複雑な民族事情から州ごとに多数の公用語を使い分けるが、宗教からヒンドゥー語（ヒンディ）が、また長い英国支配の歴史から英語が、それぞれ強い力を持つ。なお「インディア」という呼称も「ヒンドゥー」に由来する（頭のHが発音されずヒがイとなった）。ちなみにインドの正式な国名が「Ｂｈａｒａｔ（バーラト）」であることは殆ど知られていない。インドに隣接するヒマラヤの国ネパールは、政治的にはインドの影響が強いが、言語に関しては部族ごとに複雑に入り組む。山岳のチベット族は日本人にそっくりの顔をしていた。

アンコール・ワットの国カンボジアは、タイ（シャム）、ベトナムと関係が深く、長く両国の干渉を受け、その後フランス領インドシナに組み込まれたが、オリジナルの自国の文字と言語を守り通した。タイもまた、自前の文字・言語を守って現在に到る。一方、前回述べたように中国文字（漢字）文化圏である韓国とベトナムの場合、韓国は自前の表音文字ハングルを新たに作り、またベトナムは漢字を廃してアルファベットによる表音表記という道を取った。両国とも、中国の言語的影響を脱する（または減少させる）方向を選択したと言える。

一方で中国（圏）についても面白い対比が見られる。本国（と言っていいかどうかわからないが）を離れた香港と台湾（香港は一九九七年に中国に返還されたが）が未だにかたくなに正字を順守する一方、本家の中国では漢字の簡略化が進んでいる。台湾や香港の街を歩くと、複雑な正字のネオンがひしめいていて壮観だ。たとえば「臺灣」。

中国、台湾、香港などの漢字の本家以外で、現在漢字が最も頻繁に用いられているのは他でもないわが日本である。明治維新後幾度か、日本語の総平仮名化、ローマ字化、英語公用語化などが叫ばれたことは前に書いた。明治政府の掲げた「脱亜入欧」の「脱亜」とは、つまり中国言語文化圏からの離脱を企図していたのだった。だが結局は緩やかな漢字制限に落ち着いた。現在の「新常用漢字」もその延長にある。わが国は、少なくとも言語上は中国文化圏にとどまり続ける方向を選択したのだった。

35 旧仮名遣い補遺 1

短歌の選や添削をしていると、旧仮名遣いの間違いに頻繁に出会う。その訂正に多くの時間を取られてしまい、残念ながら見落としも生じてしまう。本来これは、私の仕事ではなく作者本人の責任でなされるべきことだが、なかなかそうはならないようだ。旧仮名遣いとは、現在ではいわば非常に特殊な語法である。旧仮名遣いの教育を受けた人は今や少数だろう。そうした特殊な、習ったことのない語法を用いるならば、当然ながらよく調べ、学ばなくてはならない。敢えて特殊な語法を選択したのは作者自身である。それなのに基本的な部分の間違いが多いのは、どうしてなんだろうか。特殊な語法を選ぶということは、しかるべき理念と覚悟があってのことのはずだ。それで基本的な部分を間違うというのは、どうなんだろうか。まさかなんとなく旧仮名遣いの方が高尚に見える、といった理由だけで選択する人はいないと思いたいが。

「夕映へ」「越へゆく」「老ひて」「見へて」。最近出会った例である。「映ゆ」「越ゆ」「老ゆ」「見ゆ」。いずれもヤ行の動詞であり、ハ行には活用しない。「夕映え」「越えゆく」「老いて」「見えて」となることは基本中の基本だ。同じく「絶える」はヤ行、「耐へる」「堪へる」はハ行。これも基本である。ハ行、ヤ行、ワ行の遣い分けは、いわば旧仮名遣いのイロハだろう。ワ行の「ゐる」「をり」、「をとこ」「をんな」。これも常識だろう。「植う」「騒ぐ」「撓む」もワ行であり「うへて」「さはぐ」「たはむ」とはならない。「うゑて」「さわぐ」「たわむ」である。だが間違いが後を絶たない。うーん。

一方、旧仮名遣いの概念から外れる（というか関与を受けない）言葉もある。たとえば「さよなら」「ありがと」。「さよなら」の元は「左様なら」で旧仮名なら「さやうなら」、「ありがと」の元は「有り難く」の音便形「ありがたう」。だがそれがさらに口誦化した「さよなら」「ありがと」となると、もはや新仮名も旧仮名もない。

実は旧仮名遣いには同じようなグレイゾーンがいくつもある。たとえば本や音楽や映画などのタイトルや商品名などの、固有名詞の扱い。一般名詞は「つぐなひ」でも、テレサ・テンの曲名は（旧仮名の短歌の中で用いられても）「つぐない」である。これを勝手に「つぐなひ」に変えては（著作権、商標上も含めて）いけない。佐佐木幸綱評論集『底より歌え』を自作の中で『底より歌へ』に変えてはいけない。宮島の銘菓の登録商標「もみじ饅頭」を無断で「もみぢ饅頭」にしてしまってはいけない（……だろう、やっぱり）。ここに、新仮名遣いが流通する時代に旧仮名遣いを用いることのジレンマが、象徴的に現れている。

さらに「捨て字」（「ちょっと」など拗音・促音を小さく書く表記）の問題もごく微妙だ。安田純生は「促音・拗音を大書きするか小書きするかは仮名遣いの問題ではない」（『歌ことば事情』）と明言している。であれば我々の「旧仮名遣い」の概念は、ここでも大きく揺らぐことになる。

36 旧仮名遣い補遺 2

前回の続きとして「捨て字」（「ちょっと」など拗音・促音を小さく書く表記）の問題から考えたい。「捨て字」とは正式？ には「捨て仮名」。印刷用語から来ているという。ということは印刷が発明されて以降の概念ということになるだろうか。前回述べたように安田純生は「促音・拗音を大書きするか小書きするかは仮名遣いの問題ではない」（『歌ことば事情』）と明言している。であれば我々の「旧仮名遣い」の概念は、ここでも大きく揺らぐ。

昭和二十一年以降の国語仮名遣い（新仮名遣い）ではこの捨て仮名を用いる。それは、〈「表音文字」の原点に立ち返り、発音と表記を可能な限り合致させる〉という新仮名遣いの根本理念に見合っている。我々は「一寸」をチ・ヨ・ツ・ト（四音）ではなくチョ・ッ・ト（三音）と発音しているからである。一方、安田の言とは裏腹に、我々（の多く）はなんとなく、旧仮名遣いでは捨て仮名を用いてはいけないと思い込んでいる。

もし「促音・拗音を大書きするか小書きするかは仮名遣いの問題ではない」とするならば、現在の「旧仮名遣い」において捨て仮名を用いないのは、いわば一種の習慣のようなものと考えられる。だがそれがしばしば混乱を引き起こす。たとえば「やつと逢へた」は、「奴と逢へた」のか「やっと逢へた」のか。こうした悩ましい用例に、旧仮名遣いの歌では時々出会う。

春の夜の夢ばかりなる枕頭にあっあかねさす召集令状　　塚本邦雄『波瀾』

かつて、塚本が「旧仮名遣い」の法則を〈曲げた〉として大きな話題となったこの「あっ」という絶句は、現代の旧仮名表記の、表音文字としてのジレンマをよく示す、いわば苦肉の策だったと言えるだろう。

もともと旧仮名遣いにも発音（音声）としての拗音や促音はある。「ちよつと」と表記（四文字）する場合も発音はチョット（三音）である。これは短歌の根幹である音数律（音数の数え方）

と密接に関わる。従って拗音などの部分では、旧仮名遣いのネックである発音と表記のズレがより強く意識される。

その一方で、外来語の場合はどうか。一時期「ウヰスキー」「ビルヂング」といった表記がされた事があったが、今は外来語のカタカナ表記については、旧仮名作品であっても、その部分のみ［新仮名遣い＋捨て仮名］（「キャット」「ジャズ」「ジュース」……）を用いるのが、通例というか一つのコンセンサスとなっている。つまり「表音」を優先していると言える。ちなみに、漢語も大きく言えば「外来語」（外国由来の言葉が日本語化したもの）である。前に述べた悪名高い「字音仮名遣い」も、「表音」の理念から古い中国語の発音に似せようとした、苦肉の策ではあった。

では擬音語はどうか。擬音語は文字通り音（発音）を擬する（真似る）語である。つまり「表音」。その理念は外来語と変わらない。ならたとえば「しゃきっと」「チュー」……は旧仮名遣いで本来どう表記すべきだろうか。先の塚本の「あっ」という絶句は、そのジレンマを象徴的に示していた。

37 言葉とアイデンティティ

戦後の昭和二十三年八月に「史上最大の国語テスト」なるものが行われた。無作為に抽出された老若男女二万人が、全国各地で国語力を試すテストを受けさせられた。主導したのはＧＨＱである。国民には伏せられていたが、実はこれは日本語ローマ字化プロジェクトという、とてつもない秘密計画に基づくものだった。すなわち、漢字を徐々に制限してゆき、やがては仮名もろとも廃止して、国語を総ローマ字化するという恐ろしい！　計画である。その背後にあったアメリカ側の思わくは、アルファベットはわずか二十六文字なのに、日本ではややこしい（と彼らには見える）漢字を小学校だけでも千字も覚えなくてはならず、そのため国語力と、それに基づく合理的・論理的な思考能力が形成されず、結果日本にはいつまでもデモクラシーや市民社会が育たない、という危惧である。このテストの結果が予想通り悪ければ、極秘プロジェクトに弾みがつくことになっていた。

同じような危惧による日本語の総平仮名化、ローマ字化、さらに国語英語化は、以前にも述べたように、早く明治時代に試案として提出され、明治政府によってその可能性が探られていた。仮名漢字を廃止してローマ字を国字とする。それは、中国（言語）文化圏から脱して欧米（言語）文化圏に入ることに他ならない。文字通りの「脱亜入欧」である。つまり明治政府の言う脱亜の「亜」

とは、第一に中国の文化的・言語的影響を指していたのだった。

明治のこの国語変革案は現実化しなかったが、思わくは水面下でくすぶり続け、そして明治維新に匹敵する国家の大転換である敗戦のショックと混乱に紛れて、アメリカ側に促される形で再燃したのだった。

その昭和二十三年八月、善良なわれらが二万国民は、「史上最大の国語テスト」によく健闘した。事情を何も知らない彼らの頑張りによって、日本の庶民の国語力が予想外に高いことが証明され、国語ローマ字化プロジェクトはその根拠を失ったのだった。もしGHQの目論見どおりこのテストの成績が悪かったとしたら……今われわれの眼前にどのような風景が広がっていただろうか。そう考えると目まいを覚える。少なくとも、短歌は滅びていただろう。

そのようないくつかの経緯をへて、わが国の国語はゆるやかな漢字制限に落ち着いて現在に到っている。いわゆる当用漢字、常用漢字、さらに先に骨子の固まった新常用漢字（改訂常用漢字表）も、この流れによるものである。つまりわが国はアルファベットではなく、漢字とそれを崩して成立した仮名を国字として保持し続ける、つまり、言語文化的には中国の影響下にとどまり続ける道を選択したのだった。

言語／文字の問題は、最終的にはアイデンティティやナショナリズムの問題に行き着く。「独立の証し」として漢字からハングルへの転換を加速させる韓国・北朝鮮は、その象徴的な例だろう。

対して日本の場合は、こと文字に関してはやや微妙な位置にあり続けているとも言える。

38 短歌とモンタージュ

先日、神奈川近代文学館で、斎藤茂吉生誕百三十年企画展「茂吉再生」に合わせて「茂吉を語る会」五月例会が開催され、三枝昻之さんに呼ばれて私もパネルディスカッションに参加した。他のパネラーは加藤治郎、渡英子、斉藤斎藤の各氏。

そこで私は拙著『〈劇〉的短歌論』（一九九三年刊）以来断続的に考え続けてきた「モンタージュ」という映像理論に基づいて茂吉作品について話した。モンタージュと言えば、現在はまずモンタージュ写真を思い浮かべるが、元々は「異なる映像と映像の組み合わせ」を意味する映画用語で、最初にその概念を確立したのはロシアの映像作家エイゼンシュテイン〈監督作品『戦艦ポチョムキン』『イワン雷帝』など〉である。彼は〈全く異なる映像と映像のぶつけ合わせが生む新しい認識〉こそがモンタージュの神髄であると語る。こう言うと難しく聞こえるが、現在その理論は我々のごく身近で広く映画・ドラマに援用されている。たとえば、主人公に不幸が訪れる前触れとして、暗雲立ち込める空の映像シーンが挿入される、という形で。ごく平たく言えば、モンタージュとはストーリー（物語の進行）への、イメージ・ショットの唐突な挿入である。エイゼンシュテインは若き日に日本語を学び、漢字や俳句に強い関心を持っていた。漢字における偏（へん）と旁（つくり）の付け合わせ、また連句や俳句における異なるイメージのぶつけ合わせにインスピレーションを得て、その理論を着想したという。

斎藤茂吉に話を戻す。

たたかひは上海（しゃんはい）に起り居たりけり鳳仙花紅（あか）く散りゐたりけり

『赤光』

たとえば「茂吉を語る会」のパネルディスカッションで複数のパネラーが挙げていたこの歌は、エイゼンシュテインのモンタージュ理論の短歌版として、非常に分かりやすい例のひとつだと言える。すなわち、大陸の有事の予兆と、作者の眼前の小現実とが、（戦火と鳳仙花との）「紅」のイメージを接点として、人事と自然、マクロとミクロ、遠と近という二項対立の形を取りながら、まさに二つのまったく異なる映像としてぶつけ合わされ、どちらか単独では成立し得ない〈新しい認識〉を導いている。しかも、本来可憐な「鳳仙花」（ホウセンカ）という語が「戦火」（センカ）という語を音的に内包することで、読者の無意識の領域に不吉なざわめきを生じさせる。ちなみにこの「たたかひ」は孫文らによる辛亥革命（一九一一）で、これによって清朝は滅び、大陸に長い混乱の時代が訪れた。まさに崩壊と混乱への不吉な予感が、この歌のモチーフとなっている。

ゆふされば大根（だいこん）の葉（は）にふる時雨（しぐれ）いたく寂（さび）しく降（ふ）りにけるかも　『あらたま』

この歌なども、茂吉の実人生という長いストーリーに唐突に挿入された一つのモンタージュ映像だと考えると、歌の理解がおのずと違って来るだろう。なお当日はモンタージュ以外にもいくつかの映像理論を持ち出したのだが、それについてはまた別のところで書くことになると思う。

39 「ら抜き言葉」考 1

テレビのＣＭで「いつか見れるよね」という歌詞があり、いつも気になっていた。「見れる」。いわゆる「ら抜き言葉」の典型で、本来は「見られる」とすべきとされる。「ら抜き言葉」については既に様々な場所で話題になっているが、まずは人の言葉に頼らず、書きながら自分の頭で考えを進めてみたい。それが大切だろう。

まず、「ら抜き言葉」は現代語（口語文法上）の問題である。「見られる」は文語では、上一段動詞「見る」の未然形に助動詞「らる」が付いて「見らる」となる。この「ら」を抜いては動詞の終止形「見る」と見分けがつかない。従って文語文法の活用では「ら」を抜くことは有り得ない。

さらに細かく言えば「ら抜き」は、同じ口語でも書き言葉よりも話し言葉の問題である。「見れるよね」も、現代風のくだけた感じを出すために選ばれた歌詞だろう。「ら抜き」が問題となる場合をさらに考えると、［語尾が「る」の動詞＋可能の助動詞］（口語文法の可能の助動詞には「れる」と「られる」がある）の場合に限られることに気が付く。たとえば「飛ぶ」「話す」「書く」……では、活用に最初から「ら」が入らないため「ら抜き」も起こり得ない。この「飛ぶ」「話す」「書く」は口語文法の五段活用だが、五段活用では実は、語尾が「る」の動詞でさえも「ら抜き」の方がかえって自然で、「ら有り」の方が奇異に聞こえるという逆転現象が起きている。ただしこれは可能表現の場合に限られるが（というか、「ら抜き」自体が可能表現に限られる）。たとえば「（もうすぐ）帰られる」「（まだ）帰られない」。「帰ることができる」という意味では、「帰れる」「帰れない」の方がはるかに自然だろう。五段活用の可能表現では、とっくに「ら抜き言葉」の方がスタンダードになっているのだ。逆に五段活用の「ら有り言葉」は、言葉によっては受け身のニュアンスが強くなる。「切る→切られる」「取る→取られる」「蹴る→蹴られる」「知る→知られる」……。「切れる」「取れる」と「ら」を抜いた方が可能の意味ではしっくり来る。

整理すると、現在世間で何かと問題視されている「ら抜き言葉」は、実は上一段活用、下一段活用、カ行変格活用など、五段活用以外の可能表現に限定される。本来それらでは、「動詞の未然形＋可能の助動詞「られる」」という形が正しいとされる。すなわち「見＋られる」（上一段）、「食べ＋られる」（下一段）、「来＋られる」（カ変）という具合に。その「ら」が抜かれた「見れる」「食べれる」「来れる」……が、悪名高い「ら抜き言葉」の正体ということになる。ついでに言えば語尾が「る」にならない動詞（「泳ぐ」「残す」「勝つ」「望む」……）は五段活用にしかなく、他の全ての口語動詞は基本的に「る」で終わる。ということは、五段活用以外の全ての口語動詞において、「ら抜き」の問題は起こり得る。いや前述のように五段活用にも起こっているが、文法の定めとは裏腹に、むしろ「ら抜き言葉」が定着しているのだった。

40

「ら抜き言葉」考 2

現代語における「ら抜き言葉」で問題となる口語助動詞「れる」の語源は文語助動詞「る」、「られる」の語源は「らる」である。この「る」「らる」には、受身、尊敬、可能、自発の四つの意味があり、場面に応じて使い分けられて来た。それは口語文法の「れる」「られる」にも受け継がれている。たとえば「食べられる」。虎に……。先生は昼食を……。この茸は……。上にくる語によって受身、尊敬、可能……と意味が変わる。非常に繁雑でまぎらわしい。なので「食べれる」と「ら」を抜く事で、可能の意味を他と分別し強調しているわけである。

前回も含めて整理しよう。まず、「ら抜き言葉」はもっぱら口語文法の可能表現の問題である。しかも【五段活用以外の動詞＋助動詞「られる」】の場合に限られ、五段活用ではむしろ「ら抜き」(「帰れる」「走れる」……)が標準化するという逆転現象が起きている。つまり「ら抜き」問題とは、五段活用以外の可能表現が、五段活用の可能表現の現在の姿との統一化を計ろうとしている現象である。五段活用「走る」では、元来は［走ら(未然形)＋れる］であったものが「ら抜き」化し「走れる」となった。一方、たとえば上一段活用「見る」を例に挙げると、元来［見(未然形)＋られる］であったものが、五段活用の現在の外見を真似て［見＋れる］と変化しようとしているわけだ。【なお、これらを［走れ(口語仮定形)＋る］［見れ(口語仮定形)＋る］と考えることもできなくはないが、それだと、「る」という新たな口語助動詞(文語文法には「る」という助動詞があるが、口語文法にはない)の出現を前提にしなくてはならないので、ここではその考え方は取らない】。

つまり「ら抜き言葉」なるものの正体は、「ら」が抜かれたのではなく、助動詞「られる」が「れる」に置き換わることで、五段活用との外見上の統一化を計り、可能の意味を明確化しようとする、一種の知恵というか方便であると考えられる。ちなみに、この現象は方言ではごく一般的だ。

たとえば高知弁。「おまえ納豆食べれる?」「食べれん」てなもんである。

方言も、またいわゆる現代若者言葉なるものも〈話し言葉〉である。つまり「ら抜き言葉」と呼ばれるものは、意味の混乱を避けるための、言葉のナマな現場でのひとつの知恵だった。特に受身(「見られる」「食べられる」……)と無意識に区別する意味が大きい。(尊敬表現については、周知のように現在「見られる」「食べられる」……は、「ご覧になる」「お食べになる」「めしあがる」……といった形で言い換えることがスタンダードとなっている)。

そうした現場の知恵を、では許容するかしないか。また使うか、使わないか。私自身は、その成立の背景から考えても、会話のレベル(話し言葉)では「ら抜き言葉」を許容し、また時にはその恩恵にあずかりつつ、短歌や文章など書き言葉のレベルでは用いないというのが、まあ妥当な線だと思っている。ただし、「ら抜き言葉」を単なる言葉の乱れとする安易な言語権威主義には、私は与したくない。

41
イーハトーブ

先日、資料調べのために北上の日本現代詩歌文学館に行った。前年の北上全国大会でお世話になった豊泉さんはじめスタッフの皆さんともお会いすることができた。帰りは平泉に一泊し、中尊寺、毛越寺を巡った。あちこちで「イーハトーブ」と書かれた幟が目を引いた。さすが岩手、いまだ宮沢賢治の人気衰えずだが、その「イーハトーブ」に関して思い出すことがある。

詩歌文学館が発行する「日本現代詩歌研究」十号に、私は「〈北〉のドラマツルギー」という三十枚の文章を書いた。北上全国大会に触発されて、そこでも話題になった石川啄木、宮沢賢治、寺山修司の短歌作品を「北のドラマ」という観点から論じたものである。校正では豊泉さんやスタッフの皆さんに貴重な、非常に行き届いた指摘を頂いたのだが、とくに宮沢賢治の「イーハトヴ童話」に関する指摘が印象深い。賢治は、自らの詩的作品を「詩」とは呼ばず「心象スケッチ」と言い、また童話は「イーハトヴ童話」と呼んだ。その「イーハトヴ」である。私は当初この表記を安易に、世に膾炙している「イーハトーブ」としていたのだが、それについて、賢治は「イーハトヴ」「イーハトーボ」「イーハトブ」「イーハトーヴォ」など折に触れて様々な表記を用いていたこと、特に「童話」とセットで用いる場合は「イーハトーブ」という表記はほとんど見られず「イーハトヴ」の用例がもっとも多いことなどを教わったのだった。思うに宮沢賢治は、自分の作品が世間一般にどう受け入れられるかといったことに頓着しなかったし、そうした意識で作品を生み出していたわけではなかった。まして死後、このように「ブーム」となることなど考えなかった。だから細かい表記に拘泥せず、「イーハトヴ」「イーハトーボ」……と折々感覚のままに使い分けたのだろう。歌人ではたとえば石榑千亦がそうだった。千亦には微妙に表記の異なる類似作品が多出する。何と言うかおおらかである。それは研究者泣かせでもあるのだが。

この話には後日談があり、「日本現代詩歌研究」十号が出た後、何人かから「イーハトヴ」は「イーハトーブ」の誤記ではないかと指摘を受けた。私は事情を述べ「イーハトーブ」は用例の一つに過ぎない事を説明したのだが、改めて（私を筆頭に）人間の思い込みということを考えさせられたのだった。文学研究ではそれが大きな瑕疵となることを痛感した出来事だった。

先の石榑千亦だけではなく、短歌にもこうした例はたくさんある。改訂を繰り返した斎藤茂吉の『赤光』などがその顕著な例だろう。また前川佐美雄の盟友だった歌人石川信夫は、第一歌集『シネマ』では「信雄」を用いた。信夫と信雄。どちらが「正しい」かは該当歌集によって異なる。思い出したが三省堂『名歌名句辞典』のお手伝いをした時は、先行する複数の辞典類で生没年などの表記が違う歌人がごろごろいて往生した。大切なのは一つの資料で良しとせず、思い込みを疑い、可能な限り多くの資料に当たることである。肝に銘じたい。

『〈劇〉的短歌論』その後

前回まで四十一回、回り道をしつつ仮名遣いや文法の問題を中心に考えて来た。ここからはアプローチを変えて、詩歌における言葉の在り方（成り立ち、構造、造形、生成）といった方向からいろいろ考えてみたい。キーワードは〈対立・葛藤・相乗〉であり〈意味とイメージ〉である。

私が初めての評論集『〈劇〉的短歌論』を出したのは一九九三年、三十三歳の時だった。その中に収めたいくつかの文章の中で私は、短歌における「劇性」という概念を提出した。ここに言う「劇」とは、芝居・演劇を指す狭い概念ではなく、もっと根本的・普遍的な意味を込めている。すなわち「劇」とは第一義的には「劇しい」ことであり、その劇しさ（緊張関係）は対立葛藤によって生起する。その異質なもの同士のぶつけ合い、対立、葛藤と、両者の相乗によるカタルシスが、短歌を「詩」たらしめているメカニズムだと考えたのだった。

実際、短歌は様々なレベルでの対立葛藤をあらかじめ内包している。例えば短歌形式。語法や文体。上句と下句の関係。古語を含めた語彙。それらは明らかに我々の日常の言葉、およびその日常語が支える日常的規範と対立し葛藤している。短歌の第一のアイデンティティがその形式にあるとすれば、短歌という詩型が根本的に求めているのは、まさに日常的規範（言語的規範をも含めて）

との対立であり葛藤である。その力学を私は短歌の「劇性」と呼んだ。

「劇性」という言葉はともかくとして、こうした対立・葛藤の力学を歌の本質と結ぼうとする論は、私だけのものではない。たとえば、和歌や連歌における「疎句と親句」論。句と句の繋がり（特に上句と下句の関係）が親密ななぞり返しの構造を持つ歌（親句）よりも、上句と下句に断絶と葛藤があり詩的飛躍と展開を含む歌（疎句）を上位とした、古典歌論書「愚秘抄」や、心敬の「ささめごと」の説が知られている。いわく「秀歌は疎句に多し」。またその延長に成立した俳諧（俳諧連歌、連句）の付合における展開飛躍の重視。ここでも前句のなぞり返しではなく、どのように緊張関係を持たせて付句が付けられるかが勝負所とされる。さらに、近現代俳句においても、切れ字を仲立ちとして、対立葛藤の緊張感を持つ二つのパーツを配合することが、秀句の大きな条件とされる。いわゆる「二物衝撃」論である。短歌と、それに隣接する詩歌の分野で、私の言う「劇性」の概念はひとつの鍵となっていると言っていい。

『〈劇〉的短歌論』以降も私はこうした詩歌の構造的メカニズムへの関心を忘れたわけではなく、歌を作りまた読む現場で、道草をしつつ私なりの考察を続けて来た。その自問自答というか試行錯誤を踏まえながら、次回から詩的言語における言葉の在り方、を考えてみたい。冒頭に述べたように、キーワードは〈対立・葛藤・相乗〉、および〈意味とイメージ〉であり、さらには、「モンタージュ」「短歌的喩」「コノテーション」「映像的象徴性」といった概念がいずれ大きく関わって来るだろう。

43 エイゼンシュテイン

短歌の〈劇性〉こそが、歌を詩的言語として支えているものである、というのが前回の話だった。繰り返すが「劇」とは芝居・演劇だけを指す狭い概念ではなく、もっと根源的・普遍的な意味を持つ。すなわち「劇」とは第一義的には「劇しい」ことであり、その劇しさ（緊張関係）は対立葛藤によって生起する。そうした葛藤の高まり（クライマックス）と、その溶解（カタルシス）の最も見やすい形が演劇（ドラマ）だが、短歌形式もまた、異なるもの同士の衝突・対立・葛藤とその相乗を保証する装置であるとかねて考えて来た。異質なもの同士の対立が、短歌形式の求心力によってからくもつなぎ止められ、相乗へと昇華されるとき、そこに生じる新たな認識。それが歌のエッセンスである。そのメカニズムを私は歌の〈劇性〉と呼びたいのである。

こうした私の考えの支えの一つとなっているのが、ロシアの映像作家・映画監督・映像理論家のエイゼンシュテインが確立した「モンタージュ理論」である。まずそのアウトラインを、岩本憲児編『エイゼンシュテイン解読』を参照しつつ辿りたい。

エイゼンシュテインはロシア革命の前夜に生まれ、舞台美術から演劇に入り、のちに映画制作（シナリオ・監督）、映像理論に大きな足跡を残した。先行世代にモスクワ芸術座のスタニスラフスキー、前衛芸術運動のマリネッティ、さらにレーニンらが居り、またマヤコフスキー、パステルナーク、ル・コルビュジエ、ブニュエル、マレーネ・デートリッヒ、チャップリンらとも交流があった。監督した映画は十本程度だが「戦艦ポチョムキン」や「イワン雷帝」はその映画理論の実験映画として有名であり、さらに映画のみならず芸術全般に亘る膨大な量の論考を原稿として残した。スターリンの「血の粛正」をかろうじて生き延びたが、一九四八年に五十歳で急死した。

岩本憲児「エイゼンシュテイン、または形式の流動性」によると、エイゼンシュテインは「相同性を持ちながら別の次元へと移行していく（連続しながら分離し、分離しながら連続する）相反するものの矛盾なき共存」「分離しつつ連続する別の次元への移行」に芸術表現の本質を見、「見ることとの体験を重層化し、知覚を複合化すること」を目指した。そこでとりあえずの目標に置いたのは表現における「唐突とも見える組み合わせ」の実現であり、それはブレヒトらの「異化」の考えとも共通しているという。そのようなエイゼンシュテインの終生の大テーマは「言語とイメージとの関係」であり、「外へと表出されない言語以前の言葉もどき、感覚的思考の混沌とした流れ、明確な論理をなさないイメージの漂流、すなわち内的モノローグ」を重視したのだった。そうした終生の「言語とイメージの関係」の探求は、映画の枠を遥かに超えて「現代の記号論や文化人類学・言語学・芸術心理学等の先駆者」となった。そのエイゼンシュテインの中心的な思想が、すなわち「モンタージュ理論」である。その実際については、次回以降見てゆく。

44 モンタージュ 1

芸術理論に大きな功績を残したロシアの映画作家エイゼンシュテインの中心的な思想が「モンタージュ理論」である。これは、対立・葛藤・相乗による〈劇性〉こそが短歌形式のメカニズムであると考えたい私にとって、大きな示唆となるものだった。ただし、正直に言うと『〈劇〉的短歌論』の段階では実はまだその理論をあまりよく理解していなかった。その後、幾度かエイゼンシュテインの文章に触れる機会があり、私なりに短歌のエッセンスと考えてきたものが、映画・映像においてもまた重要な鍵とされていることに驚き、感動したのである。

「モンタージュ」とは何か。ごく砕いて言うと、映像や画像その他において「異なるショットを繋ぐことによって、単に足したもの以上の新しい意味を生み出す」技法で、機械の「組み立て」「はめ込み」を語源とする。すなわち断片を繋ぎ合わせることであり、いわゆる「モンタージュ写真」はその一カテゴリーということになる。それを他ならぬエイゼンシュテインが、映像理論、いやより大きく芸術表現全般の理論にまで高めたのだった。ちなみに似た概念にコラージュがあるが、コラージュはいわば意匠である。対してモンタージュは、それ自体ひとつの思想であり得る。

エイゼンシュテイン自身は次のように述べる。「それは衝突である。並び合う二つの断片の葛藤。葛藤。衝突である」。これをもって彼の理論は〈葛藤と生成の芸術理論〉と呼ばれる。「モンタージュとは、葛藤なのだ。すべての芸術の基礎が、つねに葛藤であるように」「衝突こそは、すべての芸術作品の基本原理である」。かくてモンタージュとは、異なるものどうしの衝突・対立・葛藤とその相乗によって生成される「全く新しい認識＝思想」である。

エイゼンシュテインは自らのモンタージュ理論を〈映画の弁証法〉と呼んだ。哲学における例の、ギリシャ以来ヘーゲル、エンゲルスらに至る弁証法である。たとえば或る意見Aに、反論Bがぶつけられる。両者は議論を重ねて成長し、一致点Cを見出だす。この正（テーゼ）→反（アンチテーゼ）→合（ジンテーゼ）のプロセスがすなわち弁証法であり、一致点を見出だす思想的成長を「止揚（アウフヘーベン）」と呼ぶが、まあ細かい事はいい。ただそれになぞらえれば、モンタージュにおける二物の衝突・対立・葛藤も、相乗（＝止揚）による成長を果たしたときに初めて「全く新しい認識＝思想」となり得るのである。

実はこのモンタージュ理論のインスピレーションを、エイゼンシュテインは、なんと、他ならぬわが日本文化との遭遇から得たのだった。まず漢字（厳密には中国由来のものだが）。若き日に日本語を学んだ彼は、漢字の象形文字としてのビジュアル性に注目し、偏と旁が合わさると違った新しい概念が成立することに大きな示唆を受けた。さらに歌舞伎の、リアリズムとは根本的に違う考え方に立つ、ストーリー展開や舞台構成。そして、他ならぬ俳句と短歌である。

45 モンタージュ　2

前回述べたように、映像理論に大きな功績を残したロシアの映画作家エイゼンシュテインの中心的な思想が「モンタージュ理論」である。「モンタージュ」とは、映像や画像その他において「異なる断片を繋ぐことによって、単に足したもの以上の新しい意味を生み出す」技法を言う。異質なショット同士をぶつけ合わせることによって生じる対立・葛藤のエネルギーが、からくも止揚統合されて、反発するのではなく相乗し合う時、そこに単独では成立し得ない〈新しい認識〉が生まれる。それこそがモンタージュの神髄であると言える。

若き日に日本語を学んだエイゼンシュテインは、「モンタージュ理論」のインスピレーションを、他ならぬ日本文化との接触によって得た。漢字、歌舞伎、書、俳句、短歌……。多岐にわたるが特に漢字と短歌の影響に注目したい。まず漢字。その興味を強く引いたのは、異なるものを意味する偏と旁が合わさることで、全く新しい概念が成立することだった。たとえば「時」。太陽（日）と寺院（寺）が合わさると、時間という概念が生まれる。またたとえば「詩」。言葉（言）と寺院（寺）が組み合わされると、新たにポエジーという概念が成立する。表音文字のみの言語文化で育った彼は、表意文字のこうしたメカニズムに驚き、感動した。ちなみに「寺」には、知識や智慧や法を収集・集積しつかさどる場、といった意味があるように思う。すなわち太陽の運行法則を集積し司るものが「時」であり、言葉のエッセンスを集約・凝縮したものが「詩」であると考えると合点がいく。

次に短歌の影響。エイゼンシュテインは自著に次のような「詩」を引用する。

白い霜にかざられよう
長々しい夜はやがて
空を流れる川となって……
空を飛ぶ橋となって
かささぎが東へ去っていく

静かに歩む、

山のきじ、その尾は、
後ろにのびる、
ああ、終ることなき夜を、
ひとり過ごさねばならないのか

いうまでもなく百人一首である。家持の「かささぎの……」と人麻呂の「あしびきの……」。意訳だが、なかなかの訳だ。すごい。こうした「日本の詩」に対してエイゼンシュテインは「これらのものはモンタージュ成句である」と述べ、さらに次のように言う。〈具象的な二、三のディテールの組み合わせが、別の次元、つまり心理的次元の完成された表現を提示している〉。「かたち・形式としてのフォルムこそ、私たちの感覚の古層にまで到達し、私たちの知覚を揺り動かすものになる」「形式の衝突、溶解を経てパトスへ、あるいは幾重にも錯綜し、響き合うポリフォニーの世界へ」（岩本憲児「エイゼンシュテイン、または形式の流動性」）。対立葛藤による短歌形式の〈劇性〉を考えてきた私は、このような理念に立つモンタージュ理論に、今もって強くインスパイアされるのである。

46

『言語にとって美とはなにか』

短歌は、様々なレベルでの対立葛藤をあらかじめ内包している。定型による文体とリズム。上下句の関係。また文語文法や古語を含めた特殊な語法。それらは明らかに我々の日常の言葉、およびその日常語が支える日常的規範と対立し葛藤している。短歌の第一のアイデンティティがその形式にある以上、短歌という詩型が根本的に求めているのは、まさに日常的言語規範との対立であり葛藤である。その力学を私は短歌の〈劇性〉と呼び、それこそが作品に詩的跳躍力を与える原動力だと考えている。そうした考え方の入り口に私は、様々な先人の言葉に助けられて辿り着いた。前回まで述べてきたエイゼンシュテインのモンタージュ理論もそうだが、ここでは吉本隆明の『言語にとって美とはなにかⅠ』（角川文庫改訂新版）から短歌のメカニズムを考えたい。

『言語にとって美とはなにか』は、いわば前衛短歌世代にとって必読の書だった。私が短歌を始めた一九七〇年代末にも、その余熱はまだ残っていた。特に短歌にとって重要なのは、「短歌的表現」と「短歌的喩」という二つの論考である。そのうち今回は、まず前者を見てゆきたい。

「短歌的表現」の中で吉本は、事実や景物をただ描写しただけの作品（いわゆる単純叙景歌など）が、なぜ「詩としての自立感や完結感」を持ち得るのかという問いに「短歌の詩形としての秘密」

が隠されていると述べ、〈転換〉というキーワードを提出する。短歌作品に「言語表現としての価値」を与えているのは、短歌の形式と、それが生む韻律が必然的にもたらす、人事と自然、感情と景物、主体と客体……など、多岐にわたる事象の複雑な〈転換〉の作用による、とする。これは、モンタージュ理論における「異なる断片の衝突が新たな価値を生む」という考えにそのまま重なる。

さらに吉本は、寺山修司の〈マッチ擦るつかのま海に霧ふかし身捨つるほどの祖国はありや〉などの現代作品を挙げて、上句の客観的な事物の描写と下句の主観表現との「対比の深さ」を指摘し、「そのあいだ（注＝上下句間）の連合の飛躍と粘りとが最大限に発揮されており、これ以上対比の飛躍がすすめられれば上句と下句の連合は不可能になってしまい、短歌的な表現として分解するほかはない」と述べ、まさにそのぎりぎりの「連合の飛躍と粘り」に、それらの作品の価値を見ている。これを私の言葉で言うと、二つの全く異なるカテゴリーから生まれた上下句の表現が、短歌形式の求心力によってからくも統合され、二者間の対立葛藤の反発力が止揚・相乗されることで緊迫を生み、一首全体として詩的言語へと飛躍しているわけである。その時、ぶつけ合わされた異質な二物の間の、対立葛藤の反発力の強さこそが、詩的言語への飛躍のエネルギーとなる。

こうした「短歌的表現」の力学を考える中で吉本は、もともと比喩としてあったわけではない表現が、短歌ではおのずと比喩性を帯びてしまう現象に着目し、そこから〈短歌的喩〉という考え方に到達する。

47

吉本隆明の〈短歌的喩〉

　言語にとって「美」とは何か、という文学的な大問題を考える一環として、短歌のメカニズムを（かいつまんで言えば、なぜ短歌が詩的言語として成立するのかを）考察した吉本隆明は、もともと比喩としてあったわけではない表現が、短歌ではおのずと比喩性を帯びてしまう現象に着目し、そこから〈短歌的喩〉という考え方に到達する。『言語にとって美とはなにか』（改訂新版Ⅰ）所収の〈短歌的喩〉に関わる論考から要約すれば、次のごとくである。

　たとえば岡井隆『斉唱』の〈灰黄（かいこう）の枝をひろぐる林みゆ亡びんとする愛恋ひとつ〉。この歌における上下句は、それぞれ「即物的な意味」（額面通りのストレートな意味）のほかに「暗喩としての役割」をも二重に帯びている。上句は単なる眼前の風景の描写だけではなく、下句の心情を暗示する比喩的役割を帯び、また逆から言えば、下句の心情の叙述は、上句の風景の手触りを比喩的に述べたレトリック表現とも捉えることが可能である。すなわちこの歌は〈（あたかも）灰黄の枝をひろぐる林のごとく亡びんとする愛恋ひとつ〉と読むことも、また逆に〈灰黄の枝をひろぐる林みゆ（あたかも）亡びんとする愛恋のごとく〉と読むことも出来る。その時、上句「灰黄の枝をひろぐる林みゆ」は下句の〈像的な喩〉として機能し、また下句「亡びんとする愛恋ひとつ」は上句の〈意味的な喩〉となる。「像的」とは、映像的なイメージを結ぶ描写的な比喩であり、「意味的」とは逆に、映像的なイメージを結ばない説明的・抽象的な比喩を言う。吉本はそのような短歌特有の比喩的メカニズムを〈短歌的喩〉と総称したのだった。いずれにしろ吉本は、この〈像的な喩〉と〈意味的な喩〉が絡み合うことによって「上句と下句とがまったくべつべつのことをのべながら、一首としての持続と自立感をもっている作品」（言い換えれば「短歌的喩」がうまく機能している作品）に、現代短歌における秀歌の条件（つまりは、短歌が詩的言語として成立する条件）を見たのだった。

吉本はさらに塚本邦雄の〈ジョゼフィヌ・バケル唄へり 掌の火傷に泡を吹くオキシフル〉を引いて次のように言う。

「上句と下句の〈意味〉をたどるかぎり、そこには、ジョセフィヌ・バケルが唄っている、ということと、てのひらでオキシフルが泡をふいている、ということが順序よくならんでいるだけである。ただ日本語の指示性の根源である音数律の構成する力の強さだけがふたつの像を連結させている」「日本語の指示性の根源である音数律の構成する力」。頭がぐらぐらするが、翻訳すれば「日本語の生み出した最も強い構成の枠組み」であるところの短歌形式が持つ、異質なもの同士を結び付ける求心力の強さ、である。異質な断片（カットまたはショット）の衝突・対立・葛藤が反発を生むのではなく相乗し合うとき、そこに「新たな価値」「新たな認識」が生まれる。つまり吉本隆明は、エイゼンシュテインのモンタージュ理論と全く同じことを言っている。

48 大震災以後の言葉

高橋源一郎『非常時のことば』は「震災の後で」とサブタイトルされた論説集で、〈「三・一一」以降、ことばはどう変わったのか〉を探求したものである。その冒頭の「ことばを失う」で高橋は、あの震災以降「ぼくたちの多くは、『ことばを失った』と感じている」とした上でこう述べる。「頭の中が『真っ白』になって、なにもことばが考えられない時のことを、大切にするべきではないだろうか。そもそも、『すぐにことばが出る』というのは、異様な状態ではないのだろうか」

そして次のように続ける。「ある瞬間、ぼくたちは、絶句する。それは、いままで使っていたことばを、もう使えない、と感じる時だ」。そしてさらに……、

「おそらく、その時（注・「原発事故」発生時）、ぼくたちを貫いたのは、『ああ、ほんとうに、ぼくたちはそのことについてなにも考えてはこなかったのだ』という思いではなかったろうか」

「ぼくたちは、いろんな理由をつけて、『考える』ことから逃げようとする。だって、『考える』と

いうことは、すごく厄介なんだから」

　そうなのだ。これは、短歌にとっても、最も大切な部分を言い当てていると感じる。なぜなら短歌を作るということは、そして短歌のみならず「書く」ということは、最終的には自分の頭で「考える」ことだからだ。マスコミの言葉や「識者」のそれらしい解説を鵜呑みにせず、世の良識に無批判に従わず、世間の「空気」を先回りして読まず、大勢に付かず、ますは自分の頭で考える。その苦しい、厄介な、自問自答の繰り返しがつまりは歌だと思う。逆に言えば、だめな歌とは、「自分の頭で考える」ことを最初から放棄して、借り物の言葉を並べた歌である。なかなか厳しいことだが。

　短歌における「大震災以後の言葉」を考える時、その極北にあると思えるのは、四月号「心の花」の「時評」に取り上げた、昨年（二〇一二年）の短歌研究新人賞受賞作、鈴木博太「ハッピーアイランド」である。


　　ふりかえるトキがあるナラみなでまたやヨイとおカヲやろうじゃないか　　鈴木博太

「時評」にも書いたが、この連作はワープロの誤変換さながら、システム異常によってそれまでの日常の規範と、それを支える言葉の規範が決定的なダメージを受けた状態を、強烈に印象づける。

福島に生まれ福島に在住する鈴木による、この「言葉」の在り方は、〈現場〉の皮膚感覚を伝えてとてもリアルだ。「やヨイとおカ」は「弥生十日」。つまり大震災とそれにともなう原発事故の前日、三月十日である。その日、誰もが翌日のカタストロフを知らず、いつもと同じ一日を送っていた。そしてそれは明日もまた続くはずだった。でもそうではなかった。だから、作者にこの文体をずっと続けるのかと問うことは、意味をなさない。もうあの弥生十日に戻る事は永遠に出来ないのである。私には鈴木のこの痛切な表現は、言葉が適切かどうか解らないが、現代の「サクリファイス」とも見える。

49 菱川善夫の〈辞の断絶〉

短歌の「劇性」の話に戻る。短歌形式が保証する様々なレベルでの衝突・対立・葛藤。それが定型の求心力によって相乗し合うとき、そこに生まれる新しい認識。それが短歌のエッセンスであるということを、これまでエイゼンシュテインのモンタージュ理論と、吉本隆明の『言語にとって美とはなにか』から考察して来た。ここでは、菱川善夫の〈辞の断絶〉を取り上げる。ちなみに「辞」とは、大きくは言葉・フレーズ・文章そのものを、また狭義には、文章の関節部分となる助詞や助動詞を指す。ここでは、そうした修辞による句と句、文脈の繋がり方と捉えておけばいいだろう。

菱川が提唱した〈辞の断絶〉という考え方は、前衛短歌における文体的方法論の代名詞と言うべきものであり、それは六〇年代半ばの笠原伸夫との論争から生まれた。笠原が塚本邦雄の〈壮年のなみだはみだりがはしきを酢の壜の縦ひとすぢのきず〉などの作品における助詞（この歌では「を」）について「あいまいな辞の定着力からくる上句と下句の関連は、あいまいなイメージを構成するものでしかない」と批判したことに対して、菱川は次のように言う。

その断絶の空隙は、異質な二つの詩句がその空隙の中に出あい、火のような燃える時間を現出することによって、詩的主題そのものを刺戟する

「実感的前衛短歌論―『辞』の変革をめぐって」
（「短歌」昭41・7『現代短歌美と思想』所収）

「異質な二つの詩句」が短歌文体の屈折点でぶつけ合わされることで、そこに「出あい」が生まれる。その出会いによる衝突・対立・葛藤が「火のような燃える時間」（＝詩的緊張関係）を生み、「詩的主題」を賦活すると述べられている。そして次のように続ける。「一個の人間の内にある矛盾

と対立の意識こそ、かかる辞の断絶の技法を支える基底であるだろう」「辞の断絶という技法は、今日の人間が、互に溶解しがたい危機の中に立っていることの、普遍的現象の反映である」「辞の断絶という技法のうちにあるものは、まさしく人間が、危機からの回復、自己統一の願いを捨て、その危機の破綻と矛盾の〈創造〉の中からのみ、真の人間の悲劇をみつめようとする、現代の詩精神なのである」。

菱川の口吻は一九六〇年代の熱を帯びているが、言っていることは前衛短歌の時代のみに限定されることではなく、短歌本質論としての普遍性を含んでいるだろう。すなわち時代時代における人間存在の内面の矛盾と対立が、「辞の断絶」として作品の文体の屈折に反映されつつ、その文体上の対立・葛藤の力学（＝劇性）が、短歌の詩的喚起力を活性化するというのである。

ここにも短歌文体の本質を対立・葛藤とその相乗と捉える考え方がある。それは遡れば、「新古今集」の時代における上下句の展開飛躍（特に「疎句」という上下句関係）から連歌・連句を経て、俳句の二物衝撃論にも反映され、そして現代の短歌の文体にも依然大きな示唆を持つのである。

50 佐佐木幸綱「短歌ひびきの説」

佐佐木幸綱評論集『極北の声』（昭五十一年刊）所収の「短歌ひびきの説」は、短歌の「劇性」を考える上で大きな示唆となる評論である。佐佐木は次のように述べる。

「われわれが短歌形式を選択するのは、われわれの文体がそれとすんなり合致するからではまったくなく、対立し衝突する形式であるゆえをもって選択するのである。形式は日常語の語的秩序を点検し破壊する計器であり武器なのだ。短歌形式を以上のごとく認識するとき、形式の選択は、詩の方法として自覚される」

ここで佐佐木は「自覚的な詩の方法として（短歌）形式を選ぶ意志」の重要性を強調する。我々が他の表現ジャンルではなく短歌を選ぶのは、単なる偶然の出会いや巡り合わせではなく、どうしても短歌である必然性がなくてはならない。そしてそれは他でもなく短歌が「対立し衝突する形式であるゆえ」だと述べる。そしてさらに「詩はもともと日常の言葉と対立することによって成立するわけであるが、今日ほど鋭い対立が要求される時代はなかったのではないか」と続けている。ここに言う「今日」はむろん「短歌ひびきの説」執筆時に遡るが、しかし私には、二十一世紀の今ここそこの言葉が必要とされていると思える。短歌の根拠がいよいよ曖昧になり、ゆるやかな拡散から消滅への危機にあるのが、実はわれわれの現在なのではないか。

「現代の歌人は、短歌定型を歌人の内なる時間の自然な流出を防ぎ止めようとする、たとえばダムのごときものとして把握すべきである。短歌の韻律はそのダムに激突してあふれ散る反日常の言葉の〈ひびき〉である。反日常へ行くことで言葉本来の実質をかろうじてめざす歌の言葉は、独詠ではない呼びかけの志によって日常への回帰を果たそうとするのである」

短歌形式のダイナミズムを基盤として、ダイアローグとしての歌を志向する、この「短歌ひびきの説」の結語は、佐佐木の原点と言うべきマニュフェストである。

むろんこうした言挙げに対して「短歌が世界に対して対立し直立し、ダイアローグであり得た時代は終わった」「そもそも対・世界といった概念が既に無効となっている」という、まことしやかな言い方は有り得るだろう。

だが違う。短歌のアイデンティティがその形式にあり、それが対立・葛藤を志向している以上、その本質部分は誰かのちょっとした思いつきや時代の空気によって覆るようなヤワなものではない。形式のダイナミズムを手放すことは、歌の根幹を手放すことである。たとえ苦し紛れでも、最後まで歌は歌の本質に沿うべきだろう。最も本質的であることだけが、かろうじて短歌の未来を支えるのである。まして自己愛の呟きに溢れるこの時代にあっては、時代錯誤の道化と言われても、「他者」との愚直なダイアローグが切実に求められている。いまの短歌に必要とされるのは、時代の気分に無批判に乗ることではなく、巨大風車に素手で挑みかかる蛮勇なのだ。第一、時代の空気なんてすぐまた変わる。

51 永田和宏の〈合わせ鏡〉論

永田和宏の原点は短歌原論（本質論）としての〈定型論〉である。「最も単純な原理が、最も多くの事実を説明し、未だ解明不可能な現象の解明に役立つことは、自然科学の根本であり、それは単に自然科学にのみ限られた事情ではないでしょう」という、それ自体まさに自然科学者らしい信念から「とにかく〈定型論〉から出発する以外に、短歌の現在を論じることはできない」として、「〈定型論〉を足場にした展開」を自らの立脚点と定めたのだった。

その永田の定型論は、先行する吉本隆明、岡井隆、菱川善夫、佐佐木幸綱らの短歌本質論・定型論を踏まえつつ、三枝昂之との相互影響のもとに確立されていったと言える。たとえば「定型論の現在——三枝昂之氏への手紙」（『表現の吃水——定型短歌論』所収）において永田は、次のような三枝発言に強い共感を寄せている。

「塚本や岡井における短歌的喩の最も代表的な形は、定型の集合力の限界まで句と句の対応に遠心力を与えてゆき、極限的に隔離された句と句が、その遠心力に反発して発揮される定型の集合力の限界量を弾機にして形成するところの、喩の衝突力と止揚力によって、強靭な仮構をつくり出すというところにあるだろう」

（三枝昻之「無意味性への止揚力」）

「遠心力に反発して発揮される定型の集合力」「喩の衝突力と止揚力」。これは、私がこのコラムで繰り返して来た言葉で言えば、短歌形式が本来的に保証する〈対立・葛藤・相乗のダイナミズム〉である。永田と三枝は、形式のこのダイナミズムに短歌の本質を置くところから、短歌への考察を深めていったのだった。

そして永田が辿り着いた地点が、いわゆる〈「問」と「答」の合わせ鏡〉論だった。それは次のように説明される。

「私自身がいま最も注目している定型の機能（中略）といえば、上句と下句による、『問』と『答』の対応関係ということになろうか。客観と主観、あるいは主観と主観、客観と客観などどのような組み合わせでもかまわないが、上句と下句とがお互いに対応し合いながら、しかも問いかえし合うという機能である」

「このような上句と下句の円環、『問』に対する『答』があり、『答』がさらに新たなる『問』となって、はじめの『問』そのものを問いかえすような、それを私は『問』と『答』の合わせ鏡構造と呼んだのであったが、その合わせ鏡構造こそ、私にとって短歌定型のもつ最大の魅力とも言えるものなのだ」

（『表現の吃水――定型短歌論』）

さらに永田は、短歌作品の魅力を支えるのは「ことばとことばの間の緊張関係に他ならない」とし、その「ことば同士のさまざまな緊張関係を生み出す場」とは、〈作品上に〉「『文体』として現われる作者の定型意識そのものである」と述べる。言葉と言葉、句と句の間の緊張関係が短歌の生命線であることは、いくら時代が移っても変わらない。そこに〈原論〉たる所以がある。

52 意味とイメージ

短歌に用いる言葉は（より大きく、言語というものの多くはと言ってもいいが）意味を伝える言葉とイメージを伝える言葉に大別される。意味を伝える言葉とは、事柄や感情、抽象概念などを説明する（＝叙述する）言葉であり、イメージを伝える言葉とは、景物などを目に見えるように具体的に描く（＝描写する）言葉である。すなわち叙述詠と描写詠。後者の代表は自然描写など、現実の風景や物の形状をスケッチしデッサンする表現（写生・写実）だが、単にそうしたリアリズム表現にとどまらず、夢や幻想、心象風景、心理状態などを視覚的なイメージとして現した抽象絵画のような言語表現もまた、描写表現の範疇である。

意味とイメージ。この両者は、絵に描けない表現と、絵に描ける表現、と言い換えることができる。たとえば〈昨日、二十年来の友人に久し振りにメールして、同窓会の計画を立てた〉。「昨日」「二十年来の友人」「同窓会の計画」……これらは何ひとつ具体的に絵に描くことができない。つまり視覚イメージを結ばず、もっぱら意味だけを伝える叙述の言葉である。事の顚末の粗筋的な伝達であり、言うなれば散文に近い言葉である。さらに「私は今たいへん悲しい」。これは心情を抽象的・概念的な叙述によって「説明」した言葉である。このように、例外はあるが多くの場合「意味の叙述」は、〈事〉（「人事」に代表される、事柄の推移、心情、あらまし、ストーリー）に対応する言語表現だと言える。対して描写表現とは、〈景物〉を具体的な視覚イメージによって描き出す言葉である。

短歌はこの両者、つまり意味とイメージ、叙述と描写、概念的抽象表現と視覚的具象表現、の兼ね合わせ（またはどちらか単独）によって成立している。和歌においては意味とイメージ、心情と景物、抽象と具象を一首の中で重ね合わせる技法が高度に研ぎ澄まされて来た。また近代写実詠においては、客観写生というキャッチフレーズが示す通り、視覚的具象表現に徹した描写詠の可能性が追及された。一方で、意味性だけで一首を押し通した叙述詠は、人生述懐など一部を除いてなかなか成功しにくいことは、一つの教訓を含んでいる。具体的なイメージを結ばない歌は、どうしても大摑みな概念表現になり勝ちであり、現在においても、歌会で「説明」「理屈」という批評が否定的な意味で用いられているのは周知の通りである（ちなみに「理屈」「説明」の反対語は何か。「描写」である）。

流行の大脳生理学的な言い方をすれば、「意味」は脳の表層にとどまるのに対して、「イメージ」は脳の深層部分にまで浸透する。大脳生理学者ならぬ私がそのようなことを断言するのが乱暴なら「心の」と言い換えてもいい。意味・説明・理屈は心の表層で〈理解〉される。一方、視覚イメージは深層心理（潜在意識）に到達し、理屈を超えた啓示として体感的に〈感覚〉される。まさに「考えるな、感じよ！」の世界であり、イメージで示された方が想像（創造）力への訴え掛けがはるかに強い。

53 意味とイメージ　続

前回、短歌（大きく言えば言語表現）における〈意味とイメージ〉について書いた。意味を伝達する表現は脳（または心）の表層にとどまるのに対して、イメージを造形する表現は、脳（または心）の深層部分にまで浸透する。抽象的・概念的な「意味・説明・理屈」は心の浅いところ、つまり表層部分で〈理解〉されるが、一方、視覚的・感覚的なイメージ表現は深層心理（潜在意識）に到達して、理屈を超えた啓示として体感的に〈感得〉される。これはまさに武道や禅における〝考えるな、感じよ〟の世界であり、理屈で説明されるよりもイメージで示された方が、想像（創造）力への訴え掛けがはるかに強い。ここまでが前回の内容だった。

理屈で説明するよりもイメージで示した方が、インパクトがはるかに強い。その最たる例は比喩である。「今日はたいへん暑い」「まるで焼けたトタン屋根の上に居るようだ」。昔から人は、「今日はたいへん暑い」と概念的・説明的に言っただけでは、とてもその「暑さ」の実体・実感には到達できないことを経験的に知っていた。だから、「暑さ」という概念をイメージ化することによって心（脳）の深い部分にまで到達しようとして、比喩というレトリックにたどり着いた。そして、（心の深層＝無意識領域、に感覚的に訴えかけることができる）比喩というその方法は、詩歌の発生の源にもなったのだった。詩歌とは元来、直接的に指示し説明する言葉ではなく、暗示し象徴する言葉の謂なのだった。

しつこいようだが、「今日の気温はセ氏三十三度だった」と言われるよりも、陽炎の揺れるアスファルトの上を口からよだれを垂らしながらよろめき渡る黒犬の映像を見せられる方が、はるかに暑い。それはとりもなおさず、「意味」よりも「イメージ」の方が心の（脳の）深層部分に到達する（＝腹にすとんと落ちる）からであり、詩歌表現の最大の秘密もまたそこにある。だって詩歌とは、つきつめれば、さまざまなレベルでの喩的言語表現のことなのだから。

「今日は楽しい一日だった」。詩歌におけるこのような概念的抽象化は、臨場感やリアリティをそぎ、「楽しさ」の実体を矮小化する。つまり〈意味〉のレベルにとどまる言葉は、せっかくの実感を表層的に、小さく限定する。それに対して〈イメージ〉を伝える表現は、理屈で説明するのではなく読者に想像させ、おのずと読者の想像力を押し広げる。説明とは限定であり押しつけである。そのような時、無意識に我々は反発する。「桜は美しい花だ」。断定されると、我々の深層心理は反発する。そうでもないよ。他にも美しい花はあるし。なんて月並みな……。一方、イメージをもって想像力に働きかけられた場合は、われわれの深層心理は、自らそのイメージに参加する。そこに実感、臨場感、説得力が生まれるわけである。それを心理学者は「サブリミナル効果」と呼んでいる。このあたり、流行のセラピスト（心理カウンセラー）の石井裕之氏の、いくつかの著書の受け売りなので、あまり大きなことは言えないが。

54 コノテーションとデノテーション

詩的表現における〈意味〉と〈イメージ〉の問題を考えるとき、思い出す小林秀雄の有名な言葉がある。

「美しい花がある。『花』の美しさというようなものはない」(「当麻」)

能楽「当麻」を観た後に、世阿弥の「秘すれば花」という理念に関連して述べた言葉である。私はこの小林の深遠な言葉を、《「美しい花」という存在の実体を、「美しさ」という観念的な言葉によって曖昧に抽象化してはいけない》という戒めと理解する。実際小林は「当麻」において「無用な諸観念の跳梁」の害悪について述べている。「美しさ」と観念化された瞬間、確かに存在していた「美」の実体は失われるのである。そしてこの抽象的表現による観念化こそが、我々が短歌表現において意味・説明・理屈と呼ぶ最たるものである。「悲しい」「嬉しい」といった抽象的説明語に頼ってはいけない、と多くの短歌入門書に書かれているのは、つまりそこである。

意味・説明・理屈は我々の表層意識に対応し、イメージは深層意識に到達する。前回・前々回述べたように、意味的に説明されるよりイメージで提示される方が、インパクトがはるかに強い。こちらから説明するのではなく読者に想像させること。それが短詩型文学の要諦である。そのためにこそ「短さ」は武器となる。読者の想像力の参加によって作品は飛翔する。これは能楽の根本理念でもあるだろう。読者(観客)の想像力を挑発するためには、全てを説明してしまってはいけない。すなわち、秘すれば花。

意味・理屈によって説明するよりも、イメージを提示することによって読者に暗示し、想像させる方が心の深くまで届く。それを前回は心理学の「サブリミナル効果」から説明したが、それに関連して、言葉とイメージの関係を終生追及した映像作家エイゼンシュテインは、次のように考えた。

「かたち・形式としてのフォルムこそ、(もしそれが有効に機能した場合は)私たちの感覚の古層にまで到達し、私たちの知覚を揺り動かすものになる」

(「エイゼンシュテイン、または形式の流動性」岩本憲児)

イメージを脳の(または心の)「古層」にまで到達させるのは、他でもない、形であり形式でありフォルムだと言うのだ。これは短歌という定型詩を作るわれわれに、大きな勇気を与えてくれる。さてそのような、心の奥深く(無意識領域、深層、古層)にまで到達し〝私たちの知覚を揺り動かす〟イメージ表現を、記号言語学では〈コノテーション〉という。暗示し、象徴する言葉(あるいは表現)である。それに対して、もっぱら事物を意味的に説明し、報告し、伝達する言葉(あるいは表現)を〈デノテーション〉という。もちろん言葉の在り方は「場」によって変わるので、両者を明確に線引きすることはできないが、いうまでもなく詩歌の言葉は、粗筋的に説明し報告する言葉ではなく、イメージをもって暗示し象徴する言葉、すなわちコノテーションの側に軸足を置くものでなくてはならない。

55 潜在知覚と「写生」

前回は言語における〈コノテーション〉と〈デノテーション〉について書いた。コノテーションとは暗示し象徴する言語表現のことで、その代表は詩歌のコトバである。コノテーションは、理屈ではなくイメージをもって、相手の深層心理にじわっと働きかける。そのように、イメージの暗示力によって心の深層の情動に訴えかける知覚伝達を「サブリミナル」と呼ぶ。それは「潜在知覚」と訳されたりする。

それに対してデノテーションとは（イメージではなく意味性によって）報告し説明する言語表現のことで、我々はそれを大まかに「散文的表現」と呼んだりする。デノテーションが最も力を発揮するのは論証や報道のコトバである。

報道のコトバでは本来、何も足さず何も引かず、脚色せず、知り得た事実だけを簡潔に「伝える」ことが必要とされる。意図的に受け手の情動を煽り、恣意的なイメージや予断を植え付けてはいけない。極言すれば報道のコトバは、コノテーション（詩的言語）であってはいけない。報道のコトバが詩的情緒性を帯びるとプロパガンダになる。社会的、政治的な扇動である。たとえばナチスの「宣伝」担当相ゲッベルスを思い出しておきたい。扇動者や独裁者の言葉は、しばしば「詩的」で感動的である。

こうしたことは、過去の独裁政治だけのものとは言い切れない。大きく〈イメージ戦略〉と捉えるなら、現在のマスメディアはまさにその先端を行く。たとえばCM広告。そこには今や、サブリミナルな効果を狙った深層心理学の最先端が反映されていると言われる。それはもはや映画のフィルムの行間に「ポップコーンが食べたい」というメッセージを混入させる、といった単純なものではないらしい。だが、CM（商業的な伝達）においては何だか騙し討ちにも見えるそのサブリミナル効果が、詩歌では元来きわめて重要な役割を担ってきた。話はいきなり詩歌の「写生」に跳ぶ。

赤光（しゃくくわう）のなかに浮びて棺（くわん）ひとつ行き遥（はる）けかり野は涯（はて）ならん
めん鶏（どり）ら砂あび居（ゐ）たれひつそりと剃刀研人（かみそりとぎ）は過ぎ行きにけり
いかづちのとどろくなかにかがよひて黄なる光のただならぬはや

一例だが、よく知られた斎藤茂吉のこうした描写詠は、我々の未生の記憶を揺さぶるような、不吉な胸騒ぎをもたらす。心の深いところに揺曳する情動を、視覚的に象徴したかのような暗示性を持つ。いわば不吉な心象風景。「心象」とは、文字通り心情の象徴である。これらの作品のサブリミナルな不吉さは、茂吉が精神科医であったことと大きく関わると私は思う。

二十五年前、私は坂野信彦の評論「深層短歌原論」に対する長い文章を書いた。坂野の韻律論は現在でもなお最も優れた短歌定型論の一つであると思うが、その韻律論から、呪文のような歌こそが短歌の本質であると論を飛躍させた彼の言説に、私は反論を述べた。真に「深層短歌」を目指すなら、坂野は呪文などではなく、描写詠の究極の可能性をこそ追及すべきだったのだ。

56
イデアとしての自然

安田純生著『歌枕試論』は、古典和歌における歌枕を論じたものだが、現代短歌にとっても示唆に富む問題を提起している。たとえば大和三山の「天の香具山」。標高一五二メートルしかない香具山（現在の標記は香久山）は古代では天に届く高峰と考えられていて、その誤解？　が古歌の中では継承されて来たとした上で、「百人一首」の持統天皇歌〈春すぎて夏きにけらししろたへの衣ほすてふあまのかぐやま〉の「しろたへの衣」は、現実の衣（布）ではなく雪、雲、滝のいずれかの〈見立て〉であった可能性を述べている。和歌における自然（景色・風土）の描写は、眼前に実在するそれではなく、古歌の積み重ねによるイメージの世界だったのだなあと改めて知る。

森朝男著『古歌に尋ねよ』の中で、森は安田の説を受けて次のように述べる。

「古歌の布を滝に見立てた。これは比喩などという尋常なものでない。それゆえ香具山・吉野山の現実の像はきれいに捨象され、イデエの歌になった。そこに私は強い感動を憶える。ここには詩語の本質が隠されている。ことばを現実的な指示関係から解き放ち、詩語化する」

「イデエ」。まさに歌枕はその最たるものだろう。「逢坂の関」が切ないのではない。その名前が切ないのだ。さらに森朝男は、イデエ・イデアとしての自然（描写）に関して、別の箇所では紀貫之歌〈さくら花ちりぬる風のなごりには水なき空に波ぞたちける〉を引きつつ次のように述べる。

「この空に立つ波の景は、像よりことばに依存する度合が強い。これはことばが作った、いわばイデアの景だ。それだけ現実の空や花、海や波から離れていて、これを読むとき、僕らの経験的な景は揺らぎだす。もしや、空の本質は海であり、波の本質は花であるのではないか、と疑わせられるほどだ」

これはいわば、詩歌の表現の核心、そのエッセンスを捉えた言葉だろう。

ここで話を広げれば、歌における季節・時間・天候といった景の描写は全般に、もともとそのような〈イデア〉としての性格を持っていたと思う。作者の心が季節や時間や天候（大きく言えば自然描写）に反映された、〈心ばえ〉の世界という面が大きい。日常生活においてもわれわれは、心の状態をしばしば天候・気象になぞらえる。心が晴れる。心が曇る。心がたそがれる。心は吹雪。土砂降りの人生。真っ暗闇の渡世。晴天の霹靂……。「天気晴朗なれど波高し」などというのは、交戦直前に当たっての心の高揚状態をそのまま言い当てたフレーズでもあった。和歌には「景情一致」という概念がある。心（情）が悲しいと、それが自然現象（景）に反映される。失恋すると氷雨が降り、冷たく心と体を濡らす。それはそのまま現代の演歌の世界と地続きである。いわく「涙雨」。いや馬鹿にしてはいけない。詩歌において「暗雲立ち込める」という自然描写をすれば、それはすなわち作者の心の暗示・象徴として機能する。そのメカニズムは、このコラムで繰り返し述べた「モンタージュ」そのものである。

57
「惑星ソラリス」の海

前回は和歌における「景情一致」という概念まで話を進めた。心が悲しいと冷たい雨が降り、また逆に、冷たい雨か降ると心が悲しくなる。心情が気象・天候・景に反映し、そして気象・天候・景が心情を方向付ける。それはそのまま、演歌に代表される現代の流行歌の世界にまで繋がっている。百人一首の恋の歌などを読むたびにいつも、和歌と演歌は近いなあと思う。失恋すれば冬の巷を涙雨が濡らし、来ぬ人を待って長い夜が更ける。ご当地ソングなども、ほぼ歌枕の世界に近い。たとえば「津軽海峡冬景色」。「海峡」は単なる場面設定ではなく運命の過酷を暗示している。「冬景色」はそのまま主人公の心の風景である。そして「津軽」は、孤独な流離の思いが象徴された現代の歌枕である。歌舞伎の台詞や香具師の口上などにも和歌の影響は指摘できるが、いわば演歌こそが、和歌的世界観の正統な継承者であるとさえ言える。演歌おそるべし。付け加えれば、カラオケのイメージ映像や、テレビのサスペンス劇場などの演出にも、明らかに「景情一致」の概念が反映されている。追い詰められた犯人はなぜ、いつも海辺の断崖絶壁で自白するのか。それは「断崖絶壁」という場面がそのまま、運命のデッドエンドの比喩となっているからに他ならない。これは、ロシアの映像作家エイゼンシュテインが、日本の和歌の方法にインスピレーションを得て確立した「モンタージュ」理論が、時を隔てて逆輸入されたものであると言ってよい。

ロシアといえば、私はタルコフスキーの映画が好きだが、その作品の一つに『惑星ソラリス』という傑作がある（数年前ハリウッドでリメイクされたが、それとは別のもの）。その美しく残酷なラストシーンは、自らの意思を持つソラリスという未知の惑星の海面に、主人公の宇宙飛行士の深層意識が反映されて、束の間のユートピアを幻視させるというものだった。人間の情念を感知し、反映し、その心象イメージを限りなく増幅しつつ可視化する、惑星ソラリスの海。それはいわば、我々人間の脳の暗喩とも取れる。その先に広がるのは、仏教で言う「唯識説」の世界だろうか。「唯識説」「唯識論」とは、辞書的にまとめるならば【この世のあらゆる存在や事象は、ただ「心の本体たる〈識〉」の作用によって、仮に現れたに過ぎない】【万物は識（純粋な精神作用）に他ならない】とする説である。これに従って乱暴に言えば、この世のすべては私の自意識が見せる幻想でありイデアであるということになる。この「イデア」という概念を接点として、森朝男氏の説くところの（前回『古歌に尋ねよ』から引用した）和歌の詩的エッセンスと、仏教唯識派、そしてタルコフスキーの「ソラリス」の海とはリンクする。

世界とは、私の脳の中で起こっている現象なのか、それとも私とは関係なく、その外部に存在するものなのか。死によって私の意識が途絶えても、世界は続くのか。短歌における〈心〉と〈自然・気象・景〉の関係を考えると、そのような出口のない哲学的命題にまで行き着くのである。

58
短歌における〈自然〉の位相

前回までの重要なキーワードのひとつは、古典和歌における「景情一致」という概念だった。すなわち和歌においては多く、作者や作中人物の心情が、自然や天候などの〈景〉の描写に反映されて来た。ごく単純化して言えば、作者が悲しみの中にあるときには作中の風景も暗く冷たく沈み、喜びの中にあるときには、描かれる景物も美しい輝きに溢れる。つまりそこにおいては多くの場合、心と自然描写、〈情〉と〈景〉がリンクしている。言い方を変えれば、詩歌において、自然や気象

（季節・時間・天候……）などの景の描写は、おしなべて作者の心情の象徴として機能しているわけである。

この「景情一致」は、和歌以後の近現代短歌にとっても、依然として大きな意味を持っている。春が来る。秋風が吹く。冬が来る。朝日が差す。たそがれる。晴れわたる。暗雲かき曇る。突風にみまわれる。夕闇が迫る。爽やかな初夏の風が吹き渡る。梅雨の長雨が降り続く。雪と氷に閉ざされる……。現代においても多くの場合、季節・時間・天候といった自然描写は心の状態の象徴としての性格を持ち続けている。

さて、この「景情一致」から前回の最後には、仏教における「唯識説」にたどり着いた。ふたたび繰り返すと「唯識説」とは【この世のあらゆる存在や事象は、ただ心の本体たる〈識〉の作用によって、仮に現れたに過ぎない】【万物は識（純粋な精神作用）に他ならない】とする仏教哲学である。この説に従えば、この世のすべては私の自意識が見せる幻想でありイデアであるということになるだろう。心が晴れる時、気象もまたそれを反映して、雲ひとつなく晴れわたる。これは「唯識説」の立場からはいわば当然ということになる。和歌短歌における「景情一致」と「唯識説」とは、そこにおいてほぼ重なると言っていい。

果たして世界とは、私の脳の中で起こっている現象なのか、それとも私とは関係なく、その外部に存在するものなのか。死によって私の意識が途絶えても、世界は続くのか。前回述べたように、和歌や短歌における〈心〉と〈自然・気象・景〉の関係を考えると、そのような出口のない哲学的命題にまで行き着くのである。

ただ話は少し戻るが、「景情一致」の一方で、自然とは人間（人間中心主義）を相対化するものでもある。われの自意識を相対化し、その小ささに気づかせてくれるのもまた、自然という大きな存在である。近代の短歌において、自然界への過度の感情移入を厳しく戒め、「客観写生」が掲げられたのもまた、一面では和歌の過度な「景情一致」への反省という側面を持つ。

さらに古代から、自然界は人知を超えた畏怖すべきものとする考え方を、われわれ人間は持ち続けて来た。いわゆるアニミズムである。古木が神託の言葉を語り、巨岩が人間の傲慢を叱る。古代信仰とも関わるアニミズムは、ただの擬人法とは似て非なる、ひとつの思想であり哲学である。既に多く言われていることだが、自然と人間があきらかな危機に瀕している今、アニミズムは最後の救いとなる可能性がある。

59

「せし」と「しし」

今回は少し文法の問題に戻る。

短歌の文法で最も悩ましいものの一つに「せし」「しし」の使い分けがある。いわゆる【過去の助動詞「き」】の連体形である「し」。問題はその接続である。ちなみに、短歌で用いる文語文法（平安語法を手本とする）にも流行り廃りがある。選り好みというか、使用頻度の差は歴然とある。たとえば同じ文語助動詞でも、「まほし」とか「まじ」などは今や殆ど使われない。そうした事から考えると、もはや「文語文法」を名乗るよりは、いっそ「短歌語法」と呼ぶ方が適切かもしれない。そうした短歌特有の（現代の日本語として一般に流通する語法＝口語文法、とは違う）語法で最も使用頻度が高いのが、この「し」である。

教科書的に言えば助動詞「き」の連体形「し」は動詞など活用する語の連用形に接続するが、サ変動詞のみ未然形に接続する。サ変動詞「す（為）」の未然形は「せ」なので、すなわちサ変への接続のみ「せし」。「議論せし」「散歩せし」「ダンスせし」……となる。サ変動詞そのものは「す」一つだが、名詞を動詞化する働きを持ついわば万能細胞のような動詞なので、そのバリエーション（いわゆる複合サ変動詞）は無限にある。

一方、たとえば語尾がサ変と同じ「す」でも、四段活用の動詞「交わす」「残す」「話す」……ではその連用形に接続して「交わしし」「残しし」「話しし」……となる。ただし、この「話しし」はちょっとややこしい。「話（はな）しし」なら四段活用への接続なので「しし」でいいが、「話」を名詞として用いれば「話（はなし）す」はサ変であり、その場合「話（はなし）せし」となる。つまり読みによって「話（はな）しし」

「話せし」両方有り得る。

では助動詞「し」の、文語動詞「愛す」「食す」「感ず」「信ず」などへの接続の場合はどうか。たとえば「愛す」。まず、その活用の形はどうなっているだろうか。否定形は「愛せず」か「愛さず」か。命令形は「愛せよ」か「愛せ」か。そして「し」が付く場合は「愛せし」か「愛しし」か。同じように「感ず」の場合はどうだろう。「感ぜず」か「感じず」か。「感ぜよ」か「感じよ」か。そして「し」が付く場合は「感ぜし」か「感じし」か……。実は「愛す」も「食す」も「感ず」も「信ず」も、元々はサ変動詞だった。元々は、というのは、ある時期にサ変から別の活用に変化したのである。（だからその元々を考えると、いずれも前者の方がより「正しい」ことになる。ただし最終的には、そうしたことがらは「誤用」ではなく「変化」であり、どちらが「正しい」かという議論には最終的にはなじまない部分がある）。文語動詞「愛す」「食す」はサ変から四段へ、「感ず」「信ず」はサ変から上二段へと変化した。「感ぜず」から「感じず」へ。「信ぜよ」から「信じよ」へ。あえて言えば前者の方が「文語文法」としてはより本来的だとは言えるが、もはやわれわれは後者の側に自然さをより感じている。文語もまた、時代とともに或るものは淘汰・敬遠され、また或るものは変化する。善悪以前に、その事実は頭のどこかに常に置いておきたい。

60 文法・仮名遣いと音便 1

今回も再び文法や仮名遣いの問題を考える。最近、旧仮名遣いによる口語体の短歌で、次のような表記に出会った。「食べやう」。さらにまた「休憩しやう」。これは「××のよう（様）な」という直喩表現の旧仮名表記「やうな」との混同から来た誤用だと思われる。そこで改めて、旧仮名遣いによる口語表現「よう」「しよう」……について整理してみようと思う。

遡って、まずそうした意思表現のポイントとなるのは「う」。たとえば「行こう」。これは「行かむ」↓「行かん」↓「行かう」↓「行こう」と、撥音便とウ音便を介して変化した。元々の出発点は「行く」の未然形に推量（この場合は意志を表す）の助動詞「む」が付いた「行かむ」。次の「行かん」はその撥音便。現代の仮名遣いは「行こう」。そして旧仮名遣いの口語表記には、慣例的（便宜的？）にその一つ前のウ音便「行かう」が当てられる。

では「食べよう」の場合。出発点は「食べむ」↓その撥音便「食べん」↓そのウ音便「食べう」↓さらにその口誦化「食べよう」、というルートである。「食べう」を【たびゅー】と発音したことから、その発音に近い「食べよう」という表音表記が口語表現として定着したのだろう。確認してほしい。この変化プロセスには「やう」という表記はどこにもない。もし旧仮名遣いによる口語表記を敢えて想定するならば、「食べう」か「食べよう」である以外にはない。ちなみに佐賀県近辺の方言では、「食べよう」を今も「たびゅー」と発音するという。「食べよう」の一つ前段階の「食べう」の発音【たびゅー】が、現在にそのまま残っているわけである。

このように、「方言」と呼ばれるものの中には、地方ごとの突然異変ではなく、文語から口語への正当な移行過程の或る段階が現在に残っているものが、実はとても多い。たとえば高知弁では「昨日、播磨屋橋に行ったき」などと、語尾に「き」をつけることが多い。これは「行きたりき」の変化型だと考えられる。過去の助動詞「き」が現在の「方言」に残っているのである。

本題に戻って、「食べてみよう」の場合。オリジナルは「食べ見む」→撥音便「食べ見ん」→ウ音便「食べ見う」→その口誦化「食べみよう」。そして最後に助詞「て」が挿入されて「食べてみよう」。

「休憩しよう」の場合。出発は「休憩せむ」→撥音便「休憩せん」→ウ音便「休憩せう」→そのさらなる口誦化である「休憩しよう」。ここでも「しやう」という過程は存在しない。

「食べましょう」の場合。初期型は「食べ見せむ」→撥音便「食べ見せん」→ウ音便「食べ見せう」→その変化型「食べませう」→さらに口誦化して「食べましょう」となった。【食べみしょー】→【食べましょー】という口頭での発音変化が核にある。そしてこのプロセスのうち旧仮名遣いによる口語表現では、現在「食べませう」が採用されることが多い。

「休憩しましょう」の場合。元々は「休憩し見せむ」→撥音便「休憩し見せん」→ウ音便「休憩し見せう」→「休憩しませう」→「休憩しましょう」。「食べませう」と同じように、旧仮名遣いによる口語表現としては現在「しませう」が一般に認知されている。

だから、最初に戻ると「食べよう」は敢えて旧仮名遣いで表記するならば、「食べう」または「食べよう」がより自然だと言える。「休憩しよう」は旧仮名遣いにどうしてもするならば、「休憩せう」か「休憩しよう」がより自然である。「食べてみよう」は「食べてみよう」が、「食べましょう」は「食べませう」または「食べましよう」が、それぞれ理屈に適う。だが、「食べませう」「しませう」は一応認知されているが、同類のウ音便の「休憩せう」や「食べてみう」「食べう」は、理屈には合っているがいかにも奇異に映る。どだい、どこかに無理が出るのだ。そこに、口語体を旧仮名遣いで表記すること自体の不自然さが象徴的に現れている。

61　文法・仮名遣いと音便　2

前回は「食べやう」「休憩しやう」という口語旧仮名遣いの誤用を出発点として、旧仮名遣いにおける音便の問題を考えた。現代仮名遣いの「食べよう」の語源は「食べむ」。そこから「食べう

〈発音はタビュー〉」→「食べよう」と変化した。「休憩しよう」にも同様の変化過程が見られる。だから両者を敢えて旧仮名遣いで表記するならば、本来はウ音便形の「食べう」「休憩せう」がふさわしいが、それだとあまりに奇異なので、なんとなく慣例的に新仮名と同じ「食べよう」「休憩しよう」が使われている。なぜこんなややこしいことになるかと言うと、現代の口語では旧仮名遣いの使用が想定されていないからである。

それにしても、酒場などで酔って「今度合コンしましょうよ」などと言っているその語源が「今度合コンし見せむよ」だというのは、愉快というか、笑える。「合コンし見せう〈発音はシミショー〉」→「合コンしませう〈発音はシマショー〉」→「合コンし見せむ」→「合コンしましょう」。このように変化を辿ると、古い仮名遣いの問題（とそれに関連する文法の問題）を考える上で大きなネックとなるのが、口誦化による発音変化の問題、特に〈音便〉の存在であることに気が付く。旧仮名遣いにおける音便をどう捉えるべきなのか。

「赤い」「恋しい」「飛んで」「立つて」「思うて」「歌うて」……。これらはいずれも旧仮名遣いの表記として一般に「正しい」とされている。その理由は、これらがすべて音便表現だから、である。だがそもそも音便とはどのようなものだろう。

言葉は基本的に、口誦による発音変化が表記に反映されて変化して来た。これからもそうだろう。この「口誦による発音変化」を（広い意味で）〈音便〉と呼ぶ。音便といえば「一般的にイ音便、ウ音便、撥音便、促音便の4種がある」（広辞苑）とされるが、元々の概念は「発音しやすいように語中・語尾の音が他の音に変化すること」である。もし「思うて」が音便ゆえに旧仮名遣いとして「正しい」とするならば、同じように「思ふ」の口誦による変化形である「思う」も、旧仮名遣いとして「正しい」ことにならないか。「歌うて」が○で「歌う」が×だという線引きはどこにあるのか。「行かう」は現在音便ゆえに旧仮名遣いとして認知されているが、ではさらにそれが口誦によって発音変化した「行こう」は何故「誤り」か。「思ふ」→「思う」のように語頭以外のハ行音がワ行音に置き換わる現象を「ハ行転呼音」と呼ぶ。これも発音変化であり、広い意味の音便に他ならない。また最近「そういう」を「そーゆー」と表記するような例が「言葉の乱れ」として指摘されるが、「然う言ふ」→「さういふ」→「そういう」→「そーゆー」という変化も、ある意味で発音変化を忠実に反映した結果である。すなわち「そーゆー」でさえ旧仮名の音便バリエーションと言うことも可能だ。だがそうなると最早「旧仮名遣い」という概念が破綻する。現代という「口語の時代」に短歌に関わることとは、そうした国語史の裂け目に身を置くことである。

62 村岡花子の周辺

朝の連続ドラマ『花子とアン』が好評だという。私は特にファンではないが「心の花」との関連から時々は観る。今まではまだ花子と白蓮ぐらいしか登場しないが。

村岡花子は東京の東洋英和女学校の同級生柳原白蓮の紹介で佐佐木信綱と出会い、信綱から歌作や万葉集を学んだ。また、同校で同じく「心の花」の片山廣子と出会い、その勧めで童話や翻訳を手掛けるようになる。片山廣子（松村みね子）はアイルランド文学の翻訳家として著名。堀辰雄や晩年の芥川龍之介との交際でも知られる。ちなみに片山廣子／松村みね子作品資料集『野に住みて』巻頭の肖像写真は「赤毛のアン記念館・村岡花子文庫」の協力による。

柳原白蓮は本名柳原燁子（あきこ）。父は柳原前光伯爵。そのお妾の子であったが、柳橋の芸妓であった母が三歳の時に亡くなり本家に引き取られた。その後里子に出された末、九歳で遠縁の子爵の養女となり、十五歳で男児を産んだ。細かくは省くが、痛ましい幼少期だった。なお父の妹柳原愛子は明治天皇の側室（正式には「典侍」）。『源氏物語』さながらの世界が明治期にはまだあったのである）で、大正天皇の生母。また父の死後に柳原家当主となった異母兄義光の二女徳子（白蓮の姪）は、同じく伯爵家の吉井勇と結婚。私は徳子の写真を見たことがあるが、「大正三美人」と謳われた白蓮（なおあと二人は、白蓮の歌友九条武子と新橋の芸妓某。何と三人のうち二人が「心の花」の歌人である。当時は華族の子女や芸妓が芸能人的な人気を集め、ブロマイドが売られたり、スキャンダルの対象になったりした）よりもさらに美人に（私の目には）映った。因みに吉井勇と徳子は、徳子のスキャンダルによって離婚。勇は苦悩の末に爵位を返上した。

失意の勇を救ったのは、土佐の山間での三年の隠遁生活だった。勇の父吉井幸蔵伯爵は、帝国水難救済会会長として石榑千亦はじめ多くの歌人の後ろ盾となった人物。勇は「心の花」のこの千亦から短歌を初めて学んだという。吉井家も柳原家も、もともとは維新の功績により爵位を得たが、この明治政府の華族濫造？　がたたって結局は経済的に逼迫し、その後の人生の苦悩へと繋がってゆくのである。

白蓮にとっての苦悩は、「炭鉱王」伊藤伝右衛門との望まぬ再婚だったと言えるが、このあたりは余りにも有名なので省く。菊池寛の小説『真珠夫人』は「筑紫の女王」白蓮がモデルである。白蓮の苦悩を救ったのは、東京帝大に在学しつつ労働運動に奔走していた宮崎龍介だった。宮崎龍介は熊本出身。父は孫文の盟友として辛亥革命を支えた宮崎滔天。滔天はまた浪曲師でもあったというから驚く。龍介はのち盧溝橋事件の折に、旧知の蔣介石との、戦争回避の折衝の密使の役を担ったりもした。父子ともに、一活動家をはるかに越えた傑物だったのである。ちなみに「心の花」の築地正子の父は滔天の甥、母は姪（両親はいとこ同士）である。さてさて、村岡花子の周辺の人々をめぐるドラマはまさに大河のように尽きないが、その人間ドラマの要に居た人物こそが、わが佐佐木信綱であった。

63 短歌の劇性

この二年ほど、いろいろ寄り道をしながら大きな道筋としては短歌の「劇性」を軸に話を進めて来た。今回、一応その中締めをして次に進みたいと思う。「短歌の劇性」とは私の拙い造語で、しつこく述べたように、短歌形式が保証する対立・葛藤・相乗の力学を言う。それら対立・葛藤・相乗こそが短歌の本質であり最終的なアイデンティティであるというのが、私の変わらない考えである。まあ、二十数年も前の評論集『〈劇〉的短歌論』で論じた事柄、そしてそこで詰めきれなかった事柄を、今さら蒸し返しているわけだが、私自身いろいろ考える所や発見があり、方向としてはさほど間違っていないと改めて思っている。

私の「短歌の劇性」論の土台の一つとなっているのは、エイゼンシュテインの「モンタージュ理論」である。細かいことは繰り返さないが、ロシアの映像作家エイゼンシュテインが日本の短歌・俳句・歌舞伎・漢字の成り立ち等からインスピレーションを得て確立し、映像芸術に新しい地平を拓いたその「モンタージュ理論」を、世紀を跨いで現代短歌に逆輸入しようとすることが、いわば私の（無謀な）第一の試みである。エイゼンシュテインのこの卓越した理論は、「映像の弁証法」として知られる。全く異質の二つのファクターを一つの「フレーム」の中で付け合わせたとき、その結節点に起る対立と葛藤が、最終的に反発し合うのではなく相乗し合うことによって生じる「新しい思想」。それが「モンタージュ理論」の神髄だった。これは私が詩歌の本質と考える「認識の更新」ともそのまま合致する。詩的な対立・葛藤・相乗のメカニズムは短歌では、まず上下句の付け合わせ・展開・飛躍に典型的に現れ、また人事と自然、具象と抽象、といった内容面においても、異なる二物の配合・衝突は大きな力として、読者を(また作者自身をも)新しい未知の認識へと導くわけである。特にそこでは、映像的なイメージ[像的イメージ」の造形・葛藤・飛躍・展開・相乗が大きなポイントとなる。このコラムで「意味とイメージ」「コノテーションとデノテーション」といったキーワードを用いて繰り返したように、意味・説明・理屈・粗筋はわれわれの意識の表層に対応し、イメージ・映像・景は深層に対応する。意味的に説明されるよりも、イメージで暗示・象徴された方が、意識あるいは脳への浸透度では、はるかにインパクトが強い。それは深層心理の顕在化とされる夢を例に取るとわかりやすい。我々は「意味」を夢にみることはない。つねに暗示・象徴としての「イメージ」にインスパイアされ、時にうなされるのである。この、「イメージの暗示的喚起力」は、詩歌の根本に繋がる。私が、出来事や自らの気持ちの「説明」をもっぱらとして描写を軽んじる、意味性偏重の短歌に危惧を持つのは、まさにそこに関わる。

青くさいけれど、やはり短歌は詩的言語であってほしい。そして、大きな意味での「思想」表現であって欲しい。今を生きる一人の人間が、現実と、歴史と、時代と、世界とどう向き合うかを、自分の頭で考える、その葛藤と自問自答こそが「思想」である。その「出会い」のダイナミズムによって、短歌形式という〈型〉は、本来の生命力と喚起力を回復するのである。

64 イメージの造形〈比喩〉

詩歌は（より大きく言えば言語全般は）〈意味〉と〈イメージ〉によって構成される。物事のあらましを粗筋的に提示する部分（概念や理屈・説明）と、ビジュアルな像（画像、映像、像的イメージ）を提示する部分と。それは「絵に描けない部分」と「絵に描ける部分」と考えるとわかりやすい。たとえばいま冒頭からここまで私が述べて来た詩歌に関わる「理屈」は何一つ絵には描けない。すなわち「意味」であり「説明」であり「概念」ということになる。そうした意味・理屈が我々の表層意識に対応するのに対して、イメージは深層意識に到達することを、私たちは経験上知っている。そこに「描写詠」の本質的な可能性が広がっている。と、これは何度も述べた。

そうした像的イメージの喚起力を、仮に〈イメージの造形〉と呼ぶ。繰り返して来た「モンタージュ」は、まさにそこに関わるわけだが、もう一つ、詩歌の現場においてイメージの造形と密接するものに比喩がある。今回からその比喩について考える。比喩は詩歌の始原に関わると言われる。

あなたは太陽だ、星だ、薔薇だ、勇敢な獅子だ。神・自然・王権・女性といった崇拝の対象を称えるために比喩はあり、それが詩歌の源となった。とすれば、比喩を考える事は即ち詩歌を考えることである。

まずは教科書的な部分から。「君はあたかものろまな亀のようだ」。「君はのろまな亀だ」。前者を直喩と呼び、後者を暗喩（隠喩、メタファー）と呼ぶ。「AはBのようだ」「AはBだ」……。「あたかも××のようだ」と回りくどい方が「直」喩で、「××だ」と直接断定する方が「暗」喩というのは、どこか用語が錯綜しているが、比喩であることが明示されるのが直喩、そうでないものが暗喩と考えると、まあわからないことはない。

ところでその直喩にも様々なバリエーションがある。「オニも真っ青の人」「オニも裸足で逃げ出す人」。これらは「オニのような人」に隣接する言い方であり、直喩の範疇と考えられる。「のような」「も真っ青の」「も裸足で逃げ出す」。つまり譬えるものAと譬えられるものBを、何らかの言葉のブリッジで連結したものが直喩ということになる。次の百人一首の歌なども、そうした直喩の変化形であると言える。

朝ぼらけ有明の月と見るまでに吉野の里に降れる白雪　　坂上是則

直喩のブリッジとなっているのは「見るまでに」。あたかもそう見て（思って）しまうほどに、と読み直せばよくわかる。

ちなみに先の「オニ」という比喩。それが、昨今は面白い使われ方をされている。「オニのように眠る」「オニのように勉強する」……。元来「オニのように」「オニのような」は、恐ろしさの尺度としてあったが、それが程度の甚だしさの尺度へと変化している。さらに中学高校生たちは「オニ（甚だしく）暑い」とか言っている（古い？）らしい。これを若い世代の言葉の乱れ、と言ってはいけない。むしろある意味でとても興味深い「進化」だと私には思える。言ってしまえば「オニ」の言語的概念の敷衍化である。これは比喩というレトリックの本質に関わると思う。

65 比喩のバリエーション 1

引き続き、比喩について考えてゆく。前回、詩歌の生命線とも言えるものが〈イメージの造形〉であり、そしてそのもっとも典型的な形が比喩であると述べた。

比喩による〈イメージの造形〉。それをごくかいつまんで言えば、次のようなことである。陳腐な例だがたとえば「鬼のような人」。「鬼のような」という直喩が暗示するのは、「恐ろしさ」「無慈悲さ」「非道さ」といったことだろうが、それを直接そうした理屈・概念で「説明」するのではなく、「鬼」という伝承上の異物のイメージを聞き手に提示することで、相手の想像力を喚起し、その結果として一定の概念に導くところに比喩の大きな意味がある。言うまでもなく重要なのは、想像力を媒介にする、という点だ。頭ごなしに理屈理詰めで相手を説得するよりも、相手の想像力を味方につけて、イメージでふんわりと暗示した方が、はるかにリアルに心に「届く」ことを、われわれは経験的に知っている。だからこそ、ここぞという時（たとえば美しいものや恋人を賛美する時）にわれわれは比喩を用いる。理屈では心にストンと届かない大切なことを、どう相手にリアルに届けるか。そのための方策が詩歌であり、であれば、詩歌の根本・始原に比喩があるのは、しごくもっともな事なのだった。

さて、ここからはそのバリエーションを見てゆく。まず直喩。比喩の基本形である直喩、すなわち「××のような△△」という表現において、理屈上ただひとつ成立しないのは、「AのようなA」のみである。「鬼のような鬼」。お前は、まるで鬼のような鬼だな。うーん。この究極の同義反復には、言葉の約束を根底からひっくり返すアナーキーさがある。それを言っちゃあおしまい、という紙一重の危なさ。この「AのようなA」以外は、可能性の上からは全ての組み合わせが成立する。「鬼のような観覧車」「観覧車のような鬼」。ここにシュールレアリズムやダダイズムの契機があると言える。それは言葉の限界設定（リミッター）無き自由化＝全面開放、である。

直喩を考えるときに鍵となるのは、比喩の両方向性というべきものである。たとえば和歌に多出する喩的イメージとして、雪を月光に譬えるというパターン（漢詩の影響が指摘される）がある。面白いのはその逆のイメージもまた成立している点だ。「月光のような雪」→「雪のような月光」。また、散る花を雪に譬え（花吹雪）、逆に降る雪を花に譬える（牡丹雪）例も多い。もともと私たちは、たとえば「カルピスは初恋の（ような）味」と言うときには、無意識に心の中に、逆ベクトルの「初恋はカルピスの（ような）味」というイメージをも、（いわばサブ・イメージとして）同時に生起させているのである。そこに想像力を最大限に介入させる比喩という語法の、単なる説明・方便を越えた詩的喚起力がある。「月光のような白雪」というとき、月の光と雪の結晶のイメージは両者渾然一体となり、雪とも月光とも分かち難い美的世界を眼前させるのである。そこに生ずる認識の更新が、つまりは詩歌の核心部分だろう。

66　短歌と俳句の国際化

今回は〈比喩〉から少し脱線して短歌と俳句の国際化について考えてみる。

今年（二〇一四年）の「心の花」の全国大会のテーマは「国際化と短歌」だった。ところで、

「国際化と短歌」「短歌の国際化」といっても大きく二つの意味がある。内容の国際化と作者・読者層の国際化である。このうち内容の国際化は、グローバル社会を反映して今後ますます進展するだろう。しかし後者（かいつまんで言えば短歌が世界の言葉で作られ、また読まれること）はなかなかハードルが高い。それはつまり「外国語短歌」は可能か、という問題に収斂される。

外国語短歌は可能か。その問いにも二つの意味がある。一つは外国語への短歌の翻訳と紹介であり、もう一つは外国語による短歌実作である。翻訳・紹介は、これもなかなか大変だろうが、貴い試みだと思う。一方短歌を外国語（たとえば英語）で創作するとなると、よりハードルは高い。そこには短歌自体の本質に関わる問題がある。

外国語による創作を考えると、短歌よりも俳句が遥かに先んじている。一方、過去の「短歌国際化運動」を見ても、実際のところ歌は苦戦を強いられている。それはなぜだろうか。私はそこに、短歌と俳句の似て非なる本質が示されていると思う。

以下は仮説だが、俳句のアイデンティティは形式それ自体ではなく〈構造〉にあると思う。その構造とは、季節の運行をベースとした、ごく短い二つのフレーズの付け合わせである。「二物衝撃」とか「二句一章」という考え方と密接に関連する、短い二つの句と句の展開、衝突、飛躍。そこをきっちり押さえれば、もし音数が五七五から逸脱していても「俳句」として認定されるとすれば、外国語でも作りやすいのは道理である。加えて、乱暴に言えば俳句の基本は名詞構文にある

（と思う）。「古池＋水の音」「荒海＋天の川」「夏草＋夢の跡」……。これが俳諧俳句の基本構造だとするならば、二つの名詞構文を「配合」すれば作品は成り立つのであり、外国語による創作の可能性は大きく拓けてくるのだった。

一方、短歌のアイデンティティを突き詰めると、それは〈構造〉ではなく〈形式〉にあり、その基本を外すと、一行詩と見分けがつかなくなる。この短歌と俳句の差は、「自由律」の歴史的な評価のされ方の違いを見れば一目瞭然だろう。短歌における自由律は、俳句におけるそれよりも圧倒的に旗色が悪い。そしてまた「句」「歌」という呼称にも、双方の特性は示されている。「句」（＝フレーズ）は構造を、「歌」は（形式が保証する音声的な）リズム・調べを、それぞれ指す言葉なのだった。

短歌のアイデンティティたる形式（五七五七七という音数律）を支えているのは、日本語の均等平板な発音である。それを可能にするのは、母音の均等な配列である。これは、リズムの緩急を特色とする英語等とは全く違う。だからたとえば英語で短歌を作る時に、いつもリズムが（音数の数え方が）ネックとなる。ちなみに最近、（口の中が凍る心配の無い）暖かい国で発生した言語は、大きく口を開けて発音する母音中心の言語が大半であり、逆に（寒い国イギリスで発達した）英語は、あまり口を開けずに息の出し入れで音を出す子音中心の言語だという、たいへん興味深い説を読んだ。「音数」という概念によりシンプルに馴染むのは、母音中心の均等な言語である。むろん

「外国語短歌」は一つの夢だが。

67 比喩のバリエーション 2

引き続き比喩について考える。前々回、〈比喩の両方向性〉について述べた。陳腐な例だが（使い回されて定番となった比喩は例外なくどれも陳腐であり通俗である）、たとえば「綿菓子のような雲」という比喩の裏側に我々は、そのサブ・イメージとして常に「雲のような綿菓子」という逆方向の比喩を（無意識に）イメージする。夏空に聳える積乱雲。それを「綿菓子のような雲」と表現（＝認識）したその瞬間、我々の脳裏には夏空に聳え立つ甘く巨大な綿菓子そのものが、一瞬ありありとイメージされるのである。ここに詩歌における比喩の大きな鍵がある。「イメージの造形としての比喩」とはまさにそれを指す。

この〈比喩の両方向性〉は、時に〈比喩の逆転〉という面白い現象を引き起こす。比喩の最も単純な形は、誰かに或る未知のものを説明する時に、よく知られている一般的なもの（のイメージ）で伝えることだと言える。たとえば（これも陳腐な例だが）ませた姉が幼い妹に「キスはレモンの味」と説明したとする。妹はそんなに酸っぱいものかと驚く……かどうかは知らないが、未知のものを既知のもので譬えるというのが基本形である。ちなみに暗喩を表すメタファーという語の「メタ」とは、元はギリシャ語の接頭語で「××を越える」「より高次元、高レベルの」という意味を持つ（メタ・フィジカルしかり、メタ・レベルしかり）。語源的に「メタファー」とは、〈より高位（広義）の概念への転換〉である。だが、この「よく知らないものを（より広義の）よく知っているもので説明する」という比喩のごく基本的なベクトルが、時に逆転する。たとえば（比喩の話だけあって、この文章には「たとえば」がやたらに多い）「うなぎのぼり」。われわれの大半は、河口を「うなぎのぼり」に遡る鰻の群れなど見たことがないが、それでも「うなぎのぼりの人気」という定番の比喩に？（ハテナ）を感じる人はまあいない。またたとえばお菓子のグミ。果実のグミのような……という命名だが、もはや子供たちは本物のグミを知らず、グミといえば端的にお菓子そのものをイメージする。「うだつが上がらない」「しがらみにまみれた」……も似ている。「うだつ」も「しがらみ」も今や現物を目にすることは少ない一方、比喩としてはとてもリアルに機能し続けている。

そして「津波のように」という直喩。かつては「津波のように人が押し寄せる」などという言葉をよく耳にした。これもまた（以前は）〈比喩の逆転現象〉の典型だったと言える。すなわち、よく知っている現象（行楽地の人出など）を、ほとんど馴染みのないものによって譬えるという逆転。その「津波のように」という比喩が、いまテレビから消えた。東北（東日本）大震災によって、われわれは現物の圧倒的な脅威と暴力を目の当たりにしてしまった。もはやレトリックがレトリックでは済まなくなってしまったのである。かつての大ヒット曲「TSUNAMI」を桑田佳祐が歌うことも、もはや多分ないだろう。これらのことは、比喩表現の問題だけにとどまらず、人間と言葉との関わりという根源的な命題をも、あらためて深く考えさせる。

68　比喩のバリエーション　3

〈比喩の両方向性〉について考える上で、次の歌は格好のサンプルとなる。

君かへす朝の舗石さくさくと雪よ林檎の香のごとくふれ　北原白秋

この「林檎の香りのように降る雪」という甘く壮麗な喩的イメージは、読者の深層心理に、「結晶となって雪のように降ってくる林檎の香り」をも同時にイメージさせるだろう。つまり〈林檎の香りの結晶のような雪〉という喩的イメージは、逆方向のベクトルである〈雪の結晶のような林檎の香り〉と表裏一体になって、我々の感受性（または無意識領域）に訴えかけるのである。林檎の香りが冷たく結晶し、悲恋の切なさを体現しつつ、さながらシャーベット状の雪となってさくさくと降ってくるイメージ。この歌の核心はまさにそこにある。

さて、比喩のこうした特性を踏まえた上で、以下ではいわゆる直喩・暗喩以外の、少し特殊な（意外な？）比喩のバリエーションを紹介したい。まず一番身近なところでは〈あだ名〉。「赤シャツ」も「ヤマアラシ」も「マドンナ」も、当然比喩の一バリエーションである。マドンナとは、言うまでもなく、あたかも聖母マリアのように皆から愛され慕われる女性という意味の命名に他ならない。次に〈擬人法〉。文字通り人間以外のものを「人になぞらえる」のが擬人法であり、「活喩法」という別名を持つ。この擬人法の逆が〈擬物法〉。これは人間を「無生物になぞらえる」語法。

次に〈寓話〉と〈諷刺〉。寓話も諷刺も主に人間社会の世知辛さを、さまざまな動物などの話に「なぞらえる」ものであり、これまた比喩の一形態である。特に寓話は擬人法の形を取ることが多い。また諷刺と関連するものに〈諷喩〉がある。「喩を通じて本義を推察させる技法」であり、「本義を推察させる」というぐらいだから、いわば説教的な喩法だと言える。「能ある鷹は爪を隠す」などがそれに当たる。さらにその〈諷喩〉と並ぶものに、〈換喩〉〈音喩〉〈形喩〉などが挙げられる。

〈換喩〉。「あるものを表すのに、これと密接な関係のあるもので置き換えること。角帽で大学生を表す類」（広辞苑）。「あるものを、そのものの属性、またはそれに密接な関係のあるもので表現する修辞法」(マイペディア)。『金バッジ』で国会議員を表すなどの類」(明鏡国語辞典)。なるほど。同じあだ名でも「マドンナ」は暗喩であり「赤シャツ」は換喩だった。

〈音喩〉。これは、オノマトペ(擬音語・擬態語)を用いてあるもの自体を暗示する技法。犬を「ワンワン」、猫を「ニャンニャン」と言い、救急車を「ピーポー」という類い。なお現代における音喩は「漫画、アニメにおいて、書き文字として描かれたオノマトペ」を指し、夏目房之介が命名したという。さらに漫画の「汗マーク」(焦りを表す)「青筋マーク」(怒りを表す)の類を、かの業界の人は「形喩」と呼ぶらしい。そうなると、携帯電話の顔文字やアイコンもまた、もはや「比喩」である。

いやはや、世界は比喩に満ちている。

69 比喩のバリエーション 4

世界は比喩に満ちている。彼女がほっぺたを膨らまして口をとんがらす仕草も、怒りの「比喩的表現」に他ならない。携帯メールに添えるハートマークも然り、顔文字も然り。究極を言えば、言語というもの自体が、いわば一つの比喩表現である。ここでソシュール言語学に深入りするスペースはとてもないが、たとえば「りんご」という名（命名・言葉）は、あの馴染み深い果実の存在（＝実体）を、メタ・レベル（抽象度における上位概念）で名指しし、イメージを喚起する記号表現（シニフィアン）である。まして象形文字から出発した漢字は、それ自体比喩的記号（サイン、シグナル、シンボル）である。たとえば「亀」、たとえば「馬」。

特に詩的言語表現は、言ってしまえばすべからく比喩性を帯びる。逆に言えば、比喩的・象徴的表現を含むフレーズのことを私たちは「詩歌」と呼んでいるわけである。以前このコラムに長々と書いた、吉本隆明『言語にとって美とはなにか』で中心的に述べられている、短歌の作中における「意味的喩」と「像的喩」の照応（付け合わせ、相乗）という考え方も、詩的表現はすべて比喩性を帯びるとの考えをベースとしていたのだった。

そうした詩歌の比喩性の最大限に発揮された、優れて高度なレトリックとして、和歌短歌における「序詞」を挙げたい。

あしびきの山鳥の尾のしだり尾のながながし夜をひとりかも寝む　　柿本人麻呂

序詞と言えばまずこの歌。「しだり尾の」までが「ながながし」を導く。あしびきの山→その山の奥に隠れ棲む山鳥→その山鳥の尾→そのとても長く垂れている尾→その尾のように長い長い夜→

その夜の長さの中に、山奥に雌雄別れて棲む鳥のように取り残されて、私は寝るしかないのか。「あしびきの」という呪文めいた枕詞に導かれて、息つく間もなく恋の切なさにまで流れ着く。いわば言葉のジェットコースターである。

難波潟みじかき蘆(あし)のふしの間も逢はでこの世を過ぐしてよとや　　伊勢

序詞は「難波潟みじかき蘆の」。その名さながらに海の難所の「難波潟」↓その瀬に茂って舟の往来を邪魔する蘆↓その蘆の節と節の間の短かさ↓その節の間のように短い時間さえ逢うことが適わず、まるで意地悪な蘆（悪し…悪い運気・運命？）に恋の潮路を邪魔されるように、この長い人生を一人で過ごせとあなたは言うのか。

次に現代の序詞を見てみよう。

夏草のあい寝の浜の沖つ藻の靡きし妹と貴様を呼ばぬ　　佐佐木幸綱

「夏草のあい寝の浜の沖つ藻の」までが序詞として「靡きし妹」を起こす。さらに「夏草の」「沖つ藻の」が枕詞。「相寝の浜」は伊予にある歌枕。そして全体として、柿本人麻呂が妻の死を嘆いた長歌のフレーズ「沖つ藻の　なびきし妹は」を踏まえる。夏草のあい寝の浜→その生命エネルギーに溢れる地名さながらに靡き止まない、真夏の沖つ藻→そのように俺に心靡いた愛しい恋人と、いま去って行くお前のことを、そうした愛しい名前では絶対に呼ばない。言葉のエロスとスピード感に圧倒される。序詞はいわば、短歌的比喩の高度に完成された最終進化形であり、それが古代に既に成立していたことに驚愕せざるを得ない。

70
永田和宏の比喩論

前衛短歌以降にあって、短歌における比喩の力の独自性と重要性に改めて着目し、そのメカニズムを論理的に「解析」しようと試みたのが、永田和宏の歌論集『解析短歌論』所収の評論「喩の蘇生」だった。今回はその永田の比喩論を見てゆく。

ちなみにいま思い出したが、一九八〇年代半ばのある日、二十代の私はこの『解析短歌論』と、それに先立つ永田の第一歌論集『表現の吃水―定型短歌論』の二冊を、版元の入る神田神保町のビルまで直接買いに行ったのだった。その折、版元の而立書房の方がとても喜んでもてなしてくれて、珈琲までご馳走になった。すっかり忘れていたが、ちょっといい思い出である。

本論に戻る。この「喩の蘇生」は、実は「心の花」一〇〇〇号記念号（昭五十七）のために書かれたものである。そこで永田は、散文における一般的な比喩（直喩）は、譬えるものと譬えられるものの共通性を橋渡しとして、自分の述べたいことを、より説得力をもって伝えるための手段であり「方法」だが、「翻って、そのような類似や共通の直接性にもとづく直喩という概念は、詩歌の場合にもそのままあてはまるだろうか」と問い、そして次のように答える。

「これらの直喩（注・前段に伊藤一彦と真鍋美恵子の作品を提示）の効果は、もともとは存在しなかった共通性を、作者の眼が独自に見つけ出してきて、それを、自分では決して直接には結びつけ得ない微妙さの中に架橋しようとしているところにある」「そのとき直喩は、叙述のためにそれに奉仕する手段ではない」「作者自身が思いもかけなかった精神の位相を全く新たに体験させるところのもの、いわばそれは表現行為の目的そのものであるとさえいってもよいものなのだ」

「多くの解説書にあるような、二者間の共通性を結びつけるものとしての直喩という定義は、こと詩歌に関してはまず当てはまらないと考えるべきである」

こうした詩歌独自の比喩の形を永田は、〈能動的喩〉と呼び、また佐藤信夫が『レトリック感覚』において提唱した「発見的認識の造形」という概念を用いて〈「発見的認識の造形」としての喩〉と呼んだ。

そして永田は次のように結論づける。

「作者の意図へ、読者（中略）の思惑が激しくスパークする、その尖端に、作品以前には決して経験し得なかった世界への新しい認識が開かれること、それを私は短歌における喩の本質として期待したいと考えているのである」

こうした永田の比喩論は、佐佐木幸綱が「〈他者への信頼〉を基盤にした、他者との〈共犯関係〉」と呼んだところの、作者と読者との（作品を媒介とした、互いの想像力の相乗による）ダイナミックな関係性こそが、短歌のエッセンスであるとの理解の延長線上にある。思えば永田和宏は短歌的比喩の考察を基盤として、現在まで一貫して短歌における〈読者〉と〈読み〉の重要性を主張して来た。この『解析短歌論』のサブタイトル「喩と読者」が、何よりもそのことを物語っているだろう。

71
佐藤信夫『レトリック感覚』

今まで七回にわたって比喩の話を展開してきた。そこでこの機会に名著・佐藤信夫『レトリック感覚』に触れたい。前回紹介した永田和宏の比喩論に大きなインスピレーションを与えたのもこの本だった。実際『レトリック感覚』には、詩歌の言葉を考える上での様々な示唆が詰まっている。

〈レトリック〉とは何か。佐藤によると、古代ギリシアにおいてレトリックは、演説や討論や裁判などでの「弁論術」、つまり相手を説得するための表現の技術としてまず成立した。だが同時にレトリックは、実用的な説得とは別のもう一つの傾向をも持っていた。それは詩との近さであり、芸術的・文学的表現の技術という側面だった。つまりレトリックは当初から、説得的効果と芸術的効果をめざす、印象的かつ挑発的な表現を求めてきた。だが時代が下って近代人の多くは、「飾りとしてのレトリック」を一段低いものと見なし、素直で忠実な記述の可能性を信じてレトリック無用論を唱え、「言語表現における〈かたち〉よりも〈こころ〉主義」を口にした。

ひとまずここまでで思い出すのは、古今集仮名序以来の、〈詞〉と〈心〉のどちらを上位に置くかという論争である。文学において、心を出発点にしない言葉は所詮は「虚言（むなごと）」に過ぎない。その一方、心は言葉によってしか伝えることができない……。王朝和歌以来の短歌の歴史は乱暴に言えば、このジレンマをめぐる双方の綱引きによって展開してきた。そして、レトリック無用論をめぐっては、素朴な自然主義に基づく「生活綴方運動」（による出来事の報告のような小説）が脚光を浴びた時期に、太宰治がそれを、子供の作文と同じだと辛辣に皮肉ったことなども思い出される。

そうした「飾り立てる」というレトリック観、またそれへの反発としてのレトリック無用論に対して、本書は次のように述べる。〈本当は、人を言い負かすためだけではなく、ことばを飾るためでもなく、私たちの認識をできるだけありのままに表現するためにこそレトリックの技術が必要だったのに〉〈ことばは工夫して使わなければすぐうそになってしまう〉〈せいいっぱい忠実に記述するためにこそ、ときには独特な表現を工夫しなければならない〉。

ここに佐藤信夫の言語論の神髄があると言える。そうした「新しい認識にかたちを与えるもの」としてのレトリック（読者を新しい認識に導くための、生き生きとした修辞）を、佐藤は〈発見的認識の造形〉と呼び、そこにレトリックの最も重要な役割があるとした。

詩歌とは、一言でいえば〈認識の更新〉である。かつて或る作家は「物を書く人間は、一つの作品を書き終えたあとで、たとえ僅かでも書く前よりも〈成長〉していなければならない」と言った。一首の歌を作る作業を通して、作者が自分の心の未知の領域と出会い、そして自らの認識を改めて吟味し、問い直し、たとえほんの僅かでもその認識を更新する。そしてまた、その結果として成立した一首の作品と出会うことによって、読者の認識が揺さぶられ、更新される。その恩寵の一瞬の為にこそわれわれは、時にしんどい思いをしながら歌を作り、そして読んでいるのである。

72 韻と律 1

歌会などで我々は「韻律」とひと口に言うが、それは具体的にはどのようなメカニズムを持つだろうか。これから何回か、短歌のリズム、韻律を考えてみたい。

韻律。それは大きく「韻」と「律」に分けられる。まず「律」から考える方がわかりやすいだろう。法律、規律などと言うように、「律」とは決まりのことである。短歌における決まりは、言うまでもなく五七五七七という形式（定型）である。決まった形式が決まったリズムを生む。これは短歌だけに限らない。まず中国の漢詩、また押韻を持つ十四行詩である近代西洋のソネットなど、さらに日本近代の七五調新体詩などもゆるやかな形式を持つ。古来、多くの詩歌には何らかの形式があった。よく言われることだがそれは詩歌が音声によって朗詠されるものだったことと関連するだろう。五線紙による音楽の楽譜でも、それぞれの小節に入る音符の数が決められていて、それがリズムを発生させる。同様に短歌では、決められた形式が決められた音数の反復を生み、それがリズムの律動となる。これを「音律」または「音数律」と呼ぶ。

次に「韻」。訓読みすれば「ひびき」。「余韻」といった語が示すように、これは聴覚的な音声の語感を指す。ちなみに佐佐木幸綱は「韻律」を「ひびきとリズム」とかみ砕き、そこから「短歌ひびきの説」のような根源的な考察がなされたのだった。

「韻」「ひびき」「響き」。詩歌におけるその最も単純な例としてよく言われるのは、母音A音による開放的な音の響きだろう。さらにサ行音、カ行音など、五十音表における言葉それぞれの、「行」による音感語感の違いやその効果についても、よく言われる。また和語、漢語、西洋外来語などの言葉の響きの差についても指摘されるところである。特に近代以降の外来語の、伸び縮みする瞬発力のある言葉の響きは、元来日本語には馴染みのないものだった。何でもいいがたとえば……「フランツ・オッペンハイマー」「フォーゲット・ミー・ノット」「ユーリ・アレクセヴィッチ・ガガーリン」「ジョルジュオ・アルマーニ」……。発音するだけでなんだか楽しい。韻（詩歌における言葉のひびき）についてはさらに、頭韻・脚韻などの押韻、リフレイン、オノマトペ、語呂合わせなどが大きく関わるが、それはまた追って考える。

ちなみに古典和歌の概念「しらべ」「調べ」とは、（「調べ」を「旋律」「調子」と狭義で捉える定義もあるが）大きく捉えれば韻と律の織り成す詩的音楽性の総称と考えられる。音楽のリズム、メロディ、ハーモニーで言えばハーモニーに近い。この「しらべ」を和歌の基盤に据えたのが、幕末の歌人香川景樹の「しらべの説」である。思いをなめらかに「自然かつ誠実に」歌い起こし、世界との「調和」を図る、古今和歌集（古今調）の優雅・優美なハーモニーを、歌の理想像としたのだった。そこにおける「しらべ」は、もはや短歌のリズムだけの問題を越えている。それは、この「しらべの説」への時を越えた反論でもある、佐佐木幸綱の代表的歌論「短歌ひびきの説」にも言える事だが。

73 韻と律　2

韻律における「律」について、もう少し掘り下げたい。「律」とは「決まり」のことであり、短歌では五音と七音の反復による形式（定型）がそれに当たる。この形式が短歌のリズムを生む。そもそもリズムとは、同一単位の反復の強弱が作る緩急のウエイブである。たとえば音楽の基本となるのは四拍子だが、これは四分音符４つを一単位としたフレーズの反復がもたらすリズムのウエイブである。二拍子、三拍子…８ビート、16ビート…いずれも同様に反復の律動で成立する。だから一拍だけのリズム＝一拍子は理屈上あり得ない（と思う）。反復がないところにリズムはないからである。短歌では５７の短長の単位を二度繰り返す。５７一度ではやはり反復は生じないからだ。そして最後にもう一度７を繰り返して終わる。この５７・５７・７の最後の７は、音楽の終わりによく見られる（たとえばポップスや演歌）同じメロディのリフレインによるラストの歌い終わりと、理屈は同じだろう。〈終わり感〉を盛り上げるには「止め」のための仕掛け（合図）が必要であり、長歌が５７を長く繰り返したのち７７で止めるのもその理屈によると考えられる。その長歌と比較するとき、短歌の５７・５７・７という構造は、リズムの短長の反復を生じさせ、かつ終わりを明示するための最小単位であることに気付く。すごい。

短歌（形式）を時に「三十一文字」と呼ぶが、これは誤解を招く名前だ。三十一文字で書かれた短歌は、総仮名書きで表記されれば有り得るが、普通の漢字仮名混じりの日本語で書けば、だいたい二十五字前後となることが多い。短歌は言うまでもなく三十一「音」、または三十一「拍」の詩である。ただ、仮名書きにおいても文字数と音数のずれが時折起きることがある。「ちょっと」とか「ジャズ」とか……あと微妙なのは「きゃー」とか「フィルム」とか。「ちょっと」は言うまでもなく「ち ょ・っ・と」と発音する三音（三拍）の単語である。CHYO・TSU・TO。日本語は母音による均等な発音を基本とし、母音の数で音数が決まる。CHYO・TSU・TOを母音に還元すると「O・U・O」。三つの母音が発音を決定するため三拍となるわけである。いくら子音が多くても母音が一つ（CHYO）ならば一拍一音。だからこそ日本語では均等な発音が生じ、それが短歌の「律」を可能にしているのだった。

厳密な「定型」を持つ詩歌として有名なのは漢詩である。たとえば「絶句」や「律詩」。「律詩」とは、文字通り「律」（文字数＝音数、の厳密な決まり）を持つ詩であり、その意味でもその命名はたいへん象徴的だ。その絶句や律詩では、一行の文字数、全体の行数、脚韻をふむ箇所、そして展開の法則（起承転結・序破急）が全てあらかじめ決められている。一行ごとの文字数は「五言絶句」「七言律詩」のように5か7。奇数の反復であるばかりか、5と7という数字までぴったり短歌と同じである事に驚き、否応なく想像はかき立てられる。私はかつて、アジア各地からの留学生たちに短歌を教えたことがあるが、北京大学大学院から日本に来ていた優秀な女子留学生は、漢字を5字、7字、5字、7字、7字と5行に配列した、音数ではなく文字の数が57577の、5句5行、しかも全て漢字のみの「短歌」を作り、私はおおいに感動した。

74
韻と律　3

今回は韻律における「律」のバリエーションを考えてみたい。五七五七七という短歌形式の「決まり」が生むリズムが「律」（音律、音数律）である。短歌形式自体には一定の「律」しかないが、そのどこで切るか（つまり「切れ」の有無やその場所）によって、さまざまなリズムパターンが生じる。極端なのは初句切れだろう。

契りきなかたみに袖をしぼりつつ末の松山波越さじとは　　清原元輔

出だし早々いきなり、力んでつんのめるようにリズムが切断されて、これはもうフライングに近い。なめらかな調和性をもって水の流れのように語を継ぐという和歌の「調べ」の概念からすると明らかに反則であり、であればこそ、その意外性（とリズム・内容両面の切迫性）が大向こうを唸らせたのだろう。この倒置法は演歌である。次に五七調と七五調。まず五七調。

春すぎて夏来たるらし白妙の衣干したり天の香具山　　持統天皇

五七調は一般に万葉調を代表する簡勁勇壮なリズムとされるが、その決定版と言えばこれ。57／57／7と絵に描いたように57×2のリズムを刻む。「百人一首」ではなぜ、このせっかくのリズムを壊して、「衣ほすてふ……」と四句の切れを解消させた形で採用したのか。のちの時代の定家（と推定される「百人一首」選定者）は、あまりにも簡潔過ぎて余情がないと考えて、またはいかにも古くさいと考えて、敢えて「添削」したのか。天皇（天皇という呼称は確か、持統の夫であり先代である天武帝が定着させたのだった）とはいえ女性の歌として強すぎると判断したのか。謎だ。そうしたいわば「リズム史」から和歌短歌を考察すると面白いと思うが、それはまたの課題としておきたい。しかし学会（学界）では、この改作をどのように捉えているのだろうか。私はアカデミックな研究者ではないので、そうしたことには大変疎い。むろんそれは褒められたことではないが、先行論文に当たるそうした文献学的研究にも、今後は少しずつ手を伸ばしてゆきたい。

ひるがえって（リズムパターンが鮮明な五七調に対して）七五調はごく曖昧だ。

駒とめて袖うちはらふかげもなし佐野のわたりの雪の夕暮　　藤原定家

三句切れによって成立する、繊細（また時には軽快）優美な七五調は、古今、新古今などの王朝和歌を代表する調べとされるが、リズムパターンとしてはやや淡い。５７５／７７と、７５のリズムはリフレインすることなく一度しか登場しない（７５のあと、三句での切れを挟んだ次の７が、再びの７５を予感させるが、それは結句の７によって裏切られる）ためである。ただ、むろんリズムの感触は、五七調とは明らかにちがうことは確かだが。

ちなみに「律」に関する余談として、短歌の結句の7音は、３／４の単位で切れる時に最も座りが良いという説がある。イエス・キリスト、ヤマト・ナデシコ、ささき・のぶつな……。３＋４の形は確かにどれもどっしりと安定している。一方その「三四調」説に対する異論として、斎藤茂吉は評論「短歌に於ける四三調の結句」を書いた。

75
韻と律　4

前回の最後に少しだけ触れた、斎藤茂吉の評論「短歌に於ける四三調の結句」について、まず補足しておく。これは、和歌短歌の結句7音は、たとえば「あきの・ゆうぐれ」「なりに・けるかも」「とおく・さりゆく」……といったふうに3音＋4音の形になっている時に、一番座りがいいとする従来の説に対して、茂吉一流の一言居士的性格から、（確かに三四調は安定しているがしかし）4音＋3音の結句の作品にも優れたものはたくさんあると、幾つかの実例を挙げて反論したものである。「四三調」が「三四調」に勝るかどうかはともかくとして、短歌を音律の構造的メカニズムから論じたものとして、特筆すべき論考である。

さて、ここからはその短歌の律＝リズムについて、破調の面から考えてゆく。破調は文字通り調子が破れることであり、字余りと字足らずがその双璧だろう。古今東西の名歌を集めたとされる「小倉百人一首」百首には、ざっと三十一首の字余りの歌が収録されている。第一、一首目の「秋の田のかりほの庵の苫をあらみ」から字余りである。「田子の浦に」も「花の色は」も字余り。21～30番、71～80番はいずれも十首中七首の字余りが続く。全体として百分の三十一。三割強。和歌は調べを整えて調和を旨として……と思い込んでいる人には、この数字は衝撃だろう。ちなみに字足らずの歌は百首中一首もない。「百人一首」の選定者（大半の歌は藤原定家の選と推定される）は、少なくとも字余りは必ずしも「破調」（調子の破れ）ではなく、逆に歌を際立たせることもあると考えていたのだった。そのパーセンテージが約三割。

むろん字余りには、ただ一音の超過が歌をぶち壊してしまう場合も多々あるが、同時に「字余りの効用」についても我々は感覚的に知っている。良い字余りと悪い字余り。リズムとはまさに感覚であり、可否を論理的に峻別することはできない。スポーツがそうであるように、リズム感とは体感的に養うしかなく、しかも各々の個性が大きく左右する。たとえば同じ楽譜を演奏しても、指揮者のタクトによってそれぞれ別物の曲となる。ある指揮者はさわり部分を大きく引伸ばし、また別の指揮者はあっさりと通過する。リズムとはそのようなものである。歌もまた然りで、均一のメトロノームではつまらない。プロの歌手がカラオケで自分の歌を歌うと、点数が出ないという話も聞く。リズムの微妙なタメや外しは、コンピュータには計れない。それが個性である。もちろん「悪い字余り」は論外だが。

スポーツと同様に短歌においても、リズムとは緩急の妙だと言える。かつて「ゆらぎ理論」なるものが注目を集めたが、まさにそうした緩急の揺らぎがある地点で調和したとき、たとえ字余りでも心地好いリズムが、恩寵のように生まれるのだろう。先にのべたように、リズム感とは体得するしかない。水泳が上達したければ考える前にまず水に入らなければならない。同じように短歌においては、音読を繰り返すことによって、身体にリズム感を沁み込ませ、体得する以外にはないだろう。実はここに、「音読」の最も大きな効用がある。

76 韻と律 5

これまで四回、短歌の持つリズム＝韻律を、主に「律」の面から考えて来たが、次に「韻」の方向から考えてみる。「韻」とは文字通り、個々の作品の持つ聴覚的な響きである。当然それは短歌作品を音読したり耳から聴く時に最も明確に意識されるが、しかし実はわれわれは、黙読においても、頭の中で作品を音声的に味わっている。

韻律に無頓着な歌人はいないだろうが、わけても短歌作品の「ひびき」を、作歌を始めた当初から強く意識していた現代歌人として、佐佐木幸綱がいる。その佐佐木の初期作品を中心に、短歌における「韻」のバリエーションを考えてみたい。

①頭韻、脚韻などの押韻

荒々しき心を朝の海とせよ海豹(あざらし)の自由いま夢の中　『群黎』

「あらあらしき」「あさ」「あざらし」とアの頭韻が踏まれている。さらに「あらあらし」と「あざらし」が、頭韻・脚韻を含めた相似形を為しつつ、上句と下句の頭に配置されている。母音Ａ音

（あ、か、さ……）の開放的な響きについてはよく言われるところだが、特にア音は、文字通り「あかるい」印象を与える。ちなみに「小倉百人一首」にもアで始まる歌がたいへん多い。

世が世なら夜な夜な幽霊来つらんに寄席の帰りの夜更の屋台　　『群黎』

ヤ行音による「世」「世」「夜」「夜」「幽霊」「寄席」「夜更」「屋台」（ヨ・ヨ・ヨ・ヨ・ユ・ヨ・ヨ・ヤ）という頭韻展開。さらに「世」と「夜」がリフレインされ、また「世が世な（ら）」と「夜な夜な」が相似形を為す。そしてナ行の「な」と「の」の繰り返しが脚韻的なアクセントとなる。しかも語呂合わせが、歌の意味性を全く阻害していないことに驚く。

人に歌ひとにひとつの志あわれなりはるかにきよき口笛　　『直立せよ一行の詩』

「人」「ひと」「ひとつ」と展開し「はるかなり」の「は」が軽くハ行のアクセントを添える。敢えて字余りを用いた「あわれなりはるかに」による緩から急へのテンポアップ（ギアチェンジ）も見逃せない。

②リフレインと対句

人間の一途の岐路に立ったれば「信ぜよ、さらば……」さらば吾が友　『群黎』

リフレインとは同語の反復で、押韻もその範疇と見なせば、用例は無数にある。この歌では「さらば」がリフレインされ、三か所の「ば」の脚韻がそれを補佐する。

何が終る何が始まる立春の地平照らしていま八雲立つ　『直立せよ一行の詩』

「何が終る何が始まる」が対句となり、リズムを強調する。「いま八雲立つ」に、予感を孕んだ〈今〉の濃厚な気配がある。

③漢語と和語

月下独酌一杯一杯復(また)一杯はるけき李白相期(あいき)さんかな　『直立せよ一行の詩』

かぜのとのとおきみらいをかがやきてうちわたるなりかねのひびきは　『金色の獅子』

一首目は李白への賛歌。その漢詩を取り入れて剛直な志の響きがある。二首目は和語のひびきを仮名書きが支える。唯一の漢語「未来」も、仮名で書くとやわらかい。

77 韻と律　6

前回に続き、佐佐木幸綱の初期作品を中心に、短歌の韻律における「韻」のバリエーションを見てゆきたい。

④語呂合わせと言葉遊び

語呂合わせの古歌として第一に思い出すのは、天武天皇の吉野賛歌〈よき人のよしとよく見てよしと言ひし吉野よく見よよき人よく見〉だろう。この歌は、意味内容もさることながら、早口言葉として愛唱されて来たという。語呂合わせや言葉遊びは、早口言葉や呪文ととても近い位置にある。

秋の痣(あざ)秋の笑いのあざわらい怪(あや)しくあおき青空のもと　『直立せよ一行の詩』

「笑いのあざわらい」「あおき青空」。まさに早口言葉であり、シュールな呪文である。いかにもあやしく危ない感じ。

桜花ちれちるちりてゆく下の笑いが濡れている夕まぐれ　『群黎』

「ちれちるちりて」。動詞の活用変化を呪文のように並べて、語呂の良さを導く。

一ヌケタ二ヌケタ三の三角の波逆立てり錆びしいかりに　『夏の鏡』
二等辺三角形の山ありて四日見つめて悲しくなりぬ　『金色の獅子』

それぞれ「一・二・三」「二・三・四」と数詞を加速度的に畳み掛けて、言葉を運動させている。いわば数え歌の感覚。

⑤言葉の加速度
短歌のリズムの緩急を司るのは、言葉の加速度である。それにはいくつものパターンがある。代表的なものを挙げる。

あじさいの花の終りの紫の濡れびしょ濡れの見殺しの罪　『群黎』

夏草のあい寝の浜の沖つ藻の靡きし妹と貴様を呼ばぬ

助詞「の」の畳み掛けによる加速度である。その代表例としては佐佐木信綱の〈ゆく秋の大和の国の薬師寺の塔の上なる一ひらの雲〉がよく知られる。幸綱の歌は、二首とも上句が序詞として機能している。

月下の獅子起て鋼（はがね）なす鬣（たてがみ）を乱せ乱せば原点の飢え　『群黎』

犬好きの少女俺の好きな少女　走れ　断て　伸びよ四月

動詞の畳み掛けによる加速感である。古歌では実朝の〈おほうみの磯もとどろに寄する波われて砕けて裂けて散るかも〉がよく知られている。

胸に広がる荒野みるみる駆けて来る裸馬　熱き馬肉食えば　『群黎』

生と死とせめぎ合い寄せ合い水泡（みなわ）なす渚蹴る充実のわが馬よ　『夏の鏡』

ぬるぬるの弁明をする舌、舌、舌、生きている愛している、夕暮酒場　『火を運ぶ』

いろいろな韻律の工夫はされているが、むしろ全てが総合された、響きと内容の充実し切った加速度が持ち味だと言える。
さて、見てきたように佐佐木にとって歌の「ひびき」とは、単なる技法上の問題ではなく、心と言葉を目一杯運動させ、充実させ、世界へ呼び掛けることで他者と響き合う、魂の能動としてある。

夏雲の影地を這って移りゆく迅さ見ていてひびきやまざる　『直立せよ一行の詩』

78
韻と律7　オノマトペ

オノマトペとは言うまでもなく擬音語と擬態語の総称である。「音」や「態」（状態、感覚、質感）を、表音的な語感に写す（擬する）言葉であると言える。擬音語は、たとえば風の音を耳で聞いて、ヒューヒューとかビュウビュウとかいった語の響きに写し、擬態語はたとえば、日没の空気感を音感に移し替えて、とっぷりと（音にすれば「とっぷり」という語感で示される空気感で）日が暮れる、というように表現することである。いずれにしても語感、語の響きによる感覚表現であり、「コトコト」「そよそよ」「どきどき」とリフレインが多いこととも相まって、歌の韻律の大きなアクセントとなる。

オノマトペのポイントは〈犬はワンワン鳴くとは限らない〉。これに尽きる。英語でバウワウ（bowwow）と言い習わされていることは有名だが、国によって、地域によって、風土によって、言語圏によって、おそらく様々な犬の鳴き声があるだろう。ちなみに狂言では「びょう～びょう～」と鳴く。狂言のオノマトペは、一度じっくり調べてみたいテーマだ。まあ、多分もう書かれたものはたくさんあるだろうが。

オノマトペのネックは慣用化するのが早いことだ。慣用化とはつまり通俗化である。「雨がしとしと降る」「どぎまぎする」「ぐったりする」。これらは最初一人の（言語感覚のたいへん優れた）人が考え出した表現だろう。彼は天才である。しかし、あまりにもそれがぴったりくる表現であった為に、皆がそれに無批判に乗っかり、真似をするようになり、結果、類型化して今ではすっかり陳腐な表現になってしまった。類型化したオノマトペの怖さは、その表現が一旦固定化すると、ついついそれに引きずられ、感受性が縛られ、安易な判断停止を招く点にある。いちど犬がワンワン鳴くという固定観念が出来てしまうと、もはやどの犬の鳴き声もワンワンとしか聞こえなくなる。これは詩歌にとって大変怖いことだ。

オノマトペは、比喩と並んで最もオリジナリティと鮮度が問われるレトリックである。そのオノマトペの天才として、宮沢賢治がいる。賢治の詩（心象スケッチ）や童話（イーハトヴ童話）には、慣用的オノマトペに安易に寄りかかった表現は、ほぼ出て来ない。その実際については、ことにそのオノマトペの自由闊達な無類の楽しさについては、ぜひ現物に触れてほしい。

最後に、短歌特有のたいへん興味深い技法として〈接点としてのオノマトペ〉を挙げる。

君かへす朝の舗石（しきいし）さくさくと雪よ林檎の香のごとくふれ　北原白秋

泣くおまえ抱（いだ）けば髪に降る雪のこんこんとわが腕（かいな）に眠れ　佐佐木幸綱

「さくさくと」「こんこんと」が接点として、その上の句を受けつつ意味を転換展開させ、以下の句に繋いでいる。〈多摩川にさらす手作りさらさらになにそこの児のここだかなしき〉の「さらさらに」の働きと同じで、序詞用法の一形態でもある。

79　短歌四拍子説　1

今からもう二十年以上前、『〈劇〉的短歌論』という評論集を出した。最初の歌集『臨界』が出る二カ月前のことである。今さらそんな古い自著を持ち出すのは少し気が引けるがお許しいただきたい。その評論集に「『深層短歌』と歌の劇性」という文章がある。初出一覧を見ると「歌壇」一九九〇年二月号、三月号連載とあり、いろいろ思い出すことがある。創刊してまだそんなに経っていなかった「歌壇」で、当時の島田尋郎編集長が、何人かの若手に五十枚程度の長い評論を自由に書かせるとのことで、私も書くことになったのだった。確か五十枚を超過して、七十枚以上になったと思う。

私のこの「『深層短歌』と歌の劇性」は、前年に同じく「歌壇」に発表された坂野信彦の長編評論「深層短歌原論」に大いに触発され、いわば引き込まれ、それへの「疑問」を綴ったものである。このやり取りは論争という程にはならなかったけれど、坂野は追って出た評論集『深層短歌宣言』に私（と、別角度から坂野論文を批判した永田和宏）への「反論への反論」を書下ろしている。その経緯は置くが、（坂野の言う）「深層短歌」はともかくとして、その前提となる短歌の韻律への考察には、私は大いに教えられ、そして今でも優れた理論だと思っている。当時私は次のように書いた。

「私は『もとより、律文の基本は拍子にある。反復的な拍子進行こそが律文を律文たらしめるものである。短歌の基本も拍子である。二音を一拍とする「拍」の機械的な反復が音律の基礎になる。これは二拍子系の単調で原初的な拍子進行をなす。この拍子進行こそが短歌を短歌たらしめるものである』との認識に基づく坂野の音律論を、現代における短歌の韻律論の到達点のひとつとして高く評価する」

坂野信彦が述べる、短歌の基盤をなすこの韻律論を、総称して「短歌四拍子説」という。ただし、この考え方は坂野以前にも無かったわけではない。たとえば一九七七年に刊行された別宮貞徳の『日本語のリズム』。その中で別宮は、古くから日本の言葉は、日本人が心地よく感じる「四拍子」で出来ているとし、例として「いろは歌」などの古典的な詩歌を引用している。また『短歌名言辞典』（佐佐木幸綱編著）に坂野の言葉を引きつつ永田和宏は「坂野信彦は、歌人として本格的に音律論に取り組んだが、基本的には、別宮貞徳らと同様、明治以来の四拍子説に立脚している。『短歌は、一音（音節）、二音（拍）、四音（半句）、八音（句）のそれぞれの単位の機械的な反復を基礎とする』という考えが基本である。こうして二音ずつを組み合わせていく、トーナメント方式という考え方を導入した」とする。

永田によると明治時代にはすでにあった「四拍子説」。ただそれは自ら歌人でもあった坂野によって、古典の問題ではなく現在の短歌の問題として、あらためて強く提示されたと言ってよい。私は坂野のその後を知らないが、「詩法」から出された坂野信彦歌集『かつて地球に』を、今も読み返すことがある。なお四拍子説の実際は次回に。

80
短歌四拍子説　2

「短歌四拍子説」とはどのようなものか。坂野信彦は「短歌」一九八七年十二月号の「短歌用語の基礎知識」において「調べ（声調）」の項目を執筆し、次のように述べる。

「短歌形式は五つの句からなる。いずれの句も、音楽的にみると同一構造の拍節をなす。すなわち、前後に拍がふたつずつ対置されるかたちで、計四拍からなる四拍子の拍節をなすのである。（中略）どの拍もそれぞれに二音節ぶんずつの音量を有する。したがって一句につき八音という音量が定められていることになる。短歌形式は各句ごとに五・七・五・七・七の音数規定を設けているから、それぞれ三・一・三・一・一という数だけ音数が不足する。不足ぶんは休止（ふるくは延音）となる」

　つまり、簡単に言うと短歌は、休止を挟んだ四拍子8ビートの形式を持つ。四拍子4ビートは♩♩♩♩（タン・タン・タン・タン）、そして四拍子8ビートは♫♫♫♫（タタ・タタ・タタ・タタ）である。これを実際の短歌作品に当てはめるとこうなる。

はるすぎて・・・

なつきたるらし・
しろたへの・・・
ころもほしたり・
あまのかぐやま・

ドット(・)は一音分の休止を示す。つまり休止を含めて、それぞれの句ごとに8ビート八音が五回繰り返される。私には、この「休止」という考え方が衝撃だった。

さらにこれを、四拍子を際立たせるために一拍ごとに区切ると、次のようになる。

はる―すぎ―て・―・・
なつ―きた―るら―し・
しろ―たへ―の・―・・
ころ―もほ―した―り・
あま―のか―ぐや―ま・

短歌の音楽的な構造がこの四拍子8ビートだということは、歩きながら歌を音読すれば、とてもよく納得できる。元来、五・七・五・七・七という、でこぼこな奇数の並びは、音楽的、リズム的にとても不安定である。音楽でも、三拍子のワルツは例外として、奇数拍子はあまり身近には聞かない。ジャズの名曲「テイク・ファイブ」（その名の通り五拍子）が有名になったのも、そのアクロバティックな希少価値ゆえだった。短歌（に代表される五七調）の不安定な音数がなぜ心地よいリズムを生むのか。その秘密は、他でもない休止にあった。実際、われわれは、歩行しながら短歌作品を音読するとき、この休止の存在が歌のリズムを際立たせていることを実感することができる。そして、われわれはもともと短歌の音読において、無意識にこの休止を、息継ぎとして挿入して読んでいたことに、改めて気がつくのである。

「短歌四拍子説」。それは元を辿れば、音楽やスポーツなど他の全てのリズムがそうであるように、心臓の反復的な拍動と、人間が二足歩行であることと関わるだろう。

81 短歌四拍子説　3

短歌のリズムの秘密を解き明かした「短歌四拍子説」とはどのようなものか。改めてまとめてみたい。まず、日本語のリズムを拍子から捉えた「四拍子説」は、永田和宏によると既に明治時代からあった（『短歌名言辞典』）。その明治以来の「四拍子説」に立脚しつつ、著書『日本語のリズム』の中で別宮貞徳は、古くから日本の言葉は、日本人が心地よく感じる四拍子で出来ているとし、例として「いろは歌」などの古典的詩歌を論じた（「いろは歌」は短歌ではないが、他の多くの古典的詩歌同様に七五調で出来ていることに留意したい）。自ら歌人でもある坂野信彦は、それらの論を踏まえて「短歌四拍子説」を主張した（『深層短歌宣言』ほか）。なお、これは推測だが、坂野が「短歌四拍子説」に辿り着くまでには、同人誌「幻想派」などの周辺で永田和宏らとの何らかの論議があったのではないか。

「短歌四拍子説」の骨子は、句ごとに四拍子8ビート♫♫♫♫（タタ・タタ・タタ・タタ）のフレーズを五回（五句）反復することにある。これを実際の短歌作品に当てはめると次のようになる。

はる―すぎ―て・―・・
なつ―きた―るら―し・
しろ―たへ―の・―・・
ころ―もほ―した―り・
あま―のか―ぐや―ま・

ドット（・）は休止を示す。休止は音読する場合は息継ぎ（古くは延音）となる。短歌の音楽的な構造がこの四拍子8ビートだということは、歩きながら（歩行のリズムに合わせて）歌を音読すれば、とてもよく実感・納得できる。元来、五・七・五・七・七という、でこぼこな奇数の並びはリズムとしてはとても不安定である。その短歌（に代表される五七調・七五調）の不安定な音数がなぜ心地よいリズムを生むのか。その秘密は、他でもない休止にあった。

ちなみに「いろは歌」ではどのようなリズム構造になるか。私はこう考える。

いろは　にほへと　ちりぬるを
わかよ　・たれそ　つねならむ
うゐの　おくやま　けふこえて
あさき　ゆめみし　ゑひもせす

各フレーズが三・四・五音の美しい相似形をなしていることにまず驚く。注目すべきは「たれそ」の一音字足らずが、半拍休止によるシンコペーションを成している点である。このシンコペーションは、各フレーズの頭でも起こっていると考えてもよい。するとそのリズムパターンは次の通りである。

・い一ろは一にほ一へと
ちり一ぬる一を・一・・
・わ一かよ一・た一れそ
つね一なら一む・一・・

音読の感覚としては「(ン) いろは……」。句の頭に半拍の休止を置いたシンコペーションのリズムパターンはまた、短歌においても想定し得る。たとえば「・あ一きの一たの……」「(ン) あきのたの……」。それはいわば、カラオケ (などの音楽) の歌い出しの、半音休符と同じ形だとも考えられる。

82 外来語とカタカナ 1

外来語とはどのようなものだろうか。たとえばコーヒーとかビール。「コーヒー」という単語(文字) を、日本語を知らない外国人に見せても理解不能である。なぜならそれは、片仮名という、日本で作られた由緒正しい日本固有の文字だから。のみならず発音しても通じない。「コーヒー」は英米語coffeeとは、言葉としては全く別物だと言える。すなわちそれは、外国語ではなく外「来」語なのだった。外来語とは、外国から来た言葉が日本語化して定着したもの、つまり外国語由来の「日本語」である。日本語、と言うとちょっと誤解を招くが。

学生の頃バイト先で外国人から「マニジャ」を呼べと言われて、ちんぷんかんぷんだったことを思い出す。Manager。これを私たち日本人はマネージャーと発音する。「マネージャー」ももちろん、欧米由来の日本語である。ちなみに、私が愛用する『一人歩きのための五か国語辞典』には次のように書いてある。「水＝ワラ」「コーヒー＝カフィ」「ビール＝ビア」……。これは通じる。

ところで、カタカナ語がすべて外来語ではない。当然のことながら、カタカナ自体は（ひらがなと同じように）中国の漢字をもとに日本で作られた、古くからの日本の表音文字である。テニヲハと言うくらいで、助詞の片仮名表記は古典によく見られる。また、身近な例を考えても、たとえばバラ、ウサギ、ゴキブリ……。無限にある。日本語の片仮名表記の古い例？　では、スバルなどが有名だ。あと、面白いところではモモンガとかトナカイとか。ちなみにモモンガは方言、トナカイはアイヌの言葉である。

一方、外「来」語にも、西洋系外来語と、それ以外とがある。一番身近な外「来」語は何か。漢語＝中国の言葉、である。階段も新聞も駅も。国民食「ラーメン」もわが「短歌」も。むろん和製漢語や、「辻」とか「峠」のように日本で作られた漢字（国字、和字）もあるが、多くは中国語または中国由来の外「来」語である。そこには日本の歴史が大きく関係する。古代、われわれの手本とする先進国は中国であり、朝鮮半島だった。われわれの文化の多くが中国、朝鮮によってもたらされたことを知らない人は今やいない。文字も稲作も鉄も法律も暦も。その時代が長く続き、江戸時代まで公式文書は基本的に漢文だった。そしてその後は「脱亜入欧」を唱え、オランダ、ポルトガル、そしてドイツ、イギリス。戦後はもっぱらアメリカである。

そのやや屈折した歴史を反映して、明治以降、当然のように外来語といえば西洋外来語を指すようになった。タバコ、カルタ、ヨットを経て、今はほぼ英米語を「外来語」と呼んでいる。その「外来語」にも、英語読みとローマ字読みがある。英語読みの代表は、ワイシャツ、メリケン粉、ミシンなど。WHITE SHIRT、AMERICAN、MACHINE（SEWING MACHINE）。ワイシャツ、メリケン、ミシンはほぼそのまま英語として通じる。ミシンはまあミシーンだろうが。一方、たとえばアイロン。IRONとは言うまでもなく「鉄」であり、英語では「アイエン」と発音する。ゴルフではこれを、英語に近くアイアンと発音するらしい。アイロンとアイアン。その狭間にわれわれの「外来語」はある。

83
外来語とカタカナ　2

前回、「外来語」の元祖は中国語（漢語）だと書いた。漢語（音読みする漢字熟語）は、われわれの身の回りに普通にあり、今やそれが「外来語」であることも忘れている。たとえば海外のチャイナタウンに行った日本人が漢字を見て、こんなところに「日本語」が、と喜んだという笑えない話もある。むろん、日本で作られた漢語（音読漢熟語）もたくさんあるが、それらも中国由来の文字（漢字）で表記される。このあたりの言葉の錯綜は、長く中国文化圏にあった日本の歴史と密接している。

そうした漢語とはやや印象の違う、今や日本語として定着した、意外な中国系外来語がいくつかある。たとえば「いちょう」。銀杏、公孫樹は中国由来だと予測がつくが、「いちょう」はいかにも和語（訓読み）に見える。しかし……。中国人は公孫樹の葉が鴨の足にそっくりだという理由で、別名「鴨脚樹」と呼んだ。実にしゃれている。「鴨脚」の近世中国語の発音は「ヤ（イ）ーチャオ」。そこから彼の呼び名となったというのが有力な説だ。ちなみに、かつて旧仮名では「いてふ」と書いていたが、その説を踏まえて旧仮名表記も「いちやう」と改められた。

そして「うめ」（梅）。この和歌を代表する花の名も、元は日本語ではないとされる。中国語の

「烏梅」（ウーメイ）が転じた（梅はMei）というのである。

さらに「はい」。はい、いいえは日本語の基礎の基礎だが、これが元々は日本語ではなかったなんて。出典は香港。広東語である。広東語では英語のBe動詞に当たるものとして「係（ハイ）」を用いる。「私は日本人です」は「我係日本人」（ンゴ　ハイ　ヤップンヤン）。明治の初め、西洋に学ぶために政府が派遣した視察団が帰国前に香港に入港し、この「係」にいたく感動した。日本人は当時、「にてござそうろう」などと長々とやっていて、こんな簡単な返事はなかったのだった。それをまず軍隊に取り入れたのだという。近代戦では、昔の合戦のように「やあやあ我こそは」などと悠長に名乗り合う余裕はない。瞬時の返答が必要だった。だから「ハイ」。明治以降の新しい「日本語」なのである。いやはや。

こうした、中国語由来の言葉の現地語化は、アジアの各地で見られる。たとえば「ベトナム」はずばり「越南」（ウェツナム）から来ている。中国の支配が及んでいた時代の命名だろう。建国の父ホーチミンは「胡志明」。私は旧サイゴン（西貢）の大通りをレンタルのバイクで逆走し「公安」に追いかけられた。ジープのパトカーに大きく「公安（コンアン）」と書かれているのだった。

我が国の国名「日本」が中国語から来ていることは、前に書いた。ジツホン→ジッポン→ニッポン。ちょっと口惜しいが、東（南）アジアは歴史的には明らかに漢字（中国）文化圏の中にある。七夕など季節の行事の多くがその影響下にあるのは周知の通りである。明治政府はその影響を脱するため脱亜入欧を旗印とした。韓国のナショナリズムは、漢字使用の制限とハングルへの移行を選択した。ただし「感謝（カムサ）ハムニダ」「安寧（アンニョン）ハセヨ」等、痕跡は残るが。

84 外来語とカタカナ 3

歴史的にみると、日本にとっての「外来語」は長い間中国の言葉（漢字・漢文・漢語）だった。その期間は、もはやそれが外国語・外来語であることを忘れてしまうほど長かった。明治政府の打ち出した「脱亜入欧」の「亜」（亜細亜・アジア）とは、つまり他でもない中国の強大な影響を指していた。そこからの離脱なくして新生日本はありえないと、明治政府は考えた。このことは、近代・現代の日本、中国、アジア諸国の歴史（交渉史、特に戦争や「侵略」「領土」の問題）を考える上で大きな鍵となるだろう。「大東亜共栄圏」は、いわば日本がアジアにおいて、その中国に取って代わろうとした戦略または思想であると、大きくは言える。

「脱亜入欧」の明治に話を戻すと、そのスローガンの通り以後日本は西欧に目線を転じ、そして「外来語」とはもっぱら西欧語、特に英語由来の言葉を指すようになった。同時に（英語圏で流通している言葉とは違うという意味で）おかしな「外来語」も続々と生まれてきた。よく指摘される最近の言葉では、たとえばダイエット（DIET）。これはあくまで食事療法であり、「痩せるエクササイズ」という意味はない（と辞書に書いてある）。自動車にまつわるカタカナ語も、どれも結構ずれていて笑える。アクセル（gas pedal、accelerator）、ハンドル（steering wheel）、ウインカー（turn signal）、バックミラー（rearview mirror）、フロントガラス（windshield）、ガソリンスタンド（gas station）……。なんでこんなにもずれてしまったのか。不思議だ。

パソコンのカタカナ用語も相当変だ。「プリンタ」「メモリ」「プロバイダ」「サーバ」そして「コンピュータ」……。いずれも語尾の長音記号が省かれている。どこの誰が、英語の原音とかけ離れた、こんなへんてこな「日本語」を作ったのだろうか。一方でパソコンにはやたら難解な英語（アルファベット）が氾濫していて頭が痛いのに、片やこの変なカタカナ英語（！）。なんだろうこれは。

それとは正反対に、世の趨勢としては、外国語・外来語の発音表記を、原音に近づける方向で推移している。ある程度「通じる」という意味でも、これは当然の流れだろう。その先駆けはアメリカ大統領の名前の表記を「リーガン」から「レーガン」に一斉に改めたあたりからか。最近では、スペインのカタルニア地方は「カタルーニャ」と表記されることが多くなり、金大中元韓国大統領の名は「キム・デジュン」と発音するのが当たり前になった。ただ、中国の人名は今もなぜか発音通りには読まれない。毛沢東は「モウ・タクトウ」のままである。中国だけ何故だろう。これもまた謎だ。

フランス語のカタカナ表記は難しい。特に「R」。私も学生時代に仏語を齧ったが「R」はついに発音できなかった。Arthur Rimbaud はランボーかランボオか。いずれにしても原音とはかけ離れている。一方、グレース・ケリーが愛したパリのファッションブランド Hermès は普通エルメスと表記・発音される。だが、私は欧米人がエルメイと発音するのを聴いたことがある。本来、頭のHを発音せず末尾のSだけはちゃんと発音する、というのはどうだろう。Paris の末尾のSは仏語では発音しない。パリ。ただ英語読みでは「パリス」と発音する。もしかして「エルメス」は、仏語の英語訛りか。

85
日本の言葉・世界の言葉　1

前回まで外来語について考えて来た。思えば我々の周りには意外な「外国由来の言葉」がある。たとえば「かぼちゃ」「じゃがいも」。かぼちゃは「カンボジア」が訛った言葉。十六世紀にポルトガル船によってカンボジアから渡来したという。じゃがいもは「ジャガタラ芋」。やはり十六世紀にオランダ船がジャガタラ（今のジャカルタ）から運んで来た。さらにたとえば「旦那（檀那）」。

これは梵語（サンスクリット語）のdānaから来ている。意味は「お布施」また「お布施をする人」。まさに仏教の「檀家＝檀那の家」はそれに当たる。この語が西洋に渡り「ドナー」となったという。臓器提供者は「仏教的なお布施をする人」なのだった。そして我が国の「ダンナ」は気前よく金をはずむ人でもある。紅灯の巷では、ダンナァなどと呼び込まれていかがわしい店で金を使い、家に帰れば奥さんに稼ぎをせっせと献上する。私の場合はやや違うが。

このように古いインドの言葉が世界に派生した有名な例としてargha（アグァ＝価値あるもの、功徳水）がある。これが中国・日本に渡って「閼伽」（アカ＝仏に供える水）となり、西洋においてaqua（アクア）となった。またインドのチャイは（ミルクで煮出した）紅茶だが、中国・日本では「茶」（チャ）となり、英国ではtea（ティー）と呼ばれる。

英語の否定の言葉はノー、仏語ではノン、独語ではナイン、ロシア語ではニェット、ポルトガル語ではナゥン、そしてインドではナヒンと言う。同じインド・ヨーロッパ語族ならではの類似だといえる。ちなみに日本にも「ない」という否定表現がある。「食べたことある？」「ない」。かつて二十代でヒマラヤのアンナプルナ・ベースキャンプ（標高四五〇〇メートル）まで単独で登った時、山中のチベット人集落を通った。そこで水（水はネパール・チベット語で確か「パニ」といった）を分けてもらおうとしたら、「ナイ」と首を振られてしまった……。日本語のルーツはモンゴルやチベットにあるという説がある。確か文明批評で知られた評論家・森本哲郎らが唱えたのではなかったか（森本は大野晋らと共に『日本・日本語・日本人』を著わしている）。「ない」。私はいたく感動したのだった。それにしても何故、語族を超えて世界の少なからぬ否定語は、このようにN音で共通するのだろう。

私が旅で出会った大好きな言葉に、タイ語のマイペンライ、タガログ語のバハラナがある。英語のノー・プロブレムまたはテイク・イッツ・イージー、中国語の「無問題」、沖縄のテーゲーや「なんくるないさ」に近い。適当に行こう。どうってことないさ。なんとかなる。「適当」は本来、丁度いいという意味であり、「いいかげん」は「良い加減」である。温和な土地における、スローライフの智慧なんだな。

また各地を歩くと、同じような万能の言葉に出会う。たとえばインドのナマステ。こんにちはもさようならもありがとうも全てナマステ。ハワイのアロハも、初めまして、こんにちは、よろしく、好きです、愛している……とオールマイティだ。香港の広東語ならばンコイ（唔該）、韓国語ならハセヨ。これはアンニョン（安寧）ハセヨの上が省略されたような挨拶語で、至る所でハセヨ、ハセヨと声を掛け合っていた（ように感じた）。日本語でこれらに似ているのは「どうも」あたりだろうか。ちょっとさえないが。

86　日本の言葉・世界の言葉　2

前回に続いて、私が旅で出会った興味深い言葉のいくつかを紹介したい。

まず、前回紹介した各国の万能表現の補足である。世界の各地には、こんにちはも初めましても、ありがとうもお疲れさまも、すみませんもさようならも（場合によっては好きですも愛していますも）全部の意味を兼ねる万能の挨拶表現と思われるものがある。インドの「ナマステ」、ハワイの「アロハ」、韓国の「ハセヨ」、香港の「ンコイ（唔該）」、そしてわが日本が誇る「どうも」。まあ「どうも」などはさすがに愛の表現にはならないが、私が愛読する〈サイバーパンクニンジャパロディ小説〉『ニンジャ・スレイヤー』では、近未来の日本にニンジャが跋扈して戦いを繰り広げていて、彼らは何時なんどきでもまず「ドーモ」と、立ち止まって会釈し合うのだった。そこでは、言葉のトーンとシチュエーション＝〈場〉が、「ドーモ」の意味を決定する。仲間同士ならば合言葉になり、友達ならば「やあ」という挨拶になり、恋人同士ならば「会いたかった」という愛情表現になり、敵同士なら威嚇の言葉となるのである。これはまさに『国語学原論』のいわゆる「ソシュール批判」において時枝誠記が説いた「言語過程説」（〈場〉の言語学）とも密接する。たとえば時枝は「今夜は良い月夜だな」という科白が、かたき同士では脅し文句になり得ると説く。

話は飛んでベトナム。この国の名前が中国語の「越南」から来ていることは前にも紹介したが、かれらの公用語であるベトナム語には、過去形も未来形もないという。彼らにとって言葉とは、ひたすら〈いま〉に寄り添い、〈いま〉に集中・密着するものなのだろう。それは、間違っても言葉の貧しさなどではなく、言葉を介した思想であり哲学だと思う。加えて（述べた通り）ベトナム語にはかつての中国の強大な支配の影響が至る所にある。旧サイゴンの屋台で私は「ザオムン・サオ・トイ」なるものを好んで注文した。ザオムンは空芯菜、サオは漢字で書くと「炒」（北京語＝マンダリン、では「Chao」と発音するが）、トイはにんにく。つまり空芯菜のにんにく炒めである。私はこれを、空芯菜が手に入れば今も好んで作る。それにしても「空芯菜・炒・にんにく」。時制が無いのみならず、前置詞（日本語で言えば助詞など）も無い。しかも現地語と中国語のちゃんぽん。なんかすごい。

先日行ったマレーシアでは、タクシー（英語でTAXI）をTEKSIと表記し、セントラル（英語でCENTRAL）をSENTRALと表記していた。ここまで来たら原語通りにスペリングすればいいのに、あくまで音だけを真似ているところがすごい。一種極端な表音表記である。このあたり、ちょっと日本の外来語カタカナ表記とも通い合う。

そこで思い出すのが、香港の通りに溢れる「的士」（タクシー）、「巴士」（バス）といった外来語の当て字表現である。「麥勞當」（マクドナルド）はマンハッタンのチャイナタウンにもあった。これらも日本語における外来語カタカナ表記に通じる智慧であり、漢字を組み合わせて表音文字として用いているという意味では、万葉仮名と同じ理屈だと言える。たとえば「夜麻」（やま）、「波奈」（はな）、「相見鶴鴨」（あい見つるかも）、等々。ちなみに香港には、「卡拉OK」（カラオケ）なんていう表音表記の究極の傑作もあった。

87
「ら抜き言葉」再考

朝日新聞に時々「街のB級言葉図鑑」というコラムが掲載される。国語辞典編纂者の飯間浩明という方が執筆している。少し前の「新旧の表現が『立場逆転』」という話が面白かった。以下、要約する。

首都高速道路の看板に「……渋谷方面へは行かれません」という表記がある。この「行かれません」は現在では一般的に「行けません」と表記される。本来「行く」の可能表現は「行かれる」の方が古参だが、それに従って「行かれません」と書くと、誤用と勘違いされることが多い。由緒正しい方がうさん臭く見えてしまう。すなわち「新旧の表現が『立場逆転』」。これは「ら抜き形」（ら抜き言葉）の場合とよく似ている。かつて非難された「見れる」が、今や若い世代を中心にごく一般的となった。一方遠からず「見られる」という丁寧な表現は「行かれる」と同じ扱いを受けるだろう……。

この指摘は、いくつかの意味でとても興味深い。まず、言葉というものは常に口語化によって変化して来た（話し言葉の変化を書き言葉が後追いして来た）、ということを考えれば、「ら抜き」の趨勢は当然とも言える。なに、現在の「正しい」書き言葉も百年前にはみな奇異な言い回しだった。

四年前にこの「言葉の位相」に「『ら抜き言葉』考」という文章を書いた。再びごく大まかに整理しておけば、口語動詞（＋助動詞）の可能表現において「ら」が省かれたものを「ら抜き言葉」と呼ぶ。ただしこの現象は、語尾が「る」で終わる動詞に限られる。「食べる」「食べられる」↓「食べれる」、「見る」「見られる」↓「見れる」というように。「食べる」は口語下一段活用、「見る」は上一段活用である。このように下一段や上一段では「ら抜き」の違和感が強く現れるが、実は動詞の多くを占める五段活用でも「ら抜き」は起きている。語尾が「る」の五段動詞、たとえば「走る」。本来はその可能形は「走られる」だった。それが「ら抜き」した形が「走れる」。こちらの方が今やずっと一般的である。つまりここにも「新旧表現の立場逆転」は起きている。「走られる」の方が「正しい」と主張する人はもはや皆無だろう。まさに「行かれません」とおなじように。

そして（四年前にも書いたが）方言では「ら抜き」は特に珍しいことではない。たとえば我が高知弁。「おまえ鮒鮨食べれる？」「食べれん（食べれない）」。「フルマラソン走れる？」「無理、走れん

（走れない）」。ちなみに語尾の「ん」は、文語の否定の助動詞「ず」の連体形「ぬ」が、撥音便によって変化したものである。高知を始めとして、方言にはこのような形で文語の痕跡が現在に数多く残っている。

四年前に「ら抜き言葉」について書いた時には、「『ら抜き言葉』なるものの正体は、『ら』が抜かれたのではなく、助動詞『られる』が『れる』に置き換わることで、可能の意味を明確化しようとする知恵であり方便である」と一応結論づけた。迷いがなかったわけではないが、その後井上史雄著『日本語ウォッチング』で「『ラ抜きことば』という名前は不適切だ。むしろ、『**ar**抜き』と呼ぶ方がいい」という指摘に出会って氷解・納得した。「れる」reruは「られる」**rar**eruの**ar**抜きだからである。

「**ar**抜き」。すごい。Mi**rar**eru→Mireru Tabe**rar**eru→Tabereru、これでゆくと「行けません」も「行かれません」の「**ar**抜き」であることがわかる。

Ik**ar**emasen→Ikemasen

起きていたのは全く同じ現象だった。

88　ローマ字随想　1

東京の私鉄小田急線に豪徳寺（ごうとくじ）という駅がある。私はその駅に月一度下りるのだが、ホームのローマ字表記「GOTOKUJI」に毎回突っ込みを入れてしまう。「ゴトクジ」かい。確かにこと英語では、GOは「ゴー」と発音する。だがそもそも「豪」は「ごー」でも「ごお」でもなく「ごう」である。GOUとなぜ書かない？

お菓子の袋におかしなローマ字が書かれていた。「OISHI」。「おいしい（美味しい）」のつもりだろうが、意地悪に読めば「おいし（追いし）」とも「おおいし（大石）」とも「おおいしい（おお石井）」とも読める。うーん。

小坂（おさか）も大阪も逢坂も「OSAKA」。そこでは「おさか」はもとより、「おおさか」と「おうさか」の違いも飛んでしまう。元来日本語には「お」と「う」の微妙な使い分けの文化がある。たとえば「とおか（十日）」と「とうか（投下）」のように。それが、日本語を学ぶ外国人や、小中学生諸君を大いに混乱させてきたけれど。

ローマ字とは何だろうか。それは一体だれの為のものだろうか。それを知るためには、ローマ字の歴史を知る必要がある。

そもそもローマ字とはアルファベットのことである。ラテン文字とも言う。それはアメリカやヨーロッパはもとより、アジアの多くの国でも今や国語・国字として使われている。ただ我が国では通常、その文字を用いて日本語を表音表記する場合をローマ字と呼び習わして来た。狭義の「ローマ字」である。それには大きくヘボン式（標準式）、日本式、訓令式の三つのスタイルが混在錯綜していて、現在は英語表記を取り入れたヘボン式がポピュラーとなっている。

広義のローマ字（アルファベット）は十六世紀末に日本に入って来たが、それが一躍脚光を浴びたのは、明治の日本語改革論議においてだった。新生日本誕生に当たって、先進国の仲間入りをするために国語をどうするか。漢字を廃止して仮名だけにする。いっそ英語にする。フランス語にする。その中で『ローマ字国字論』といった本が相次いで書かれた。手元に今、大正三年に田丸卓郎という学者が書いた本があるが、そこでは「国字問題」「漢字制限の批判」「ローマ字を国字とすることの利益」「日本語の世界的書き方」といった項目が並ぶ。

山口仲美著『日本語の歴史』では次のように触れられている。要旨を抜粋する。「洋学者たちは明治十八年に『羅馬字会』を設立。ローマ字を国字にするという目的を持った会です。ただしその思想は急進的ですが、文章は漢文直訳調の難解なものでした。これに耐えかねたのが、外国人会員で東京大学の博言学講師のチェンバレンです。彼は、ローマ字普及のためには、難解な漢語を廃して、話し言葉を中心にした言文一致の文章にすべきだと主張しました」。彼こそが、佐佐木信綱が若き日の師の一人として名前を挙げた、かのチェンバレンだろう。ちなみに、このローマ字国字論はその後、敗戦時など何度か台頭したが、結局日本の国語は英語にもフランス語にも平仮名表記（漢字廃止）にもローマ字表記にもならず、ゆるやかな漢字制限という、いたって穏健なものに落ち着いたのだった。以下次回。

89

ローマ字随想　2

いわゆるローマ字（狭義のローマ字＝アルファベットによる日本語表記）には、三つの目的がある。第一に幼児及び小学生の英語教育への入り口の役割。第二に外国人の日本語理解の手助けとして。そしてもう一つ、当初の大きな懸案であったのが、日本語変革としての「ローマ字国字化」だった。前回見たように、すでに明治十八年には、漢字仮名を廃してローマ字を国字とする運動が始まった。世界を見渡すと、ベトナム、マレーシアなど多くのアジアの国が、母国語をローマ字（＝アルファベット）で表記する道を選択している。日本も一時は同じ道を模索したのだった。だがこの機運は、今はほぼ消滅した。むしろ同じアルファベットでも、英語そのものを公用語としようという主張の方が勢いを増している。

最初に戻って、英語への入り口としてのローマ字教育は、一定の意味を持って来た。幼児のための「ローマ字ドリル」なるものが、現在もかなり売れているらしい。だが、それもいま限りだろう。まさに昨日、中央教育審議会が「新指導要領まとめ案」を提出した。それによると、小学校三、四年で英語に親しむ授業が始まり、五、六年で正式な英語教科を開設するという。そうなればわざわざローマ字に遠回りする必要はあまりない。最初から英語を学ぶのだから。名前や地名の表記も、英語による日本語の表音表記と考えればよいのであって、もはや「ローマ字」という概念は破綻する。

となれば最後に残るのは、外国人の日本語理解の手助けとしての役割である。駅の表記などもまさにそれにのっとっている。しかも、日本語を研究する人以外の多くの外国人にとっては、その表記は大まかにわかるものであればいい。乱暴に言えばOSAKAが「おおさか」だろうが「おうさか」だろうが彼らにとって大差ないのだ。どうせ両者とも、現在はほぼ同じ発音（オーサカ）に平板化してしまっているのだから。

先日、外国人の多いある観光地で「TABE-HODAI」という看板を見た。しかもご丁寧に「タベ・ホダイ」と振り仮名してあった。「タベホウダイ」「タベホオダイ」「タベホーダイ」「タベホダイ」。細かいことはええやんか、というこのアナーキーな楽天主義に、いっそあっぱれと私は大笑いした。

今のところわが日本語には、「お」と「う」の繊細な使い分けが生き残っている。大阪は「おおさか」、逢坂は「おうさか」。それは旧仮名遣いの「おほさか」「あふさか」という、原義に基づく使い分けを新仮名遣いに反映させせた結果である。発音はすでにどちらも「オーサカ」にほぼ均一化してしまったが、でも書き言葉にはなんとか伝統の痕跡を残したい。それが現在のわが国の国語の選択である。しかし今後はどうなるか。

「そういう」という言葉がある。「然言ふ」「さういふ」「そういう」と表記が変化して来た。次の変化としては「そうゆう」が想定される。そのまた次は何か。「そーゆー」である。現に若い世代は既にそのように表記し始めているらしい。考えてみれば確かに、われわれはもはやソーユーと発音している。それはそうなのだが……。ローマ字を考える先に見えて来るのは、まさにそーゆー日本語の、やや寂しい未来図だった。

90 「カサノヴァ」に思う

「心の花」に好評掲載中の佐佐木幸綱インタビュー、「ほろ酔いインタビュー10」を読んでいて、「(早稲田の)仏文の『カザノヴァ回想録』を翻訳された窪田般彌さん」という箇所に嬉しくなった。

実は過日、窪田般彌訳『カザノヴァ回想録』（河出文庫版）を下北沢の古本屋で百円で買って、読んだばかりだったからである。ちなみにこの古本屋は北沢タウンホールの前にあり、漫画と並んで土岐善麿の歌集の立派な初版本や金時鐘『猪飼野詩集』等が置かれる不思議な店である。

カサノヴァの本名？ はジャック・カサノヴァ・ド・サンガール。「ド」の称号がつくが十八世紀のベネチアの市井に生れ、たぐいまれな美貌と、フランス語、ラテン語など数か国語を自在に操る才覚、さらに広く古典文学に通じた話術によって貴族社会（サロン）に取り入り、その夫人や令嬢から莫大な援助と愛を得た。賭け事と恋の駆け引きに明け暮れて、「青年子女を堕落させた嫌疑」で捕まったが脱獄し、その脱獄記を執筆して一躍有名になった。その後も社交界を遊民として渡り歩いたが、晩年は凋落し「一代の色事師」としての人生の回顧録を書くことに専念した。その膨大な回想のごく一部が納められたのが、私が読んだ文庫版である。例のモーツアルトの「ドン・ジョバンニ」の台本は、カサノヴァが自らの体験をもとに執筆に加わったもので、後年彼はスタンダールの寵愛を受け、フリードリヒ大王、エカテリーナ女帝ともまみえた。

私はカサノヴァを読みつつ光源氏のことを思った。二人とも稀代の「好色一代男」だが、その文学は当然ながら単なるきわものの愛欲小説とは違い、人間の原罪や、生きることの喜びと悲しみへと通じてゆく。この両者を文化風土から比較した評論を、いつか書いてみたい気がする。たとえば、無常観と騎士道というような切り口で。ちなみに西鶴の世之介の場合はもう少し軽い。上方のテイストである。

　さらに『回想録』から思い出すのはリルケの『マルテの手記』とヘンリ・ミラーの『北回帰線』である。それらはデカダン、ディレッタンな欧州遊民による一人称の随想録という点で重なる。孤独繊細なリルケと濃厚過剰なミラーは一見対極に取られがちだが、私には一対の表と裏に思える。

　ヨーロッパを浮遊する「高等遊民」たちが最後に行き着くのは、多くの場合パリである。ヘミングウェイの『日はまた昇る』『移動祝祭日』、フィッツジェラルドの秀逸な短編「異邦人」や『雨の朝、パリに死す』などを思い出す。そして日本人では、伝説の人バロン薩摩、さらに藤田嗣治や佐伯祐三。文学者では永井荷風と金子光晴。特に私は金子光晴の『マレー蘭印紀行』『どくろ杯』『ねむれ巴里』を愛読する。永井荷風も金子光晴も晩年まで退廃・反良俗の「偏奇の美学」を貫いた。またバロン薩摩も確か、帰国後の晩年は全財産を失って磊落し、浅草の踊り子と同棲してそのヒモになっていたと伝えられる。

　もし彼らが『カザノヴァ回想録』を読んでいたらどうだっただろうか。長大な『回想録』が世に出たのは、カサノヴァの死後百六十年余を経た一九六〇年になってからである。そして早稲田大学仏文の窪田般彌先生の労作によって、いま私たちはそれを日本語で読むことができるのである。

91　俳句と短歌　1

もうずいぶん前になるが、たった一度だけ句会に呼ばれたことがある。長谷川櫂さんの音頭で、江の島の島内の旅館に十数人が集まり、泊りがけで句会が行われた。「名月句会」と銘打たれていたから、中秋の名月の前後か、またはその当日だったと記憶する。その句会に、短歌から坂井修一さんと小紋潤さんと私が誘われたのだった。私はご近所ということもあるが、実はその少し前に、今はない「現代短歌雁」の座談会が四谷の「長崎寮」であって、長谷川さんと私たちはその座談に同席した。そのご縁である。もともと小紋さんは「現代短歌雁」の編集を通じて長谷川さんと懇意にしていた。ちなみに先日長谷川さんは、読売新聞の詩歌のコラム「四季」に、十日連続という破格の扱いで、小紋潤歌集『蜜の大地』から作品を取り上げてくださっていた。長谷川さんの、小紋さんへの変わらぬ友情と男気に、私は胸を熱くした。そういえば、その句会の翌日の打ち上げ会のあと、私は長谷川さんのお宅にまで伺って奥さんの手料理をご馳走になった。いま思い出した。

「名月句会」の俳人の参加者は、当時すでに若手・中堅として活躍していたそうそうたる顔ぶれで、初参加の私は戸惑うことが多く、小紋さんと酒ばかり飲んで呆れられたのだが、それはいい。句会で一番印象に残ったのは、「良夜」「梢」といった特定の同じ語が多くの作品に重複し、しかもそのことが全く問題にされない（らしい）ことだった。「良夜」「梢」……。俳句におけるそうしたいわば発想の型・形、と言うべきものは、現代の短歌では類型として執拗に退けられてきた。そうした、短歌で神経質なほどに警戒されてきたいわば「パターン表現」が、俳句ではむしろ受け入れられている。それにカルチャーショックを受けた。

そう、季語とは型・形・典型の集積なのだろう。ベースにその集積があればこそ、俳句はあの究極の短さで勝負できる。ひとつの句の背後には、季節と、それに根差した生活にまつわる膨大な「記憶」が張り付いている。たとえば冬の季語「梢」。その一語に、寒さへ向かう季節の皮膚感覚と、鄙びた林間の風情、そしてかまどや囲炉裏の火の懐かしさといった、伝統的・集団的無意識が張り付いている。季節の運行をベースとした日本人の生活史や、その精神的・民俗学的古層が、そこに重なるのである。

季語の持つそうした典型性を辿ると、和歌にまで行き着くだろう。和歌の伝統の流れは、近現代の短歌ではなく、むしろ俳句の方に多く受け継がれていると感じることが多い。〈和歌（特に新古今和歌集の三句切れ）↓連歌↓俳諧（連句）↓俳句〉という流れである。一方、和歌と近現代の短歌の場合は「和歌革新運動」によって一度分断され、繋がりつつ切れる（または切れつつ繋がる）というごく微妙な関係にある気がする。和歌と俳句との場合は、季節の推移運行を軸とした世界観で繋がり、〈私性〉からの離れ方で相通じ、しかも句会における題詠や吟行、また作品の優劣を句会で競う形も、和歌の歌合せと感覚が似ている。ことに古典歌論における「疎句と親句」という考え方は、正徹の歌論を経て心敬の連歌論に大きな影響を与えたとされている。そしてさらにその流れは宗祇に繋がり、俳諧へと繋がってゆくのである。

92 俳句と短歌 2

古典歌論における「疎句と親句」という考え方は、正徹の歌論を経て心敬の連歌論に大きな影響を与えたとされる。心敬は「ささめごと」において疎句・親句を連歌の付合のスタイルとして論じ、疎句を理想とした。すなわち、上句五七五と下句七七の間に飛躍・展開があり、両者の関係性が一見疎遠なものほど秀歌となりやすいと論じたのだった。そしてそのような心敬の考え方は宗祇を経て、俳諧連歌（連句）からやがて俳句へと至るのである。

先日神奈川新聞に岸本葉子さんが面白いことを書いていた。「俳句は、風が吹いたら桜が散るみたいな因果関係のある句は評価されず、海が青いから桜が散るみたいに因果関係がない句が評価される世界。合理主義的な言葉とはまったく逆のことをするのが、すごく新鮮でした。（中略）俳句と出会う前に、作家で禅僧の玄侑宗久さんと往復書簡の仕事をしたことがあるのですが、禅も因果関係が評価されない世界だそうです。前後関係を忘れて、瞬間瞬間を生きる世界。出会いの文芸である俳句に通じるところがありますね」。奥深い言葉である。

思うに俳句は、季節・季語という形・型・典型を軸に据えたからこそ、あれだけ極端な短縮(圧縮)が可能だった。その規範意識は短歌よりもはるかに強固に見える。むろん傍目からみればだが。短歌は逆に、型が内容の自由を保証する。形式さえ守れば(あるいは最低限意識すれば)、あとは全く自由であり、内容や用語は完全にフリーだ。むろん和歌ではなく近現代短歌の話である。俳句にも定型という観点からだけ見れば自由律は多々あるが、その背後の、季節の運行を背景とした、風土の古層への規範意識は強固だ(と見える)。どんなに定型を崩しても、まったくアナーキーにはなりにくい気がする。だからこそ、その規範意識に抗う無季俳句が、俳句の存在を根底から揺さぶるアバンギャルドになり得るのだろう。

それが、季語を軸とした俳句の求心力だとすれば、その求心力に拮抗するためには遠心力が必要だ。それこそが、「疎句」の考え方とも関連する俳句の「切れ」の切断力であり、その切れを仲立ちとした句と句との思い切った飛躍・展開である。型の求心力を基盤とするからこそ、逆に思い切った飛躍・展開が可能となるとも言える。その、求心力と遠心力の拮抗の力学こそが、俳句を「詩」たらしめていると思う。俳句と「詩」という概念とがどこまで相性がいいか、ちょっと自信がないが。

俳論に言う「二句一章」とか「二物衝撃」といった概念も、まさにそこに関わるだろう。「二句一章」とは「俳句実作の際、一句の中に一箇の断切（休止）を認める手法である。この断切の箇所は句切れともいい、これによって分けられる上下の二部分（各句）は、それぞれ固有の概念・意味をもっているが、その二部分（両句）が触れ合って一箇の俳句作品、すなわち一章を成すとの説である」（明治書院『現代俳句大辞典』）。そして山口誓子は、その上下句の〈配合〉〈付合〉を、「二物衝撃」という言葉をもって理論化したのだった。そこには、以前すでに繰り返し述べた「モンタージュ」における、映像の断片と断片の組み合わせ（衝突）が新たな世界を生むという考え方が、大きく関わっていたのである。つまり山口誓子の俳句理論「二物衝撃」は、エイゼンシュテインの「モンタージュ理論」の多大な影響のもとに生み出されたものだった。

93 うたが生まれる場所

例の中国の「三上説」では、馬上、枕上、厠上を詩文の生まれる場所として挙げている。馬にのんびり揺られている時、眠りに入る前や目覚め際、そしてトイレ。馬上は現在で言えば、バスや電車などの心地よい揺れに身をゆだねている時だろう。共通するのは、忙中閑ありのリラックスした時間である。つまり、「理知」絶対の世界から少しだけ離れて、生理的なリズムの中に漂っている状態。想念を「理」から一度解放して、イマジネーションの自由な飛翔をうながすところに詩歌の契機がある。ただ逆に、理の世界から遠ざかり過ぎても歌はできない、とも言える。それは詩歌が言葉に拠っているからである。スポーツの最中、たとえばパラグライダーで飛んでいる時にはとても歌はできない。それどころではない。馬上、枕上、厠上は、その心と体のバランスが詩歌にとって絶妙な状態なのだろう。

大脳生理学から見るとそれは、リラックスした時の脳波＝α波で脳内が満たされている状態である。たとえば入眠時。覚醒状態で優勢だったβ波が沈静し、やがて脳内はα波で満たされ、さらに睡眠状態に入るとθ波が現れる。そのα波とθ波の境目で、我々の想念はリミッターを外れる。この状態はよく瞑想や座禅になぞらえられる。それは「ストレス解消法の一つとして有効であるとともに、記憶力、集中力、創造力も高まる」と心理学では説明されている。

瞑想や入眠の時の感覚は、そういえば馬上、厠上の感覚とやや近い気もする。乗り物に乗ると眠くなるのには理由があるのだ。またトイレで物思いにふけり知らぬ間に時間が経っていた、ということもままある。つまりそれは、心がニュートラルに漂う状態だからだろう。そこにこそ、イマジネーションとクリエーションの契機がある。数式などの世紀の発見発明が、寝入りばなやトイレで生まれた、という話はよく聞く。

そこで重要なことは、浮かんで来たインスピレーションをその場で捉えることだ。天使の前髪は一度きりであり、幸運は二度とは訪れない。もともと、二度三度浮かぶようなアイデアは世紀の発見からは遠い。それを短歌に敷衍すれば、瞬時閃いた僥倖のような言葉をその場で捉えることである。

よく言われることに、短歌は「作る」ものか「生まれる」ものかという問いがある。自らの努力や才能によって自力で作り上げるものなのか、あるいは、自分という小さな枠を超えた何か大きなものによって、つまり何らかの恩寵と他力によって、私という作者を選んで生まれ出てくれるものなのか……。

なかなか難しい問いだが、「自力」のうちはまだどこか小さい気がする。少なくても一生に一度の歌は、私という小さな枠を超えて、遠くから訪れ、生まれ出て来るものだと思いたい。その時、〈わたくし〉とは、その恩寵をキャッチするための受信機である。ただし、二度とは訪れない恩寵を逃さず捉えるためには、受信体制を整えておかなくてはならない。そのためには、ともかく作り続けることしかない。多分結社というものの究極の役割は、そこにあるのではないか。

94 暦の話

うちには暦がやたらと多い。新暦のカレンダーももちろんあるが、他に月の運行と潮の満ち引きをビジュアルに示したもの、二十四節気七十二候のカレンダー、そして旧暦と新暦を対比したもの、などなど。今日は二月三日節分。明日は立春である。行楽地には春節休暇の中国、東南アジアからの観光客が繰り出していると、ニュースは伝えている。今年の春節（旧正月、旧暦の睦月一日）は一月二十八日だった。立春とのずれは七日。まあまあだろう。明治の初めまで、日本の正月はこんな陽気だった。うちの白梅はすでに満開である。まさに新春。

我が国の旧暦は中国由来のもので、マイナーチェンジはありつつ、長く長く用いられてきた。月の運行でひと月を決め（だからその単位は「月」と命名された）、太陽の運行で一年のサイクルを決める、太陰暦と太陽暦のミックス「太陰太陽暦」である。太陰暦だけでは何が不都合かと言えば、夏至とか冬至とか彼岸とか、寒暖はもっぱら太陽の運行（と言うか実は地球が太陽を回るサイクル）に関わるからだ。それは農耕に直結する。二十四節気のカレンダーも、（睦月朔日とほぼ近い）立春から始まるという意味では太陰暦を踏まえるが、季節の運行サイクルは太陽暦に基づく。だから旧月の運行は三十日に少し欠けるので、旧暦では年単位の太陽の運行と徐々にずれて行く。だから旧暦の時代には、十九年に七度「うるう」を設け、一年を十三か月とした。太陰暦から見ると今年がまさにそれで、「皐月」の次に「閏皐月」がある。十二月の次に「十三月」が来るのではないところが奥深い。

その旧暦から新暦に移行した（というか明治政府が有無を言わさず変えた）のは明治五年。旧暦明治五年十二月二日の翌日を明治六年一月一日として、以後太陽暦（グレゴリオ暦）に改めた。それを主導したのは、大隈重信や福沢諭吉であると言われている。一説には経済立て直しの机上の奇策（一年の日数が減った分給料から国家予算まで名目上は歳出がカットされる）とも言われるが、一番は「脱亜入欧」だろう。明治政府は明らかにアジアということにコンプレックスをもっていた。これは中国はじめ日本以外のアジアの中国文化圏の国々が、いまだ旧暦を尊重しているのと大きく違う。

和歌にルーツを持つ短歌に関わっていると、旧暦と新暦のずれがいろいろな場面で気になる。先にも述べたように「睦月」と現在の一月とは気候が異なる。その現在の一月を機械的に睦月と呼んでいいのか。五月晴れは本来、鬱陶しい梅雨の束の間の晴れ間である。今その意味で使う人はいない。いいのだろうか。夏の盛りの「水無月」を、現在の梅雨のさ中の六月の別名とするのは、悪い冗談に思える。太陰暦では、毎月一日はその字の通り「朔」（新月、逆の月、月が黒くリバースする）だった。日食はこの朔にのみ起こり得た。十五夜の月は名の通り毎月十五日の夜の月だった。

現在そうした伝統的な季節感は崩れた。特に季節を歌う場合、それらの事を私たちはどう捉えるべきだろうか。

季語を軸に据える俳句の世界では、そうした季節感のずれはより深刻な問題のはずだ。たとえば現代の俳句界では「五月晴れ」をどう位置付けているのだろう。七夕は夏だろうか、秋だろうか。そうしたことを一度掘り下げて聞いてみたいのである。これは短歌にとっても決して他人事ではないはずだ。

95
百人一首のコンセプト

百人一首（いわゆる「小倉百人一首」）を暗誦するようになってからずいぶん経つ。多分十五年ほどだろうか。覚えた当初は、三十分かけて百首をほぼ毎日暗誦した。最近五年ほどは、さすがに毎日はもういいだろうということで、さぼるようになった。そうすると途端に忘れる。この前すら出ていた箇所でつかえる。老化の始まりと言えばそうだろうが、悲しいものである。

百首は天智天皇とその娘、持統天皇の歌を冒頭に置く。以下、柿本人麻呂、山部赤人、猿丸太夫、中納言（大伴）家持と続く。その選定は、藤原定家が大半を選び、最後を誰か（定家の息子為家と考えるのが妥当か）が補足したとする説が有力である。

百首の並べ方については、眉唾なものも含めて暗号説などいろいろな説があるが、私は、多少の遊び心をもってほぼ時代順に素直に並べたものと受け取っている。在原行平と業平、紫式部と大弐三位をはじめ、兄弟、親子、ライバル、ゆかりの人が近接して並べられている。そして時代は下り最後は、鎌倉時代まで生きた藤原定家、藤原家隆、後鳥羽院、百番目が順徳院である。

このように百人一首には、近江・飛鳥・藤原京時代から奈良時代、平安時代を経て、武士の時代となった鎌倉初期までの歌（作者）が並ぶ。そこには、天皇・貴族の政治的な力が盛んであった時代への追慕という編纂意図を見ることが出来る。天智天皇（中大兄皇子）と共に大化の改新を達成し、天皇を中心とした古代国家日本を完成させた中臣鎌足は「藤原」姓を賜った。その遥か子孫が定家である。だからまず一番にその先祖の大恩人天智天皇の歌を据え、さらにその娘持統天皇の歌を次に置いた。一方、天智に劣らず古代国家日本の成立に功績があり、しかも天智の実の弟にして持統（ウノノサララ）の夫でもあった天武天皇（大海人皇子）の歌はない。壬申の乱によって藤原氏の恩人天智に最終的に反逆し骨肉相争った天武の歌を、あえて外したと見るのが妥当だろう。そして百人一首は、藤原定家・為家父子の、同時代における大恩人後鳥羽院と、その子順徳院の歌で最後を飾る。そこに何があったか。一二二一年の承久の乱（変）である。

承久の乱は朝廷と鎌倉幕府の戦いである。公家勢力の回復を図るため幕府打倒を窺っていた後鳥羽院は、実朝が暗殺された後の幕府の内紛に乗じて挙兵、幕府軍と戦ったが敗北し、後鳥羽院、順徳院など三上皇は遠流され、時の天皇は廃位させられた。そして政治的実権は、天皇・貴族から武士の手に移ることが決定的となった。これを北条泰時による日本唯一最大の「革命」と呼ぶ学者もいる。いずれにしても大化の改新によって成立した天皇と貴族の治世（藤原摂関政治）はここに完全に消滅したのだった。

百人一首にはこのように、天皇と藤原氏との蜜月時代の始まりと終わりが刻印されている。それはそのまま和歌の時代でもあった。後鳥羽院という最大の後ろ盾を失い、以後和歌は急速に衰退する。その亡びを誰よりも実感したのが定家だろう。そう考えると、最後に置かれた悲運の上皇・順徳院の次の歌が、改めて深く心に染みる。

ももしきやふるき軒端のしのぶにもなほあまりある昔なりけり　　順徳院

96　百人一首の周辺

百人一首（いわゆる「小倉百人一首」）を題材にした映画や漫画などの影響で、高校生などを中心に今また百人一首（特にかるた）ブームなのだという。何にしろ和歌・短歌に注目が集まるのは嬉しいことである。

かるた（歌留多、加留多、骨牌）は元々ポルトガル語で、英語のCARD（カード）に当たる。江戸時代の美品「光琳かるた」など見事なものもあるが、明治になり印刷によって爆発的に普及した。うちにあるのは京都の「大石天狗堂」の普及版で、子供が小さい頃はよくこれで坊主めくりをした。大石天狗堂は歌かるたの老舗で、創業は寛政十二（一八〇〇）年だが、本格的にかるたを作り始めたのは明治二十四年だという。競技かるたの唯一の公認を得ている。かるた遊びは江戸時代に始まるが、一般に普及したのはやはり明治に入ってからである。かるた競技などの報道でよく「絢爛たる王朝絵巻」などと紹介され、十二単を着た平安貴族の遊びのイメージがあるが、全く違う。ちなみに絵札では持統天皇が十二単を着ているが、あれもあり得ないだろう。飛鳥藤原時代の服装はおおよそ違っていたはずである。

百人一首には、最初の方に三人（?）の「丸」が登場する。「人丸」（柿本人麻呂・人麿）、「猿丸」（猿丸太夫）、そして「蟬丸」。このことを私はずっと不思議に思ってきた。柿本人麻呂も謎の多い人物だが、猿丸太夫と蟬丸に至っては、その実在自体も疑われている。人丸、猿丸、蟬丸。「丸」は「麻呂」の変化したもので、それを愛称というか呼称（たとえば「××さん」の「さん」のようなもの）と考えれば、この三者は人・猿・蟬、ということになる。私にはこれは、〈神々だけではなく「人」も獣も昆虫も、万物すべからく歌を詠む〉、という、歌の功徳霊力を示すための命名に思えるのだが、どうだろうか。

14番は源融(河原左大臣)。光源氏のモデルとされる貴公子は何人かいるが、私は彼こそが第一候補だと確信している。まず嵯峨天皇の皇子から臣籍に下ったこと。従一位左大臣まで昇り詰めたこと。「河原院」という壮大流麗な邸宅庭園を賀茂川河岸に造営したこと。そして他ならぬ宇治に豪華な別荘(なんと現在の平等院)を持っていたこと。源氏物語の主役級の貴公子は「光る」「薫る」「匂う」とみな動詞由来の名だが、源融もまた「融(とお)る」である。光源氏の名は普通に考えれば源光(ひかる)。源融(とおる)とじつに似ている。

24番に菅原道真(菅家)の歌がある。道真は失意の内に九州大宰府で客死したが、そののち怨霊となって天変地異をもたらしたという。道真の恐ろしい悪霊姿の絵を確か見たことがある。その祟りを鎮めるために、天神様として祀られた。私はなんとなく道真の札にジョーカー的なイメージを持つ。花札の「オニ」の札のような。ちなみに非業の死が伝説化されて、神として祀られた人物は多い。ざっと思いつくだけでも、柿本人麻呂、大津皇子、道真、吉田松陰など。暗殺された坂本龍馬と中岡慎太郎も、京都護国神社に「護国の神」として祀られている。

以上、さまざまな角度から「小倉百人一首」を読むと、新たな興味は尽きない。

97　嘘と虚構と演技　1

何年か前に、実際には生きている父の死を歌って新人賞を受賞した「事件」が話題になった。こうしたことは初めてのケースではなく、新人賞の歴史の中で、何度か似たような例があった。たとえば英国留学中の十代の少女の若々しい作品が或る短歌賞を受賞して、顔写真や受賞の言葉が掲載されたが、実は写真は姪のもので、本当の作者は（確か）中年の男性だった。そのような出来事をいくつか覚えている。

そうした事例をどう呼ぶべきだろうか。嘘、虚構、フィクション、演技、脚色……。むろん個々のケースで微妙に事情は異なり、ひとまとめにはできない。さらに、翻って考えてみれば私自身も「事実」だけを歌っているわけではない。虚構や、出来事の脚色を、一つの〈方法〉として意識している。題材をどう脚色するかは、つまりは短歌（文学表現）の根幹に関わる部分だろう。当然ながら、短歌表現が目指すべきは「事実」の単純な告白、再現、報告ではない。さらに、出来事のどの部分をクローズアップし、どの部分を捨てるか、どういう切り口で歌うか、といった段階からすでに「脚色」は始まっている。いわばその「脚色」こそが「表現」だろう。言葉による現実の過不足なきコピー、などということは幻に過ぎない。言葉で出来事を切り取ること自体が、すでに「創作」なのである。文学においてアクチュアリティ（事実性）とリアリティとを混同してはならない、と思う。

しかし同時に、文学の方法としての「脚色」「フィクション」と、読者や選者のセンセーションを狙った「嘘」とは、やはり区別する必要があるだろう。嘘はどこかで後ろめたい。それは、あくまで現実を引き受けて生きようと苦悩する大多数の人間への、根源的な後ろめたさである。文学といえど、それを軽視してはいけないと私は思う。そしてまた「嘘」は時間の審判にさらされ、いつか露見する。それに対して、自身が文学の方法として虚構を選び取ったことを明らかにした上での創作が、フィクションである。たとえば小説家のように。

現代短歌史では、やはり寺山修司がまず挙げられる。寺山は、デビュー当時はいざ知らず、その後、写実主義の側からの批判と直面する過程で、開き直って、「虚構」を方法として意識化・先鋭化して行った。それはまさに〈私〉をめぐる、短歌というジャンルへの本質的な「質問」だった。「前衛短歌」の時代、その寺山らの挑発に呼応するように、短歌におけるフィクションの問題が繰り返し議論された。日常の些末な出来事の報告が「トリヴァリズム」という名のもとに批判され、リアリティとは何かが問われた。そして「成り代わり」など、フィクションの側から「短歌的〈私〉」を追い詰める試みが意欲的になされた。

現在、私が腑に落ちないのは、「私性」を論じる時評などで、そうした過去の議論が振り返られることがほとんどないことである。歴史こそは短歌の財産だ。積み重ねたその財産を踏まえず、そこから学ばず、またゼロからやり直す徒労を、何度繰り返すのだろうか。たとえば王朝和歌における私性から論を起こし、現代短歌の〈私〉を論じる若い論客が、いつか出ないだろうか。

98 嘘と虚構と演技 2

短歌作品における嘘、虚構、脚色、演技についてもう少し考える。まず、フィクションと一口に言っても、歌われた内容面の創作と、それ以前の作者像の段階からの創作と、二つのレベルが考えられる。寺山修司の「亡き母」は前者である。そこで重要なのは、寺山が名を名乗った上で、存命の母を「亡き母」と歌ったことだ。寺山の母がその段階で生きていることは、調べればすぐわかる。それも織り込み済みで、では生きている母を短歌で死者とすることは、なぜまずいのか。そうした短歌の私性のごく微妙な部分への挑発と問題提起が、寺山の狙いだった。それは表現における虚構と演技の問題として、のちの寺山の劇作家としての活動とも密接する。一方、もし私が偽名を使って、たとえば難病闘病中の少年の立場で歌を作ったとしたらどうか。それは、表現うんぬん以前に一人の人間として踏み越えてはいけない、何物かへの不遜な冒瀆である気がする。つまり、文学の方法としての脚色とか虚構とか演技とか以前の、罪深い「嘘」である。この両者を分別する最低限の慎みだけは持ちたいと思う。そうしたタブー意識は、おそらく短歌が「一人称」で書かれることと密接に関わる。ただ、方法としての虚構や演技と、嘘との線引きが実はとても難しい。悩みはここで深くなる。

そこで思い出すのは、一九九〇年に出された大津仁昭歌集『異民族』である。後書に「この歌集は、男女あわせて九人の架空の『作者』が自由に歌を詠んだ形をとっております。彼らが何物なのか、私の分身であるのか、仮面をつけた私自身なのか、正直なところ、作者のこの私にもはっきりとはわからないのです」と述べる本書は、短歌における自己同一性（アイデンティティ）へのきわどく過激な問いを発している。

血管は身体の奥へ隠れたり私は「名前」それだけでゐる　　丸山明子（大津仁昭）

進化図のヒトを示せる一点は何か胞子のやうなさみしさ　　須貝ひろみ（大津仁昭）

次に、もう一つの角度から「演技」について考える。取り上げたいのは私小説における「生活演技説」である。これは太宰治の心中事件などの「実生活と芸術との意識的な倒錯」（平野謙）に端を発した議論で、平たく言えば、虚構である作品のために、実人生そのものを演技して生きる（作品に実人生を奉仕させる）という逆転現象である。その精神的倒錯は、作家自身の、人間としての自己同一性を壊滅させる危険性をもつ。これを短歌に当てはめれば、失恋した結果として歌が出来たのか、あるいは刺激的な歌を生み出すためにあえて失恋したのか、という実に危うい問題に繋がる。言葉とは実は精神に作用するきわどい凶器であり、言葉をもって「創作」に関わる人間は常に、精神の崩壊の危機をどこかに孕んでいる。それに関連してある舞台俳優が、重篤な病状で入院中の親友を見舞って涙を流した時、その自らの涙が本心か演技かわからなくなってぞっとした、というエッセイをどこかに書いていた。心底こわい話である。

あなたはそれでも、文学で「虚実皮膜」をつらぬく勇気がありますか。

99
嘘と虚構と演技　3

先日、正岡子規生誕百五十年を記念して、神奈川近代文学館で、俳人稲畑汀子、長谷川櫂、小説家辻原登、藤沢周四氏による、「写生文」を巡るイベントが行われた。子規は俳句、短歌（和歌）の改革とともに、文章の近代化にも意欲を持ち、平易な言葉で「事実」をありのままに描く「写生文」を提唱したのだった。朝日新聞にその会の報告が掲載されていたが、私は記事にある長谷川櫂の「言葉は想像力と一体であり、言葉で書くとは現実から離れていくことなのでは」という問いかけと、辻原登の「僕はフィクションをつくる強い意思の下で写生文を書き、それが本当のことと読み取られればいい」という発言に注目した。

そうなのだ。もともと言葉が、〈現実〉のメタ・レベルにある〈記号〉、という側面を持つ以上、言葉をもって分別され、抽出され、一般化された世界は、現実そのものと同じではあり得ない。たとえば日記という最もプライベートなものを考えても、そこに一日のどの出来事をどの場面で切り取るかによって、「事実」の見え方は全く違う。出来事の取捨選択がすでに恣意的な脚色であり、厳密にはそれもまた「創作」だとも言える。そして元々、われわれの記憶とは実に曖昧である。それは各々の思いや利害、また時間経過によって竄変し続けてゆく。だから、ある出来事を二人の人間がそれぞれの視点から記述する時、そこには必ず二つの異なる「事実」が生まれる。そしてそのどちらも「間違い」ではない。悩みはまさに、ここに深くなる。事実と記憶と言葉……。事実とは、言葉によって脚色された記憶である。

太宰治の短編「虚構の春」は、その意味でも大変興味深いものである。そこでは、実際に友人らから太宰治のもとに届けられた手紙の文面と、創作による架空の手紙が混在され（ただし太宰は、手紙は全て「創作」であると言っている）、そしてそれらの集合体を彼は、「虚構の春」という「小説」として発表したのだった。虚実皮膜はここに危うく極まるのである。

そうした、言葉を用いること自体の危うさ、虚実皮膜に遊ぶ危うさを、中上健次は「もちろん最後の一ミリほどで、文学、言葉を信用しない限り、書いて表わすことは成りたたない。それはわかっている」とした上で次のように書く。

「文学が嫌いだ。すべて嘘だと思う。言葉になって表わされたものなど、無意味だと思う。（中略）おまえは幽霊といっしょじゃないか。この現実を生きていないじゃないか。小説を書くのを止めろ。この現実を、単純な生を生きる男として、生きろ。」

「母は、長いあいだ息子のぼくが、本を読み小説を書くことを嫌っていた。言ってみれば（中略）活字や金銭ではかられる抽象の次元である。母には、本にとりつかれ、文字にとりつかれる人間は、ノイローゼになり自殺するという想像があった。物々交換同様の行商を長い間やっていた母には、物質の次元から身を離すと、必ず不幸がくるという確信がある」

（エッセイ集『鳥のように獣のように』）

そしてついに、現実と似て非なる抽象世界から帰って来られなくなった人間は、何人もいる。まこと言葉は諸刃の剣である。言葉を怖れよ。

100 ソシュールのりんご 1

スイスの言語学者ソシュールは「近代言語学の父」とか「現代言語学最大の巨人」と呼ばれる。そのソシュールの言語学とはどのようなものだろうか。大学時代の記憶や古い講義ノートを引っ張り出して、その中心部分をごく大まかではあるが再確認してみたい。ただしその論理は、「記号論」や「構造主義」、また文化人類学など広範な範囲に発展展開してゆく、たいへんロジカルな、抽象度の高いものだった。そのようなものを扱うとき、本来ならばいちいち概念規定から始める必要がある。「記号」という概念とはどのようなもので、その範囲はどこからどこまでを指すのか、「言葉」という概念はどうか、といったことを段階を踏んで押さえてゆかないと論考はどうしても曖昧な、収拾のつかないものになってゆく。だが、当然ながらそのスペースはない。そんなことをしていたら遠大な仕事になるだろう。だからここでは、そのさわりの部分だけを取り出して、ごくざっくりと考えることにする。それがかなり無謀なものであることは、私自身も感じているが。

ソシュール言語学のベースは『一般言語学講義』である。それは彼自身の著作ではなく、弟子がその講義内容を纏めたものだった。イエスやブッダの場合と同じ、と言ったらやや乱暴かも知れないが。だから比喩的に述べた箇所や、ごくあっさりスルーした箇所があり、それが理解を難しくしている部分がある。ともあれ先を急ぐ。

ソシュールの試みたことは、「学」(整合性のある学問体系)として成立させるために、「言葉」という概念をごく限定的に捉えることだった。「言葉」というものの範囲の囲い込みを行って、抽象度の高いレベルまで単純化した。そして想定したのが「ラング」(「言語」=言葉の基本的な規則の体系)である。人間の全ての言語活動(ランガージュ)を「ラング」という概念モデルと、その実体化した現実の運用形態「パロール」に分け、そして「ラング」だけを論考の対象としたのだった。そこで前提となるのが「記号としての言葉」というテーゼである。

ソシュール言語学の根本は、言葉(名、命名)と、その指し示す意味・実体とが、恣意的に一対一で対応するということにある。それが「記号としての言葉」の意味であり、或るものを指し示す名前をシニフィアン、そしてその名前によって指示される実体をシニフィエと呼んだ。りんごの例が有名だが、それで言うと「りんご」という名前がシニフィアン、その名前で我々が呼ぶあの果実の実体がシニフィエということになる。そして、その両者の対応の約束が、つまり「ラング」である。キーワードは「記号」。「記号」とは、サイン・シンボルである。ただし、サイン(合図、信号)とシンボル(象徴)では概念が微妙に違う。シンボルとは、王冠が君主政治制を示す類いであり、それはメタファーとも隣接する。つまり「記号としての言葉」というテーゼは、様々な概念を巻き込みながら、「言葉」を媒介として成立する人間のすべての活動に繋がってゆく。そこに、ソシュールの論考が言語学を越えて広範に拡がる契機があった。

101 ソシュールのりんご 2

ソシュールの講義録『一般言語学講義』は一九一六年に出版された。「近代言語学の父」と謳われたそのソシュールの言語学を真正面から批判したのが、時枝誠記の大著『国語学原論』である。その序文で時枝は自著を「いはゞ言語の本質が何であるかの謎に対する私の解答である」と述べる。そこで中心となるのが「言語過程説」である。それは「言語の本質を心的過程と見る言語本質観」であり「言語を、専ら言語主体がその心的内容を外部に表現する過程と、その形式に於いて把握しようとするものである」と記す。これはいわば人間（主体）中心主義、現場主義の言語観である。すなわち「言語」とは抽象的・概念的なモデルとして存在するものではなく、あくまで〈場〉や互いの関係によって刻々と変化する「具体的な個々の言語」の総体であるとする。「言語学が、個別的言語を外にした一般的言語（その様なものは実は存在しないのであるが）を、研究するものであるとは考へられない」「言語過程説は、言語を以て音声と意味との結合であるとする構成主義的言語観或は言語を主体を離れた客観的存在とする言語実体観に対立するものである」と強調する。それはまさにソシュール言語学を名指ししたに等しい批判だった。そしてその考えは「フェルディナン・ド・ソシュールの言語理論に對する批判」の章で、さらに掘り下げられてゆく。時枝のこのいわゆる「ソシュール批判」のハイライトを要約すると、たとえば「ばかやろう」という言葉がいつも罵倒の意味を持つとは限らず、恋人同士ならば場合によっては愛の言葉になり、友達同士ならば友情の言葉になることもあり得る、という、「場の理論」による言語観だと言える。また別角度から言えばそれは〈言葉の実存主義〉でもあった。「実存主義」のキーワードは【（個別の）存在は（抽象的な）本質に優先する】である。時枝の言語観はまさに、個別の主体（人間）および現場を中心に置くという点で、実存主義哲学と合致する。

ただ時枝のこの「言語過程説」は、ソシュールの全的な否定というよりは、言語を考える別の枠組みを提示したものだとも言える。ソシュールは人間の言語活動全体を「ラング」と「パロール」に分け、概念的なモデルとしての「ラング」を図式的に想定することで、「学」としての体系を確立し得た。そのまさに概念性、抽象性、一般性を批判したのが時枝だが、見方を変えるとソシュールのモデルがあったからこそ、それを批判補完する形で、自らの言語哲学に到達し得たとも言える。時枝は、ソシュールが研究対象からあえて除外したパロール（またはそのパロールを含む言語活動全体）を、言語の本質として捉え直したのだった。これを流行りの脳科学に例えるならば、ソシュールが脳の働きを解剖学的メカニズムとして捉えようとしたのに対して、時枝は心とは何かというレベルで捉えようとしたと言える。どちらも大切な仕事である。

もう一点、ソシュールが表音文字文化圏の欧米人であり、その思考がフランス語でなされたことは意外に大きいと思う。（象形文字を原型とする）表意文字たる漢字文化圏に住み、「言霊」の伝承を今に受け継ぐわれわれは、また少し違う言語観を持っている。このことをはっきりと言っている日本の言語学者はいるだろうか。

102 心の花

「心の花」という誌名の由来を佐佐木信綱は、創刊号に寄せた「われらの希望と疑問」で次のように述べる。「花てふものなからましかば、春秋のながめもいかにさびしからまし。歌てふものなからましかば、人々のおもひをいかでかやらむ。歌はやがて人の心の花なり」。もし花というものがなければ、自然界の眺めはとても寂しい。同様に、もし歌というものがなければ、人々の思いはどこにも行き場所がない。そう考えると歌はすなわち心の「花」である……。自然界の「花」と人間の「心」とを比喩的に対応させた、この、心の中に咲く「花」という捉え方から思い出すのは、次の歌である。

いろみえでうつろふものは世中(よのなか)の人の心の花にぞありける　小野小町

「心の花」という比喩を用いて、男女の恋心の儚さを述べた歌である。心の花。そこには、旧派と新派を橋渡しするべき位置にいた若き信綱の、ロマンチスト、理想主義者としての志が示されていると、私には思える。それについて佐佐木幸綱は「古歌においては、移ろいやすいものというマイナス・イメージをもつフレーズ」であった「心の花」を、大きく人間全般の様々な思いのレベルにまで広げて、普遍的な文学理念とした点に「二十代半ばの、若い信綱の工夫があった」と述べる(『短歌名言辞典』)。

古典和歌と関連して、もう一つ思い出すのは「古今和歌集」仮名序の有名な冒頭部分である。「やまと歌は、人の心を種として、よろづの言の葉とぞなれりける」。短歌の種は「心」である。その種を播いて、しっかり水をやって世話をすれば、やがて発芽して瑞々しい葉を出す。その葉が言葉（〈言〉の葉＝〈事〉の端）であり、歌である。心が種、その発芽した葉っぱが言葉、その言葉の最も美しい形態が歌。まさに「詞華」であり、「歌は心の花（心という種が開花した美しい花）なり」ということになる。信綱が「心の花」という命名に当たって、この仮名序を意識したことは充分考えられるだろう。

心と言葉（詞）と歌。この関係性は、「古今和歌集」序文以来、古くて新しい、最も普遍的かつ本質的な問題である。心の機微は言葉（を筆頭とする「表現」）でしかあらわせない。だが、「口先だけの人間」という言い方が示すように、言葉は時に過剰になり、また時に嘘をつく。「心」よりも先へ先へと行きたがる。座禅では、姿勢を整え、息を整え、しかるのち心を整えよと教えるが、まさに言葉を整えることで心が整うということもある。言葉から心へのフィードバックである。言葉同様、心（特に脳）もまた移り気で気まぐれだ。その「心」を、言葉という公的制度によって制御する、ということもあり得るだろう。そして、そうした心と言葉のあやうい力関係がからくも相乗し合って飛翔する一瞬を得た時、人生に何度かだけ、〈私〉という小さな枠組みを凌駕して遥かに旅立ってゆく、恩寵のような歌が生まれるのだろう。いつか来るその日のために、私はこれからも言葉について考えてゆくだろう。「詩歌にとって言葉とは何か」。やはりそれは大いなる謎である。短歌の魅力はその謎にこそある。

Ⅱ

もののけ姫とエヴァンゲリオン

1

『もののけ姫』とは、宮崎駿原作・脚本・監督によるスタジオジブリのアニメーション映画であり、「エヴァンゲリオン」は制作・テレビ東京、監督・庵野秀明による全26話のテレビアニメ『新世紀エヴァンゲリオン』を短縮した呼び名である。ちなみにファンの間では、それをさらに短縮した「エヴァ」という呼称で呼ばれ、以後続編として劇場映画版が公開されている。

「もののけ姫とエヴァンゲリオン」。いつかこのタイトルで、他でもなく短歌の評論を書きたいと思っていた。それからいつの間にか時間が経ってしまったが、この両者は公開時にそれぞれ社会的事件と言ってよい反響を呼んだのみならず、現在においてもいまだ、決して一部のコアなファンだけではなく広範な層からの関心を呼び、さまざまに語られ続けている。そして、各々の作品に提示されまた暗示された問題は、現在においても普遍的な（しかもかなり大きな）意味を持ち続けていると思われる。

テレビアニメ『新世紀エヴァンゲリオン』の放映が開始されたのは1995年（その前年の19

94年、角川書店の漫画誌に連載開始)、そして映画『もののけ姫』が公開されたのは1997年。あらゆる意味で対蹠的なこの両者の放映・公開がほぼ同時期だったことは、今から見ると何か象徴的だが、ではそれはどのような時代だったか。ひとことで言えば、経済的繁栄の絶頂とも見えた80年代後半の「バブル期」の饗宴が突如終わり、国内外で未曾有の出来事が連続した、現代史においても特筆される時代だった。十年の単位で遡って年表的に列挙すると、1984年、グリコ・森永事件。1985年、豊田商事事件、日航機墜落。1986年、スペースシャトル「チャレンジャー」爆発事故、チェルノブイリ原発事故。1987年、バブル絶頂。1989年、昭和天皇崩御、昭和が終わる、消費税導入、連続幼女殺害事件の宮崎勤逮捕、ベルリンの壁崩壊。1990年、バブル経済崩壊、東西ドイツ統一。1991年、湾岸戦争勃発、ソ連崩壊。1993年、「55年体制」崩壊、細川連立内閣成立。1994年、松本サリン事件。1995年、阪神・淡路大震災、地下鉄サリン事件。1997年、「酒鬼薔薇」事件……。まさに崩壊と終焉のカタストロフが様々な分野で起こり、謎の事件が連続する中で、「ノストラダムスの大予言」がまことしやかに喧伝され、不穏な予感とともに20世紀の「世紀末」を迎えようとしていたのだった。

ちなみに『もののけ姫』および『新世紀エヴァンゲリオン』とはどのような話だったか。手元の資料から簡単に説明しておきたい。まず『もののけ姫』。〈物語の舞台は室町時代の日本。大和王朝との戦いに敗れ、北の果てに隠れすむエミシ村の青年、アシタカ。彼はタタリ神から村を守ったために死の呪いを受けてしまう。呪いを放つために旅に出たアシタカは、西の国のシシ神の森に辿りつく。そこでは、森の神々とエボシ御前率いる製鉄集団との戦いが繰り広げられていた。アシタカはそこで人間でありながら森の神々に味方する〝もののけ姫〟サンと出会う〉（東北文化友の会会報「まんだら」37号）。そして『新世紀エヴァンゲリオン』。〈SFアニメ作品。大災害「セカンド・インパクト」後の世界（2015年）を舞台に、巨大な人型兵器「エヴァンゲリオン」のパイロットとなった14歳の少年少女たちと、第3新東京市に襲来する謎の敵「使徒」との戦いを描く〉（ウィキペディアより）。

私はビデオその他で両方とも観ているが、当面この記述で不足はないと思える。「エヴァンゲリオン」の舞台である「近未来」の設定が、なんと他ならぬ今年、2015年であり、それが「大災害後の世界」であるということに、東日本大震災を経た今となってはまず驚くが、とりあえずここまで押さえて次に進む。

2

『新世紀エヴァンゲリオン』というタイトルは、「福音」を意味する古代ギリシャ語「エウアンゲリオン」と、旧約聖書の「創世記」で最初の女性とされるエヴァから取られている。ちなみに英語では通常「福音」をgospelと言うが、旧い英語ではevangelと言い、福音教会はthe Evangelical Churchと言う。「福音」とは、善い知らせであり、キリスト教ではイエスの説いた神の国と救いの教えを指す。その他『新世紀エヴァンゲリオン』では「使徒」や「天使」、「アダム」「リリス」「死海文書」など、『聖書』（特に旧約聖書）およびキリスト教にまつわる語彙が頻出する。『新世紀エヴァンゲリオン』の世界観は、ひとことで言うと、キリスト教の終末論に基づいている。終末論は、『旧約聖書』を貫く歴史観であるという。それによると、世界の歴史は終末に向かって進んでいて、来るべき終末においては人類に神の審判が下り、その試練を乗り越えた民だけに救済がもたらされる。そしてその時点で「人類史が完成する」とされる。

そうした『旧約聖書』の世界観に呼応するように、「エヴァンゲリオン」は、二十世紀最後の年・西暦2000年に起きたカタストロフ（セカンド・インパクト）によって壊滅的な混乱状態に陥った、2015年の「第3新東京市」を舞台とする。その設定はまた、1999年7月に「恐怖の大王」が天から訪れて人類は滅亡するとした「ノストラダムスの大予言」とも重なる。こうした不吉にざわつく予感は、いわゆる「バブル」が終焉したのち、世界史的な崩壊（再編成）が進みつつ世紀末を迎えようとしていた、放映当時の集団的気分（または集団的無意識）の反映であると、今なら言える。それは、繁栄の饗宴は終わり、世界は混乱と衰退へ向かうという、いわば〈西洋近代合理主義〉（目的合理主義・進歩主義的世界観）の「終わりの始まり」の予感でもあった。

3

新旧聖書に多大な文学的啓示を受け、かつ〈終末／滅び〉の世界観を代表する歌人といえば、塚本邦雄である。聖書・キリスト教にまつわる塚本作品を挙げればきりがないが、特に象徴的なものを引く。まず初期の作品より。

聖母像ばかりならべてある美術館の出口につづく火薬庫　『水葬物語』
つひにバベルの塔、水中に淡黄の燈(ひ)をともし——若き大工は死せり
しかもなほ雨、ひとらみな十字架をうつしづかなる釘音きけり
錘(おも)りつけしごとき睡りの中に恋ひ妬む水の上歩みしイエス　『装飾楽句』
聖夜たれも見ざる月さすぼろぼろの赭き鉄骨の中をとほりて

一首目。イエス・キリストの母である聖母マリア。その慈愛と救済の頬笑みに充ち溢れる美術館の出口は、対立と破壊と暴力の源である火薬庫に、じかに繋がっている。愛や正義や勇気はそれ自体、時として対立や憎悪や戦闘の火種になり得るという、われわれの世界の無惨な現実を比喩的に

暗示した作品だろう。

二首目。「バベルの塔」は、ノアの大洪水後、人間たちがバベル（バビロン）に築いた天上に達する大建造物。人間の際限なき欲望と傲慢・増長の現れとして、神は言語を混乱させてその工事を中止させた。それは現代社会における物質文明の際限なき繁栄の象徴そのものである。だがこの塚本の歌では、その欲望の塔は神の怒りの大洪水にも瓦解せず、水中に妖しく繁栄と享楽の燈を点し続けている。その贖罪として、「若き大工」すなわち青年イエスは死を得るのである。

三首目。連作のタイトルは「鎮魂曲」。降り続く雨は、神のレクイエムだろうか、それとも戒めだろうか。「ひとら」は皆、その釘音が自分たちの身代り（サクリファイス）であることを知りつつ、手で耳を塞ぎながら聴いているのだろう。

四首目は連作「地の創」より。後にも述べるが塚本の関心はつねに、救世主キリストではなく、もっぱら人間イエス、青年イエスに向かう。イエスは人類を代表してただ一人神に選ばれた者だとされる。イエスのその生涯を、その究極の生と死を、「恋ひ妬む」思いが、終生イエスを歌い続けた塚本を突き動かした最終的なモチベーションだった。イエスへの強烈な嫉妬と、自己同一化願望である。

五首目。「救世主」である神の子の生誕を待つ夜。聖らかな祈りの声が響くその窓の外には、破壊された街区の名残りの、赤く錆びたむき出しの鉄骨が、無惨に月の光に照らされている。現在のイスラエルや中東における、爆破された町の光景が嫌でも思い出される。聖書はまさにその土地のものであり、イエスはその土地に生まれ、そこで生きたのだった。

天使キャラメル広告塔に昼死せる天使がむらさきのうす笑ひ　『日本人霊歌』
漁夫はわが羸弱(るいじやく)の胸おほふべく帆をおろす夕べ夕べのピエタ　『星餐圖』
天にソドム地に汗にほふテキサスの靴もて燐寸(マッチ)擦る男らよ　『されど遊星』
きりぎりす六肢失せたるまぼろしの身を曲げてマグダラのマリアよ　『驟雨修辞学』
出埃及(エジプト)記読みつつあさき眠りせしいま燦燦と枯るる野に出づ　『歌人』
蠅の王わが食卓の一椀の毒ほのかなる醍醐を狙ふ

一首目は、広告に代表される高度消費／情報社会における、悪意の天使が描かれる。聖書において、悪魔は天使の堕落した姿（堕天使）だった。たとえば大天使ミカエルの兄であり、天使長（最高位の天使）であったルシファーは、神に反逆して堕天使の総帥サタンとなった。

二首目。「漁夫」は、イエスの最初の弟子（使徒）たちの多くがかつて漁師だったこと、イエスに「これからは信仰の網で人間を集める漁師になれ」と言われた故事によるだろう。「羸弱」はひ弱であること。「ピエタ」は、聖母マリアがイエスの死体を悲痛に抱いている「嘆きの聖母像」。そして、ここでは聖骸布ならぬ漁舟の帆でもって、イエスの骸は覆われるのである。「わが羸弱の胸おほふべく」は、ほとんど塚本自身が磔刑のイエスになった視点から歌われている。まさに自己同一化願望の顕著な歌だと言える。

三首目。「ソドム」は、死海のほとりにあったとされる罪業都市。住民の悪徳の限りが神の怒りに触れ、焼き滅ぼされた（「創世記」19章）。そのソドムと対比するのに、塚本は西部劇の荒くれ男たちをもってくる。きわどい諷刺だが、あるいは男色のイメージが重ねられているのか。

四首目。「マグダラのマリア」は、娼婦からイエスの信者になったとされる新約聖書の聖女。イエスの復活の最初の目撃者となった。この歌の手足もがれた無惨なキリギリスの姿のマリア（聖母ならざるもう一人のマリア）は、あるいは人間の原罪の贖いの形とも見える。

五首目。「出埃及記」は、モーセに導かれたユダヤ人のエジプト脱出を記す。民族のその輝かしい出立の物語の先に燦々たる破滅の枯野をイメージするところに、「反神」「反世界」を標榜する（ただし、あくまでシニカルな文学的態度としてである点には留意したい）塚本の本懐があるというべきだろう。

六首目。「醍醐」とは原義は乳発酵食品だが、そこから〈最もすばらしいもの、この世の美味〉の意味を持ち、さらに仏教では最高真理の譬えともなる。「蠅の王」は、W・ゴールディングの小説の題ともなったが、その出どころは聖書の悪魔ベルゼブブである。際限ない飽食の大罪を体現する「蠅の王」ベルゼブブ。それが狙う「わが食卓の・一椀の・毒ほのかなる醍醐」とは、塚本にとって「うた、短歌」そのもの以外にはないだろう。「わが食卓の」、すなわち自家薬籠中の文芸、短歌。それが今、飽食の悪魔「蠅の王」の餌食となろうとしている。

さて、ここまで新旧聖書に関連する塚本の歌を辿ってきたが、実は塚本には、自身の手になる「聖書関連作品集大成」というべき自選歌集がある。『眩暈祈禱書』である。その後書きに塚本は、「キリストにかつても今も関わりはない。もとより神、唯一超越神を信じたこともない。私が会つたのはナザレ生れの青年イエスであつた」と述べ、牧師であった叔父から幼い頃に贈られた邦訳韻文体のバイブルは「私にとつてこの上なくうつくしい詭弁をちりばめた悲劇の書であり、おくれて出会つた旧約は絢爛たる悪意に彩られた異国の絵巻物であつた」と言う。幼時より終生塚本を引き付け続けたのは、聖書の世界の中に「濃霧のやうにたちこめてゐる」不吉、孤独、悪意であり、悲劇であり、「神の救済の必然よりも、救済を唯一の支へとせねばならぬ人間の悲惨」であった、と告白している。そして同書の「跋」の末尾には、「私の錯誤に満ちたイエスへのアプローチを夙に理解し、しばしば激励の辞を与へられた神戸森伝道所の笠原芳光氏に深謝を捧げる」という一文が添えられている。笠原芳光は宗教思想史家で元京都精華大学学長。そして塚本邦雄のイエスにまつわる歌を宗教学の角度から論評した評論集『塚本邦雄論―逆信仰の歌』（増補改訂版、２０１１年）が上梓されている。

その塚本の「逆信仰」について、同書の序文で笠原は「あえていうならそれは独特の『神学』であり、独創の『キリスト論』でもあろうか。それはイエスを高き神とする独善の論を破砕し、しかもイエスを単純に人間とする歴史主義の平板の説を拒絶している。ここに塚本邦雄の逆信仰がある」と述べ、塚本自身の「神を求めつつ裏切られる。否裏切られるために神を求めるいたましさに共感することは、逆説すればやはり神に関わることであるかも知れぬ」という言葉を紹介している。

　さて、そうした塚本の「逆信仰」の根底にあるのは、次のような〈終末／滅び〉への暗い情熱であり、〈悲劇〉への志向である。

八衢(やちまた)はとほくほろびてあらくさの花うたかたに似つつ散りゐき　『透明文法』

殺戮の果てし野にとり遺されしオルガンがひとり奏でる雅歌を　『水葬物語』

破滅への合図のやうに降る砂に新婚の床うづもれゆきぬ　『装飾楽句』

世界の終焉(をはり)までにしづけき幾千の夜はあらむ黒き胡麻炒(い)れる母　『日本人霊歌』

聖母晩夏を恩寵(めぐ)ませたまへおそらくは船渠(ドック)に満身創痍の母艦　『水銀伝説』

はじめより世界にそむくわが額(ぬか)を弾きかへせりさすが青年　『青き菊の主題』

ほほゑみてこの遊星の終末を見む漸弱音(モレンド)の秋ほととぎす　『されど遊星』

ほろびつつ生きむわれらに緑青の霜降るごとし那智のかなかな

柿の花それ以後の空うるみつつ人よ遊星は炎えてゐるか　『森曜集』

一首目、「八衢」はいわばスクランブル交差点だが、「巷」と同義であり、街、市街をも指す。人類滅亡後の地上を黙示録的に歌った、塚本の最も初期の作品である。五首目は、聖母に平和の豊穣をいくら祈ろうとも、地球上から戦争・紛争が絶えることはないというシニカルな諷刺。イエスの母たる「聖母」と、戦争の母たる「母艦」が並べられる。六首目は、「反世界」の祭司たる自らの志をストレートに吐露する。七、九首目の「遊星」は惑星と同じ意味だが、塚本にあっては「遊ぶ人(ホモ・ルーデンス)」の住む星・地球の謂いだろう。「人よ遊星は炎えてゐるか」。ここにおいて塚本の〈終末／滅び〉の悲劇への、暗い情熱と冷笑的な悪意は、「人類補完計画」（人類史の最終的な完結）実現へ向かって目的が明かされぬままに戦いの徒労を繰り返しつつ、混迷混濁の度を深めてゆく、『新世紀エヴァンゲリオン』の世界と、聖書を媒介として呼応する。旧約聖書に示された最後の審判における救済ではなく、その終末の滅びをこそ待ち望む塚本の「反世界」「逆信仰」の悪意は、人類史を「補完」するはずの計画が、まさにその人間の「心」の暴走による内部崩壊に置き換わってゆく「エヴァンゲリオン」の残酷な寓意性と、さまざまな点でリンクするように私には見える。

それにしても1995年にテレビ放映された『新世紀エヴァンゲリオン』の受け入れられ方は、ある意味で異様だった。いわゆる「バブル」が崩壊し、世界史的な大変動が進行しつつあったあの時代。実は私たちは「バブル」時代、その物質的な繁栄にもかかわらず、いや繁栄が顕著であればあるほど、それに反比例して深層意識の中に不安を蓄え続けていたのではなかったか。それはいつか全てを失う不安であり、カタストロフの予感である。だから私たちは逆にネガティブな「暗さ」を嫌い、異常なほどに「明るさ」に価値を置き、そして表面上はひたすら「明るく」ふるまっていた。けれど深層意識では、こんな馬鹿げた「繁栄」が永続することはあり得ないと、この世に確かなものなど何ひとつないと、つまり人間は結局「無常」を生きるしかないのだと、予感していたのではなかったか。そして「バブル崩壊」という形で、その憂いはついに的中したと感じたのだった。この世に確かなものは何もない。すべてが無常である……。その奈落のがらんどうを直視するのは、とても怖いことだ。だから私たちは心のどこかで神仏を求め、そして『新世紀エヴァンゲリオン』の精神世界（と思えるもの）に惹かれたのだった。オウム真理教がその時代に急速に規模を拡大したこととも、それは明らかに関わりがあるだろう。

4

その同じ時代に劇場公開され大ヒットしたのが、宮崎駿原作・脚本・監督による映画『もののけ姫』だった。その『もののけ姫』について、「東北文化友の会」の会報「まんだら」37号で、たいへん興味深い特集が組まれている。「まんだら」は東北芸術工科大学東北文化研究センターの発行で、同センターの所長（2008年当時）は赤坂憲雄、顧問には梅原猛、山折哲雄らが名を連ねる。特集は「『もののけ姫』から歴史・民俗・考古の世界へ」と題された座談会で、メンバーは赤坂憲雄（日本思想史）のほか、いずれも東北芸術工科大学の教授である安斎正人（理論考古学）、入間田宣夫（日本中世史、東北史）、田口洋美（環境学、文化人類学、民俗学）である。

引用が長くなるが、重要なので各氏の発言を拾う。「ヨーロッパには、近代合理主義にのっとった思考形態こそが絶対的に優れたもので、それ以外は野蛮で下等なものだとする考え方があります。それに真っ向から反論したのがフランスの文化人類学者、レビ・ストロースです。彼は自然に依拠して生きる人々は、西洋の合理主義とは異なる世界観・価値観を持っていると説き、それを『野生の思考』と名づけ、一九六二年に発表しています」（田口）。「『もののけ姫』には、私が最も尊敬する歴史学者・網野善彦さんの歴史観が色濃く反映されています。網野さんは遍歴の職人・商人、芸能民や遊女、遁世僧など、定住せずに暮らす『非農民』の視点から中世日本史を捉えなおした人で……」（入間田）、「自然を追いやっているのは、特別な誰かの手によるものではなく、人間の生活そのものなのです」（田口）、「開発が進む現代社会のあり方は、自然と人とが共生してきた里山の歴史そのものを否定している」（入間田）、「私たちは森を守るためには木を伐ってはいけないと考えがちですが、そうじゃない。人間が炭を焼いたりマキに使うために木を伐る。少しだけ森を傷つける。そこに山菜やキノコが生い茂り、やがて森は再生していく。これを繰り返してきたのが里山です。我々は縄文時代から小さな神殺しをしつつ、森と共存してきたのです」（赤坂）。

さらに、四氏がそこで語っていることを私なりに集約すると、次のようになる。映画『もののけ姫』は、人間対自然という単純な二項対立の話ではない。また、文明（＝人間）がすべて害悪だという視座にも立たない。しかし人間は謙虚でなければならない。欲望を際限なく、すべて押し通してはいけない。人間が生きてゆくことは自然界をどうしようもなく傷つける宿命だとしても、おごり高ぶり、やり過ぎてはいけない。欲望をセーブし、自然とどこで折り合いをつけるか。かつての「里山」の思想を参考にしつつそれを考えてゆくのが人間の「知恵」である。自然界は、人間がよりよく生きてゆく「知恵」を問い、またそれを教えてくれる……。

そのような視点から『もののけ姫』の世界を捉える時、まず思い出すのは、伊藤一彦の次のような歌である。

動物園に行くたび思い深まれる鶴は怒りているにあらずや　『月語抄』

啄木をころしし東京いまもなほヘリオトロープの花よりくらき　『火の橋』

むざむざと殺され鬼にならむとも棲むべき森のありや明日は　『森羅の光』

老樫（おいかし）をまねびてつひに言ふべしや人間ほろべ人間ほろべ　『海号の歌』

肺癌の月見草より手紙あり咎なきわれは、否（いや）咎あるを
神ありて乾（ほ）し殺さるるもの絶えぬ世を狂ふなくわれ生きてあり

東北から上京した啄木を殺したのは誰か。空気を汚して月見草を「肺癌」にさせたのは誰か。われわれの文明を見据えつつ伊藤は、自然界の怒りに耳を傾け、人間の罪を問い、その人間の一人である自らの「咎」を問う。鶴はただ、動物園の檻の中に入れられた己の不運を怒っているのではない。自然界に対する人間の所業を、その身勝手な自己中心主義を、際限なき欲望を、怒っているのだ。

そして伊藤は、そのような時代に「狂ふなく」平然と生きている自らの理性は、はたして本当に「正常」なのかと問う。

かくれ得て生きし一日をわが生にかかわりもなき桃が貴し　『瞑鳥記』
わが時間にかかはりのなき石蕗（つは）の花ここ水上（みなかみ）にかがやけるかな　『火の橋』
月光は禍（わざはひ）のごとあかるしと濁流の川越えてきにけり　『青の風土記』
信ずるか信ぜざるかは自由なれど紺碧の海泳ぐくちなは
あしびきの山の神なり寒くとも猟師ら焚くとせざる椿の木　『森羅の光』

月光の訛(なま)りて降るとわれいへど誰も誰も信じてくれぬ　『青の風土記』
信ずれば聞こえてくるよぬばたまに立てる曼珠沙華の花のこゑ　『森羅の光』
翼もつ樹が月光を垂らしつつ立ちゐて今にとびたつところ

一、二首目では、「わが生にかかわりもなき桃」「わが時間にかかはりのなき石蕗(つは)の花」のまばゆいばかりの高貴さを歌う。ここには人間中心主義を相対化する視座が明白だ。先の赤坂憲雄らの座談とも関わるが、人間の理性や自我を自然界（野生）よりも上位に置くのが、西洋近代合理主義の出発点だった。まさにその部分を伊藤は問うていると言える。

三、四、五首目は、ま裸の自然への畏敬、畏怖を歌う。畏敬、畏怖とは、自然を前に自らの無力と無知を知り、己を慎むことである。かってそのように人間は自然と折り合って来たのではなかったか。そのような作者の問いは、おのずと最後の三首のようなアニミズムの視座へと繋がっている。キーワードは「信ずる」である。信ずる心とは、すなわち畏怖・畏敬・慎み・謙虚さの別名に他ならない。それは次のような作品とも地続きである。

桃落つる音して見えぬくらがりや死者涵(ひた)す水われに充ちくる　『月語抄』
われのゐるここ閻浮提(えんぶだい)　白椿つぎつぎに咲きつぎつぎに落つ　『青の風土記』

「閻浮提」とは、人間界、現生。衆生たるわれわれ人間は、そこにおいてのみ、仏の教えを聞くことができるとされる。二首ともに、仏教的世界観による生と死のフォークロアである。桃も白椿も、無常なこの世における有限の生命の実体化として（すなわち「色即是空・空即是色」における「色」の象徴として）、世界の中心でめくるめく生々流転を繰り返しつつ、より大きな何ものかによる運命の光を浴びている。その光こそが「死者涵す水」でもあるだろう。それは、自我とか理性とか人間とかよりもはるかに大きな、畏怖の対象となるべき存在である。

それにしても、この桃と純白の椿の、みずみずしい輝きはどうだろう。それは命の聖性を思わせる。

5

次に、やはりアニミズムに関わる短歌として、佐佐木幸綱の作品を挙げる。

空より見る一万年の多摩川の金剛力よ、一万の春　『アニマ』

太陽は朝のたてがみ逆立てて二子橋荒々と撫で上げにけり　『呑牛』

竹群に霧の牛乳を流し込む緘黙にして孤独な巨人

縄文の人とならばや冴え凍る月光に濃き影を曳かばや

一首目。「金剛力」はもともと梵語から来ており、最強の神・金剛神（仁王）の神通力を指す。東国の荒ぶる守護神、多摩川。その水は農作物の源であり、命の源だった。そうした時間と空間のダイナミックな拡がりを捉えた、たいへん大きな視座の歌である。二首目。朝の生まれたての太陽の原初的（プリミティブ）なエネルギーを、神話的語り口で大きく歌う。「たてがみ」「立てて」と言葉の加速度も原初的であり、「逆立てて」「撫で上げにけり」という動詞の連鎖には、単なる擬人法を越えた、むんむんとする生命感が宿る。三首目。「緘黙」には寡黙よりも深い、意志的な沈黙が感じられる。そのモノクロームの神話世界は、宮崎駿が『もののけ姫』で描いた巨人神「だいだらぼっち」を連想させる。「霧の牛乳を流し込む」に、劫初の生命創造の質感がある。四首目には、自ら（と、その歌）もまたそうした、太い武骨な線で描かれた原初的な存在でありたいとする志が歌われる。

この『アニマ』『呑牛』に続く第十一歌集『逆旅』より、さらに作品を引く。

八衢は魔の住む場所と決め居たるむかしの人に見えしもののけ

満月は椰子の巨木の真上なり千年の夢見つつ眠らな

古にたち帰れざる男かな千年の杉抱きつつ泣けり
一生を一所と決めて疑わず俺は俺だと立ちあがる幹
一年に一度桜は全身をひらききり一夜踊る木となる
死者が来る日なり冬至の陽がぼうと照らせる白き道のはるけさ
古代の神霧脱ぎ給い徐々に徐々にあらわれて青き峰聳えたり

一首目。昔、見知らぬひとびとが行き来する大通りには、魔が住んでいた。スリ、人さらい、辻斬り、神隠し、かまいたち。「逢魔が辻」という言葉が示す通りである。そして「むかしの人」は、神仏をはじめ人間を超越するものを畏怖するつつましい心を持っていた。それは、バチを恐れる心であり、自然を恐れ敬う心である。現代人はどうか。それを問う歌である。二首目。タイのプーケットでの作だが、風景自体の原初性に注目しておきたい。大きな時間を大きな景とともに描くところに、佐佐木の作品が最終的に理想とするものがある。三首目。古今集の紀貫之の〈古になほたち帰る心かな恋しきことにもの忘れせで〉を踏まえる。その千年前の貫之に対して、現代のわれわれは……という嘆きの歌である。古今集から千余年、この杉はその時間を生き続け、そしてさらに生き続けてゆく。この杉にとって千年前は自ら知る、いわば「このあいだ」である。そうした「杉の時間」の側から「人間の時間」の小ささが相対化されている。四首目。「一所懸命」の幹の「一生」。

木は立つ位置を最後まで動けない。だが、それは受動ではなく、自らの意志であり決定だとこの歌は言う。「いま・ここ」において充実し切る、それは「即自・即今」の思想である。五首目。一年に一度一夜だけ究極の充実を踊る。これもまた「一所懸命」の木である。六首目。この世とあの世を結ぶ「白き道」。仏教などの絵画のイメージがある。最後の歌。静岡県狩野川近辺での作。「峰」は富士山だろうか。古代への視座に立ち、神話的景色と時間とを大きく大きく歌う。「徐々に徐々に」というリズムの溜めに、神々しさが宿る。

さて、このような作品の世界を考える時、やはり自然界のアニマ（生命・魂・霊性）を作品の核に据えて来た前登志夫の、次のような言葉が大きな示唆となるだろう。

「山に棲んでいると、秋は、じぶんがけものに近くみえる日があるものだ。そして死者たちとのへだたりがだんだんなくなってくる」

「……そして、愛すべき日本のソネットとしての短歌が、どうやらわたしの制作意図や知識をこえた血脈のふかい部分からやってくるものだと観念するにつれて、わたしを歌わせているものがあらたに気になりはじめた。ようやく山の戦後史が峠にさしかかろうとするころに、状況は、この奇妙な隠者にあらたな危機を突きつけた。高度成長経済のもたらす広汎な世界の虚像化ともいうべき何かである。（改行）今ひとたび山を下りて、文明社会と和解する日もそんなに遠くはないと思っていたが、現実は、ますます辺境に追いやられて生きるほかはなかったようだ。歌集『子午線の繭』

の「交霊」の章から、歌集『霊異記』の世界である。山びととしてのわたしの自覚には、現代という合理の怪物に追いつめられた、「聖なるもののけ」たちの世界への讃歌が基調としてあった」
（前登志夫著『存在の秋』講談社）

これらの言葉は、伊藤や佐佐木の作品世界を解く大きな鍵になるとともに、映画『もののけ姫』の世界とも直接関わるものである。その宮崎駿の「哲学」を考える上で参考になるのが、日本古典学、神話学を専門とする西條勉の『千と千尋の神話学』（新典社）である。その中で西條は「宮崎駿にとって、創作することは、無意識的なものを意識化することでした」と述べ、さらに「自分自身の無意識に旅立つとき、本当の異郷訪問説話がはじまるのです」「異郷訪問説話という話型は、おそらく、わたしたちのこころの構造、内面世界そのものなのです。わたしたちのこころの中で、意識されている部分はほんの一割か二割くらい、いや、もっと少ないかもしれません。大部分は、光のあたらない未知の世界です」と言う。

また「伝統は無意識の中にあります」とした上で、それは「自分の無意識の中」から、つまり「もっと古いものの集積の中から出てくるんだと思うんです」、という宮崎の言葉を紹介する。なるほど、この文脈で考えると、アニミズムとは「個人の無意識を超えた、もっともっと大きな無意識」への旅であり、風土が記憶する魂の古層への旅だと捉えられる。

6

さて、『もののけ姫』と『新世紀エヴァンゲリオン』である。仮にこの二つの世界観を、東洋的・仏教的（加えて神道的）「アニミズム」（もののけ姫）と、キリスト教を社会的基盤として成立した「西洋近代合理主義」の崩壊への黙示録（エヴァンゲリオン）、と捉えてみる。西洋の近代文明が一面において、キリスト教世界における人間（理性）中心主義の上に発展してきたとは、よく言われるところである。そして、自然界に対する考え方や接し方がきわめて対蹠的なその両者は、現代文明を問い人間の在り方を問う、再生のためのサクリファイス（自己犠牲）、という一点においては共通する。そのことは、たいへん重要である。

そうした、西洋近代思想と東洋的アニミズムとの比較探求を、さらに言えば西洋近代合理主義のもたらした自然破壊などの弊害を東洋的アニミズムによっていかに止揚するかを、ライフワークとした思想家が鶴見和子である。最後にその鶴見の思想に触れておきたい。

鶴見和子の業績の全貌を、様々なジャンルの評者が総合的に論じた『鶴見和子の世界』（藤原書店）より、「生命誌」を専門とする中村桂子の評言を引く。

「二十世紀は、一言で言えば、ヨーロッパを基本にした進歩史観を科学技術の発展が支えた時代だったと言ってよかろう。その世紀が終ろうとする今、進歩史観と現代科学技術の組合せが持つ欠陥が浮き彫りになってきた。その典型例が水俣病であり、その延長上に地球環境問題がある。(中略)鶴見さんは、『近代化論の土俵の中に自然と人間との関係を持ち込むにはどうしたらよいか』という形で問いを立てられた」

「近代化論を全否定することなく、発展を内発的発展へと切り換えることによって現代社会を見直そうということになると、緊急を要するのは、科学技術を人間や自然を破壊するのではない形に転換していく作業である。鶴見さんはそれを『暴力のより少ない科学・科学技術』に変えると表現している」

「鶴見さんは、日本の近代の初めに農山村に存在したアニミズムの自然観を『遠野物語』で描いた柳田国男、アニミズムを生物学などの学問と結びつけた南方熊楠、霊長類学や進化論などを研究したうえで『自然学』を提唱した今西錦司に注目し、アニミズムの自然観が、暴力のより少ない科学・技術を築く動機づけとして役立つのではないかという仮説を立てておられる」

(「最も遠いようで最も近いもの─アニミズムと現代科学」)

次に、河合隼雄の言葉を引く。

「鶴見の言葉を引用すると『(中略)十九世紀末の西欧科学は、必然性だけしか考えていなかったのに対して、真言密教は、必然性と偶然性とを同時に捉えている』ことになる。南方がこのような考えを土宜法竜に書簡で示し、そこに簡単な図を描いているが、それを鶴見和子は仏教学者の中村元の示唆に従って『南方曼陀羅』と呼んでいる。（改行）南方熊楠は前記の考えを一九〇三年に示しているが誰にも理解されなかった。しかし、ごく最近になって鶴見和子という媒介者を得て、外国にも日本にもそれが知られるようになってきた」

（「鶴見和子と南方曼陀羅」）

こうした鶴見和子の思想について、石牟礼道子は「内発的発展、とよくおっしゃる。近代の意味が問われている今、それを蘇生させる泉がここでは枯れない」と賛辞を送っている。

鶴見和子は、時代よりも百年早かった南方熊楠の思想的達成に大きな示唆を得た。熊楠の魂のふるさとは、その名の通り紀州熊野である。宮崎駿の『もののけ姫』の着想は、その熊野山中で得られたとも伝えられる。私はかつて桜満開の熊野古道「中辺路」四十キロを、日の出から日没まで丸二日間、一人でただひたすら歩き通したことがあるが、少年熊楠の取り憑かれたという「ひだる神」の存在が、背後の森の奥行きの中にひしひしと感じられたものだった。南方や鶴見の思想とはどのようなものか。それはこれまで辿ってきた文脈から言えば、風土の古層に堆積した、人間の、そして風土自体の集団的無意識としてのアニミズムを、「近代合理主義」（とその効率第一主義、際限なき進歩思想）を相対化しまた止揚するための、人類の智慧とすることにあった。それが『新世紀エヴァンゲリオン』に描かれた、科学技術の暴走の果てのカタストロフを回避する最善の方法であり、『もののけ姫』が描く、傷つき荒ぶる自然界の「アニマ」（生命、魂、霊性）の魂鎮めとなることを、彼らはよく知っていたのである。

斎藤茂吉の映像性

1

茂吉作品には不穏な映像性を持つ作品が多い。私はそこに茂吉の大きな魅力と現代性を感じている。映像性とは単なるカメラワークではない。現実把握のメソッドであり、それ自体、世界観（この世界の手触り・質感）を探り当て提示するものである。具体的に見たい。

氷きるをとこの口(くち)のたばこの火赤(あか)かりければ見て走りたり　『赤光』

「悲報来」より。この連作の主眼は場面の緊迫感がすぐれて映像的・感覚的に捉えられている点にある。たとえば、ビデオカメラを持って撮影しつつ走る感覚。カメラが様々なシーンを拾い、画像の揺れ自体が緊迫感を伝える。この歌には「をとこの口のたばこの火」とある。どこの誰ではなく「男」。ハードボイルドである。この感覚は、戦後イタリア映画のネオ・レアリスモ（新しいリアリズム）に近い。代表的な作品は、ナチスドイツ進駐下のローマをドキュメント・タッチで描いた、ロベルト・ロッセリーニの「無防備都市」である。そこでは、暗い映像によって細部のクローズアップ、ズームアップが多用されていた。この歌もまさにその感覚であり、しかも茂吉の方が時代的にはるかに早い。口の煙草。その先端の火の赤。走ることで画像が不吉に揺れる。氷と火、冷えと熱の対比も鮮やかだ。ここには興奮と奇妙な冷静さが同居している。まさに特異で不穏な映像性による「ネオ・レアリスモ」である。

　ガレージへトラックひとつ入らむとす少しためらひ入りて行きたり　『暁紅』

「少しためらひ」は単なる擬人法ではなく、ハンドルの切り返しをリアルに伝える。「入らむとす」「少しためらひ」「入りて行きたり」。一連三段階の動作をひと続きで描写し、時間経過の手触りを出した。これは映像表現に言う（フィルムの）長回しである。場面場面を細かく切断（カット）せずカメラで一定時間動きを追う。

　長鳴くはかの犬族（けんぞく）のなが鳴くは遠街（をんがい）にして火かもおこれる　『赤光』

「犬族（けんぞく）」「遠街（をんがい）」。いかにも不吉で不穏である。「火かも」は、現実の火そのものではなく、想像によってその不穏な気配を察知・予感する感覚。その予感は茂吉自身の不穏な内面世界と呼応し、そして読者の深層心理の不安を刺激・増幅する。今から百年前、明治末年の帝都東京の闇の気配を直感した歌だろう。すなわち想像力が幻視させたフィルム・ノワールの物語である。この作品の次には「暗黒(あんこく)にびようびようと犬は鳴く……」という歌が並ぶ。

おびただしき軍馬(ぐんば)上陸のさまを見て私(わたくし)の熱(あつ)き涙せきあへず　『寒雲』
かたまりて兵立つうしろを幾つかの屍運ぶがおぼろに過ぎつ

日中戦争のニュース映画に取材した作品とされる。一首目は、スペクタクルの高揚感。対して、その隣に置かれた二首目は、戦闘後の放心を捉えたドキュメント。こちらにはスペクタクルの高揚はない。ニュース映像の後ろに映り込んだ、戦死遺体を運ぶ医療衛生班の姿を、茂吉の目は捉える。フォーカスの遠近を「おぼろに」がよく伝えている。

赤光(しやくくわう)のなかの歩みはひそか夜の細きかほそきこころにか似む　『赤光』
ゆふされば大根(だいこん)の葉(は)にふる時雨(しぐれ)いたく寂(さび)しく降(ふ)りにけるかも　『あらたま』
沈黙(ちんもく)のわれに見よとぞ百房(ひやくふさ)の黒き葡萄に雨ふりそそぐ　『小園』

暁の薄明に死をおもふことあり除外例なき死といへるもの　『つきかげ』

光のコントラストが印象的な作品を拾ってみた。一首目。ざらついた夕方の光の質感が際やかだ。その残照は異様に赤い。「赤光」は周知のように阿弥陀経の「白色白光赤色赤光」から来ており、おのずと仏教的世界観を想起させる。ここでは、衰えてゆく夕光のイメージともあいまって、末法思想を連想させる。タイトルともなった通り、歌集『赤光』には赤い色が多出する。それらはどれも、不安な深層意識の影を帯びている。幼時に見た「地獄極楽図」の血の赤以来、「赤」は茂吉の心の不吉な原風景となった。二首目。部分的・限定的なクローズアップによる極端な単純化によって、描写がおのずと思索性・象徴性・形而上性を帯びる。モノクロームの世界であり、沈黙の視覚化である。そこに、運命の手触りと言うべきものが生まれている。三首目。「百房の黒き葡萄」。絵画的・写真的であり、心象風景を思わせる。ここでもまた、モノクロームの映像世界による、沈黙の視覚化がなされている。四首目。「薄明」とは明と暗の交差する地点であり、その光と影のコントラストが、生と死の対比となっている。下句は科学者（医師）としての、自らへの厳粛な運命の宣告である。

ゆらゆらと朝日子あかくひむがしの海に生れてゐたりけるかも　『あらたま』

岩の秀に立てばひさかたの天の川南に垂れてかがやきにけり　『赤光』

最上川の上空にして残れるはいまだうつくしき虹の断片　『白き山』

こちらは空間のコントラストを捉えた作品を拾った。一首目。大らかな、茫洋とした空間の広がりが言語化される。「ゆらゆらと」の映像的質感は、太陽光の揺らぎをも感じさせる。広々としたパースペクティブに、生まれたてのフレッシュでナイーブな質感が宿る。二首目。岩の上に立つ私と、天空に拡がる天の川。遠と近、天と地の遠大なコントラストである。大宇宙の中の、唯一無二の〈われ〉を発見した歌だと言える。三首目。「上空にして」という硬い、いわば〈理〉による把握によって、画面構成を明確に示す。絵画のデッサンに通じる空間的構成意識が作品の持ち味である。

赤光のなかに浮びて棺ひとつ行き遥けかり野は涯ならん　『赤光』

かりがねも既にわたらずあまの原かぎりも知らに雪ふりみだる　『白き山』

いかづちのとどろくなかにかがよひて黄なる光のただならぬはや　『つきかげ』

これらは、現実と幻想が混然一体となった作品である。一首目は連作「葬り火」の一首。自殺した患者の野辺送りの場面が歌われる。その葬列の後ろを「めまい」しながら歩く茂吉である。仏教用語「赤光」が、この世とあの世の境界のイメージを強調する。真っ赤な夕光の中に棺桶が「浮ぶ」というこの歌から私は、鈴木清順監督の映画でみた、日蝕の中の野辺送りの葬列のシーンを思い出す。あるいは、奇妙にねじ曲がった記憶と時間をテーマとしたアラン・レネの「去年マリエンバートで」(脚本アラン・ロブ＝グリエ)を。それらは、時間意識が攪拌され一瞬と永遠が交錯する感覚において共通する。二首目にも、やはり現実がそのまま幻想であるような感覚がある。写生・写実を突き詰めると、おのずと象徴に至る、という言葉を思い出す。三首目は死を前にした歌。茂吉最晩年の作は、代作などの問題が言われて取り上げにくい部分があるが、この歌の特異な感覚は、出発点である『赤光』の、「野は涯ならん」のイメージとあきらかに地続きであり、仏教的・説話的世界でも共通する。現実と幻想の区別が混濁し、まさに全てが混然となった中で、虚と実、生と死が不可分となる。このただならぬ黄色い光からは、否応なく「黄泉」という語が思い出されて戦慄する。死を前にした茂吉の脳内にフラッシュした映像であり、予知夢であったと私には思える。

2

第1部において、いくつかの角度から斎藤茂吉作品の「映像性」を考察してきた。ここからは、さらに「モンタージュ」という映像理論を用いて茂吉作品の魅力の一端に迫りたい。

モンタージュとは、原義は機械などの「組み立て」「組み合せ」「はめ込み」を言う。その用語を、エイゼンシュテインが映像芸術に援用して理論化したのである。我々が時々耳にする「モンタージュ写真」という語は、その一形態である。そこでは、写真の断片、パーツがさまざまに組み合わされ、はめ込まれて、たとえば犯人の顔写真などを人工的に合成する。

エイゼンシュテインは旧ソ連の映像作家で、監督・脚本・映画制作などを手掛けた。彼が確立した映画・映像理論が、他ならぬ「モンタージュ理論」であり、その代表作の一つ『戦艦ポチョムキン』は、映像メソッドの革新的古典映画として、現在でも高く評価されている。そしてさらに彼のその理論は、映画・映像の世界のみならず、卓越した芸術理論として、多くの表現ジャンルに多大な影響を与えた。

モンタージュ理論とは何か。一言でいえば、映像などの〈異質な断片同士のぶつけ合わせによって生まれる新しい認識〉である。キーワードは対立・葛藤、そしてその思いがけない相乗と飛躍である。この〈対立〉〈葛藤〉〈相乗〉〈飛躍〉は、すべての表現ジャンルにとって大きな鍵であり、短歌にとってもたいへん大きな意味を持つ。それを私個人はかねてより「短歌の劇性」と呼んで来たのだった。

若き日にロシアで日本語を学んだエイゼンシュテインは、日本の古典文化からインスピレーションを得て、その映像理論を発想したとされる。漢字の偏と旁の組み合わせ、歌舞伎の場面の転換と思いがけない飛躍、そして短歌と俳句における句と句、また作品一首（一句）同士の配合・ぶつけ合わせである。たとえば、短歌における上句から下句への展開飛躍や、連句・連歌などを考えてもいい。

エイゼンシュテインの卓越した芸術理論の源に短歌や俳句があったことは、非常に重要である。現在改めて私たちが短歌に、彼のモンタージュ理論の光を当てることは、いわば日本が培って来た古典的芸術理論のエッセンスの、時を隔てた逆輸入だとも言える。

以下、そのモンタージュ理論を指針としつつ、具体例として、斎藤茂吉の短歌作品にどのような効果が表れているかを見てゆきたい。

景物と景物のモンタージュ

めん鶏(どり)ら砂あび居(ゐ)たれひつそりと剃刀研人(かみそりとぎ)は過ぎ行きにけり　『赤光』

山いづる太陽光(たいやうくわう)を拝みたりをだまきの花咲きつづきたり　『赤光』

いずれも、上句の景物（映像）と下句の景物（映像）とが、組み写真のような感覚で付け合わされている。その、一見関連の無い上下句の二つの場面が、短歌形式の力によって統合されることで、「二物衝撃」の力によって、そこには明らかに片方の断片だけでは生成され得なかった〈新しい認識〉が醸成されている。一首目。上句と下句が「居たれ」という已然形で接続されていることがまず目を引く。「居たれば」でも「居たれど」でもない、ごく微妙な接続。そのように語尾がきわめて曖昧な形で連結されることで、二つの異なるイメージが付かず離れずで統合されて、単独では成立し得ない世界を作っている。無音の真昼の光の眩しさが、影の濃さをおのずと印象づける。茂吉自身「自歌自註」で、真夏の昼の真空感覚というようなことを言っていたが、まさにその通りであり、そのごく微妙な非日常性によって、「剃刀研人（かみそりとぎ）」の存在自体の陰影が際立っている。全体としてそこに、一つのミステリアスなストーリーが生成されるのである。二首目。上句の「拝みたり」の主語は作者と考えられるが、そのような人間の動作以上に、この上句からは「太陽光」の原初性が映像イメージとして伝わってくる。その天＝マクロ宇宙、の荘厳と、地上の「をだまきの花」とが並列されることで、生々流転し、暗転と再生を繰り返す宇宙の法則の中に、われわれ自身をも含めた地上の命が再発見されていると言える。つまり、一言でいえばこの歌は、茂吉流の生命賛歌である。作品がそのような形而上性に到達し得るのは、上下句における、二物（天と地）の衝突の

「劇性（ダイナミズム）」による。

人事と景物のモンタージュ

のど赤き玄鳥（つばくらめ）ふたつ屋梁（はり）にゐて足乳根（たらちね）の母は死にたまふなり　『赤光』

上下句において、〈自然＋人事〉〈具象＋抽象〉〈景物＋心情〉〈描写＋叙述〉といった様々なレベルでの付け合わせ、あるいは衝突がなされている。季節の運行に従って淡々と推移し、年々歳々、生々流転を繰り返してゆく自然界。その回帰的永続性に対して、二度はあり得ない一回性の命の不可逆性。その両者の対比によって、運命論的葛藤をあぶり出し、無常観を具現化（可視化）したところに、この作品の核心がある。その無常こそが、われわれのこの世界の「実相」である。

たたかひは上海（しやんはい）に起り居たりけり鳳仙花紅（あか）く散りゐたりけり　『赤光』

「たたかひ」とは、一九一一年に中国大陸に勃発した辛亥革命である。この作品でも、海の向うの動乱と眼前の事物が、〈人事＋自然〉〈抽象＋具象〉〈遠景＋近景〉〈マクロ＋ミクロ〉〈意味＋イメージ〉〈叙述＋描写〉〈事＋映像〉という形でぶつけ合わされている。そうした上下句の対立葛藤の構造を文体の上で強調しているのが、三句切れと、語尾「居たりけり」「ゐたりけり」の相似形である。巨大国家の滅びを予感した上句の不穏な胸騒ぎを象徴するイメージ・ショットとして、下句に提示された映像が機能している。そしてまた「ホウセンカ」という言葉の響きは、われわれの無意識領域に「センカ（戦火）」という語を呼び覚まし、「散る」イメージ、そして「紅」の強烈な残像とあいまって、読者の深層心理の中に紅蓮の炎を燃え上がらせるのである。この歌のポイントはまさに、そうしたサブリミナルな領域での、不吉な予感にある。

あかあかと一本（いっぽん）の道（みち）とほりたりたまきはる我（わ）が命（いのち）なりけり　『あらたま』

西行の「命なりけり小夜の中山」との類似性から、のちに茂吉はこの歌をあまりよく思っていなかったといわれるが、〈自然＋人事〉〈具象＋抽象〉〈描写＋叙述〉〈景＋事〉〈映像＋心情〉の対比が非常にわかりやすく示された例である。「ああ人生」という手放しの述懐を、上句の描写が映像的に象徴している。逆に言えば、下句との対比によって、上句の映像が単なる叙景を越えて人生的な象徴性を帯びている。人生述懐に対して「一本の道」はいかにも、であり、やや演歌的とも言えるが、それだけに大変わかりやすいモンタージュとなっている。今、私は演歌的と言ったが、まさに演歌などのカラオケにおける、画面に流れる歌詞と背景の映像の付かず離れずの関係は、この歌と全く同じ構造をなしている。カラオケにおける背景映像も、あまりベタな付き過ぎでは臭くなる。歌詞とどう付かず離れずの映像を配して、相乗効果をもたらすかを、いまどきのディレクターや演出家ならば誰でも考えるわけである。エイゼンシュテインの映像理論は広く映画やドラマに援用され、それがサスペンスドラマの演出やカラオケ映像にまで、もはや当たり前のように用いられているのである。そして、その理論の元々の出発点は日本の短歌や俳句だった。そう考えると、カラオケの世界における歌詞と背景映像の関係と、短歌表現における意味性と映像的イメージとの組み合わせとが、基本構造において似ているのも、いわば当然だとも言える。

実人生に挿入されたモンタージュ

枇杷の花冬木(ふゆき)のなかににほへるをこの世のものと今こそは見め

わが生きし嘗ての生(せい)もくらがりの杉の落葉とおもはざらめや

『つきかげ』

一首目で茂吉が「今こそは見め」と力み返って凝視しているのは、〈運命〉そのものであろう。であればこその、係り結びによる強調構文なのである。〈運命〉の視覚化としての枇杷の花。それはいわば、実人生の長い時間の連続の中に、一枚のモンタージュ映像として挿入された枇杷の花であった。二首目も同じ作りになっている。人生を集約し象徴する、一枚のモンタージュ映像としての「くらがりの杉の落葉」。それはもはや、人生と渾然一体となった風景である。ここには、言葉は矛盾するが、スケッチ（写実・写生）によるサンボリズムが成立している。茂吉の〈写生〉のテーゼ、「実相に観入して自然・自己一元の生を写す」とはつまり、短歌におけるモンタージュの、ひとつの究極の形だった。モンタージュとは、繰り返すが二つのものの衝突であり、その衝突が二物合一によって止揚されるとき、「自然・自己一元」（二物一元）の「生」へと至るのである。

ゆふされば大根の葉にふる時雨いたく寂しく降りにけるかも　　『あらたま』

大根の葉に雨が降る。それだけ。こんな単純なことで歌ができることに驚く。しかも、どこかわれわれの認識を凝然と立止まらせるような、不思議な魅力がある。モノクロームの世界である。雨はむろんこの大根の葉だけではなく、周囲全体に降っているが、場面を極端に限定して切り取っている。これを映像表現ではクローズアップと呼ぶ。しかも、たいへん暗示的な映像性である。この歌もそのまま、映画におけるモンタージュと等しい。ストーリーの継ぎ目に暗示的ショットを唐突に挿入し、今後の展開の波瀾を予感させる。たとえば、青空が急にかき曇るシーンを挿入して、今後不吉な事が主人公の身に降りかかることを暗示する。そのような映画におけるモンタージュと同じ効果が、この歌の本質にはある。写実的でありつつ、優れて象徴的だ。まさに、写実を突き詰めると、表現は自ずと象徴に至る。

家いでてわれは来しとき渋谷川に卵のからがながれ居にけり　『ともしび』

まったく何でもない、只事歌的なことを歌いつつ、変に心に引っかかる歌である。まず「われは」の「は」が変だ。助詞「は」は、分別する格助詞である。私はゆく。猫は嫌い。ここで茂吉はことさらに自分を他と分別している。その背後に、自分への強い関心が窺える。次になぜ「卵のから」なのか。なぜそのような瑣末なものにここまで着目しているのか。しかも「けり」である。なぜ、そこまで「卵のから」に詠嘆・抒情できるのか……。この歌は大正十四年の作である。茂吉が欧州遠遊から帰国したちょうどその時、青山の家は火災で焼失した。この歌はその「焼あと」一連の、〈かへりこし家にあかつきのちやぶ台に火焔の香する沢庵を食む〉の次に置かれている。失意の歌である。はるばる帰国してみたら、家は焼けていた。半ば心神喪失して、青山からふらふらと渋谷川まで来ていた。そして「卵のからがながれ居にけり」。やはりこのシーンは、明らかにモンタージュである。カメラの映像が、モノクロームの汚れた街川を流れる卵の殻を執拗に追う。その挿入ショットは、運命に翻弄される一人の人間の境遇と、陰鬱な内面を暗示し象徴する。殻だけとなって流れて行くこの卵の行方は、その運命の帰結は、いま誰にもわからない。

ここでもう一つ注目するのは、〈ゆふされば大根の葉にふる時雨いたく寂しく降りにけるかも〉〈家いでてわれは来しとき渋谷川に卵のからがながれ居にけり〉の語尾の「けるかも」「けり」である。茂吉作品の語尾には、周知のように「けり」と「たり」が多出する（「けるかも」は「けり」のいわば強調形である）。伝聞過去および詠嘆の助動詞「けり」と、完了の助動詞「たり」。このうち「たり」は、たとえば〈ガレージへトラックひとつ入らむとす少しためらひ入りて行きたり〉のように、事実を淡々と確認して提示している感覚である。それに対して「けり」「けるかも」は、はるかに力んでいる。「ゆふされば」「家いでて」もそうだし、次のような作品でも明らかにそうだ。

赤茄子（あかなす）の腐れてゐたるところより幾程（いくほど）もなき歩みなりけり
ただひとつ惜（を）しみて置きし白桃（しろもも）のゆたけきを吾は食ひをはりけり
あかがねの色になりたるはげあたまかくの如くに生きのこりけり

こうして並べると、歌われている内容と比較して「けり」の詠嘆性が強過ぎることに気づく。内容と表現の重さがいかにもアンバランスである。「生きのこりけり」は分かるとしても、なぜ「卵のから」や「赤茄子」（トマト）や「白桃」でここまで詠嘆できるのか。そこまで抒情しなくても、と思ってしまうわけである。だが逆に「けり」「けるかも」の側から考えると、それによって何気ない場面が、強い暗示性・象徴性を帯びていることに気づく。日常的な眼前の場面が一瞬に、「後日談的」でありつつまた「予感的」なトーンを帯びる。劇性（悲劇性）を帯びると言ってもいい。それは、映画におけるモンタージュが、ストーリー展開の先に主人公を待つ運命を暗示し、おのずと不吉さを帯びるのと、とてもよく似ている。このあたりに、茂吉の「写生」のひとつの秘密がありそうだ。英語に「MORTAL」という言葉がある。「やがては死ぬ運命にある存在」「死を逃れ得ない存在」といった意味であり、いわば人間存在の根底を身も蓋もなく言い当てた言葉である。茂吉が「実相に観入して」という時の「実相」とは、MORTAL、すなわちすべての存在の根本を支配するこの、死すべき宿命のことではないか。私は茂吉作品を読むたびにそうした予感を抱くのである。

さて、斎藤茂吉作品における映像性を軸に考えて来た。短歌の映像性。ビジュアル性。像的衝迫力。それこそが作品個々の詩的リアリティを支えるものだった。短歌は「抒（叙）情詩」だとされる。抒情とは文字通り情（心）を述べることである。だが、そもそも心とは目に見えない。よく言われることだがそれを「かなしい」「美しい」といった抽象的概念語で大雑把に「説明」してしまうと、現実の持つ細かいリアルな手触りが抜け落ちてしまう。だからそのリアルな手触りを、目に見えるものに託す。これが短歌表現の核心である。詩的言語とは、つねに「説明する言葉」（デノテーション〉ではなく、「暗示し象徴する言葉」〈コノテーション〉なのだった。

しかも、ここからが重要だが、〈意味〉を伝えるのみの概念的な説明の言葉は、人間の脳の表層の「理屈」「知識」の部分にしか届かないが、映像〈景物の描写〉は〈暗示的・象徴的な意味合いを自ずと帯びつつ〉理屈を越えた脳の深層部分〈深層心理、潜在意識、サブリミナル領域〉にまで到達する。たとえば、「今日は気温が三十二度ある」と〈説明〉するよりも、灼けたアスファルトの上を涎を垂らしながら歩く黒犬の映像を見せられる方がはるかに「熱い」。そして、そのような映像どうし、また映像と心情とが、組み合わされぶつけ合わされ、その両者の対立葛藤が短歌形式によって止揚相乗されたとき、短歌の言葉は詩の領域にまで押し上げられるのである。この、短歌形式が保証する対立・葛藤・相乗のドラマツルギー〈＝モンタージュ効果〉に、私は短歌形式の本質的な力を見る。短歌は、リズムの枠組みだけで捉えれば軽快すぎる。軽過ぎるのだ。それは五七調の標語や小唄、都々逸などを考えてもいい。そのリズムの拡散的遠心力は、形式内部に対立を内包することで止揚され、求心力を得るのである。このリズムの遠心力と、表現面の屈折による求心力の拮抗こそが、詩的緊張を導くのだと私は思う。

斎藤茂吉の作品を読むと、映像的表現と内面的心情表現とが、モンタージュ効果によって渾然一体となる感覚に、しばしば襲われる。特に、暗い色調のモノクロームの映像と不吉な予感とが混然一体となったフィルム・ノワールと言うべき作品に、私は大きな魅力を感じるのである。

短歌と深層心理　描写詠の可能性

1

言葉には大きく二つの機能がある。それを仮に「描写」と「叙述」と呼んでおきたい。描写とは、分かりやすい例で言えば、言葉による自然界、景色、物など（それらを総称して「景物」と呼ぶ）のスケッチである。たとえば青空を銀の旅客機が輝きながら飛んで行く、というような。目に見えるもの、また視覚的なイメージを、言葉によって絵画のように、写真のように、映像のように、「描く」ことである。一方、叙述とは、ここでは「描写」に対する概念として、目に見えないもの、具体的な形状やイメージを持たないもの（たとえば抽象的な心情や、事のあらまし、粗筋、ストーリーなど）を言葉によって伝達することである。「とても悲しい」「少し楽しい」「どちらかと言えば好ましい」といった心情や、「昨日、恋人に久しぶりに電話して二人の今後を話し合った」といった、〈事〉のあらまし、粗筋は、具体的な像的イメージを結ばず、従って絵に描けない（たとえば「昨日」「恋人」「久しぶりに」……という概念はいずれも絵に描けない）。

描写と叙述……。詩歌を構成する言葉も、この二つの要素に大別することができる。短歌で言えば、一首の作品は、描写か叙述どちらか一方、または両者の組み合わせによって成り立っている。これはケースバイケースである。ただし写実、写生、デッサン、スケッチといった用語が示すように、描写だけで成り立つ秀歌は数多くあるが、抽象概念や粗筋の叙述だけに終始している作品は、多くの場合「説明的」「報告的」「抽象的」であるとして批判されることが多い。むろん例外はあるが。描写と叙述。映像的イメージを結ぶものと結ばないもの。平たく言えば絵に描けるものと描けないもの。その両者を作歌の現場では〈イメージ〉と〈意味〉と区別したりする。分かりやすい例で説明する。

ぼってりとだ円の太陽自らの重みに耐ええぬように落ちゆく　　俵万智『サラダ記念日』
朝刊のようにあなたは現れてはじまりという言葉かがやく

一首目はほぼ全体が情景描写（視覚像）だけで成り立っている。「ぼってりと」は感覚的な把握だが、「だ円」という形状にひとつの映像的な手触りを与える。「自らの重みに耐ええぬように」という比喩も、感覚表現ではあるが、ゆがみつつ沈む太陽の滴るような質感を、像的イメージとして伝えている。それに対して二首目では、ほぼ全体が意味性（ストーリーの叙述）によって成り立つ。ただし一点、「朝刊」の「朝」のイメージが、「かがやく」という語と相まって、「はじまり」の予感を光のイメージ（意味性ではなく、像的イメージ）として伝えている点に留意したい。一首目は従来の短歌用語でいえば「自然詠」であり、二首目は「人事詠」である。このように、描写は自然（をはじめとする景物）に、また叙述は人事（人間関係にまつわるもろもろ、事の顚末）に結び付くことが多い。むろん、例外は多々あり、また両者の渾然一体となった作品も多いが。

斎藤茂吉作品を例に、そのあたりをさらに見る。

ゆふされば大根(だいこん)の葉(は)にふる時雨(しぐれ)いたく寂(さび)しく降(ふ)りにけるかも　『あらたま』

オリーヴのあぶらの如き悲しみを彼の使徒(しと)もつねに持ちてゐたりや　『白き山』

たたかひは上海(しゃんはい)に起り居たりけり鳳仙花紅(あか)く散りゐたりけり　『赤光』

一首目。素朴で簡潔な情景を限定的にクローズアップして、粒子の粗い映像を思わせる。初句に「ゆふされば」と時間を提示することで、光の質感がまず印象付けられる。「いたく寂しく」は叙述的な主観表現だが、同時にくすんだモノクロームの視覚イメージをも喚起する。つまり、一口に描写（的）表現といっても、言葉による直接的な写生・スケッチ・デッサンから、感覚的に像的イメージを結ぶ表現まで、かなりの幅があることに気が付く。作者は、自然界の一様相を凝然と見ている。そこに、とどまらず過ぎゆく時間の手触りが添う。刻々と生々流転し止まない自然界の実相を、非常に単純な構図で捉えつつ、しかも深い精神性を感じさせる作品となっている。

そうした「自然描写」に対して二首目は、もっぱら人事が歌われる。「悲しみ」という概念、「彼の使徒」（キリスト教の使徒のうちの一人。イスカリオテのユダとする読みもあるが、作品では名指しは避けられている）という抽象性、また「持ちてゐたりや」という内省は、いずれも叙述的表現であり、絵に描けない。だが、その中にあって「オリーヴのあぶら」という比喩が、オリーブオイルの色彩、透明度、光沢、質感を映像的に伝え、それが「悲しみ」と結びつくことで、作品全体に敬虔な、また思索的な、微光のイメージが添っている。なお名指しが避けられた「彼の使徒」をどう読むかが、この歌の〈読み〉の一番の醍醐味である。たとえば清廉高潔を謳われたあの使徒もまた、と読むか、イエスを売ったユダをイメージするかによって、歌の意味性は変わる。しかしそうした表層的な「意味」の世界を越えて、最終的に人間存在の心の奥底の「謎」を運命的に提示することが、この歌の最終的な核心部分であるだろう。だからこそ作者は、名指しをあえて避けたのだった。

三首目は、人事の叙述と自然の描写が上下句で付け合わされている。具体的には、孫文らによって清朝が倒された、一九一一年の辛亥革命の勃発に取材した作品である。上句に示された動乱の不吉な胸騒ぎが、下句で流血を暗示するイメージとして視覚化される。叙述と描写、抽象と具象、海の向こう側とこちら側、見えにくい大状況と、眼前の小状況。それらの要素が、上下句において実に簡潔な構図として対比されつつ、最後は混沌とした予感へと収斂してゆく。

以上三首に見る通り、短歌は描写的表現と叙述的表現がさまざまな形で組み合わされて成り立っているが、特に描写的表現が、作品全体のイメージを決定する上で大きく作用していることに、改めて気がつくのである。

2

作品の批評・評価において批判的に用いられることが多い「理屈」「報告」「説明」。その反対は何か。「描写」である。詩歌にはもともと、目に見えないもの（たとえば心情）を目に見えるもの（像的イメージを形成するもの）になぞらえ、場面や景物に語らせるという要素がある。理屈、説明、報告、抽象、概論よりも、ビジュアルなイメージによって感動の質感を直接読者に手渡すところに、詩歌の一つの原型を見ることができる。

言語の機能を分類する用語として「デノテーション」と「コノテーション」という言葉がある。もともとはフランスの思想家ロラン・バルトが提唱した概念である。デノテーションとは、事実・事態のあらましを説明・報告する言葉（表現）をいい、コノテーションとは、事実・事態の奥にあるものを比喩・象徴する言葉（表現）をいう。デノテーションが〈明示的〉であるならば、コノテーションは〈暗示的〉である。明示する言葉は、叙述を中心にして、理屈や判断といった人間の表層意識に訴え、「理解」を導く。一方、暗示する言葉は、深層意識に訴えて「予感」（インスピレーション）を導く。言うまでもなく詩歌の言葉は、コノテーションを志向する。逆に言えば、コノテーション（インスピレーション）を志向する言葉を、私たちは「詩歌」と呼んでいるのである。そしてそこには、実は〈描写〉が大きな意味を持っている。たとえば、景物を（一見）ただシンプルに描写した絵画がしばしば暗示的・象徴的であることを私たちは経験するが、それは、その描写が（理に訴える説明・報告ではなく）いわばコノテーションとして私たちの深層心理のどこかをインスパイア（触発）するからである。同じことは短歌の、多くの優れた描写詠にも起こっていると言える。

私がそのような描写詠の象徴性、暗示性を強く意識するようになった発端は、斎藤茂吉の作品だった。

　　のど赤き玄鳥（つばくらめ）ふたつ屋梁（はり）にゐて足乳根（たらちね）の母は死にたまふなり　　『赤光』

教科書などに取り上げられることの多い有名歌で、私もたぶん高校あたりの教科書で最初に出会ったと思うが、その当時からこの歌に何か不穏な胸騒ぎのようなものを感じていた。下句の事実の叙述には特に引っ掛かる所はない。「足乳根の」という枕詞に最初は目が行くが、それは説明されれば納得される。問題は上句の描写表現である。幼時を過ごした懐かしい故郷の風土がしみじみと歌われている、というような説明を聞いても、何かそれだけではないような、ざらっとした感覚が残るのだった。文体上「ゐて……死にたまふなり」と繋がっているが、自然界の偶然の一風景と、生みの母の死という一大事とは、どのような関連性をもって並列されるのか。つまりこの上句の描写は最終的に「謎」である。そう、まさにここで提示されているのは、「謎」そのものではないか。言ってしまえば、生きている謎であり、死んでゆく謎である。その、決して覗いてはいけないこの世の深淵を、作者は覗いてしまったのだった。その時、懐かしい故郷の日常風景は、とどまることのない「生」の一瞬の奇跡の光を帯びた。あるいは、死を見下ろすこの「のど赤き玄鳥ふたつ」は、運命の冷厳な審問官にも見える。すなわち、この上句の何気ない描写の裏側には、光あふれる生の輝きが逆に炙り出す、死の永遠の冷たさや、その死の絶対を前にした運命の厳粛が、一瞬のインスピレーションとして張り付いていると私は思う。

めん鶏(どり)ら砂あび居(ゐ)たれひつそりと剃刀研人(かみそりとぎ)は過ぎ行きにけり　『赤光』

この歌もまた『赤光』の有名歌だが、やはり一読直観的に、不穏なざわつきを感じるのである。

何だろうか、この感覚は。なにか心の奥底の暗い混沌に、理屈ではなく感覚的に、いや生理的に、直接響く胸騒ぎのようなもの。

「にわとり」の名の通り、昔はよく庭や路地で鶏を飼っていた。虫などを取るために、鶏が砂浴びをするということも、知識としては知っている。懐かしい風景ではあるが、上句に特に不明な点はない。ただし、「砂あび居（ゐ）たれ」という下句への展開のさせ方には、不安定な懸垂感がある。「居たれ」の「たれ」は完了の助動詞「たり」の已然形。従ってその下に助詞の「ど」または「ば」が省略されていると読むのが自然だが、「居たれど」「居たれば」どちらにしても、微妙な屈折感が残る。この「居たれ」の已然形を、係助詞「こそ」が省略された係り結びと捉えることもできなくはないが、私はそうは取らない。上句から下句への屈折こそがこの歌の最大の魅力となっていると考えるからである。

この微妙な接続に、茂吉は長い間悩んだだろう。だから、そこを読まないとこの歌は分からないと思う。

そしてその屈折が導く下句。この「剃刀研人（かみそりとぎ）」はどことなく怖い。包丁ではなく「剃刀」研ぎ。そのような行商人のような職業があったのだろうか。地域コミュニティに年に数度、どこからか闖入して来る、謎の男。ミステリアスである。たとえば、帽子を目深に被って顔が翳で隠れているようなイメージ。「ひっそりと」が、そのような翳のイメージをもたらす。真夏の白昼の光がその翳をより濃くして、ぎらりとした殺気のようなものが走る。そして、一首を読み終わったときに胸に残るのは、なんというか「禁忌」の手触りである。それはのちに茂吉が〈道のべに蓖麻(ひま)の花咲きたりしこと何か罪ふかき感じのごとく〉(『白き山』)と歌った、その「何か罪ふかき感じ」に近い。得体の知れない不安な屈折をはらむ、こうした茂吉の描写表現は、理屈や理解といった私たちの表層意識を飛ばして、直接深層心理に訴えかけてくる。

ここで改めて思い出してほしい。斎藤茂吉は精神科の医師だった。その仕事は、人間の心理の暗い深部に分け入り、その混沌を探求することである。彼が他ならぬ精神科医であったことと、その作品とが、無関係ということはあり得ないだろう。そして、ウィーン、ミュンヘンへの医学留学経験がある茂吉は、二十六歳年長のフロイトの存在とその学説をも、当然知っていただろう。

3

私は大学時代、心理学者の木村駿先生の講義を通してフロイト(一八五六~一九三九)に出会った。木村先生は、当時『ものぐさ精神分析』で一世を風靡していた岸田秀を学生時代に指導した先生としても有名だった。そう、キーワードは「精神分析」である。フロイトは人間の心(心理)を「自我」「超自我」「エス」という三層構造で捉え、自らの心理学的方法を「精神分析」と呼んだ。

われわれ人間の心は、自分自身も明確には意識していない「無意識」の関与によって成り立っているというその主張は、革命的なものだったと言える。その理論の細部には今もって批判や異論も多いが、「無意識」を発見し「深層心理学」を創出した功績は絶大であり、その論理・思想は一部から「科学ではなく文学である」と揶揄されつつも、近代合理主義への反省や問い直しとして、まさに文学・芸術・現代思想はじめ世界の各分野に多大な影響を与えたのだった。「フロイト以前」「フロイト以後」と区分される所以である。

たとえばシュールレアリスム。一九二〇年代のフランスから起こり芸術全般に影響を与えたこの運動は、フロイトの発見した「無意識」という概念に触発されて展開した。そこでは、無意識領域の情動を理性で制御しようと働く表層意識（大脳新皮質の前頭連合野）の関与を、自由連想法や夢の記述、自動筆記、また時には薬物の力を借りて排除し、人間の精神活動（心）の中核である深層心理の、無秩序なエネルギーを解放しようと試みた。それはいわば「非合理的なもの」への開眼でもあった。

ただ、斎藤茂吉の選択した方法はそれとは百八十度違う。「シュール」レアリスム、ではなく、まさに「写実」「写生」というレアリスム（リアリズム）の側からの「心理」へのアプローチだった。なんというかそこが凄い。

写生、描写詠を通した茂吉の「深層心理＝無意識」へのアプローチ（と私が考えるもの）は、具体的にはどのようなものだったか。作品をさらに見てゆきたい。

初期作品「地獄極楽図」

もろもろは裸(はだか)になれと衣(ころも)剝(は)ぐひとりの婆(ばば)の口赤きところ
白き華(はな)しろくかがやき赤き華あかき光を放ちゐるところ　『赤光』

「地獄極楽図」は明治三十九年作。山形県上山金瓶の茂吉の生家の隣の「宝泉寺」で、旧正月とお盆に、地獄極楽図の掛け軸がかけられる。暗い本堂で、それを見た幼年時の茂吉の怖れと、罪の意識と胸騒ぎが、後日回想されている。それらの感情は一生、暗い情動として茂吉の心の奥の深層心理に残された。生と死、人間の原罪、といったことを視覚的に強く印象付けた原体験だった。
一首目。三途の川で死者の衣を剝ぐ「そうずかのばば」「奪衣婆(だつえば)」が歌われる。あの世へ行くに当たってこの世のものは置いてゆく。そうした仏教的な意味と、死体から衣服、金品を強奪する、容赦ない追いはぎのイメージと、相反する二つのイメージを読むことができるだろう。茂吉はその絵の中で、特に「婆」の口の赤さに着目している。連作には全体に「赤」のイメージが際立つ。血の赤。炎の赤。罪の赤。情欲の赤。その赤だけがどきりと鮮やかである。宝泉寺の掛け軸は十一枚あった。それをいずれも「ところ」という形で歌った十一首の連作がこの「地獄極楽図」である。

そのうち極楽を歌ったものは連作の最後に置かれた二首のみで、あとは地獄図である。私はそこから、土佐の絵師・絵金を思い出す。絵金は江戸時代の絵師で、役者絵とともに、幽霊、亡者、鬼、血のイメージを好んで描いた。私はやはり幼少時にそれを見たが、そのおどろおどろしさは、幼少の茂吉が暗い本堂で見た赤の戦慄にも繫がる。

二首目は、連作の最後から二番目の歌。極楽の絵の歌である。この白い蓮、赤い蓮が輝きつつ咲く園の描写は、この歌の前に置かれた血に塗られた地獄図のイメージに対する、救い、カタルシス、浄化、荘厳、といったことを強く感じさせる。作品は、仏典「阿弥陀経」の「赤色赤光白色白光」という経文が踏まえられている。歌集名『赤光』も、やはりその経文から取られた。それは仏教的世界観を示すが、それ以上に、宝泉寺での幼児期の原体験以来、赤に異様な胸騒ぎを覚える茂吉の深層心理が反映されている。心の奥底からの、不吉な興奮、胸騒ぎであり、繰り返し見る薄暗く不吉に輝く悪夢の感覚である。

『赤光』の赤

赤光(しゃくくわう)のなかの歩みはひそか夜の細きかほそきこころにか似む　　『赤光』
赤光(しゃくくわう)のなかに浮びて棺(くわん)ひとつ行き遥(はる)けかり野は涯(はて)ならん
氷きるをとこの口(くち)のたばこの火赤(あか)かりければ見て走りたり

一首目は人生の歩みの、茫漠とした心細さや孤独感をイメージとして歌う。このように、いつも夕暮れの光の中をひとりで歩いているような感覚で、茂吉は生きていたのか。二首目は、自殺した精神疾患の患者の野辺送りを、映像的に歌う。茂吉はその葬送に、精神科の医師として立ち会っている。夕暮れの光線の赤を強調した光と影のコントラストの処理は、映画のシーンなどに近い。冷たい夜の孤独へと、世界の涯へと、そして死という絶対零度へと続く、遥かな遥かな道のイメージである。「赤」の不穏さ、不吉さが際立つ。最後の歌もすぐれて映像的な作品だ。具体的には信州上諏訪滞在中に師の伊藤左千夫死去の悲報を受け、それを知らせるために近所の島木赤彦宅に走る場面で、夜中である。「氷きるをとこ」は、深夜の「氷室(ひむろ)より氷(こほり)をいだし居る人」である。不思議なドキュメントを思わせる。鋸で氷を切る男。その口元に加えた煙草の火だけが赤い。作品のフォーカスは、その赤を映像的に捉える。それは不安にざわめく茂吉の、心象の「赤」でもある。このように茂吉の赤はいずれもすぐれて印象的であり象徴的だ。そう言えば、先に引用した「鳳仙花紅(あか)く散りゐたりけり」も「のど赤き玄鳥(つばくらめ)」も、作者の視線が捉えるのは、ことごとく鮮やかな「赤」であった。

写実と象徴　『赤光』以後

降る雪はみなぎりながら中空に天つ日白くあらはるるなり
白牡丹つぎつぎひらきにほひしが最後の花がけふ過ぎむとす　『小園』
最上川の上空にして残れるはいまだうつくしき虹の断片
黒鶫のこゑも聞こえずなりゆきて最上川のうへの八月のあめ　『白き山』

茂吉は、写実を突き詰めて行くとおのずと象徴へと至る、と言った。写実（リアリズム）と象徴（サンボリズム）とは、本来対をなす（対立する）方法論である。写実主義は、現実から出発するという意味で帰納的であり、象徴主義は理念から出発するという意味で演繹的である。つまりベクトルが正反対の文学的・美術的方法論である。茂吉はその両者を、リアリズムの側から総合しようとした。従って、写実主義を極限まで突き詰めると象徴主義に到るという言葉は、どうしても謎掛けのような言葉として捉えられて来たと言えるが、しかし例えばこのような作品を見ると、「写実を方法とした象徴主義」という矛盾が、確かに成立すると思えて来る。それはつまり、一現実、一場面、一つの風景を描写することで、世界の全体像（本質）へとからくも触れる、ということである。

一首目では、空だけを映像として切り取りながら、原初的な太陽が描かれる。雪の中の太陽である。二首目では、牡丹の花を通して、季節と時間の運行が捉えられる。三首目、四首目でも、自然界のプリミティブな質感を描写しつつ、「過ぎてゆく時間」が視覚的に捉えられる。ここに示された世界の全体像とは何か。それは存在の謎であり混沌であり、絶えず揺れ動き、生々流転してゆくこの世の「無常」そのものだろう。「無常」とは、全ての物は一瞬もとどまらず流れてゆくという、仏教の核心をなすキーワードである。ここで、茂吉がその出発において「赤光」という仏教用語からスタートしたことを思い出したい。引用歌はいずれも、自然界の生々流転の根本相を、時間に支配される「存在」の無常を、一場面を描写することに徹することで捉えようとしている。それがすなわち、「写実」でありつつ同時に「象徴」たり得る方法だった。

「自然・自己一元の生」

茂吉の最大のキーワードは「実相に観入して自然・自己一元の生を写す」(「短歌における写生の説」)である。「実相」とはこの世の現実の相、「観入」は、見透すことによって本質に肉薄すること。「自然・自己一元の生」は、西洋合理主義による自然と人間の二元論ではなく、自然と人間が混然一体となった仏教的・東洋的な一元論である。それが、自分が目指す(あるいは達成した)「写生」であると茂吉は言った。それは、具体的にはどのようなものだろうか。

くれなゐの梅のふふめる下かげにわれの一世（ひとよ）の老（おい）に入るなり　『石泉』
沈黙（ちんもく）のわれに見よとぞ百房（ひやくふさ）の黒き葡萄に雨ふりそそぐ　『小園』
かぎりなく稔（みの）らむとする田のあひの秋の光にわれは歩める　『白き山』
常なしと吾もおもへど見てゐたり田沢湖（たざはこ）の水のきはまれるいろ
黄蝶ひとつ山の空ひくく飜（ひるが）へる長き年月（としつき）かへりみざりしに　『つきかげ』
枇杷の花冬木（ふゆき）のなかににほへるをこの世のものと今こそは見め

これらの歌ではすべて、茂吉の言うところの自然界の「実相」（生々流転し止まないこの世界の本質）と「われ」とが対比的に歌われている。四首目までには直接的に「われ」が登場し、また五首目、六首目でも「かへりみざりしに」と詠嘆し、「この世のものと今こそは見め」（「見め」は係助詞「こそ」の係り結びで、「め」は推量・意志の助動詞「む」の已然形）と身構えているのは「われ」である。ここには、自然界の生々流転の実相を「見ている」（認識している）われ自体が、生々流転してゆく無常の存在であるという、入れ子細工の、仏教的な哲学がある。自然も自己も究極は、生々流転してゆく「無常」そのものである、という一元論である。ここで茂吉は、自然界の中の「われ」を再発見する。それは有限の存在としての「われ」であり、だからこそ唯一無二の「われ」である。その発見の驚きがこれらの歌の根幹を支えている。その発見、驚きは、「運命」の発見であり驚きである、と言える。

茂吉の歌に一貫するのは、この「運命」の手触りである。それは〈店頭に蜜柑うづたかく積みかさなり人に食はるる運命が見ゆ〉（『つきかげ』）のように、ユーモアを交えて直接表に出て来る場合もあるが、多くは暗示的・象徴的に歌われる。たとえば初期作品と言うべき『赤光』の有名歌の一つ〈赤茄子の腐れてゐたるところより幾程もなき歩みなりけり〉なども、「運命の手触り」「運命の発見」という補助線を引かなければ到底理解されない歌である。「赤茄子」はトマト。それが腐っている場所からわずかな距離を歩いてきた、という日常茶飯事に、なぜ作者は「なりけり」という形で、最大級に詠嘆しているのか。それは「運命」の手触りをその些事の中に感得したからに他ならない。または、日常茶飯の些事をあえて驚きの目で見ることによって、そこに「運命論」の手触りを生じさせた、とも言える。ふと私は、川端康成が言ったとされる「末期の目」という言葉を思い出す。すなわち詩人とは、常に物事を、人生最期に見るシーンのように見る人なのだ、というような箴言である。そのとき世界は、ただ一回限りの輝きを、あるいは陰影を帯びる。もし、生まれたての命が初めて世界を見るように、そして人生最期に見るように、巡りの事物を見ることができれば、私も茂吉の作品世界に幾分かでも近づくことができるだろうか。

「実相に観入して自然・自己一元の生を写す」。それは死という絶対を前提にした時に本質を表す、存在の混沌であり、その一瞬の光の揺らめきである。

4

では、描写詠におけるそうした深層心理、無意識、また集団的無意識の手触りは、茂吉作品以外ではどのように現れているだろうか。なお、「無意識」が個人の心の深層に渦巻く情動であるとすれば、「集団的無意識」とは、まさに国や土地や民族や年齢層などによる、或る特定の集団の共有する物語としての「無意識」であり、民俗学ではそれを精神や文化の「古層」と呼んでいる。

まず、茂吉との（特に初期の）相互影響が指摘される北原白秋の歌を見る。

ひいやりと剃刀（かみそり）ひとつ落ちてあり鶏頭の花黄なる初秋　『桐の花』
昼ながら幽かに光る蛍一つ孟宗の藪を出でて消えたり　『雀の卵』
朴（ほほ）の花白くむらがる夜明がたひむがしの空に雷（らい）はとどろく　『白南風』
雲は垂り行遥けかる道のすゑ渾沌として物ひびくなし　『牡丹の木』

一首目。この「黄なる初秋」の結句は、出典によっては「黄なる庭さき」となっている、いわくつきの歌である。しかも、アンソロジーや選集などを比較すると、その両者がほぼ半々となっていて判断に迷うが、白秋自身がある時点で、どちらかの表記から別の表記へと表現を改めたことが想像される。牧水の「白玉の歯にしみとほる……」の歌の結句を始めとして、特に近代の短歌にはそのような例は少なくない。この歌についてではないが白秋の改作について、短歌新聞社文庫の『桐の花』解説において玉城徹は「それは（注＝白秋の改作は）作品の中から、個人の感受した現実のモティーフを排除して、より普遍な、いわば〈抒情〉の常数から、新しい言葉を発見する過程に他ならなかった」と述べている。具象から抽象へ、現実から普遍へ、というその玉城の言に従うと、「庭さき」が先にあり、そこから「初秋」へ改作されたことになるが、逆に『桐の花』時代の感覚的なセンチメントを、歳を経た作者が嫌って、ごくそっけない「庭さき」へと改作した、ということも考えうるだろう。これはさらに資料を厳密に当たるしかないが、いま私の一番の関心はどちらが「正しいか」という点にはない。関心はもっぱら、〈ひいやりと剃刀（かみそり）ひとつ落ちてあり鶏頭の花黄なる初秋〉という歌を完成させたその時点での、作者が作品に込めたモチーフにある。まず「ひいやりと」が感覚的に伝えるのは、切れ味鋭い金属の、冷たい光である。この剃刀は錆びていてはいけない。澄み切った刃が鶏頭の黄色を、そして澄んだ秋空を映してこそ、この作品の世界は完結する。私が「初秋」を推す所以である。この、剃刀と鶏頭の黄色と秋空との緊迫した取り合わせは、実に映像的であり、象徴的であり、そしてシュールである。それは読者の想像力を、現実とは少し違う場所へといざなう。

二首目。光を曳きながら飛ぶ昼の蛍である。その光は、鬱蒼とした孟宗竹の藪から昼の光の中へと紛れ、ふっと消えてゆく。指摘されるように、幻想的な映像性が際立つ作品である。のちに白秋が提唱した「新幽玄体」の萌芽が、ここにすでに見られる。「微か」とせず「幽か」を用いた点に、それが明らかだろう。「幽玄」とはつまり、夢幻と現実の拮抗する仄暗いトワイライトゾーンである。フロイト心理学において「夢」というものを、眠りの混沌の中に無意識領域が浮上した、深層心理の〈シンボル〉と位置付けていることを、この歌から私は思い出す。ちなみにこの「孟宗の藪」の「孟宗」に「妄想」のイメージが、まさに無意識に掛けられているという読みはどうだろうか。それは単なる駄洒落ではない。孟宗竹の竹林の鬱蒼とした暗さは、妄想（整理分別される前の情動＝イド）が渦巻く深層心理の混沌を、どことなくイメージさせる。無意識領域の暗がりからふとさまよい出た蛍の光は、現実の輪郭をあらわに曝く昼の太陽光に晒されてかき消える。蛍とは、つまり心の奥深く蔵われた魂の淡い光である。〈物思へば沢のほたるも我が身よりあくがれ出づる玉かとぞ見る〉。かつて和泉式部は沢の蛍を、相手の男を思い詰める自分の魂（玉）が抜け出したものだと詠んだ。白秋のこの歌は、和泉式部のその蛍と遠く呼応している。まさに幽玄の極みだと言える。

三首目。初夏の夜明けの青い空に、高木の朴の木の、大きく白い花が群がり咲いている。そしてまさに明けようとする東の空に、遠く雷鳴が轟いている。描写に徹しつつ、胸騒ぎのような緊張感を感じさせる歌となっている。黎明の中に一瞬閃く稲光さえイメージされる、すぐれて象徴的な作品である。

四首目。白秋没年昭和十七年の二月の作品で、すでに病状は切迫していた。作品は、具象とも抽象ともつかない、あるいは具象がそのまま抽象であるような、予感と慄きに溢れている。「行（ゆき）遥けかる道のすゑ」という表現からは、端的に茂吉の『赤光』の〈赤光のなかに浮びて棺ひとつ行き遥けかり野は涯ならん〉を思い出す。死に直面して白秋の深層心理に閃いたのは、茂吉の「赤光」の不吉であった。そしてさらに、死を前にしたこの白秋作品の不吉な予感と呼応するように、茂吉は自らの死を前にして、〈ゆふぐれの鐘の鳴るとき思ふどちおぼろになりてゆかむとすらむ〉〈いかづちのとどろくなかにかがよひて黄なる光のただならぬはや〉といった、運命の不吉をじつに象徴的に捉えた作品を残すのである。もちろん茂吉最晩年の作品を茂吉一人のオリジナルと考えて良いか、という問題はかねて指摘されているところだが、やはり私はそれらを、いわば茂吉が最終的に辿り着いた、リアリズムとサンボリズムの綜合と見たいのである。少なくとも作品自体は、そう呼ぶにふさわしいものとなっているだろう。

次に、茂吉らとともに「アララギ」を支えた土屋文明の作品を見る。

『山谷集』

地下道を上り来りて雨のふる薄明の街に時の感じなし
夕日落つる葛西(かさい)の橋に到りつき返り見ぬ靄の中にとどろく東京を
嵐の如く機械うなれる工場地帯入り来て人間の影だにも見ず

一首目。「新即物主義」の目が捉えた、都市の乾いた映像性を特徴とする。暗い地下道をくぐりぬけて、雨の降る地上に出る。そこには、時が静止したかのような、日没とも夜明けともつかない無音・無人の風景が青く広がっている。あたかもハードボイルド映画の最初のシーンを彷彿させる。予感に溢れたプロローグの感覚である。都市の感受性を無機質に捉えたこの歌が、昭和六年の作であることに改めて驚く。このような風景をいつか夢でみたような気がする。『山谷集』は、昭和五年から九年までの作品を集めて昭和十年に刊行された。それはどのような時代だったか。昭和五年は一九三〇年。翌三一年には、満州事変が勃発し、それは日中戦争、太平洋戦争、第二次世界大戦と続いてゆく十五年戦争の始発となった。そして三七年の日華事変で中国との全面戦争に突入する。そうした時代の不吉・不穏・高揚が、意識下に反映された作品である。

それは二首目、三首目にも通底する。二首目は昭和八年作の連作「城東区」の作品。葛西は現在の江戸川区南部。荒川と江戸川の三角州に位置する。その東京湾岸近くの橋から振り返る、西日の逆光の中の東京を、シルエットとして歌う。実に映像的な、不吉な予感に「とどろく」都市である。

三首目はやはり昭和八年作の「鶴見臨港鉄道」の中の一首。一帯は現在の京浜臨海コンビナートに当たる。それはかつて戦争のための国策として作られた工業地帯だった。この、「機械力専制」に支配された無人の工業地帯は、機械文明の近未来的な姿をはるかに先取りしていた。その意味で実に予言的な作品である。都市の深層としての、暴力的なエネルギーの混沌が捉えられ、やはりどこか、いつかみた悪夢の手触りがある。先にも述べたように、「夢」はフロイトにとっては、心の無意識領域が未整理のままビジュアル化された、深層心理のシンボルでありメタファーであった。

次に佐藤佐太郎の作品を見る。

対岸の火力発電所瓦斯タンク赤色緑色等の静寂　『群丘』

みるかぎり起伏をもちて善悪の彼方の砂漠ゆふぐれてゆく

地下道を出で来つるとき所有者のなき小豆色(あづきいろ)の空のしづまり　『冬木』

一首目。コンビナートに取材した昭和三十年代の都市詠である。こうした作品は、自然の風景だけが「描写」「写実」の題材ではなく、その対象は全ての景物に及ぶという当然の事実を、改めて教えてくれる。表現面では、まず漢語の硬質な響きが伝わってくる。特に下句の「せきしょく／りょくしょく／とうのせいじゃく」という緊迫した音感に注目したい。さらに「対岸」「発電」「瓦斯」「静寂」の濁音の響きが、ごく抑制された、乾いたドキュメントの感覚をもたらしている。そして映像的構図から言うと、「対岸」が効いている。場所は東京湾岸だろうか。たとえば羽田あたりからはるかに望む千葉の臨海コンビナートなどを思い浮かべる。高倍率のカメラで遠望するそのレンズの向こうに、みなぎりながら息をひそめる、無音の都市。現代文明の質感が緊迫感をもって捉えられている。

二首目は海外での描写詠。ヨーロッパ旅行の帰り、佐藤佐太郎は飛行機でカイロからサウジアラビアを横断して、十五首の砂漠詠を作った。やはり佐太郎の題材を限定しない姿勢と、意欲的な取材が伝わってくる作品である（ちなみに佐太郎には、アポロ月着陸を「写実」「写生」した有名な一連もある）。刻々とその色と光の質感を変えてゆく夕暮れの砂漠。それが見事に描かれ、現実とも夢幻ともつかない、心象風景を思わせる「描写詠」となっている。それにしても実景から形而上へ突き抜けた「善悪の彼方の砂漠」という把握はすごい。

三首目は、都市の新しい生活環境としての地下道、地下街を歌う。地下とは、現代都市が獲得した、地上とは違う「もう一つの空間」だと言える。いわば日常と非日常の接点がそこにある。「所有者のなき小豆色の空」には、そうした身近な非日常の質感と、原初的な郷愁とが感じられる。その時、住み慣れたいつもの東京は、まったく未知の新しい風景を見せるのである。

このほか佐藤佐太郎には〈わが来たる浜の離宮のひろき池に帰潮（きてう）のうごく冬のゆふぐれ〉〈秋彼（あきひ）

岸(がん)すぎて今日ふるさむき雨直(すぐ)なる雨は芝生(しばふ)に沈む〉、また視覚像ではないが〈薄明(はくめい)のわが意識にてきこえくる青杉(あをすぎ)を焚(た)く音とおもひき〉など、理屈ではなく映像的・感覚的な手触りとしてわれわれの心の深い所に響く、予感に溢れた作品が多い。短歌における「描写」の意味とその可能性を熟知した歌人だったと、改めて思うのである。

5

最近特に、「写実」「写生」「リアリズム」といった、近代短歌以降の短歌表現において主導的な役割を果たしてきた方法論が、厳密な検証がなされないままに、なんとなく「古臭い」ものとして敬遠され、それにともなって描写詠が確実に衰退している。描写詠とは、文字通り描写を中心とした表現であり、それは「写生」「写実」「リアリズム」に限らない（具象絵画だけが絵画ではないように、夢や幻想、心象イメージをビジュアルに描くこともまた、当然「描写」である）が、自然界の景物の狭義の「写実」のみを「描写」と捉える短絡的な理解もあいまって、現在の描写詠の軽視に繋がっているのは確かだろう。そして現在、描写詠に代わって歌壇に溢れるのは、叙述的な人事詠と、感性を唯一の拠り所とした心象詠であり、描写（像的イメージの提示）に代わって、粗筋的な叙述と、抽象的な心情の説明表現が、短歌の中心になりつつあるのではないかと危惧する。それは特に、若い世代において顕著である。

こうした、〈出来事〉と〈感性〉偏重の時代は、当然「描写」をスポイルしてゆく。「私の思い」「私の感性」の吐露には、極端に言えば技術の修練はいらない。感覚的なセンスのみが勝負所となるからである。それに対して描写には、絵画のレッスンにおけるデッサンと同じように、一定以上の期間の修練や熟達がどうしても必要になる。手っ取り早く歌を作りたい人にそれが敬遠されるのは、無理もないところではある。結果、細部描写を欠いた粗筋・説明のみの歌が多出している、と私には映る。詩歌の生命線であるコノテーション（ビジュアルな暗示・象徴表現）を欠いた、デノテーション（事の説明・意味の提示）へと、短歌がなし崩し的に向かうことを恐れるのである。それは詩歌の自己否定へと繋がるだろう。言うまでもなく詩歌にとって大切なものは、〈意味〉の向こう側（その奥）にある。「大切なもの」とは、言ってしまえば存在の核心（つまりは存在の謎）の提示である。それを像的なイメージで暗示し象徴するところにコノテーションの意味がある。そのような面から、描写詠がいま改めて見直されるべきだと私は考えている。この感性過剰の時代、自意識過多の時代に、描写はわれわれの意識を〈外部〉へと開かせ、「われ」を相対化する。それは短歌を頭（理屈を司る表層意識）だけで作らない、ということにも繋がってくるだろう。

そうした描写詠の機能のうち、ここでは季節・時間・天候表現の働きについて考えてみたい。短歌に季節（春夏秋……）・時間（朝昼晩……）・天候（晴曇雨……）を入れよとは、入門書が必ず説くところだが、それは現場の具体的な臨場感をもたらすといったリアリズムの側の方法論にとどまらず、人間の無意識や深層心理へのアプローチにおいても、実はたいへん重要な意味をもっている。

赤光(しやくくわう)のなかの歩みはひそか夜の細きかほそきこころにか似む　　斎藤茂吉『赤光』
最上川の上空(じやうくう)にして残れるはいまだうつくしき虹の断片(だんぺん)　　『白き山』
かぎりなく稔(みの)らむとする田のあひの秋の光にわれは歩める

一首目。息を呑むような夕映えの空。その「赤光」は、仏教的な運命の手触りを内包しつつ、自分自身の内面の「ひそか夜の細きかほそきこころ」と似通うと端的に述べられている。この日没の赤い微光の不吉は、茂吉自身の〈存在の根源的な不安〉の象徴としてある。二首目。最上川に注いでいた雨が上がり、光が差して虹が生まれる。気象によって生々流転する天然のパノラマの「うつくしさ」が歌われる。そしてその美しさは、「残れる」「いまだ」という言葉が示す通り、いずれは時と共にはかなく失われ、そして二度と戻らないものである。そこに私は端的に、青春の、あるいは人生の、希望や理想の真・善・美をイメージする。三首目。稔りの時を迎えた金色の田に差す「秋の光」。季節と天候がまさに稔りの季節を荘厳する。そのあまねき光は、茂吉自身の人生の稔り、充実感を、まさにこの世全体の輝きをもって祝福しているだろう。

われわれは普段から何気なく「(心が)たそがれる・晴れ渡る」「暗雲立ち込める」「やっと日が差してくる」「北風に晒される」「雲行きが怪しい」「青天の霹靂」「荒れ模様」……といったふうに、心情や人生、運命を季節、時間、天候で暗示・象徴することを頻繁に行っている。そのとき季節・時間・天候は、すなわち心の状態の比喩なのである。生活の中のごく身近なコノテーションがそこにある。それは素朴な形での、イメージを介した深層心理へのアプローチであると言える。繰り返すが、意味性が表層意識に作用するのに対して、深層心理へと至る回路は像的イメージにある。意識下の深層心理が意識上に現れるのが「夢」だが、それは多くの場合、なんらかのイメージを伴っている。つまり(むろんリアリズムではないが)ビジュアルなのである。夢のそのビジュアルなイメージに着目したのが、他でもないフロイトの『夢判断』だった。短歌と深層心理を考える上でも、このことはじつに示唆的である。現在『夢判断』はフロイトの仕事の中で最も批判されることが多いものだが、しかし夢のビジュアルなイメージが無意識のなんらかの表象(シンボル、メタファー)である、という着眼は大きな示唆を含んでいる。

＊

この文章では短歌と深層心理という観点から、人間の無意識領域における予感や胸騒ぎを象徴的に提示するという「描写詠」の機能を、斎藤茂吉と、それに連なる歌人たちの作品を通して明らかにしようと試みた。それは、詩歌のきわめて重要な機能でありつつ、いままで殆ど言及されることのなかったものだったと言える。このように書くと大仰に響くが、予感や胸騒ぎといった、心の深淵に未整理のまま渦巻く混沌に肉薄することは、もともと詩歌の核心部分に関わるものである。それはフロイトや、それに続く探求者たちが「深層心理」「無意識」と呼んだ、人間の根源的な情動に他ならない。短歌が抒「情」詩である以上、その根本領域にアクセスしようと試みるのは当然である。そして、その上で、ともすればただの「風景」描写といったレベルの評価に貶められやすい「描写詠」こそが、心の未知のフロンティアへ到達する最も有効な〈方法〉であることを、なんとか論証しようと試みたのが、本稿のモチーフである。

慶應義塾大学大学院教授で「無意識研究の第一人者」とも言われる前野隆司と保井俊之の対談集『無意識と対話する方法』の後書において保井俊之は、メキシコのノーベル賞詩人オクタビオ・パスの「詩は存在のもっとも深い層に生きているが、一方、イデオロギーや、われわれが思想とか主義主張と呼ぶものはすべて、意識の表層を形成している」という言葉を引用して「詩のように心の奥から湧き出る対話の言葉こそが、歴史の古層から無意識をすくい取り、新しい科学と創造のあり方を指し示してくれると信じています」と述べている。

最近特に、瞑想、禅、ヨガ、マインドフルネスなど、人間の深層領域へのアプローチが大きく評価され、ひとつの思想的な潮流ともなっている。表層意識である自意識ばかりが過剰な時代への反省が、そこにはあると言える。短歌における描写の過小評価は、まさにそうした自意識（自我）過剰の時代と連動していると私は思う。繰り返すが、意味・理屈・説明・ロジックは表層意識で「理解」される。一方、深層心理・無意識・サブリミナルの混沌を触発(インスパイア)するのはビジュアルなイメージ＝像的イメージの役割である。世界の謎に触れるには、整然とした理屈ではなく、「魂の舞踏」が必要である。そしてそのインスピレーションを召喚するのは、詩歌においては像的イメージに他ならない。そこに、現代における描写詠の、新たな、そして最大の可能性がある。

Ⅲ

〈北〉のドラマツルギー

1

東北が大地震と巨大津波にみまわれた二〇一一年。その夏の終わりに、短歌結社「心の花」の全国大会が、日本現代詩歌文学館をメイン会場として北上市で開催された。また大会終了後には、石川啄木記念館、宮沢賢治記念館などをオプション・ツアーで巡った。

大会の話題の一つは、地元岩手出身の啄木と賢治、青森出身の寺山修司ら、「北の詩歌人」の文学についてだった。石川啄木、宮沢賢治、寺山修司……。賢治にとって啄木は盛岡中学の十年先輩であり、その文学的影響は多くが指摘している。また寺山にとっても啄木はひとつの指針だった。「少年時代に、文庫本の『石川啄木歌集』をポケットにいれて川のほとりを散策したことを思い出し、感懐にとらわれている」とは『寺山修司青春歌集』刊行にあたっての寺山の言葉である。つまり三者には、啄木を接点として浅くない風土的・文学的縁がある。さらに彼らはいずれも短歌を書き、詩を書き、小説を書いた。

そして何よりこの三人は、文学愛好者のみならず広く一般に愛され、人気投票でも常に上位に来る、国民的文学者だと言える。いや寺山修司を国民的文学者と呼ぶのは少し勇気がいるが、しかし短歌、俳句、詩、演劇、映画、エッセイ、さらには風俗から競馬解説にまで及ぶマルチな鬼才が常に注目を集め、一文学者の域を越えた幅広いファンを獲得したのは周知の通りである。少なくとも寺山を含めたこの三人が「愛唱性」の高い文学者であることに異論はないだろう。

　青空にどっしりと存在する夏の岩手山の、伸びやかな稜線をはるかに仰ぎながら私は、彼らにとっての故郷の風土の意味を考えた。啄木にとって、賢治にとって、寺山にとって、〈北〉とは何か。そしてそれはどのように彼らの作品の愛唱性と繫がっているだろうか。

2

　まず石川啄木の場合はどうか。啄木の作品を考える上での大きなポイントは、放浪と遍歴の軌跡、わけても〈北〉と東京との往還にある。その概略を年譜に確認したい。

　石川啄木は明治十九（一八八六）年生まれ。周知のように岩手県渋民村の寺で成育した。そして満九歳で盛岡高等小学校に入学し、盛岡の伯父の家に寄寓。わずか九歳で家を離れたことになる。これが一（はじめ）少年の人生の流離の、まさにはじまりとなる。さらに満十六歳の秋、盛岡中学五年在学中、試験での「不正行為」による謹慎処分を受けて退学。十一月にはまさに家出同然に上京して新詩社に与謝野鉄幹、晶子を訪ね、感激の対面を果たしている。この東京滞在は翌年二月までに及んだ。これが啄木初めての東京体験だった。繰り返すがまだ十六歳の少年である。この時啄木は父一禎に郷里に連れ戻されている。だが十八歳の秋には詩集刊行のために再び上京（詩集『あこがれ』は翌年出版される）、そのまま東京に滞在して年を越した。そして再び帰郷して結婚（十九歳）、盛岡市内で両親、妹とともに新婚生活をスタートさせた。二十歳。渋民尋常高等小学校の代用教員となり渋民村に戻る。再度上京し新詩社に滞在。帰郷後に小説を書き始める。二十一歳。校長排斥のストライキにより免職となり、代用教員の職を求めて函館に渡る。妻子と母を函館に呼ぶ。函館大火により失職。新聞の校正係や記者として札幌、小樽と移り、翌年釧路新聞勤務のため釧路に単身赴任。しかしそこでも長く続かず、四月には家族を函館に残して単身横浜行きの船に乗って上京。これが最後の上京であり、以後明治四十五（一九一二）年四月十三日に満二十六歳で没するまで帰郷することはなかった。

さて、こうして辿ってみると、いくつかの感慨にとらわれる。まず、よく言われることではあるが、それにしても早熟である。二十六年の短かさながら（いや短かさゆえに、と言うべきか）生き急ぐというか、実にめまぐるしい、動きの激しい人生を送っている。函館、札幌、小樽、釧路と流れる北海道遍歴は、改めて見るとわずか一年弱の間の出来事である。まあ、成人してからわずか六年の人生であり、その中の一年を決して短いとは言えないが、啄木は寒さ厳しい北国に生まれながら、さらに北へ、さらに厳しい寒さへ、つまり「最果て」へと、一時期吸い寄せられるように流浪を重ねてゆく。その心の中にあるのは、どのような風景だろうか。作品を見てゆこう。
まず、啄木の作品の通奏低音となっているのは、北の故郷の風土性であり、その故郷に対する愛憎の葛藤である。

垢じみし袷の襟よ／かなしくも／ふるさとの胡桃焼くるにほひす
病のごと／思郷のこころ湧く日なり／目にあをぞらの煙かなしも
ふるさとの／かの路傍のすて石よ／今年も草に埋もれしらむ
その名さへ忘られし頃／飄然とふるさとに来て／咳せし男
ふるさとの土をわが踏めば／何がなしに足軽くなり／心重れり

一首目。啄木にとって故郷は「垢じみし袷の襟」の貧しさと「胡桃焼くるにほひ」の泣きたいような懐かしさとの二面性の中にあった。その負と正との相克に、作品の甘やかな悲哀（センチメント）がある。だから二首目に歌われる通り「思郷のこころ」は常に病のような疼きをも伴う。行方の知れない「煙」の「かなし」さは、流離のロマンと辛苦とを象徴しているだろう。三首目の「路傍のすて石」は、そうであったかも知れないもう一人の啄木の自画像である。捨てられて故郷の雑草に埋もれ忘れられたこの石は、渋民尋常高等小学校代用教員を細々と続けていた場合の自らの姿である。プライドの高い啄木にとってそれは、受け入れ難いものだった。だから自分が玉石の「石」として〈捨て〉られないためには、どうしても故郷を〈捨てる〉しかなかった。その葛藤こそが作品のドラマ性を支えている。四首目の「男」は、つまりそのようにして出郷し、魂の流浪を続けている自身を客観化したものだろう。五首目にストレートに表白されているように、啄木にとって故郷とは、足取りは軽くなりつつ心は重くなる、アンビバレンツな場としてあった。

かにかくに渋民村（しぶたみむら）は恋しかり／おもひでの山／おもひでの川
やはらかに柳（やなぎ）あをめる／北上（きたかみ）の岸辺（きしべ）目に見ゆ／泣けとごとくに
ふるさとの山に向ひて／言ふことなし／ふるさとの山はありがたきかな

よく知られた歌だが、これらの歌の「ふるさと」への絶賛には微妙な演技性がある。優等生的と言うか、どこか作り物めいている。建て前的だ。故郷を「捨てた」後ろめたさが、逆にこのような手放しの表現を取らせていると感じる。少なくともこれは、故郷に定住しそこで生活する人間の実感ではない。いわば啄木は故郷を出ることで、ユートピアとしての故郷イメージを手に入れたと言える。だからこれらの歌のすぐ前後には、それぞれ次の一首が対のように並んでいる。いわば「建て前」に対する「本音」の歌である。

あはれかの我の教へし／子等もまた／やがてふるさとを棄てて出づるらむ

石をもて追はるるごとく／ふるさとを出でしかなしみ／消ゆる時なし

そのかみの神童の名の／かなしさよ／ふるさとに来て泣くはそのこと

「ふるさと」に対するどうしようもないアンビバレンツな思いが、正と負、明と暗との鮮明なコントラストとして歌集に並べられていることに気が付く。さらに啄木にとって故郷はいわば、人生でもっとも光輝に溢れていた「そのかみの神童」時代の思い出と直結する場所でもある。だから故郷を否定することは、全能感とともにあった少年時代をも否定することになる。その思いが啄木のアンビバレンツをさらに加速させているだろう。つまり故郷に対する愛憎と自らの人生に対する愛憎とは、パラレルになっている。故郷への、そして自らへの（さらに言えば自分の過去の光輝と、不如意な現状との落差への）この愛憎引き裂かれる思いが、作品のドラマ性を否応なく高めている。相反する二つのファクターの対立葛藤こそが、「劇性」を保証するのである。そのことと啄木作品のドラマチックな愛唱性とは、大きく関わっていると思う。

家族とともに故郷を「追われた」啄木は、その後運命に導かれるようにさらなる〈北〉へとさすらう。〈北〉とは啄木にとってどのようなものとしてあっただろうか。

みぞれ降る／石狩の野の汽車に読みし／ツルゲエネフの物語かな
さいはての駅に下り立ち／雪あかり／さびしき町にあゆみ入りにき
よりそひて／深夜の雪の中に立つ／女の右手のあたたかさかな
頰の寒き／流離の旅の人として／路問ふほどのこと言ひしのみ
かの旅の夜汽車の窓に／おもひたる／我がゆくすゑのかなしかりしかな

「忘れがたき人人」を中心に回想された一年ほどの北海道遍歴の歌は、いずれもたいへん物語的である。よく出来たシナリオを読んでいるような印象があり、変な言い方だが作品の〈我〉の「主人公性」が強い。「みぞれ降る」「ツルゲエネフの物語」「さいはての駅」「夜汽車の窓」……。どれもストーリーを切なく縁取る舞台装置として機能している。北の故郷を後にして、まさに「寒き流離の旅の人」として、さらにさらに北へ流れてゆくその思いには、甘やかな悲劇性が寄り添う。「我がゆくすゑ」に対する漠然とした転落の予感が、その悲劇性を増幅させている。

一方、そうした流離のドラマのもうひとつの極にあるのが東京である。望郷という物語、さらには〈北〉という物語は、上京という物語と表裏一体である。この感覚は、やはり地方から上京した私には、とてもよくわかる。その東京での啄木は次のように歌う。

ふるさとの訛なつかし／停車場の人ごみの中に／そを聴きにゆく
ふるさとの空遠みかも／高き屋にひとりのぼりて／愁ひて下る
浅草の夜のにぎはひに／まぎれ入り／まぎれ出で来しさびしき心
気弱なる斥候のごとく／おそれつつ／深夜の街を一人散歩す
曠野より帰るごとくに／帰り来ぬ／東京の夜をひとりあゆみて
途中にてふと気が変り、／つとめ先を休みて、今日も、／河岸をさまよへり。
家を出て五町ばかりは、／用のある人のごとくに／歩いてみたれど――
いつまでも歩いてゐねばならぬごとき／思ひ湧き来ぬ、／深夜の町町。

上京という物語によって、始めて望郷という物語は輪郭を鮮明にする。遠く隔たっていればこそ、「ふるさと」はピュアな感傷の対象として純化されるのだ。一、二首目の作品にはそれがよく示されている。
だが一方、東京を生活の場とするということは、憧れの対象としての東京を手放すことである。現実のシビアさの前では、早熟な地方少年の都会へのセンチメントなどすぐに吹き飛んでしまう。

啄木は上京によって〈北〉という物語、望郷という物語を手に入れ、その代償として東京という物語を失う。だから自らの流離の終着点であったはずの東京の雑踏で、さらなる流離を、さらなるドラマの場を、夜毎むなしく求めてさまよう。だが当然そのような場所はない。行き着くのは放浪ならぬ放蕩の場所だった。必然的に啄木晩年の歌は、病の進行ともあいまって疲労感を色濃くしていった。そして啄木の一家を続けざまに悲劇が襲う。死の二年前の明治四十三年、長男が誕生の二十三日後に死亡。明治四十四年、啄木の病状が悪化。妻節子も発病。明治四十五年、一月に母も結核発病。三月、母死去。四月、啄木死去。翌年、函館に移住した実家で妻節子が死去。ちなみにこののち啄木の二人の娘京子と房江も、それぞれ二十四歳と十八歳で病没している。一方、啄木の父一禎は、夫が鉄道官吏として出世した次女（啄木の次姉）トラの元に身を寄せ、啄木没後十五年、七十六歳の人生をまっとうした。晩年は、トラの夫が鉄道局の高知出張所長という立場で赴任した所長官舎で、静かな日々を送ったという。〈北〉を遍歴した啄木一家の悲劇の中で、〈南〉に落ち着いた一禎の幸福な晩年は、なんとも皮肉である。

啄木の歌は基本的に「思い出」の歌である。キーワードは「なつかし」「かなし」「いとし」……。作品の核にはおしなべて回想ゆえのセンチメントが張り付いている。それはいわば「物語化された過去」であり、その物語の中心に〈北〉が、望郷が、そしてそれと対になる東京があった。啄木の愛唱性は、このドラマツルギーの上に成立している。

3

次に宮沢賢治の短歌を見たい。賢治の歌作は、盛岡中学二年在学中の明治四十四年（十五歳）から大正十年（二十五歳）まで十一年に亘って続き、その後、試行的な短詩「冬のスケッチ」を経て、詩（心象スケッチ）へと、そして童話へと移行して行く。したがって短歌は、千首に及ぶ作品を残したにもかかわらず、あくまで習作期における、詩や童話への移行過程と捉えられているようだ。だから例えば詩作品「永訣の朝」や「雨ニモマケズ」のようには、一般に広く知られ愛唱されているわけではない。しかしその内実は、決してただの習作と呼ぶべきものではなく、のちの才能の輝きを先取りした一つの世界を形作っており、「イーハトヴ童話」に通じる愛唱性の一端は十分に認められる。

「歌稿」ノートに残された賢治の短歌は、幾度も改作の手が入れられており、どれを決定稿とするかはなかなか難しい。ここでは一九七九年筑摩書房刊の新修『宮沢賢治全集』第一巻「短歌・俳句」に拠ることとする。

まず修辞・技巧の面から見たい。なお表記に改行のある場合は啄木同様斜線で示す。

そらいろのへびを見しこそかなしけれ／学校の春の遠足なりしが
瞑すれば灰いろの家丘にたてり／さてもさびしき丘に木もなく
肺病める邪教の家に夏は来ぬ／ガラスの盤に赤き魚居て
うす白きひかりのみちに目とづれば／あまたならびぬ　細き桐の木
深み行きてはては底なき淵となる／夕ぐれぞらのふるひかなしも
山鳩のひとむれ白くかがやきてひるがへり行く紺青のそら
夜はあけぬ／ふりさけ見れば／山山の／白くもに立つでんしんばしら
やま暗く／やなぎはすべて錫紙の／つめたき葉もてひでりあめせり

一首目は「そらいろのへび」の色彩がそこだけ鮮やかに際立つ。二首目は、「灰いろの家」が全体の色調を決定づけており、絵画的構図の歌になっている。三首目も赤のイメージが鮮やかだ。なお「邪教」には、北原白秋『邪宗門』の影響が感じられる。三首とも色彩を中心とした〈心象スケッチ〉である。

次の三首は〈光〉を捉えた歌。その輝きの質感が、精神の繊細なふるえと重なる。

最後の二首は、映像性によってイメージの造形がなされている。暗から明へのコントラストと、歌に流れるシュールな静かさに注目しておきたい。

せとものゝひびわれのごとくほそえだは／さびしく白きそらをわかちぬ
すゝきの穂／みな立ちあがり／くるひたる／楽器のごとく百舌は飛び去る
いざよひの／月はつめたきくだものゝ／匂をはなちあらはれにけり

一、二首目は直喩の歌。「せとものゝひびわれのごとく」「くるひたる楽器のごとく」。単純に「××のごとく」と譬えるのではなく「△△の××のごとく」といった踏み込んだ長い直喩が使われている点に注目する。現代短歌でも十分に通用するレトリックである。三首目はいわばメタファー（暗喩）に分類されるべき歌だと言える。「つめたきくだものゝ匂をはなち」という嗅覚表現が、「いざよひの月」の（またその光が照らす世界の）質感を感覚的に暗示・象徴している。
次に語彙・題材の面から賢治短歌を見る。

鬼越の山の麓の谷川に瑪瑙のかけらひろひ来りぬ
屋根に来てそらに息せんうごかざるアルカリいろの雲よかなしも
雨にぬれ／桑つみをれば／エナメルの／雲はてしなく／北に流る、
北上は／雲のなかよりながれ来て／この熔岩の台地をめぐる

日下りの／化学の室の十二人／イレキを／帯びし白金（はく）の雲
青ガラス／のぞけばさても／六月の／実験室のさびしかりけり
あかり窓／仰げばそらは Tourquois（ターキス）の／板もて張られ／その継目光れり
暮れやらぬ　黄水晶（シトリン）のそらに／青みわびて　木は立てり／あめ、まつすぐに降り
そらはまた／するどき玻璃の粉を噴きて／この屋根窓の／レースに降らす

「瑪瑙」「アルカリいろの雲」「エナメルの雲」「熔岩の台地」「イレキを帯びし白金（はく）の雲」「青ガラス」「Tourquois（ターキス）」「黄水晶（シトリン）」「玻璃の粉」。作品には、賢治が少年時代から生涯愛した鉱物のイメージ、化学のイメージが美しくちりばめられている。ちなみに「イレキを帯びし」はエレキ＝電気のことだろう。また「Tourquois（ターキス）」はターコイズ（トルコ石）だろう。空が一面にトルコ石の板で張りつめられているというイメージは、はっとするほど美しい。字余りの歌ながら、最後から二首目の「青みわびて」は、「青みおびて」の誤記または誤植と考えられる。いずれも、「化学の室」「実験室」が示す通り、理科系の叙情というべき世界である。その繊細で硬質な叙情性が、空や雲のイメージとともに描かれている点も賢治らしい。

そらに居て／みどりのほのほかなしむと／地球のひとのしるやしらずや

この惑星／夜半より谷のそらを截りて／薄明の鳥の声にうするる
双子座の／あはきひかりは／またわれに／告げて顫ひぬ　水いろのうれひ
この暮は／土星のひかりつねならず／みだれごころをあはれむらしも
夜の底に／霧たゞなびき／燐光の／夢のかなたにのぼりし火星

こうした銀河宇宙や星座に寄せる叙情も、賢治の童話で親しんでいる世界である。
さらに幻想的な物語（ストーリー）を紡ぐ歌を挙げる。

A群

とろとろと甘き火をたきまよなかの／み山の谷にひとりうたひぬ
紺いろの／地平線さへ／浮びくる／やまひの／熱の／かなしからずや
ほふらるゝ／馬のはなしをしてありぬ／明き五月の病室にして
雲くらき線路をたどりいまぞ来し／この赤つちの丘のはづれに
夜をこめて／硫黄つみこし馬はいま／あさひにふかく／ものをおもへり

B群

ひとびとは／鳥のかたちに／よそほひて／ひそかに／秋の丘を／のぼりぬ

またひとり／はやしに来て鳩のなきまねし／かなしきちさき／百合の根を掘る
空しろく／銀の河岸の製板所／汽笛をならし夜はあけにけり
くわくこうの／まねしてひとり行きたれば／ひとは恐れてみちを避けたり
あかつきの／琥珀ひかればしらしらと／アンデルゼンの月はしづみぬ

C群

泣きながら北に馳せ行く塔などの／あるべきそらのけはひならずや
雲はいまネオ夏型にひかりして桐の花桐の花やまひ癒えたり
わがうるはしき／ドイツたうひは／とり行きて／ケンタウル祭の聖木とせん
雲の海の／上に凍りし／琥珀のそら／巨きとかげは／群れわたるなり
うつろより／降り来る青き阿片光／百合のにほひは／波だちにつゝ

A群はいわば虚実皮膜の歌。現実の痕跡を残しながらも、どこか不思議な物語の手触りがある。B群はメルヘン、寓話、ファンタジー、フォークロアの世界。「アンデルゼンの月」は童話『絵のない絵本』のイメージだろう。C群は奇想性・幻想性のより強い歌である。この地点から、のちの「イーハトヴ童話」までは、すぐそこの距離にある。

最後に「祈り」の歌を挙げておく。

大ぞらは／あはあはふかく波羅蜜の／夕づつたちもやがて出でなむ

喪神の／鏡かなしく落ち行きて／あかあか燃ゆる／山すその野火

赤き雲／いのりのなかにわき立ちて／みねをはるかにのぼり行きしか

「波羅蜜」とは「生死（此岸）を離れて仏陀の悟りの境地（彼岸）に達すること、またそのための菩薩の修行」であり、「宗教理想を実現するための実践修行」であるという。「宗教理想を実現するための実践修行」。それはまさに、宮沢賢治が芸術活動全体を通して実現しようとしたことだった。そしてその〈心象スケッチ〉の舞台となったのが、他でもない〈北〉のユートピア（「ドリームランドとしての日本岩手県」）たる架空の町「イーハトヴ」なのだった。

4

最後に寺山修司にとっての〈北〉を考えたい。寺山は敗戦から戦後への混乱の中で、戦争未亡人家庭の一人息子として青森に育ち、詩や俳句に早熟な才能を発揮したのち、十八歳でついに「家出」を果たして上京する。

おれはここにいるが／心はここになく　東京にいる／東京へ！　東京へ！／錆色の鉄路を
北から南へ
おれはこの母親殺しを遂げて　青森の　薄ぐらい線路沿いの町から脱出してやるのだ……

これは昭和三十七（一九六二）年に詩誌「現代詩」に一月から七月にわたって連載された寺山の長篇叙事詩「李庚順」の一節である。だがこうした思いの一方で寺山は、主宰した劇団「天井桟敷」の芝居をはじめとして、故郷青森の風土を繰り返し表現の舞台に選び、また自身、東京にあって青森弁を死ぬまで貫き通した。故郷にそのような屈折した愛とルサンチマンを抱えていた寺山にとって、〈北〉はどのような場所としてあっただろうか。

大工町寺町米町仏町老母買ふ町あらずやつばめよ
新しき仏壇買ひに行きしまま行方不明のおとうとと鳥
間引かれしゆゑに一生欠席する学校地獄のおとうとの椅子
村境の春や錆びたる捨て車輪ふるさとまとめて花いちもんめ
かくれんぼの鬼とかれざるまま老いて誰をさがしにくる村祭

干鱈裂く女を母と呼びながら大正五十四年も暮れむ
とばすべき鳩を両手でぬくめれば朝焼けてくる自伝の曠野

三首目までは「少年時代」という一連に収められた作品で、姥捨て、神隠し、間引きが歌われる。全体のタイトルは「恐山」。そのタイトルに作者のモチーフが象徴的に示されているだろう。以下も「〈北〉のフォークロア」と呼ぶべき作品である。これらは、引用最後の歌の言葉を借りれば、薄明の「曠野」に短歌によって記された偽の自分史、といった趣を持つ。すなわち東北の架空の「村」を舞台として、寺山流にデフォルメされ演出された〈故郷〉の、血の物語である。この陰影の深く刻印された偽「自伝」は、のちに寺山自身の手によって、芝居や映画、小説でも繰り返しなぞられてゆく。

わが通る果樹園の小屋いつも暗く父と呼びたき番人が棲む
吊されて玉葱芽ぐむ納屋ふかくツルゲエネフをはじめて読みき
北へはしる鉄路に立てば胸いづるトロイカもすぐわれを捨てゆく
地下室に樽ころがれり革命を語りし彼は冬も帰らず
吸ひさしの煙草で北を指すときの北暗ければ望郷ならず

「ここより他の場所」を語れば叔父の眼にばうばうとして煙るシベリア
「剝製の鳥の内部のぼろ綿よわが言葉なき亡命よさらば」
「革命だ、みんな起きろ」といふ声す壁のにんじん種子袋より

これらの作品では、自らの現実の故郷よりもさらに北方の、大陸的風土のイメージを背景とした〈北〉の物語が歌われている。それは寺山が繰り返し好んで歌った世界である。たとえば寺山の短歌のデビュー作のタイトルは「チエホフ祭」であり、また歌集には極北の凍土を彷彿させる語彙が頻出する。引用歌にもさまざま見られるが、さらに挙げれば、ドストエフスキーの小説の登場人物「スメルジャコフ」「イワン」、ロープシンの小説のタイトル「蒼ざめた馬」、さらには「労働歌」「工作者」「ボルシェヴィキ」「トロツキー」……とたちどころに拾うことができる。

そうした歌に描かれた〈北〉。それは、母親の桎梏とともにあった現実の故郷青森ではない、もう一つの幻の故郷であり、あこがれの帰着点であり、魂の「亡命」すべき場所だった。それはまた、寺山が繰り返し好んで用いた語彙で言うならば「ここより他の場所」であり、何よりも、自身の望むべきドラマが成立する舞台だった。

青森から「家出」して東京を目指した寺山は、啄木が東北に生まれながらさらに北へ流浪したように、イマジネーションの世界ではさらなる〈北〉の風土を詩歌の「ふるさと」とした。それはあ

るいは、宮沢賢治にとっての「イーハトヴ」とよく似た場所であったのかも知れない。

石川啄木二十六歳、宮沢賢治三十七歳、寺山修司四十七歳。彼らはいずれも短命の人生を全速で駆け抜けた。その人生の「哀傷性」と作品の「愛唱性」とは、いわば表裏の関係にあるとも言える。啄木が、賢治が、そして寺山が、それぞれに一生涯こだわり続けた〈北〉。それは何よりも、人生の激動を象徴し、その対立葛藤が生むドラマを屹立させる場所として、彼らの作品の愛唱性を支えているのである。

佐佐木信綱の〈新しさ〉

1

二〇〇四年十二月、ながらみ書房から『佐佐木信綱全歌集』が刊行された。発行日十二月二日は、一九六三（昭和三十八）年に九十二歳で没した信綱の四十一回目の命日である。全歌集と銘打たれた歌集は実はこれが初めてで、それまでは信綱存命中の一九五六（昭和三十一）年に出された『佐佐木信綱歌集』（竹柏会発行、東京堂発売）が、いわば定本としての位置にあった。この五六年版『佐佐木信綱歌集』は、第一歌集『思草』から『山と水と』までの九歌集と、未刊歌集二冊、および、『山と水と』以降一九五四（昭和二十九）年までの作品を集めた収録歌集『秋の声』からなる。このたびの二〇〇四年版『佐佐木信綱全歌集』は、それにさらに、『秋の声』以降没年までの作品を歌集『老松』（佐佐木幸綱編）として加えたもので、ここに初めて佐佐木信綱の長い人生における全作品が一望できることになった。

佐佐木信綱の従来のイメージは「中道」「穏健」「大人」「歌壇の長老」といったもので、それが信綱作品のキーワードとして現在にまで定着している。明治期における旧派と新派の橋渡し、さらに明星派ロマンチシズムと根岸派リアリズムの中間にあって、どちらにも偏らず二派を穏健な人柄と作風で結んだというのが、おおかた現在までの、歌壇における信綱の位置付けだと言ってよい。

人の世はめでたし朝の日をうけてすきとほる葉の青きかがやき　『常盤木』
道の上に残らむ跡はありもあらずもわれ虔(つつし)みてわが道ゆかむ　『豊旗雲』
白雲は空に浮べり谷川の石みな石のおのづからなる　『鶯』
春ここに生るる朝の日をうけて山河(さんか)草木(さうもく)みな光あり　『山と水と』
人いづら吾がかげ一つのこりをりこの山峡の秋かぜの家　『山と水と』
人いゆき帰りこなくに山庭は紅梅の花咲きにけらずや　『秋の声』
ありがたし今日の一日もわが命めぐみたまへり天と地と人と　遺詠『老松』

いずれも代表歌として知られる。一首目。信綱短歌の第一の特色である、愛に基づく肯定的人生観・世界観がよく示される。力強いリズムの揺り返しが、簡潔明快な調べとなって内容を支えている。四首目の「春ここに」も同じ世界観を歌ったもの。双方に繰り返される「朝の日をうけて」に、光によって祝福され聖化されるというイメージの一貫性を読むことができる。戻って二首目。私心の無さにもとづく文学（＝道）への志と、それを支える謙虚な克己心はまさに信綱の生涯を貫くものとして、『老松』収録の遺詠「ありがたし……」に繋がっている。また三首目の自在心、さらには妻への挽歌である五、六首目の大柄な万葉調も、信綱短歌の簡勁なスケールをよく示す。
だが、信綱の世界はそれだけではない。むしろ『佐佐木信綱全歌集』を改めて見渡すとき、穏健、中道といった言葉ではうまく語れない作品群の存在に、改めて注目するのである。それは、現代に通じる信綱の〈新しさ〉である。

2

佐佐木信綱の出発点である第一歌集『思草』は、明治三十六（一九〇三）年、三十二歳で出版された。まさに和歌革新運動の渦中、旧派から新派へ、和歌から近代短歌への過渡期に出された、変革期の試行歌集である。収録作品は、旧派的題詠、万葉調、明星的浪漫性、さらにはフィクションなどの大胆な実験作品等々、非常にバラエティに富んでいる。その中で私が注目するのは次のような歌である。

ゆきゆけば朧月夜となりにけり城のひむがし菜の花の村
幼きは幼きどちのものがたり葡萄のかげに月かたぶきぬ

見世物の小屋のうしろの話声ものかげくらきおぼろ夜の月
踏みゆかば龍(たつ)の宮にやいたるべき浪の上白し白がねの道

描かれているのは、メルヘン、ファンタジーの世界である。城の向こうの「菜の花の村」、葡萄の陰に沈みゆく大きな月、見世物小屋の背後の内証話、一直線に海に伸びる「白がねの道」。いずれも絵本のイメージであり、日常とは少し違う次元を思わせる。たとえば一首目の「城」。どこか西洋のそれをイメージさせるエキゾチックな感覚がある。全体の色調はまさにおぼろで、懐かしい小暗さを湛えている。四首目の歌を、夜の海上に月光が作る「白がねの道」と捉えると、四首ともに「月」が重要な位置を占めている。月の光に荘厳されて出現する、白日のもとの昼の世界とは違う世界、月光がふとかいま見せる物語の世界である。

雪ふかき北の海辺に一まきのバイブル持ちていにし友はも
二十年(はたとせ)に一たび鳴りし半鐘のはしご朽ちたり山かげの村
敗られしサタンの軍ちりみだれくづるるがごと雲走りゆく
いく千人幾よろづ人ひとひらの此の白雲の下に住むらむ

一、二首目の短編小説のようなストーリー性。三首目の大胆な比喩（しかも一首の大半が比喩表現で成り立っている）。四首目のイマジネーションの飛躍。これらが百年以上前の作品であることに驚く。
『思草』のこうしたファンタジックな世界を支えているのは、作品の不思議な映像性である。

かぜにゆらぐ凌霄花（のうぜんかづら）ゆらゆらと花ちる門に庭鳥あそぶ
底までもすきとほりたる青淵に二ひら三ひら花ちり浮ぶ
春の日の夕べさすがに風ありて芝生にゆらぐ鞦韆（ゆさはり）のかげ
つとめをへて此の世にいづる抗夫らがつく息しろき雨の夕暮
黙然と僧ものいはず禅房のともし火くらき芭蕉葉のあめ

一、二、三首目。無音感覚、無人感覚、あるいはスローモーションというべきか。現実的な時間の感覚が飛んでしまったような幻想性が感じられる。四首目はモノクロのドキュメント・フィルムの感覚。映画で言うと、極端なクローズアップを多用したいわゆるネオ・リアリスモの手法を思わせる。五首目は、「僧」→「禅房」→「ともし火」→「芭蕉葉」→「あめ」と小刻みに移ってゆくカメラワークが、不思議な気配に満ちた象徴性を生んでいる。そしてこの映像処理の手法は、信綱の代表作として広く知られている〈ゆく秋の大和の国の薬師寺の塔の上なる一ひらの雲〉（『新月』）の、ズームアップによる流れるようなカメラワークにもじかに繋がってゆくのである。

メルヘン、ファンタジー、物語性、大胆な比喩、イマジネーションの飛躍。そしてそれを支える幻想的、象徴的な映像性。そうした『思草』の側面と、たとえば信綱の弟子である前川佐美雄の『植物祭』の世界は、意外にもそれほど遠くない。いや、むしろ近い。そして佐美雄の先には塚本邦雄がおり、前衛短歌運動を経た現代短歌の世界が広がっている。このルートを想定する時、近代から現代へ至る短歌史の流れは、従来とはまた少し違う様相を見せる。

3

こうした信綱の世界は、第三歌集『新月』でひとつのピークを迎える。

門涼み店の暖簾（のれん）のあひだよりふと見えてふと消えし顔かな

蛇遣ふ若き女は小屋いでて河原におつる赤き日を見る

月の夜を黒き衣（きぬ）きし一むれの沈黙（しじま）の尼は行き過ぎにける

山の王類眷属（るゐけんぞく）を召しつどへ語らふ夜なり灰白く降る

ぽつかりと月のぼる時森の家の寂しき顔は戸（と）を閉ざしける
三人（みたり）ゆく沙門黙（もだ）して秋の日は牧の羊のむれを照らしぬ

いずれもミステリアス、ファンタジック、幻想的な物語世界が大胆に描かれる。たとえば四首目の「山の王類眷属を召しつどへ語らふ夜なり灰白く降る」。シュールな説話性を特徴とするが、特に着眼したいのは「灰白く降る」である。実は、注意深く読めば『新月』には〈いづこにか得つる、真夏の火の山の頂にして我が得し処女〉はじめ、「火山」の歌が散見される。そうした歌集に隠されたストーリーをさりげなく受け、展開して、この「灰白く降る」のイメージが生まれているのである。先ほど『思草』作品について絵本の世界と言ったが、さらにこうした歌から思い出すのは、神話に取材して幻想世界を描き続けたマルク・シャガールの絵や版画である。しかも一八八七年ロシア生まれのシャガールよりも、十五歳年長の信綱の方が作品も早い。『思草』は一九〇三年刊、『新月』は一九一二年刊。しかも当然作品の作成時期はそれ以前である。

次に、映像性の際立つ歌を『新月』から挙げる。

虻は飛ぶ、遠いかづちの音ひびく真昼の窓の凌霄花（のうぜんかづら）
十二月幹のみ立てる大木（たいぼく）の樹の間（こま）にひかるゆふばえの海

黒き帆はくらき入江を遠く行く我がよる樹蔭もの音もなし
油うく工場(こうば)の裏のたまり水、雲間にうすき秋の日の色
ふうはりと白い雲うく朝晴の秋の海辺の黄なる草花
春の日は手斧に光りちらばれる木屑の中に鶏あそぶ
丘の上の風見うごかず鏡なす入江の朝を蝶ひとつ舞ふ
ゆく秋の大和の国の薬師寺の塔の上なる一ひらの雲

一首目は「虻」「いかづち」「真昼の窓」「凌霄花」という映像の断片の、スピード感に溢れるフラッシュ、またはモンタージュ。二首目は、現代美術を思わせる大胆なアングルによる映像の取り合わせ。三首目は押さえたトーンによる陰影のコントラスト。四首目はドキュメント・タッチのクローズアップと、そこからのカメラの異動。五首目は色彩の、六首目は光線の加減のコントラスト。七首目は二つの異なる映像の付け合わせの効果。そして最後の歌は先にも触れた通り、ランドサットから撮影されたようなマクロの視座から、段階的にミクロへフォーカスを絞ってゆき、塔の先端までズームアップしたのち、ふっと上空の雲へと視線を開放する、その映像的な緩急、映像的リズム感が作品の核となっている。

もう一つ『新月』の大きな特徴として、比喩の豊富なバリエーションについて指摘しておきたい。

野の末を移住民など行くごときくちなし色の寒き冬の日
笑（ゑみ）もあらず涙もあらず剝製の鳥のやうなる人とし思ふ
海に向きて燕のごとも並びたる髪うつくしき三四人かな
よき事に終のありといふやうにたいさん木（ぼく）の花がくづるる

まずは直喩の歌。比喩の強力なイメージ喚起力によって、どれも不思議な物語世界を作っている。特に「野の末を……」「よき事に……」二首は、近代のみならず現代短歌をも含めて、傑出した比喩表現と言ってよい。

大いなる荷物背負ひてたどりゆく老人（おいびと）をふと我かと思ふ
いつよりか胸のさ枝に巣くひつる怪しき鳥の低き羽ばたき
つかれたる心の国に来り住む悔の一族悲しびの子等
穴蔵の底にをさめし葡萄酒の古き恋こそうらがなしけれ

一首目。「老人をふと我かと思ふ」は「老人は我のごとし」と置き換え可能である。すなわち直喩の変則的バリエーションである。喩が動画的な映像を喚起している点にも注目する。二、三首目は、心象風景の暗喩的表現。こうしたレトリックは、前衛短歌の時代にはメタファーと呼ばれた。最後の一首は「序詞」の現代風アレンジ。「穴蔵の底にをさめし葡萄酒の」までが、比喩的なイメージを伴いつつ「古き（恋）」を導く。序詞は和歌短歌史が開発した最も高度な喩的表現である。しかもここではその古いイメージを払拭し、モダンな世界が展開する。『新月』には〈普賢菩薩乗るといふ象のにぶき眼のもどかしき人を夫にもてり〉〈朝の海なみにぬれたる磯草のしめやかなりし人のおもかげ〉といった序詞の試みが散見される。古歌の技法である序詞を現在にどう再生させ、伝統と今との架橋を果たすか。それは前衛短歌、現代短歌運動における、レトリック上の先端的な課題の一つだった。このように『新月』においては、様々な比喩的な試みによって、イメージの造形が計られている。時代が下り一九六〇年代以降において、多彩な比喩によるイメージの造形が前衛短歌、現代短歌の中心的方法となってゆくのは周知の通りである。

4

佐佐木信綱はその後、試行に満ちた『新月』の前衛的世界から「中庸」「穏健」と呼ばれる作風に転じ、いよいよ充実期を迎えてゆくことになる。冒頭に述べた人間愛に満ちた肯定的世界観、そして歌と学問への志に支えられた努力と克己の世界である。その代表歌の一端は先に挙げたが、信綱の中期作品ではさらに次のような歌に注目したい。

秋風は雲一重一重しりぞけて全き富士の姿を見たり　『常盤木』
海の夕日山にを照れば山上（さんじやう）の老樟（くす）の幹光りにほへり
微風（そよかぜ）のかよふ夕庭におり立ちて唯一人なるわれを喜ぶ

楡（にれ）がもと槲（かしは）がもとに牛は群れ馬はあそべりゆたけき天地（あめつち）　『豊旗雲』
山の上にたてりて久し吾もまた一本（いつぽん）の木の心地するかも
この心しづかに澄めば秋風のさわたる空の雲にまじれり

大きな景を大きく豊かに歌う。言葉遣いも大柄でたっぷりとしている。『常盤木』『豊旗雲』という歌集タイトルもまた時間、空間両面におけるたっぷりとした広がりを示す。そうした叙景に〈唯一人なるわれを喜ぶ〉という思惟を重ねると、運命を諦観しつつ、志をもって世界の大きさと向かい合い、それと調和するという姿が浮かび上がって来る。〈山の上にたてりて久し吾もまた一本の木の心地するかも〉〈この心しづかに澄めば秋風のさわたる空の雲にまじれり〉は、そうした思想・思惟を直接的に歌った歌と読める。世界との対峙ではなく調和。その先にあるのは、〈梵我一如〉の境地だろう。宇宙の摂理＝梵と、世界に唯一無二の存在としてある個我との、調和・合一である。

さて、中期以降そのような境地へ向けて歌い続けた信綱は、晩年にまた新たな世界を見せることになる。

「しろこ」と呼ばれふりむく白猫(しろ)が金(きん)の眼にたまゆらうつる花畑のダリヤ　『秋の声』

八十歳(やそとせ)を今日し迎ふる老(おい)歌人すむ山庭に竹柏(なぎ)の花さけり

空の港とぶ鳥の羽田い往き来る迎ふ送ると人人人の波

小雨にほふ日を梅(ばい)園に逍遥す大和ゆ来たる善き鬼と共に

子をいだきとろけゐし白(しろ)猫が縁に出て見るごとし、昼庭の木蘭の花

何すとて執ねくもかくまつはれる志波不気餓鬼(しはぶきがき)ぞ去(い)にねとく〳〵　『老松』

老歌人と酵素学者とおのおのに話つきせず秋の夜ふけぬ

ユーモアの歌であり、いずれも飄々とした味わいがある。一首目と五首目は白猫の「しろこ」の歌。特に「とろけゐるし」は絶品。二首目と七首目は、自己対象化によるユーモア。同系の歌に〈ものぐさのあるじ信綱あさなさな庭におり立つ石南花さけば〉等がある。三首目。まず枕詞「とぶ鳥の」を「羽田」に掛けたセンス。「い往き来る」「迎ふ送る」の対句と「人人人」のリフレインも楽しい。四首目の「大和ゆ来たる善き鬼」は前川佐美雄のこと。六首目の「志波不気餓鬼」は万葉仮名の現代版である。

船ゆあぐる籠々々に満ちあふる鯖々々の光きららに
小鳥如(な)し心高ゆくほろろほろろはららはらら雪のちりちる中を
スパラキンス・グラジオラスの球根をうゑておだしき今日の午後の心
大いなるゴールデンデリシャス掌(たなそこ)にのせつつ何かよろこびの湧く
おろかなる争なるかも神崎のなんぢやもんぢやの木が笑ふべし
シンビジューム・ナギホリユームと学名を聞きて見まもる竹柏(なぎ)蘭の鉢
『秋の声』

リフレイン、オノマトペ、長ったらしくユーモラスな物名。童心に溢れるリズムと響きが楽しい。このユーモア、童心は、信綱の愛と肯定の人間哲学の帰着点である。

＊

佐佐木信綱は歌集『常盤木』巻頭言で、大正期の「現代の歌壇」に対する「不満」を述べた上で言う。「その不満の底には、歌とは、もつとほかのものであらう。歌にはなほ開拓すべき境地があるのであるといふ希望の光が、かすかに輝いてゐる」。信綱は「写実主義」「浪漫主義」といった主義＝イズムによって歌を狭く限定せず、明星・アララギとは違う方向を打ち出し、広く自由にその可能性を追及した。佐美雄はじめ弟子にも狭い方法論を押し付けなかった。その柔軟性にこそ、現在に通じる〈新しさ〉がある。実は信綱は折衷的な「中庸」ではなく、「独自」だったのだ。特定の方法、特定の党派に寄って立つのではなく、どこまでも個を貫き、孤立を恐れずに独自性を追及する。それを信綱は「おのがじし」と言った。それは現代短歌の精神そのものである。明星・アララギが短歌史の中に相対化された今、その信綱の先見性がよく見える。信綱はいわば、一〇〇年早かったのである。佐佐木信綱からその弟子・前川佐美雄、そしてその弟子・塚本邦雄。そしてその延長の現代短歌運動。先に述べたように、今こそそうした新たな系譜の視点から、この百年の近現代短歌史が見直されていい。

折口（釈迢空）と戦後

1

ここでの私の役割は、歌人・釈迢空を対象として、歌集『倭をぐな』における（戦中および）戦後の短歌作品を中心に論じることであるが、まず前段として、釈迢空の短歌の出発点にさかのぼり、その際立った特質を一点確認しておきたい。

釈迢空の第一歌集『海やまのあひだ』は、大正十四年に改造社から出された。明治三十七年頃から大正十四年まで、年齢では十七歳から三十八歳までの作品六九一首を収める。その歌集冒頭近く、壱岐島の漁村に取材した「蜑(あま)の村」という有名な一連がある。

網曳(アビ)きする村を見おろす阪のうへ　にぎはしくして、さびしくありけり
磯村へますぐにさがる　山みちに、心ひもじく　波の色を見つ
蜑をのこ　あびき張る脚すね長に、あかき褌(ヘコ)高く、ゆひ固めたり
行きずりの旅と、われ思ふ。蜑びとの素肌のにほひ　まさびしくあり

蜑の子や　あかきそびらの盛り肉の、もり膨れつゝ、舟漕ぎにけり
蜑をのこのふるまひ見れば　さびしさよ。脛長々と　砂のうへに居り
船べりに浮きて息づく　蜑が子の青き瞳は、われを見にけり
蜑の子のむれにまじりて経なむと思ふ　はかなごゝろを　叱り居にけり

一連十三首のうち八首を挙げた。ここで確認しておきたいのは、この一連の、「連作」としての緊密性の強さである。全体がひとつのテーマのもとに構成され、それぞれの作品が互いに呼応しつつ、時間軸に沿ってストーリーを展開させている。連作一首目の「網曳きする村を見おろす阪のうへ……」に、作者の立つ位置と、場面の概要がまず示される。ストーリーの導入部分である。そして遠景から近景へと場面がクローズアップされつつ、「蜑をのこ」の姿が、あたかも映画のシーン・カットのように連続的に描写され、最後に置かれた「はかなごゝろを　叱り居にけり」によって、ひとつの内面的な〈物語〉の終わりが示される。

この進行を内容面から辿ると、行きずりの旅の孤独な心が、漁師の青年との「出会い」によってひととき華やぎ、そしてまたその華やぎが自らの孤独を一層強く再認識させるまでの軌跡が、〈起承転結〉のドラマツルギーに沿って描かれていると言える。連作の核となる作品は〈行きずりの旅と、われ思ふ。蜑びとの素肌のにほひ　まさびしくあり〉である。「まさびしくあり」に、作者が

行きずりの青年にひととき抱いた「恋」の思いがよく示される。自らが部外者であるゆえに、このあこがれは初めから疎外されており、またその疎外ゆえに、恋の思いは淋しくつのる。そうした部外者である作者が、一瞬当事者の位置に立つのが〈船べりに浮きて息づく　蜑が子の青き瞳は、われを見にけり〉である。「青き瞳」によって、作者の存在が正面からしかと認識されたとき、この恋は内面的なクライマックスを迎えるのだ。「われを見にけり」と、あえて「われ」の存在を強調しているのは、そのためだろう。他でもないこの私を……という感覚である。初めから疎外された恋の、一瞬の、しかも内面的な成就を、それは示している。ここに、この物語における〈起承転結〉の「転」がある。そして最終的には、〈蜑の子のむれにまじりて経なむと思ふ　はかなごゝろを　叱り居にけり〉と、自ら諦念によって思いを断つのである。もともと適わない恋であれば、自ら断念するしかないのだ。文字通り「はかなごゝろ」である。しかもこの諦念・断念はこの場だけのものではなく、いわば作者が本質的に抱える世界からの疎外感を象徴しているだろう。そこにこの「蜑の村」のせつなさがある。

「蜑の村」は、現実の場面に取材しながら、心象風景を思わせるドラマ性に彩られている。〈蜑をのこ　あびき張る脚すね長に、あかき褌高く、ゆひ固めたり〉〈蜑の子や　あかきそびらの盛り肉の、もり膨れつゝ、舟漕ぎにけり〉には、西洋絵画（あるいは、東洋と西洋との総合という意味では、例えば藤田嗣治）を思わせるエキゾチズムがあり、それが「蜑が子の青き瞳」に収斂している。

日に焼けた半裸体の青年の、特に筋肉への視線には、例えが正しいかどうかわからないが、ギリシャ彫刻のようなエロスが濃厚だ。赤や青といった原色のイメージや、海を背にした光と影のコントラスト（内面的な照り陰りをも含めて）も、作品の幻想性を強めている。そうした、短歌作品における ドラマツルギー、言い換えれば物語・ドラマへの志向は、やはり『海やまのあひだ』において特異な幻想性を持つ連作として知られる「夜」などとともに、初期から一貫した釈迢空の短歌の特質の一つである。以下、その地点から『倭をぐな』を、さらには迢空の戦後を考えたい。

2

昭和二十八年九月三日に六十七歳で没した釈迢空にとって、「戦後」とはわずか八年間だった。ここでは『釋迢空短歌綜集』（河出書房新社刊）の年譜（岡野弘彦編）によって、迢空の戦中戦後の軌跡を確認しておきたい。戦中に関しては、一応太平洋戦争の起こった昭和十六年からとする。

昭和一六年一二月、太平洋戦争おこり、藤井春洋応召。昭和一七年四月、藤井春洋召集解除。九月、歌集『天地に宣る』を刊行。

これはいわゆる「戦争歌集」（『天地に宣る』「追ひ書き」）であり「去年十二月八日、宣戦のみことのりの降つたをりの感激、心をどり」を歌った作品を巻頭に置く。

昭和一八年九月、藤井春洋再び応召し、金沢の連隊に入隊。『死者の書』刊行。

昭和一九年七月、春洋硫黄島に着任。同二一日、柳田國男、鈴木金太郎を保證人として、春洋を養嗣子に入籍する。

昭和二〇年三月三一日、硫黄島全員玉砕の発表。四月、能登一ノ宮の藤井家を訪う。

昭和二一年六月、春洋と共著の歌集『山の端』刊行。

昭和二二年四月、岡野弘彦同居。

昭和二三年一月、歌集『水の上』刊行。三月、歌集『遠やまひこ』刊行。九月、能登一ノ宮で春洋の墓石を選び、帰宅後、墓碑銘を撰ぶ。「もつとも苦しき　たゝかひに　最苦しみ　死にたる　むかしの陸軍中尉　折口春洋　ならびにその　父信夫の墓」。

昭和二四年七月、能登一ノ宮に春洋と自身の墓碑建立。

昭和二五年一〇月、柳田國男に従い伊勢から大和、大阪、京都に旅行。岡野弘彦同行。

昭和二七年、八月以来、健康すぐれず。

昭和二八年七月から岡野弘彦を伴い箱根山荘に滞在。八月一五日、「いまははた　老いかがまりて、誰よれもかれよりも　低き　しはぶきをする」「かくひとり老いかがまりて、ひとのみな憎む日はやく　到りけるかも」の二首を作る。錯覚と幻視起こり、衰弱はなはだしい。二九日、帰京。三一日、慶応病院に入院。九月二日、胃癌と診断される。三日午後一時一一分永眠。六日、自宅で神式により葬儀。一二月、能登一ノ宮の墓所に、養嗣子春洋と共に遺骨を埋葬する。（享年六七歳）。

この時期の釈迢空にとって敗戦とともに決定的だったのは、養嗣子春洋の出征であり、硫黄島での戦死だった。迢空は二十年三月三十一日の「硫黄島全員玉砕」の報を聞いたのちもしばらく、春洋の帰還に一縷の望みを託していたと言われる。迢空の最終歌集『倭をぐな』は、まさにこの昭和十六年から二十八年までの作品九百八十八首を収める。

3

『倭をぐな』は、迢空没後、門弟の鈴木金太郎、伊馬春部、岡野弘彦の三人によって編集・校合され、昭和三十年に刊行された。内容は「倭をぐな」と「倭をぐな　以後」の二部に分かれる。前半部の「倭をぐな」は、生前の迢空がほぼ編集を終えていたものである。なお「倭をぐな」とは記紀の「日本童男（やまとをぐな）＝（倭建命（やまとたけるのみこと））」の伝承に基づく。昭和二十三年刊の歌集『遠やまひこ』に既に「やまとをぐな」の連作がある。まずそちらから見たい。

この國や　いまだ虚國（ムナグニ）。我が行けば、あゝ下響（シタトヨ）み　地震（ナヰ）ぞより来る
手力（タヂカラ）の　あなさびしさよ。人よべど、人はより来ず。戀しかりけり
青雲ゆ　雉鳴き出づる倭べを遠ざかり来て、我哭かむとす
大倭日高見（ヒダカミ）の國は　父の國——。青山の秀（ホ）に　かくろひにけり

一連の制作は昭和十五年。日中戦争の最中において、迢空は自ら倭建命に成り代わり、戦う英雄のダイナミックなヒロイズムとそれゆえの孤独を、いわば日本の共同幻想のルーツとして、叙事詩の形で歌う。作者の〈物語〉への志向が、端的に示された連作である。一方、歌集『倭をぐな』にも同じタイトルの「やまとをぐな」一連があり、そこには次のような歌が並ぶ。

あなかしこ　やまとをぐなや―。國遠く行きてかへらず　なりましにけり
青雲ゆ雉子鳴き出づる　大倭（ヤマト）べは、思ひ悲しも。青ぐもの色
来る道は　馬酔木（アシビ）花咲く日の曇り―。大倭に遠き　海鳴りの音
子をおもふ親の心の　はかりえぬ深きに触りて、我はかなしむ

こちらも『遠やまひこ』所収の「やまとをぐな」とモチーフはほぼ重なり、特に「青雲ゆ雉子鳴き出づる……」は類想と言ってよいが、ただこの一連にはダイナミックな高揚感よりは、ナイーブな内省の手触りが顕著だ。この連作の前には「春洋出づ」という一連があり〈たゝかひに　家の子どもをやりしかば、われひとり聴く――。衢のとよみを〉といった作品が見える。「家の子ども」たる春洋が出征し、現代の倭建命の物語は迢空にとって切実な現実となった。〈あなかしこ　やまとをぐなや――。國遠く行きてかへらず　なりましにけり〉という悲劇は、近い将来の春洋の戦死として、ここですでに予感されていたのだった。〈来る道は　馬酔木(アシビ)花咲く日の曇り――。大倭に遠き海鳴りの音〉には、悲劇のクライマックスのあとに来る後日談のような、静かな悲しみと祈りの感覚が揺曳する。「大倭に遠き　海鳴りの音」……。これは「大倭」の滅びを予言した言葉とも受け取れる。迢空短歌の特質としてのドラマツルギーが、象徴的に現れた連作である。すなわち歌集『倭をぐな』の中心をなすモチーフは、日本という国の、そして現代の倭建命とその親である自分自身の、〈悲劇〉を丸ごと引き受け切ること、その一点にあった。

きさらぎのはつかの空の　月ふかし。まだ生きて子はたゝかふらむか

こがらしに　竝み木のみどりとぶ夕。行きつゝ、道に　子を見うしなふ

戦ひに果てしわが子も　聴けよかし――。かなしき詔旨(ミコト)　くだし賜ぶなり

ひのもとの大倭（ヤマト）の民も、孤獨にて老い漂零（サスラ）へむ時　いたるらし
たゝかひは　過ぎにけらしも―。たゝかひに　最苦（モトモ）しく　過ぎしわが子よ
たゝかひに果てにし子ゆゑ、身に沁みて　ことしの桜　あはれ　散りゆく
しづけさはきはまりもなし。虚國（ムナグニ）のむなしきに居て、もの思ふべし

一、二首目は「硫気ふく島」より。硫黄島で戦闘の渦中にある「子」を思う歌であり、二首目には、「子」と永遠にはぐれてしまうような感覚がある。三首目は「昭和廿年八月十五日、正坐して」と詞書がある。また四首目には「八月十五日の後、直に山に入り、四旬下らず。心の向ふ所を定めむとなり」と記す。五首目は「ひとり思へば」と題された、敗戦の悲傷を歌った一連より。また六首目は「竟に還らず」より。そして最後の歌は「虚國」より。この「虚國」に示されているのは、まさに「大倭」の滅びであり、その滅びを諦観するしかない思いである。いずれにも通底するのは、〈悲劇〉への意志であり覚悟である。そしてそれは、自らの手による墓碑銘「もつとも苦しき　たゝかひに　最苦しみ　死にたる　むかしの陸軍中尉　折口春洋　ならびにその　父信夫の墓」に込めた思いともそのまま重なるものだろう。戦後の迢空は、まさに〈挽歌〉を生きたのだった。

4

歌集『倭をぐな』の後半部をなす「倭をぐな　以後」は、昭和二十三年一月から二十八年八月までの作品と「遺稿」を収める。集中、迢空のドラマへの志向が最も端的に示された連作として、ここでは「嬢子塋（ヲトメバカ）」を挙げておきたい。

たゞ暫し　まどろみ覚むるかそけさは、若きその日の悲しみの如
青芝に　白き躑躅の散りまじり　時過ぎしかな。こゝに思へば
山ぎはの外人墓地は、青空に茜匂へり。のぼり来ぬれば
くれなゐの　野檟（シドミ）の花のこぼれしを　人に語らば、かなしみなむか
日本の浪の音する　静かなる日に　あひしよと　言ひけるものを
我つひに遂げざりしかな。青空は、夕かげ深き　大海の色
赤々と　はためき光る大き旗―。山下町（ヤマシタチヤウ）の空は　昏るれど
ひろ〴〵と荒草立てる叢に　入り来てまどふ。時たちにけり

この連作は、横浜の丘の外人墓地の片隅にある小さな「をとめの墓」に着想を得たものである。

詞書には「をとめありき。（中略）血を吐きて臥し、つひに父母のふる國に還ることなかりき」と記される。歴史の中に埋もれた人知れぬドラマに思いをいたし、名の無い死者の魂に、自らの切実な心を寄せた連作となっている。実際、この一連には、戦後の迢空の悲しみが濃厚に重ねられていると読める。「時過ぎしかな。こゝに思へば」「時たちにけり」と、時の流れを静かに見据えながら、揺曳するのは悲劇ののちの諦観である。〈日本の浪の音する　静かなる日に　あひしよと　言ひけるものを〉。作者はここで、日本で客死した異国の「をとめ」の思いに重ねて、過ぎ去った自らの「恋」をはかなんでいる。それは「遺稿」の中で〈戦ひのやぶれし日より　日の本の大倭（ヤマト）の戀はほろびたるらし〉と歌われた、その「大倭（ヤマト）の戀」の滅びを改めて嚙み締めることでもあった。

5

最後に、釈迢空のいくつかの遺稿の中から、特異な連作「遠東死者之書」に触れたい。『釋迢空短歌綜集』では「全集では『詩拾遺』に収められているが、本書では短歌形式であると考え、一行書きに直し、さらにできるかぎり読みを決定した」と注釈される。

當麻でらあさくだり来る道のうへに二三の姥のつくり花うる

ふたかみ山はれてしづけき朝いで丶みんなみすればかすむはなぞの
はるかなる尾ねののぼりにあふぐものふたかみのはかかつらぎのたけ
死者のふみつくりしひとのかなしみははなしりにけりやまにふる花
かくのごとさびしきときはいへ出で丶ゆくべかりけり朱雀大路を
ふぢはらのいらつめひとりたどり来しむかしの道をわれゆくらむか

迢空の「死者の書」への関心は古く、昭和十二年四月には既に連作「死者の書」〈歌集『遠やまひこ』所収〉が制作されている。〈「死者の書」とゞめし人のこ丶ろざし——。遠いにしへも、悲しかりけり〉〈神像に彫れる　えぢぷと文字よりも、永久なるものを、我は頼むなり〉〈神像と　木乃伊と　幾つ並ぶ見て、わが辨別なき心に　おどろく〉といった歌からわかる通り、いわゆる古代エジプトの「死者の書」を直接歌ったものである。一方遺稿「遠東死者之書」は、「遠東」という語が端的に示す通り、ファーイースト〈極東〉に位置する本邦の「死者の書」との意味合いがある。その意味では、まさにこの一連は、昭和十八年に刊行された小説『死者の書』の短歌版であると言える。「ふたかみのはか」は周知の通り、謀反人として処刑ののち長く野晒しになっていた大津皇子の遺骨を、祟りを恐れて二上山山頂に埋葬したという故事をふまえる。〈ふぢはらのいらつめひとりたどり来しむかしの道をわれゆくらむか〉。末尾に置かれたこの歌がよく示すとおり、一連のモチーフは、小説『死者の書』において藤原南家郎女が大津皇子の荒ぶるたましいの魂鎮めを行ったように、自ら現代の「ふぢはらのいらつめ」として、同時代の悲劇の死者たち（ことに春洋をはじめとする戦死者たち）の魂鎮めを行うことだった。「遺稿」におけるこの志に、特に敗戦後に釈迢空の抱き続けた〈悲劇〉への心寄せがよく示されている。ドラマの究極は悲劇である。そして人間が生きるとは、最終的には悲劇を生きることである。それを誰よりも知っていたのが釈迢空だった。

舞踏する文体、または文体のキュービズム

——韻文詩のレトリックをめぐって

多くの先達が長い歌作の末に辿りついた境地として、「単純化」ということを言う。内容の単純化、そしてそれを支える文体の単純化である。単純にして深い。これが表現行為全般に共通する理想形だとされる。歌歴の長短は措いて、私も基本的には同感だ。シンプルな、なるべく簡潔な表現を心がけたいと思う。だが同時に、定められた形式がある短歌では、その形式ゆえの文体の力学に無関心でいることはできない。短歌形式を熟知したレトリックは、単なる意匠や文体の装飾ではなく、短歌表現の本質に関わる要素を持つ。そのあたりを考えてみたい。与えられた課題は〈入れ替えの妙技〉。これにはさしあたり、フレーズの入れ替え、助詞の入れ替え、文脈の入れ替え、そして場面の入れ替えが考えられる。

まず、フレーズの入れ替え。

晩夏光おとろへし夕　酢は立てり一本の壜の中にて　　葛原妙子

さくら咲くその花影の水に研ぐ夢やはらかし朝(あした)の斧は　　前登志夫

フレーズの入れ替えで最も馴染み深いのは倒置法だろう。葛原作。これを〈晩夏光おとろへし夕一本の壜の中にて酢は立てりけり〉とでもすれば、それらしい短歌として収まる。その意識は当然作者の頭の中にもあったはずだ。だが、あえてその〈秩序〉と〈調和〉を壊したのである。そして「酢は立てり」という驚きのイメージを先にもって来て、唐突に読者にぶつけたことで、〈倒置にともなう字足らずの欠落感と相まって〉より原初的な認識の揺さぶりが生まれたのだった。次の作も同様に、〈さくら咲くその花影の水に研ぐ朝(あした)の斧の夢やはらかし〉とすれば、とてもわかりやすくなる。私の実作者としての直感から言うと、おそらく作者はその形をまず考えただろう。だがそれを壊し、あえて倒置させた……。言葉の散文的日常性によって、新鮮な驚きが秩序化されるのを恐れたのである。

曼珠沙華のするどき象(かたち)夢にみしうちくだかれて秋ゆきぬべき　坪野哲久
カーヴする機関車ほどの淫らさも振り捨てがたくひのくれかえる　永田和宏

フレーズの入れ替えのうち、言葉の展開による文脈のねじれ、とでも呼ぶべき例である。一首目のポイントは「夢にみし」の切れと、下句への繋がりの微妙なねじれである。これは、その部分を挿入句と考えるとわかりやすい。〈曼珠沙華のするどき象（夢にみたそれが）うちくだかれて秋ゆきぬべき〉。次の永田作。ポイントは「淫らさ」である。〈カーヴする機関車ほどの一途さも振り捨てがたくひのくれかえる〉。たとえばこうすれば、はるかに分かりやすい。ただし、はるかにつまらない。おそらくそうした判断が、この喩的フレーズの思い切った入れ替えに繋がっただろう。フレーズの入れ替えは、すなわち認識の入れ替え（刷新）である。

次に助詞の入れ替えの例を見てみたい。

白き霧ながるる夜の草の園に自転車はほそきつばさ濡れたり　高野公彦

爪たてしまま庭の松の木よりずり降りし猫ありそこまでは及ぶ夜の燈　森岡貞香

高野作。普通なら安易に「自転車のほそきつばさ濡れたり」とするだろう。それでもこの歌のイメージのナイーブな鮮烈さは紛れもないが、「の」を「は」に置き換えると、なんというか、自転車そのものの存在感というか肉体性が際立つのである。すなわちこの歌の大きな魅力の一つが助詞「は」であることに気づく。森岡作。字余りを微塵も恐れずに入れた「そこまでは」の「は」がこの歌を決定している。それによって、その向こうの得体の知れない闇のイメージが息づくのだ。

フレーズの入れ替えと、助詞の入れ替え。それらは謂わばキュービズム的文体、と呼ぶことができる。ピカソらの例のキュービズム。そこでは、対象（主に人間の顔）を立方体の集合と捉え、異なる角度から見た像が一枚の平面に並列（または混在）して描かれていた。従来の遠近法の日常的コードと秩序がねじれることで、鑑賞者の認識を揺さぶり、新たな地平へと導く手法だったと言える。それは、見て来た作品の印象とも、どこか深いところで重なるのである。
次は文脈の入れ替えの例を見たい。

君かへす朝の舗石さくさくと雪よ林檎の香のごとくふれ　北原白秋
あじさいの花の終りの紫の濡れびしょ濡れの見殺しの罪　佐佐木幸綱

これらの歌は、文脈の途中における転換・展開・飛躍を特徴とする。まず一首目。オノマトペ「さくさくと」が接点、または屈折点となって、文脈が転換している。別の言い方をすれば、「君かへす朝の舗石さくさくと」という文脈と、「さくさくと雪よ林檎の香のごとくふれ」というもう一つの文脈が、共通項「さくさくと」で重ねられ、連結されることで、文脈の転換がなされていると言える。二首目。現代における序詞の試みと読むことができる。「あじさいの花の終りの紫の」が序詞として「濡れびしょ濡れの見殺しの罪」というもう一つの文脈を導いている。言うまでもなく上句と下句との鮮やかな文脈の転換が作品の核となっている。

最後に場面の入れ替えの例を挙げる。

深刻な表情だが泳ぐのはタカアシガニとひたすらに言う　高瀬一誌
薔薇酒（ばらしゅ）すこし飲みたるわれに大運河小運河の脈絡暗し　葛原妙子
わが肩に重くくもりの垂れてきてふとあふむけの金魚をりたり　森岡貞香

高瀬の歌は「深刻な表情だが」の下が強引に省略され、ダルマ落しのようにそれ以下と連結されたことで、シュールでナンセンスな世界が眼前している。リズムの欠落感と相まって、微量の狂気の気配がある。葛原の歌では、血管の比喩と考えられる下句によって、イメージの劇的な転換がはかられる。森岡の歌でも、場面や視点、主体と客体の唐突な転換が作品の核心となって、一瞬の殺気が生まれている。

こうした転換や断裂による文脈の入れ替えとは、すなわち認識の入れ替えに他ならない。それはいわば日常語とは違う「言葉の舞踏」の形である。短歌形式が保証するそうした様々なレベルでの対立・葛藤・相乗にこそ、短歌と散文との究極の相違点がある。

助動詞から現代短歌を考える

1　現代短歌語としての〈文語〉

青あらし映せる水に手を突きてああ忘れたき恥あり**しか**ば
岡井隆『天河庭園集』

すれ違いざまに会釈を交せしはいつもの八百屋のあんちゃんなり**き**
俵万智『サラダ記念日』

先頭を駈けゆくわれもそしてわが未来も雨脚(あめ)に先取りされ**つ**
福島泰樹『バリケード・一九六六年二月』

俺を去らばやがてゆく**べし**ぬばたまの黒髪いたくかわく夜更けに
佐佐木幸綱『群黎』

故郷高知をガラパゴス並みの陸の孤島と言うのはやや気が引けるが、少なくとも私が子供のころまでは、旧い日本語の発音や語法がまだ残っていた。たとえば「去（い）ぬ」。大人たちは家に帰ることを「そろそろ去（い）のうか」などと普通に言っていた。文語ナ変動詞の「去ぬ」がそのまま残っているわけである。また「いっつろう」。行ったであろう、というような意味である。これは、文語表現の「行きつらむ」が促音便とウ音便によって転訛したもの。原形は完了の助動詞「つ」＋推量の助動詞「らむ」という凝った形だ。

短歌もまた、今や日本語のガラパゴス！　とも言えるが、逆にそれは、表現の豊かさのためにはすぐれて貴重なことでもある。

ただし現在、短歌に用いられている文語助動詞にも流行り廃り（使用頻度の大きな差）がある。圧倒的に多用されているのは過去の助動詞「き」の連体形「し」。対して、ご本家？　の「き」（終止形）はそれよりかなり頻度が低い。なんだか不思議だ。まして（岡井作品に用いられた）已然形の「しか」はめったに見ない。ちなみに俵作品の「き」は、〈過去〉を回想するというよりも〈発見の驚き〉を示していると考えられる。一口に「過去の助動詞」などと言うけれど、意外に幅広い用方がある（もともとあった）ことは、とても興味深い。英語表現などでも、驚きを表す時には過去形や過去完了を使う。それと同じだと言える。もっとも現在のわれわれでも、突然の驚きを表わす時には、いま直面する事態を「やってしまった」「汚れちゃった」「君だったか」などと言う。

使用頻度でもう一例あげると、完了の助動詞「ぬ」は今もよく使われるが、その活用形「ぬる」「ぬれ」「ね」が近代以降の短歌に用いられることはごくごく珍しい気がする。

加えて言えば、文語文法の完了の助動詞には「つ」「ぬ」「たり」「り」と四つあるが、その中では「つ」が最も使用頻度が低い。いわば絶滅危惧種である。さらに、希望の助動詞「まほし」や、推量の助動詞「むず」「めり」となると、恐竜並みの存在であり、既にほぼ絶滅してしまっている。

短歌は文語文法をベースとする、などと大雑把に言われるが、結局われわれも使い勝手のいい〈みんなが短歌に使っている〉一部の文語表現だけを、〈短歌語法〉のような感覚で用いているわけである。それは、美しい平安時代の日本語を現在に継承する、といった崇高な理念とはやや違う気がする。でなければ、「し」は多用するが「まほし」は敬遠するといった選り好みはしないだろう。

現在、短歌でなぜか一番好まれている（時にはかなり安易に多用され、誤用？ も多い）過去の助動詞「き」の連体形「し」。これには興味深い問題がいろいろある。まず「来し」。これを「こし」と読むか「きし」と読むかはなんとなくうやむやだ。教科書的には、〈平安語法では「こし」と読まれていたものが、後に「きし」と読む例が現れ、現在の短歌では「きし」の用例の方が多くなった〉ということになるだろうが、こうした変化例について、どちらが「正しい」かをあげつらうのはある意味でナンセンスである。ちなみにこの「来し」（コシと読もうがキシと読もうが）に対して、その終止形たる「来き」（コキ？ キキ？）という用例が（多分）皆無なのはなぜだろう。これもなんとも不思議だ。

文語助動詞の利点はバリエーションの豊富さだろう。たとえば推量の助動詞とされるものには

「む」「むず」「けん」「らむ」「めり」「らし」「まし」「べし」「じ」「まじ」と十もある。さらに「べし」で言うと、その意味は推量・意志・勧誘・適当・当然・可能・命令……と実に多岐にわたる。ただし、というか、だからこそというか、修練は必要である。それを楽しめる人はおおいに使う「べし」。そうでなければ無理せず身の丈の言葉を使えばいい。第一、数は文語よりは少ないが、助動詞自体は口語文法にもちゃんとある。

2 〈時間〉に関するノート

神に武器ありやはじめて夏の朝気体となりし鉄と樹と人
加藤治郎『サニー・サイド・アップ』

すれ違いざまに会釈を交せしはいつもの八百屋のあんちゃんなりき
俵万智『サラダ記念日』

螢とつてあげたかりしをきみはゆふべ草深くひとり溺れゆきけり
大口玲子『海量』

訪れし下宿に青きパステルのベアトリーチェを見てしまいたり
永田紅『日輪』

切なしと言はばこころは和ぎゆかむふりむくごとに海見ゆる坂

大辻隆弘『水廊』

動詞の活用に過去・過去分詞のある英語などと違って、日本語におけるテンス（時制）は、助動詞によって示される。たとえば「古くなった服」のように。これに対して助動詞のない「古い服」という言い方の場合は、時間経過ではなく、現在における状態（「服」の付帯条件）が示されるのみである。従って、日本語（および日本語で書かれた短歌作品）における時間表現の時代的変遷を考えるには、助動詞の使用法の変化を見る必要がある。

過去を表す文語助動詞は「き」と「けり」。教科書的には、「き」は過去回想を、また「けり」は伝聞過去を示す。過去回想とは元来、相当に昔の出来事を、また伝聞過去とは人から聞いた昔話を、それぞれ指す。だがその用いられ方には、実際にはかなりの揺らぎがある。

一首目の加藤治郎作品の「気体となりし」の「し」は過去の助動詞「き」の連体形。まさに歴史的過去を示す。実は現在、この連体形の「し」はいまだ短歌に頻出している一方、終止形の「き」の使用例は激減している。同じ文語文法の助動詞であっても、使用例に偏りが見られるのだ。つまり、文語か口語か、という二者択一ではなく、実は「文語文法」なるものも時代変化に応じて使い分けられ、「進化」（または現代化）しているのである。このことは大変重要だ。私はむしろ古い文語・新しい口語、という固定観念からそろそろ離れて、まとめて〈現代の短歌語法〉として捉えるべきだと思う。

二首目の俵万智作品の「なりき」の「き」は、その意味でも目を引く。しかもこの「き」は過去回想ではなくむしろ現在の発見・驚きを示す。過去形や過去完了を用いて発見・驚きを示す例は英語などにもよく見られる。ここにも「文法」の懐の深さと可変性がよく示される。現在「過去回想」の「回想」のニュアンスはこの助動詞からは消え、議論は分かれるが五秒でも過去の出来事であれば容認するという考えが一般化しつつある。「文語文法の現代化」はかく斯様に進展しているのである。

三首目の大口玲子作品の「けり」。これは伝聞過去ではなく詠嘆を示す。詠嘆の「けり」を斎藤茂吉が多用したことはよく知られている。しかもこの「けり」には物語化の作用がある。もともと「昔男ありけり」の時代から、人に聞いた昔の話とは〈物語〉の謂いに他ならない。そして「けり」は時代の変化とともに、伝聞過去という本来の用法ではなく、それに付随した詠嘆や物語化の用法が一般化して、現在に至っているのである。

四首目の永田紅作品の「たり」は完了の助動詞。きっぱりとした響きが、まさに経験したばかりの出来事への、感情の揺れをよく伝えている。完了の助動詞と呼ばれるものには「つ」「ぬ」「たり」「り」の四つがある。このうち「つ」は、接続助詞「つつ」との混同への警戒もあり、最近あまり人気がない。また「ぬ」は、否定の助動詞「ず」の連体形（「来ぬひとを……」の「ぬ」）との紛らわしさからか、やはり敬遠され気味である。さらに「り」。これは四段活用已然形とサ変未然形にしか接続しないという使い勝手の悪さから警戒感が強い。従って、他より音数は一音多い（二音）ものの、現代の言葉にも近い「たり」（現代語の「た」の語源である）が、今は好まれる傾向にあると言える。「たり」ももはや古語ではなく、〈現代の短歌用語〉として定着しているだろう。

五首目の大辻隆弘作品の「ゆかむ」の「む」は、分類としては推量の助動詞とされるが、今後への予測を示す。すなわち未然形の「言はば」と相まって、そう遠くない未来への予感が、みずみずしく示されている。未来表現に繋がる推量の助動詞には「む」「むず」「けん」「らむ」「めり」「らし」「まし」「べし」「じ」「まじ」と、なんと十もある（あった）。ただしここにも流行り廃りというか、時代変化による淘汰、選別、現代化は進展している。決して口語表現のみが「現代化」ではないのだ。

1　短歌にできること

　少し前になるが、同人誌「Ｅｓ廻風」の去年（二〇一一年）五月に出た号に、谷村はるかが「公募される言葉―震災のあとの断想」という文章を書いている。去年読んだ時点でも大いに注目したが、改めて読み返してみて、「震災と短歌」のみならず、短歌や言葉そのものへの本質的な問いとして、今でも色あせない重要な問題提起がなされていると感じるので、あらためて紹介したい。
　まず谷村は、「被災地へのメッセージをメール、ファクスなどでお寄せください」と呼び掛けるラジオ番組で、アナウンサーが聴取者からの「応援の言葉」を読んだあとで「被災者の心境を思うと軽々しくがんばれなどとは言えない、という意味のことを言った」ことに違和感を持つ。では「だいたい何のための公募なのだろう」「この添削のような行為には、言葉のプロを自認する人々の、言葉への過信を感じる」とした上で次のように述べる。

　そもそも、いつだって、心に思うことを正確に言葉にできたことなんてあるだろうか？　思ったことの半分も伝えられないのが普通ではないだろうか。（中略）そして、その不自由さを一番知っているはずなのが『言葉のプロ』たち、アナウンサーや作家を含む語り手・書き手たちなのではないか。心と言葉を近づける苦労、難しさを誰よりも痛感しているはずだ。言葉のプロこそ、言葉を信じすぎることなく、その不完全さを知っているべきた。

谷村のこの言葉は非常に正直でまっとうだ。この人は、口当たりがよい型通りのレッテルや「良識」に絡め取られることにあらがい、ともかく自分の頭で考えようとしている。それが貴い。震災のあとに世に溢れた「がんばれ」という決まり文句には、確かに無責任なうさんくささがあった。だが、それを批判する「軽々しくがんばれなどとは言えない」という言葉もまた、「良識」による型通りの決まり文句を逃れ得ていただろうか。その思いは私を絶望的にさせる。〈がんばれ／がんばれなんて言えない〉の不毛な蹉跌に、何らかの突破口はあるだろうか。言葉を相手にする以上は、その絶望的な問いを問いつづけなくてはならない。

谷村はまた新聞紙上の「激励の俳句・短歌募集」についても、「読むうちに、これらは『被災した方々を励ます俳句、短歌』なのだろうか、これらの言葉は誰のための言葉なのだろうかという疑問が起ってきた」と述べる。「もっと構造的な問題、俳句や短歌は『被災した方々を励ます』ことができるものなのか」「本質的には、どんな歌や句も、作者自身のために作られているのではないか」。うーん。難しい問いである。私は今、この谷村の問いにどう答えることが出来るだろうか。そしてあなたは。

今わかるのは、私にとって書くこととは、過酷な現実に直面している誰か他の人たちの「ために」書くのではなく、時代のそうした過酷な現実の「ただなかで」書くことでなくてはならない、ということだけだ。どのような形であれ現実に参加すること。その道筋がからくも確保された時にのみ、私の言葉は、歌は、かろうじて無責任の誇りを逃れることができるのだと思う。

2　この世のふしぎ

渡辺松男歌集『蝶』（ながらみ書房）が迢空賞を受賞した。

ばりばりと夕映えの窓に罅が入るこの感じわれにゆきどころなし
寒つばき一りんを挿し部屋いつもゆれてゐるやうな不安をしづむ
電線に山鳩啼くはなまけるでなくはげむでもなくすずしけれ
生きてゐるおどろき刻刻たるなればこの尺取虫（しやくとり）も枝這ふしきり

歌集に歌われているのは〈世界〉のナマな手触りである。我々は通常、観念または自意識（心）というフィルターを通して世界を見ている。それがこの世の秩序（安定性）を生む。仏教に言う「唯識」である。そのフィルターを外すとき、世界の秩序は崩れて、この世は全く未知の実相を見せる。一、二首目ではその未知への畏れが歌われる。その未知はまた、同時にどこか懐かしい根源性を持つ。三、四首目ではそれへの親和が歌われる。特に無心の存在、計らいのない生、の愛しさを、渡辺は好んで歌う。

すずめにも足跡のあるいとしさは風ふけど砂にしばらく消えず

まひまひの生まれたばかりの子の背にも貝がある、痛々しいではないか

空のかなたの一点をただめざすとき伝書鳩たることもさみしき

この、「いとしさ」、「痛々しさ」、「さみしさ」は、むろん同じ意味である。

床を拭く手もといつしか池の面（も）を撫でてをりあはきゆめのなかほど

自販機のまへにてなにかつぶやきしそこまではわれでありにし記憶

この歌集には、こうした夢と現との中間にたゆたう歌が多い。そのたゆたいは、作者の感覚が透明度を増す領域である。そしてまた、作者が現実（生）と夢（まぼろし）を対立するものとして見ていない点に注目したい。生こそ幻であり、幻こそ生と捉えられている。東洋哲学的な言い方をすれば色即是空。そのあと般若心経は空即是色と続く。「空即是色」。存在と無は表裏一体であり、無であることによって万物は成り立つと説かれている。

時のすぎゆくのはかげのうごきにてかげさしてにはか赤い欄干
色はそくかたちあるもののいひなればあいちやくは桃たべてをはりぬ
まかがやく白牡丹みて帰るときかがやきのなかにわがからだなし

赤い欄干、桃、白牡丹。その「色」と「かたち」は、すなわち空即是色。

山鳩のでいでいぽぽと啼くこゑのあけがたはみえぬ巡礼のゆく
あはせたるみぎとひだりの手のひらのかくさみしきに微熱のありぬ
ふくろふはなんにんの生れかはりなるなんにんの悲（ひ）のかさなりて啼く
初鶏にかすかにこころたかぶれどにんげんといふをうたがひてこし

ある日われひとつ南天の実のやうなかがやきにそつと生きたと記す

私が、ひとが、森が、生きて在ることのふしぎ。木が、鳥が、時が、存在することのふしぎ。そしてそれらの全てが、やがて静かにその存在をなくすことのふしぎ。その根源性を渡辺松男は、畏れつついとしみつつ、ただ在りのままに見ている。歌によって。

3　口語短歌の明日のために

年末回顧の時期になった。「短歌研究」の年鑑で〈評論展望〉の依頼を受け、北上の日本現代詩歌文学館で当該期間の総合誌の評論を辿って来た。その中で私が最も注目した一つが、去年（二〇一一年）十月に「現代短歌評論賞」を受賞した梶原さい子の「短歌の口語化がもたらしたもの―歌の『印象』からの考察」である。

梶原はまず「口語短歌」の現状について、「口語短歌を革新的な同時代の物として受け止めてきた時期は終っている」とした上で「文語の歌を読めない、読まない読者の増加は、未来の文語の歌の作者をますます減らす。このように、悪循環は続いてゆくだろう」と言う。まったく同感である。若い世代の〈口語的発想〉を上から目線で面白がっているうちに、短歌の歴史的基盤としての〈文語脈〉は、あっさり衰退してゆくだろう。ここで私が言う〈文語脈〉とは、単なる文語文法の歌というよりも、もっと広い概念として用いている。たとえば私的なおしゃべり・つぶやきとしての〈口語〉に対して、公的・社会的な文章語としての〈文語〉である。オフィシャルなものが無化され、プライベートが全てを席巻する。既にいろいろな場面で見て来た風景である。

そうした口語の今をふまえて梶原は「なぜ口語を使うと子どもっぽく感じられるのか」を問い、「独り言の歌」であることを理由に挙げる。「はなしことばなのに独り言だということは、未発達的、幼児言語的だという印象と深いところで通じてしまう」と述べる。「独り言の歌」これは大きなキーワードとなるだろう。文語の短歌の歴史を前提（あるいは対抗概念）としない、そうした「純口語短歌」の問題点として梶原が挙げるのは、自然詠の減少である。「自然詠の喪失」は、つまりは自分よりも大きなものに対する「委ね」「あきらめ」「畏れ」の喪失である、とする梶原の指摘は重要だ。しかもこの言葉が、東日本大震災で梶原の気仙沼の実家が津波に遭ったことから導かれた（受賞のことば）意味はたいへん重い。ここにも、切実な「震災以後」の言葉があり、思惟がある。「自分をわかってもらいたいと思うだけでなく、身近な他者に心を煩わせるだけでなく、もっとその外側に目線を向ける。それが、広がりを生み、微視的な印象を破り、口語短歌に厚みを加えると思う」という提言に深く頷くのである。

むろん自然詠の減少は今に始まったことではないとは言える。だが、現在の新しい口語歌に自然詠が極端に少ないのはまぎれもない。私は梶原の言う「自然詠」を、大きく「描写詠」と受け取った。自然のみならず物や都市風景も含めた〈景〉の描写。たとえばネットに配信される若い世代の作品が「描写」ではなく「人事の叙述」に大きく傾いているのは間違いない。しかも歌われるのは「わたしの気分」であり、その分身または鏡としての恋人である。そこには純粋な「他者」が登場しない。梶原が言うように、自然（界）は「他者」のひとつの典型である。今までいろいろな場所で述べてきたが、描写（デッサン、スケッチ）には地道な習練がいる。「私の気分」の吐露には、それが必要ない。我が儘が通るのだ。「子どもっぽさ」は、最終的にはそこから来ている。

4　三月十一日以後の〈自然〉詠

あの三月十一日以後、私の中で明確に変化したものがあるとすれば、まずそれは〈自然〉の捉え方である。私は毎年台風被害に遭う高知で育ち、豪雨や洪水・風による被害、停電、避難も経験しているので、自然の恐ろしさはある程度身に染みているが、あれほど有無を言わせない圧倒的なものとして意識したことはなかった。どこか、人知（堤防や防災施設、建物の増強、また予知など）で制御できるものだという意識があった。そこが崩れた。思うに今こそ、われわれの自然観を再検討する時ではないか。

今年（二〇一二年）の「現代短歌評論賞」（「短歌研究」十月号）は三宅勇介「抑圧され、記号化された自然～機会詩についての考察」が受賞した。大震災に呼応して「機会詩としての短歌の可能性」を応募課題に掲げた今年の受賞作は、はからずも自然をテーマとしたものだった。その中で三宅は「例えば、現代の歌人が、ある種の人生に対する感慨を自然と対比させて詠うとする。（中略）その場合、ほとんどの自然は、『美しいもの』、『儚いもの』として使われるだろう。（中略）そのような自然の使い方に、時としてほんのかすかな後ろめたさを感じることはないだろうか」と問い「誰でも機会詩において、あるメッセージを込めて作歌しようとする時、そして、その歌において、その社会的事件なり、戦争なりと、自然を対比させようとするならば、その自然は記号化せざるを得ないのであり、本来の自然とはかけ離れたものとなる」と危惧を述べる。

やや大摑みな把握が気になる部分はあるが（たとえば、言葉によって再構成された文学表現における自然描写が、「本来の自然」とイクオールであることなど、どのみち難しいと思う）、しかしこれは、西洋合理主義的な人事と自然の二項対立の図式（しかも人間を自然の上位と捉える傲慢）への、ひとつの根本的な問い掛けであることは確かである。短歌の描写において自然を人事（作者の個人的事情や感情）に奉仕させることへの疑義は、古くて新しい問題であり、それは自然への人間の自分勝手な「感情移入」の問題とも絡んで来る。その先には文学における「客観写生」が果たして可能か、という命題があり、主観と客観（より大きく言えば、我と世界）の関係性の問題があり、さらにはリアリズムとサンボリズムの問題へも繋がってゆくだろう。乱暴に言えば和歌の世界観には、「私が悲しいと天が泣き、雨が降る」という要素があったと思う。しかし同時に、和歌の時代の自然は、現代とは比べ物にならないほど大きな畏敬の対象でもあっただろう。そのあたりの、〈我〉と〈自然〉の関係をどう捉えるか。

角川「短歌」二〇一二年二月号の特集「自然をうたう」で伊藤一彦はこう述べる。「古き時代の人びとは自然を畏れ、自然のアニマを尊ぶことを忘れなかった」「近代文明は自然のアニマを考えなかった。だが、今日の地球上の環境危機の問題はその考えでいいのかを問うている」（「白い巨眼―自然と人間」）。われわれはもう一度、この地点に戻って考えなくてはならないところへ来ている。「自然と人間」は、今後あらためて短歌の大テーマとなってゆくだろう。その時、季節というファクターを通して「自然」と向き合い続けてきた短歌は、文学全体をリードし得る可能性がある。

5 〈発言〉としての評論

季刊同人誌「Ｅｓ廻風」二十四号（二〇一二・十一）掲載の二本の長編評論がおもしろい。山田消児「斉藤斎藤論」と谷村はるか「故郷のクジラ餅」である。評論を読んで久し振りに感動した。感心する評論には時々出会うが、感動する評論はそう多くはない。

山田消児「~~斉藤斎藤論~~」（「斉藤斎藤論」が二重抹消線で消され評論のタイトルとされている）は出色の斉藤斎藤論である。現在、何かと話題になることの多い、「斉藤斎藤」という人を食った名前の歌人について、うさん臭さを感じつつ多少の興味を抱いて、遠巻きに見ているというのが、歌壇の大方のところだろう。山田消児は、丹念な作品の読みをもってその斉藤の世界に肉薄する。特に斉藤が「~~斉藤斎藤~~」の名前（なのか？）で発表した「予言、〈私〉」十首（「短歌研究」二〇一二・十二）の読みに唸った。山田は、原発や原子力を歌ったこの連作十首に、岡井隆の旧作一首が丸ごと「~~斉藤斎藤~~」の名？　で混入されている（その是非はここでは一旦措く）ことを手掛かりに、「（連作全体の）作者は誰かといえば、普通の意味ではもちろん斉藤斎藤だが、連作の中には他人の作品が含まれており、それ以外の歌についても、斉藤斎藤の歌ではなくてほかの誰かの言葉だという設定がなされている。それらのことをことさらに主張するためのひとつの方策として、作者名『斉藤斎藤』は二重線によって見せ消ちにされている」と結論づける。そうだった。斉藤斎藤のデビュー歌集『渡辺のわたし』もまた、「斉藤」と「斎藤」と「渡辺」という、名前（作者名）をめぐるメタ・レベルでの、シュールなアイデンティティの危機と混乱をモチーフとする歌集だった。山田は結末部分で、「この作品には、生身の生活者としての作者その人が顔を出さない代わりに、作品の生みの親としての作者の気配があまりにも濃く漂いすぎている」と述べ、それを「私語りの極北」と呼んでいる。この批判は斉藤斎藤には本望だろう。〈私〉とは誰か。〈作者〉とは誰か。アクロバティックな綱渡りをもって、その大命題を挑発し続けるところに、斉藤斎藤の危うい作歌意図があるからである。それはいわば「短歌的われ」への、身を賭したテロルである。

谷村はるか「故郷のクジラ餅―期待に応えないための方言」は、「鯨餅（クズラモチ）」「鰊（ニスン）」「生きていぐンだ」「昔（むがす）むがす」……といった形で短歌に用いられた「東北弁」について、「けっして『クズラモチ、ニスン……』とは東北人は発音しない」「東北弁を敢えて日本語の普通語の片仮名で表そうとすると必ず実際から逸脱していって」と語る小池光の言葉を引きつつ、「みんなの期待する、しかしどこにも実在しない、架空の東北がつくられてゆきかねない」「特殊加工で強調したローカル色で、彼らはどんな『東北』を表現したいのだろうか」と疑問を述べる。特に「がんばる良い人にせよ、笑える田舎者にせよ、なにか、〈期待される東北像・東北人像〉が社会を漂っている」という指摘は重い。ここにもまた、言葉とアイデンティティの問題があり、言葉を介した実像と虚像の絶望的な隔たりの問題がある。それは、他者どうしが真に「理解」し合うことはどのように可能か、という大きな大きな問題に密接する。山田と谷村。彼らの評論に感動するのは、そうした大きな問題に向けて、自らを賭して「発言」しているからに他ならない。

6 〈現場〉の空気

第五十五回「短歌研究新人賞」(「短歌研究」二〇一二年九月号発表)は鈴木博太「ハッピーアイランド」が受賞した。

歳ガ素の人がオトずれ「フッキュウにヒト尽き」「ここハマッタンでして」
とりあえず窓を閉め切り出来るだけ出ないおもてに奔と卯のそら
ミナコこがふるサトミたいにかたりだすオダやかナカオでどうかしテルヨ
ふりかえるトキがあるナラみなでまたやヨイとおカヲやろうじゃないか
弁解も伝言ゲームそういえばあの流されたバスが被曝初(すばく)

「歳ガ素」は都市ガス、「ヒト尽き」はひと月、「奔と卯のそら」は本当の空、「が被曝初(すばく)」はガス爆発……。しかしこの一連には、単なる判じ物や言葉遊びを越えたものが感じられる。伝わるのは、何と言うか、ちぐはぐでめちゃくちゃな気分である。これらの歌からまず思い出すのはワープロの誤変換だろう。システムの言語変換機能が決定的なダメージを受けて、正常に作動しなくなった感じ。正常な言語が日常(日常の「常」はまさに正常なコードを指す)を支えるとするならば、それが壊れてしまった状態が非日常である。そう、これらの作品の言葉の壊れ方には、突然訪れた非日常のリアルな手触りがある。日常のコードが唐突に壊滅し、見慣れない明日に直面する。その時、遠近法の歪んだ、奇妙にハイな精神的混乱状態が訪れる。(そう言えばあの大地震の日は私の住む神奈川県茅ヶ崎でさえも、通りすがりの人の誰もが変にハイテンションな感じだった。あれは何だったのか)。

ふるさとはハッピーアイランドよどみなくイエルダろうか　アカイナ　マリデ

言葉の従来のコードは壊れ、それが支えていた従来の日常も壊れた。「福島」を示す「ハッピーアイランド」という語に込められた、切ないアイロニーは、それゆえ限りなく痛い。

じこ　しょうか　いおねがいしますねがいますあいあむふろむフクシマじゃぱん
「短歌研究」十月号・受賞第一作

電停の安全地帯の舳先にて「いいね」を探す旅のたられば
ふるさとであったのだろうまばたきのあとさよならとおもうふくしま

こうしたスタイルを不謹慎だと言う人はいるだろう。だがそうだろうか。ここには、無責任な「安全地帯」からの〈正義〉の声ではない現実がある。テレビのこちら側から論評していたのではわからない、皮膚感覚としての現場の空気があると感じる。奇妙にハイで、同時に絶望的で、そして切なく痛い、現場でしかわからない空気。これらの歌からはそうした手触りが伝わる。それは福島を知らない私にさえ、とてもリアルである。思うに「被災者」にも様々な人がおり、きれいごとだけでは済まない様々な現実があるだろう。それらが複雑に錯綜している場所こそが〈現場〉なのだ。かわいそうで善良で無力な被害者、といった、部外者から押しつけられた安易なステレオタイプに甘んじることなどない。本当に知りたいのは、このような現場の生の空気である。

7　短歌のビジョン

先日一九八〇年代の角川「短歌」を調べていて「短歌滅亡論」をテーマとした座談会（一九八三年七月号）を偶然見つけ、懐かしくてコピーして来た。出席者は岡井隆、岡野弘彦、佐佐木幸綱、篠弘、島田修二。その座談会は、近代以降ある時期まで、短歌では十年おきに滅亡論が登場する、という話題から始まっている。

確かに明治の和歌革新運動以来、短歌は内外からの危機感をバネに、現代の詩として自己変革を遂げてきた。それぞれの時代の中で、いつも滅びとの戦いを続けて、危うい綱渡りをしながらなんとか現在まで命を繋いで来たのだった。そうした意識があればこそ、たとえば塚本邦雄は皮肉を込めて、短歌は既に滅びて歌人だけが生存していると言い、岡井隆は次世代へ向けた『現代短歌入門』に〈危機歌学の試み〉とサブタイトルしたのだった。

だが現在、短歌滅亡論や否定論に出会うことは皆無で、ただ奇妙な楽観だけが漂う。いや、短歌史に対する楽観／悲観、肯定／否定といった意識がそもそも無いように見える。そして〈短歌の未来に大きく関わるであろう〉ネット上には、ごく少数の感性の近い仲間に向けて発信された、つぶやきや独り言を思わせる歌が溢れている。それらは、ひたすら〈私の感性〉というシェルターに自足しているように見える。私の疎外感、私の淋しさを自己肯定的に歌う作品の羅列は、痛々しさを伴う。気になるのは、自己を相対化する、自然や社会や世界といったより大きな存在が抜けているように見える点である。やや大づかみな物言いになってしまうが、やはり私はそれが心配だ。彼らの作品は、まさに現在という時代の空気を正確に反映しているという意味で新しい、という物言いがされることがあるが、私はそう思わない。現実を素直に反映し、現実に追随するのではなく、現実を問い直し、現実に返答するのが詩歌の、文学の表現であってほしい。小洒落たウイットや思いつきではなく、人間を問うものであってほしい。間違っているだろうか。佐佐木幸綱の言葉で言えば、表現行為とは世界に「直立」することだと今もって思いたいのだ。ちなみに、もはや自然・人間・社会といった大きな主題は有り得ない、という言い方がされることがあるが、違う。自分でそう決め付けて、見ないふりをしているだけだろう。あの大震災以来、それが再び明らかになって、短歌をめぐる空気もまた変わって来ている。

先日、思潮社の〈現代詩文庫〉から出された『岡井隆歌集』を頂いた。現在までの軌跡をコンパクトに見渡すことができるこの歌集（選歌＝黒瀬珂瀾）を辿ると、岡井隆は随分遠くまで来たという感慨がわく。アララギから前衛短歌、政治の季節を経て、口語脈の（一見）ソフトな思索詠へ。公から私へ。外界から内面へ。発言から、「随想録」を思わせる韜晦へ。やや乱暴だがそれは、現代の短歌の軌跡と或る意味で重なる。前衛短歌のみならず、ライトヴァースやニュー・ウエーブと呼ばれた一連の動き、加藤治郎や穂村弘の登場にも、岡井は少なからず関わって来た。それらは実は、岡井のプロデュースであったとさえ言えるかも知れない。当然そこには、短歌衰退への岡井の危機意識が反映されているだろう。そうした岡井隆の短歌ビジョンを、これからの短歌は選択し続けるか、軌道修正するか。それが喫緊の課題だと思う。

8　大震災の歌

震災と、それ以後の原子力発電所事故の問題を、誰がどう歌ったか。それがとても気になる。私だけではないだろう。特に直接的に被災した人や、近隣にあって現在も放射能の直接的な影響下にある人ではない、たとえば関東以西に住む歌人たちが、それらをどう歌った（歌わなかった）か。震災と原発事故に、どのような距離を、スタンスを、取ったか。そのことは、私自身の歌の今後にも大きく関わることのように思える。

言葉がない言葉がないと言ひながら言葉を語る人間の言葉
塩気だつ荒磯にありしなきがらの泥とヘドロを洗ひし人ら
残り立つ墓地の祖霊を今もなほ見えざるものが汚染しをらむ
当事者であるかなきかを問ひてくる大きく燃ゆる野焼きの炎

伊藤一彦『待ち時間』

被災の子の卒業の誓ひ聞くわれは役に立たざる涙流さず
尊大にからから鳴つてこたへたる人はかならずわれらならずや
あたらしいうつつに晴れた一枚の空より白いシーツを剝がす
盛り土は何を葬りし土ならむたしかに何かを葬りにけむ

米川千嘉子『あやはべる』

焼けざりしことはさらなる悲しみか屋根に乗り上げ漁船動かず

栗木京子『水仙の章』

クライストチャーチでの死者一名の確認されにき三月二十八日
パンダ観れば、桜の咲けば、一ミリづつ幸せは来む生きゐる限り
打ち切られまた打ち切られ悲しみはあきらめの皮膜まとひゆくのか

忘れようとしている町なのかも知れず　夜盗のごとく我は歩めり
原子炉ははるかにあれど大海の青きひかりに何も見えない
顔を淡く消されていたり原子炉に働きし人はテレビに語る
蟻酸のようなものに世界は満ちゆけり知っているのにほほえみながら

吉川宏志『燕麦』

ありきたりな言い方になるが、私の中にはこれらの歌への〈答え〉はない。これらの歌を読むことで、ただ〈問い〉だけが私の中で連鎖してゆく。それが私の置かれた現在である。そして、それでいい、というか、今はそれしかないと思っている。これは言い逃れだろうか。それも実はよくわからない。

「ある瞬間、ぼくたちは、絶句する。それは、いままで使っていたことばを、もう使えない、と感じる時だ」

「ぼくたちは、目の前の光景が理解できない。理解するためには、ことばが必要で、つまり、文章にしなければならない。けれど、ぼくたちがふだん読んでいる文章、『世間』で『いい文章』だと思われているものは、こんな時、役に立たない」

高橋源一郎『非常時のことば』

震災の後で、改めて我々の多くが言葉について考え、言葉の無力について考えた。それに関する歌もたくさん発表された。私もその一人である。それらはどこか類型的な印象を与えたし、或る意味で現にひとつの類型だったとも言える。けどそれでもやはりいま私は、言葉について考えなくてはいけない。大震災以後の日本にあって、そここそが、私のもっとも切実な（かろうじて当事者としての責任を取り得る）〈現場〉だからである。

9　年の内に春はきにけり

年の内に春はきにけりひととせを去年(こぞ)とやいはむ今年とやいはむ

在原元方（古今和歌集・春歌上）

古今集の巻頭に置かれた、迎春の定番と言うべき有名歌で、いまさら引くのも気が引けるが、新暦と旧暦の齟齬が和歌・短歌に及ぼす影響を考える上では、格好のサンプルであると言える。歌意は、まだ歳が改まらない内にもう立春が来てしまった、という暦の混乱をユーモラスに嘆いたもの。理屈っぽいと正岡子規が酷評したことは有名である。

一口に旧暦と言うが、実はそれは単なる太陰暦（毎月の月の運行をベースとする）ではなく太陰太陽暦、つまり月の運行に太陽の運行をプラスした暦だった。この歌はつまり、その太陰暦（正月）と太陽暦（立春）のずれを面白がっているわけだ。なるほど。太陰太陽暦。農業に国の基盤を置いて来た日本では、太陽の運行による寒暖の変化を、どうしても無視するわけにはゆかなかったのである。

ちなみに今年（二〇一五年）の立春は二月四日（この日は旧暦では師走十六日）、そして旧暦の正月（睦月一日）は二月十九日である。まさに年の内に春はきにけり。

日本人はこの暦に基づく季節感を、長い間生活の礎として来た。それが現在の暦に改定されたのは明治五年だった。明治政府は列強に伍するために、西洋の暦にいち早く乗り換えたのだった。それは一時凌ぎの経済対策という側面もあったが（年度からひと月はしょることで、予算の出費を丸々逃れたというか、うやむやにしたのだった）、しかしこれは、中国や多くのアジアの国が今も旧暦を大切にしている（たとえば旧正月＝春節）のと実に対照的である。

私は復古主義者ではないが、歌にかかわっていると、旧暦と新暦のずれがいろいろな場で気になる。たとえば今この原稿を書いている新暦十二月を安易に「師走」と呼んでいいのだろうか。師走はあくまで旧暦の呼称で、約ひと月季節が違うその古い名前を、機械的に現代の十二月に当てるのはどこか無理がある。「五月晴れ」を爽やかな初夏の澄んだ青空だと思っている人は多いが、本来はうっとうしい梅雨の束の間の晴れ間だったはずだ。その梅雨の長雨の季節（新暦六月）を無理やり「水無月」と呼ぶのは、悪い冗談にも思える。太陰歴では、毎月一日は必ず朔（その字が示す通り月がリバースする、つまり新月）であり、毎月十五日の夜はほぼ満月だった。現在の中秋の名月は、葉月十五夜から艫綱を解かれて、現代都市の九月末あたりの空をふらふらとさまよっているように見える。だが、こうした実は和歌短歌の根本にも関わる季節の運行の問題が、今はなんとなくうやむやにされたままで、誰も改めて問題にしないようだ。俳句ではどうなのだろうか。ちなみに立春の前日が節分。文字通り冬と春という二つの季の「節」を分ける、いわば大晦日の一大イベントだった。それは、氷と死の季節から、陽光による生命の再生の季節への、まばゆい転換点だったのである。

10 「ホームレス歌人」に思う

「短歌研究」十月号で現代短歌評論賞が発表になった。今年の受賞作は松井多絵子「或るホームレス歌人を探る」。「ホームレス歌人」として朝日歌壇で話題を呼んだ「公田耕一」にまつわるレポートというべきもので、今までのこの評論賞の中でも異色なものとなっている。松井によると「公田耕一」の名前で朝日歌壇に作品が掲載されたのは、二〇〇八年十二月八日から九か月間。選者である馬場あき子、佐佐木幸綱、高野公彦、永田和宏が選んだ歌は延べ四十首で、複数の選者に取られた歌も少なくない。この「ホームレス歌人」は二〇〇九年九月以降、謎を残したままぴたりと沈黙し、今や記憶の隅に追いやられつつあるが、一連の出来事はかなり大事な問題を提起している。

まず「ホームレス」という言葉について。ホーム・レス。家を失った人である。ただし「ハウス・レス」「ファミリー・レス」と比べると、「ホーム」はかなり曖昧だ。ハウスは家という物理的な器。ファミリーは家族という人間の繋がり、家庭。対してホームはその中間というか、物理的な問題だけでもなくまた精神的な問題だけでもなく、〈帰るべき場所〉といった微妙に情緒的な、あるいは文学的なニュアンスがある。もしホームがハウスの意味ならば、ビニールテントもドヤ〈簡易宿泊所〉も立派な家である。もしホームがファミリーと同じ意味で使われているならば、パートナーや仲間を持つ路上生活者はファミリー＝心のホームを持っている。朝日新聞はどのような定義で用いているだろうか。情緒的な命名は、客観性が求められる報道の現場では本来避けられるものだともいう。たとえばホームレスと感覚の近い「宿無し」「無宿人」ならどうか。「放浪者」「逃亡者」「世捨て人」ではどうか。そこには否応なく物語が混入する。「ホームレス歌人」なる命名が、一種の都市伝説としての「公田耕一」を生んだことは間違いない。いわば彼はそう自称した時点で、作品を支える一つの物語を手に入れたのだった。無味にして客観的な「住所不定」ならば、事態はかなり変わっていたはずである。

作品によると「公田耕一」は横浜寿町のドヤやその周辺の路上を住家としているらしい。私は二〇〇七年夏に十日ほど、同じ寿町のドヤに寝泊まりした。一泊千五百円から二千円、二畳半ほどの、まさに「棺のやうな一室」である。もし、もし仮に、「公田耕一」の正体が私だったらどうだろう。十日間に過ぎないが私は、寿町の路地を終日歩き、毎日昼からその住人のおっちゃんたちと酒を飲み、同じ労働福祉会館の銭湯に入り、野毛山や長者町の土地勘も十分にある。二〇〇三年夏には大阪西成の通称「釜が崎」で、一昨年夏には東京山谷で、同じようにドヤに寝泊まりした。それらしい歌を作ろうと思えば、それなりにできるかも知れない。だがむろん私は「公田耕一」ではない。(ちなみに一時期の通過者である「谷岡亜紀」としては、ドヤの歌を作った)。このことは私の文学の根本に、つまり表現者としてのモラルとプライドに大きく関わる。作品としての出来の善し悪しやセンセーションを越えてそれは、「公田耕一」にとっても決定的な問題だろう。「公田耕一」さん。

あなたは誰なのか。ドヤには過去と決別し素姓を隠す人も多い。つまりこの「ホームレス歌人」の存在は〈私〉論やアイデンティティ論と密接する、文学の核心に関わる問題なのである。例えば寺山修司。たとえば「前衛短歌」における虚と実の問題。

仮に今後、ふたたび「公田耕一」が現れたらどうだろうか。彼は以前の人物と同じ人物か、それとも別の「公田耕一」か。誰がどのようにそれを見分けるのか。また見分けることにそもそも意味はあるのか。あるいはたくさんの「公田耕一」が、一斉に投稿を始めたとしたら。それに似たことは、ネットによる超情報化社会では、すぐにでも起こり得る問題である。そのとき、〈私〉は一体誰だろうか。

短歌の未来

1 短歌史への視座——同人誌「ノベンタ」世代から

「ノベンタ」とはスペイン語で九十の意味で、名前の通り一九九〇年に創刊され、九〇年代の十年間活動し、十号終刊号をもって終了した。創刊の年、私はちょうど三十歳だった。われわれの創刊の前(だったと思う)、名古屋を中心とした「フォルテ」という同人誌があり、メンバーの加藤治郎、大塚寅彦、荻原裕幸らが、いわゆる「ニューウェイブの旗手」として活躍していた。そうした、八〇年代後半以降の、ライトヴァース、ニューウェイブといった名で呼ばれたポップな「流行」への小さな対抗意識も、少なくとも私にはあった気がする。若気の至りだが、ただ創刊の年がちょうど、いわゆるバブル崩壊の年だったことは今から見ると象徴的だ。時代や短歌の潮目が少し変わろうとしていることを、無意識に感じていたのだと思う。そこで目指したのは、長編評論を中心に据えて、近代以降の短歌史を再検証し、その上に現在と未来を考えることだった。三号ごとの共通テーマは「前衛短歌を考える」「短歌における近代」「戦後短歌」であり、終刊号は「21世紀に短歌はありうるか」だった。真剣だった。

いま、当時をやや赤面しながら振り返って、改めて思うのは〈短歌史の中の現在〉という視座の重要さであり、同時代の「流行」だけではなく、過去や未来など少し遠くを見ることの大切さだ。その時初めて、現在位置の測定は可能になるだろう。たとえば最近話題になった、フィクションを巡る〈私〉論のやり取りでも、過去の議論の成果はあまり顧みられず、既視観のある応酬が再生産されているように見えてしまう。私が見落としているだけだろうか。〈私〉をめぐる虚実の問題を考える時、一九六〇年代の前衛短歌の周辺の発言だけではなく、王朝和歌の時代の〈私〉の在り方（たとえば題詠による成り替わり）や、近代における〈私〉の意外な多様性をも視野に入れる「若手」が出てきてほしい。いや、なにも「若手」に限らないけれど。いずれにしても、和歌革新運動によって何が変化したか（何が変化しなかったか）を知らずに短歌を作り続けるのは現在「野蛮」だ、と思う。

もう一点、最近私がとても気になるのは、基本的な短歌観、秀歌観が個々でばらばらなまま、作品の「善し悪し」の判断と選別がなされているように見えることである。作品の読みのコンセンサスがまったく成立しないままで、「わかる／わからない」「共感する／しない」、さらには「好き／嫌い」といった、いわば〈感性〉のシンクロナイズのレベルだけが基準となる時、短歌というジャンルはアナーキーに溶解してゆくことになるだろう。いま私たちは、そうしたごくマイルドで緩やかな危機に、知らずに直面しているのではないか。当たり前だけれど、作品の判断には、感性レベルとともに理知のレベルでの位置づけや評価が必要だし、また同時代（横）の価値判断とともに短歌史の中（縦）での価値判断が必要だろう。ある作品が、和歌短歌史全体の中でどのような位置にあり、近現代短歌史の中でどのような位置にあり、戦後短歌史の中でどのような位置にあり、そして同時代の「流行」の中でどのような位置にあるか。その複眼的な視座がなければ、作品評価がひたすら恣意的になるのは当然のことである、と思う。

私がいま一番強く意識しているのは、〈描写〉の大切さだ。このようなことを言うと復古主義者のように思う人がいるかも知れないが、違う。描写、リアリズム、写実、写生。これらは短歌史全体から見るとむしろ「新しい」概念だと言える。しかも現代においては、近代短歌とはまた違う、新しい描写や新しいリアリズムが模索されていい。もとより、田園風景や自然界の描写だけが「描写」ではない。繰り返し言っていることだが、感性のみによる抽象表現や、粗筋だけの説明的表現と違って、描写、デッサン、スケッチには技術力と世界観が必要だと思う。それを身につけるには、一定期間の修練がいる。それは、「自分の思いを自分らしく歌えばそれでいい」といった標語に示される短歌の「手軽さ」が、新たな入門者を引き付けている現状とは、明らかに逆行するけれど。

短歌表現は、気の効いたフレーズのちょっとした思い付きなどではない。それを、まず自分自身に、繰り返し言い続けなくてはならないと思っている。

2　新人に求めるもの

「新人」としてどのような存在を思い浮かべるべきだろうか。とりあえずここでは、未知の「新人」に向けて書くことにする。あるいは三十五年前、歌を作り始めたばかりの二十歳の自分に向けて。

今の「新人」についてあまり多くを知らない。だからこれは私のややずれた思い込み、または杞憂かもしれないが、現在の或る年代以降の特徴として、自然よりは人事、外部よりは内面、という傾向があると感じる。外部とは自然界や社会である。やや大雑把な言い方になるが。そうした外部よりは、自分だけの疎外感や淋しさといった内面の感情にもっぱら関心が限定された歌が目につく。われわれ中心の閉じた世界であり、「私はこう感じた」という主観絶対主義である。〈一人称の文学〉では、まあそうなりやすいのはわかる。しかしそれだけでいいかどうか。〈私〉中心主義を相対化し、その位置を客観的に測定するものとしての外部への視座が一方に欲しい。短歌の方法面から言うと、主観世界には〈感性〉や〈感覚〉が、外部世界には〈観察〉や〈描写〉が対応する。

外部とは〈私〉を取り巻く全てであり、社会、時代、職場、他者などさまざまあるが、ここでは自然について考えてみたい。まあ「自然」にもいろいろな概念があるが、季節や山河など文字通りの自然界に都市環境なども含めた範囲を、一応想定しておく。

伊藤一彦

かくれ得て生きし一日をわが生にかかわりもなき桃が貴し
わが時間にかかはりのなき石蕗の花ここ水上にかがやけるかな

自然とは古来、人間（自我、主観）の意のままにならないものであり、〈われ〉の限界を教えてくれるものだった。だから人間はその前で、自らを慎み、謙虚になり、畏怖し、放下し、そして敬愛した。それは心理学に言う「超自我」という概念とも、どこかで重なる。

自然界を含めた〈外部〉は、文字通り他者である。だからそれを題材とする時、まずは謙虚に観察しなくてはならない。そして〈私〉はとりあえず措いて、描写するのである。描写、スケッチ、デッサン。それがいま軽視されていると思う。絵画と同じで、描写にはデッサン力が不可欠だ。そしてそれを習得するには一定期間の修練が必要である。主観・感覚・感性の表現は「思ったまま、感じたままを歌いました」でいいが、描写はそうはならない。でもなぜ「描写」か。

短歌で「風景画」を描いて何になるのかと、私はかつて思っていた。自然詠という言葉には、保守派、守旧派のイメージが張り付いていた。でも今の思いはすこし違う。近代リアリズムの狭義の枠をひとまず外すと、もともと描写（叙景）には、作者の「心」を映すという側面があった。和歌には「景情一致」という概念がある。たとえば風雲急を告げるという言い方が示すように、季節・

天候・風景は、それ自体心情や運命を予感し暗示し象徴していた。さらに言えば、描写詠には「心」の奥底の深層心理や無意識を（人間全体の集合的無意識を含めて）開示し得る可能性がある。理屈・説明・粗筋が脳の表層で「理解」されるのに対して、像的イメージは脳の古層に浸透するからである。

精霊ばつた草にのぼりて乾きたる乾坤（けんこん）を白き日がわたりをり
ふかぶかとあげひばり容れ淡青（たんじやう）の空は暗きまで光の器　　高野公彦

たとえばこうした描写詠に私は、膨大な時間の集積としての、集団的無意識の手触りを感じている。

自然界に代表される〈外部〉の描写。それは暴走する自意識の殻に風穴を空け、〈われ〉に自足した認識を、もうひとつ広い場所へと運んでくれる。そこに問いが生まれ、思惟が生まれる。表現とは、つまりは自分の頭でこの世界を〈考える〉ことである、と思う。外部に触れ考えること、そしてそれを言葉にすることで、我々の認識は更新される。世界を震撼とさせる新しい言葉を、ぜひ聴きたいのだ。引用した伊藤作も高野作も、「新人」と呼ばれた時代の歌である。

〈殺し〉の文学・考

二〇〇七年九月に東京で行なわれた現代短歌研究会のシンポジウムの総合テーマは「〈殺し〉の文学史――歌は何を殺したか?」だった。ここでは、そのシンポジウムを出発点として、文学と〈殺し〉、短歌と〈殺し〉について考えたい。

1　現実としての殺し=死体の語るもの

ここで私は〈殺し〉を、まず殺人=ヒトゴロシと捉えて考えたい。〈殺し〉の究極はそこにあると考えるからである。殺し、殺人というからには死体がないといけない。たとえ未発見でも死体のない殺しはない。殺しという行為は、死体という実体（現実、現物）と表裏一体である。逆に、死体という実体なしに殺しという行為は成立しない。

私はインド、ネパール、タイを巡る半年ほどの旅の途中、いくつかの場所で大量の死体を見た。ネパールでは鳥葬の丘という場所にも行ったが、なんといっても強烈に印象に残っているのは、インド・ガンジス河の中流の都市ベナレス（バナラシ）である。ベナレスはヒンズー教の聖地で、ここで死ぬと永遠の至福を得られると信じられている。そのためガンジスのほとりには、各地からやってきた巡礼者たちが横たわって死を待っている。河畔のガート（沐浴場）では、一日何百体もの死体が野外の公衆の面前で焼かれている。薪を積みあげた上に遺体を乗せて、そのまま火をつけるのである。その光景を私は一カ月半のベナレス滞在中に毎日現場で見た。一体につき約三時間かけて遺体が焼かれた後、灰や骨は無造作に川に投げ入れられ、残った肉を野犬がむさぼる。貧乏な人の死体や殺人などによる変死体は、焼かれず直接川に投げ入れられる。腐乱した死体が川に浮いているのを何度か見た。私はその川の対岸まで泳ぐことを日課にしていたのだった。写真家で作家の藤原新也が、ここでの体験をもとに「人間は犬に食われるほど自由だ」と書いたことは有名である。それは、人間の尊厳を強烈に考えさせる光景だった。

一方、開高健は、従軍記者として参加したベトナム戦争の現場を『ベトナム戦記』（一九六五年）、『輝ける闇』（一九六八年）においてルポルタージュしている。戦場（前線）とは、まさに殺人が日常となっている場である。その現場で兵士らは、常に殺す側と殺される側の両面に同時に立ち、殺す恐怖と殺される恐怖を同時に体験し続ける。殺す／殺される泥濘戦の現場では、国の正義や大義といった抽象概念は、もはやほとんど意味を失う。その極限状況は、あらゆるセンチメント、あらゆる観念や注釈、理屈を超えて、圧倒的な暴力として、有無を言わせずただそこに存在する。それが、もうひとつの殺し＝戦争という殺戮、の実相だろう。

死と殺しの現場における、人間の尊厳と、そして圧倒的な現実。それを踏まえない抽象論・観念論は危うい。二〇〇七年九月のシンポジウムの壇上で私が舌足らずに言おうとしていたことは、たぶんそこに行き着くと思う。その苛立ちは、会場で安易に用いられているように見えた、「殺しの美学」という言葉への違和感から来ていたようだ。

そうした中で、アフガン戦争の殺戮の現場をテレビ局の報道カメラマンとして踏んだ矢部雅之の、「殺された人、今まさに殺されている人」という視点は、さすがに説得力を持っていた。矢部は、現実に殺されてゆく側の存在を、「文学と殺し」という問題の一方の極にきっちりと見据えている。現実を措いて、想像力の問題だけで殺しを考えるのは危ない、と私は思う。殺しという概念は、必ず死体という実体（現実）とセットで考える必要がある。「殺しの美学」という言葉は、よほど心して用いないと観念の自慰に終わる危険をはらむ。「殺しの美学」を言うからには、その美学によって自らが（あるいは身辺の誰かが）実際に殺される側に立つことを、覚悟する必要がある。現実への参加の意志と覚悟のない美学は虚しいからである。

2　言葉は人を殺す

美学（美的イマジネーション）の暴走は危うい。言葉や文学（文学的想像力）は、暴走すると実際に人を殺す。しかもたやすく。何故たやすいのか。そこには生身の人間の手触り（現実の重さ、一回のみの生の重さ）が抜けているからである。美学と結び付いた殺しは、本人にとってはあくまでも抽象世界におけるイマジネーションの遊びであって、返り血を浴びるという現実が、想定からすっぽりと抜け落ちている。最近立て続けに起こっている未成年による不可解な殺人事件の多くは、そうしたイマジネーションの暴走と関わっていると思う。いつだったか八戸で、高校生が母親と兄弟二人を惨殺する事件があった。マスコミは猟奇映画との関連を指摘していたが、それ以前に私が注目したのは、彼が「小説家を目指す」少年だったことだ。文学的イマジネーションは時に、抽象的言語世界と現実との間のボーダーラインを易々と越える。彼にとっては眼前の退屈な現実よりも、（彼自身の特異な美学に基づく）虚構の世界の方がはるかにリアルに感じられたかも知れない。彼はいつからか、自らの「小説」の内部を生き始めたのではないか。残念ながらわれわれのイマジネーションは、現実という重しを外すといつでも暴走を始めるのである。

そこで思い出すのは「連続射殺魔」永山則夫の事件である。十九歳の永山少年は、自殺未遂やアメリカへの密航の失敗ののち、米軍宿舎でピストルと実弾を盗み、一九六八年十月から十一月のわずか一カ月弱にタクシードライバーやガードマンら四人を射殺。逮捕されたのは、翌六九年四月だった。この未成年事件は、理由なき連続殺人「一〇八号事件」として、社会を騒然とさせた。この永山事件に最も大きな関心を寄せ、ことに永山が手記によって自らの犯罪を貧乏のためだと言い訳した時に激しく批判したのは、中上健次と寺山修司だった。その中上健次は、現実を置き忘れたイマジネーションやセンチメントの暴走を、「情念の病気」と呼んでいる。「殺しの美学」という口当たりのいい言葉のすぐ向こうには、そうした（文字通り）殺伐とした風景が広がっている。現実と切れた言葉（抽象概念）は、時に人を殺す。実際に殺人を犯させてしまうのである。言葉を、そして文学を恐れなくてはならない。特にその周辺にいる者は、そのデーモンにいつしか絡め取られてしまう危険と隣り合わせていることを、一度は自覚しておく必要があると思う。

3　アンソロジー〈殺し〉の短歌

先のシンポジウムの際に配られた資料集が、『アンソロジー〈殺し〉の短歌』である。これは今までほとんど類を見ないもので、たいへん面白かった。明治初年から二〇〇七年までの、さまざまな〈殺し〉を歌った短歌のアンソロジーで、質・量ともに圧倒的だが、残念ながら現在は入手困難である。

このアンソロジーを読むと、殺しの歌にははっきり二通りあることに改めて気付かされる。虚構としての殺しと、現実の殺しである。当たり前と言えばその通りだが。

まず虚構の殺しの歌から目につくものを挙げてみる。

あを草の野なかの土を掘り下げて身は逆立ちに死に埋もれむ　　前川佐美雄

この夫人をくびり殺して
捕はれてみたし
と思ふ応接間かな　　夢野久作

をさな妻こころに守り更けしづむ灯火の蟲を殺してゐたり　　斎藤茂吉
七星天道蟲掌上にいきづけり殺し殺し殺せ殺さむ　　塚本邦雄

前川佐美雄『植物祭』には死、殺しのイメージが多出している。この特異な第一歌集は、いわば観念先行の青春期を端的に反映しているだろう。ラスコリニコフやジュリアン・ソレルら多くの観念的殺人者が、文学的気質の突出した繊細多感な青年であったように。佐美雄の殺しの歌は、自らの死の誘惑と、殺人といういわば極限のドラマへの予感が拮抗し、アナーキーなヒロイズムを特徴とする。夢野久作の「猟奇歌」もある意味面白かった。暗い衝動を背景とした負のドラマ性が、情念の遊びとして執拗に描かれている。中上の言葉で言えばまさに「情念の病気」である。彼にとって文学とは、自らの粘着質の情念を浄化し排出する安全装置としてあったとも見える。斎藤茂吉の場合は総じて、マゾヒズムとサディズムが表裏一体となっている印象である。それが突発的に暴発するところに茂吉のデーモンがある。引用歌でも、「をさな妻」へのへりくだった献身と、自分より弱いもの（ここでは「蟲」）へのためらいのない行為との落差が、明確に示されている。

そして、塚本邦雄。いわば前川佐美雄の延長に、反社会、反世界の究極のドラマとしての殺人が歌われる。観念・理念としての殺しの歌の、一つの極北であると言える。ただしその背景に、戦争という上からの有無を言わせない暴力によって、国家に殺されかけた（同世代の多くは実際に殺された）というルサンチマンとニヒリズムがある（例えば〈國に殺されかけたる二十三歳の初夏(はつなつ)勿忘草(わすれなぐさ)のそらいろ〉塚本邦雄）ことを忘れてはならない。塚本邦雄の殺し・死・戦争の歌を単なる〈美学〉だけで片付けてはならない、と思う。塚本の歌う殺しは、巨大な殺人としての戦争と、常に表裏をなしている。塚本の生涯のテーマは、自身が幾度も語ったように、〈戦争〉であった。

現実としての殺人・殺戮の歌のアンソロジーは、さすがに読み応えがあった。まず『支那事変歌集　戦地篇』『大東亜戦争歌集』などの戦地（戦争）詠から引く。

撃ち撃ちて赤く焼けたる銃身に雪をかけつつなほし撃ちつぐ　　北支　今村憲

闇撃(やみうち)に射ちてすかせば黒きかげほのかに動きまた静かなり　　砲艦勤務　木山逸男

吾は殺す彼は殺さるる気おくれかたはやすくしも突き殺したり　　北支　鈴木長之助

刃向ひくる敵兵(てき)のむないた突きさせば拝むがごとく身をくづしたり　　佐藤啓造

戦地詠と呼ばれるものを読むときには、宮柊二や渡辺直己らの作品でいつも指摘される、ニュース映画からの影響や脚色などの問題、また検閲などに伴う自己規制や虚勢〈弱音を見せず勇ましく歌う、というような〉などの問題が常につきまとう。それが読みを難しくしていると言える。ただ、「そうであったかもしれない現実」「同時代の現実」も含めて、やはり現場の緊迫感は紛れもない。例えば一首目の「雪をかけつつ」。この、現場の細部のリアリティは圧倒的である。また二首目に歌われた、熱狂と静寂のコントラストは、宮柊二『山西省』（一九四九年）の〈たたかひの最中(さなか)静もる時ありて庭鳥啼けりおそろしく寂し〉と同質の、戦場のナマな手触り、戦場の本質のようなものをよく示している。三首目、四首目はやはり宮柊二の〈ひきよせて寄り添ふごとく刺(さ)ししかば声も立てなくくづをれて伏す〉と同じ、殺戮の現場の濃密な気配を捉える。

次に現代の歌。『坂口弘歌稿』（一九九三年）から。

女らしさの総括を問い問い詰めて「死にたくない」と叫ばしめたり　　坂口弘

六名の死にたる後も法則のごとく再びリンチ始まる

これらの歌で注目するのは、戦地における熱狂と静寂のコントラストにも似て、興奮・錯乱の中で妙に冷静な観察眼、記録者の眼があることとである。当事者でありながら、一方でどこか覚めている。歌の背後に気配としてあるこの「冷え」の感覚は、まさに冷徹なリアリティを持って、私の心の底の部分を凍てつかせる。寒い寒い風景である。

4 銃と斧——寺山修司の世界

寺山修司は、永山則夫の犯罪について幾度も言及し、それ以外の犯罪に対しても折に触れて関心を寄せていた。そしてついには自身が刑事被告人となり、世間の耳目を集めたのだった。寺山の文学の大きなテーマの一つは犯罪であり殺人であった。

例えば寺山がシナリオを担当した映画『サード』(東陽一監督、永島敏行・森下愛子主演)は、家出のための資金稼ぎに同級生の少女に売春をさせる、サードというあだ名の少年が、花瓶でやくざを殴り殺してしまい、少年院に収監される話だった。また、「劇詩」の形式を取った「叙事詩——李庚順」(『みんなを怒らせろ』所収)は、次のようなフレーズから物語が展開する。

母親を殺そう　と思いたつてから
李は牛の夢を見ることが多くなつた

「叙事詩――李庚順」は寺山自身の言葉によると次のようなものである。「この叙事詩は、雑誌『現代詩』に一年間掲載された。私は、書きはじめる前はホーマーの『オデュッセウス』のような膨大な構想を頭にえがいていたのだが、実際に書きはじめてみると、こんな風に陰惨な内容になってしまった。〔……〕私は、はじめのうちは『小説よりも面白い叙事詩』ということを考えていたが、そうした意味では、これは失敗作である」（「『李庚順』のためのコラム」）。

主人公の青年・李庚順は、薄幸な母親と二人で青森県に暮らしている。父の戦死後、母は息子の成長だけを生きがいとして、「進駐軍のベース」でメイドとして働いて、李庚順を育てた。つまり、寺山自身の生育環境が如実に反映された設定になっている。「おれはこの母親殺しを遂げて　青森の　薄ぐらい線路沿いの町から脱出してやるのだ」と決意した李にとって、母は（特にその愛情は）自分の未来の可能性のすべてを摘み取る桎梏としてあり、一方、母殺しによって達成される「自由への逃走」の先に輝く約束の土地は、「東京」だった。「東京へ！　東京へ！　東京へ　ありとあらゆる血が心臓をめざすように」。そしてこの「陰惨な叙事詩」は、「さらば母よ！　さらば死にゆく男のためのふるさとよ！」という、いかにも寺山的なフレーズで終わる。エディプス・コンプレックスとは正反対に、戦地で父を早くに亡くした寺山にとって、（心理的・文学的な）殺意の対象は母だった。そのことは、改めて記憶されていいだろう。生きている母を「亡き母」として歌い、文学的に幾度も「殺した」のは周知の通りである。

しかし、そのような寺山にありながら、短歌においては、（自らの幻想や願望、また社会的な事件をも含めて）実際的な人殺し、殺人を歌った作品は、ほぼ皆無と言っていい。前述の母親の死の歌も、スタイルとしては自らが「殺す」という犯罪の歌ではなく、あくまで「亡き母」という歌い方だった。

ただ唯一、寺山が短歌で何かを「殺める」イメージがあるとすれば、それは「銃」にまつわる次のような作品群だろう。

われの神なるやも知れぬ冬の鳩を撃ちて硝煙あげつつ帰る
何撃ちてきし銃なるとも硝煙を嗅ぎつつ帰る男をねたむ　『空には本』

わが撃ちし鳥は拾わで帰るなりもはや飛ばざるものは妬まぬ　『血と麦』

猟銃を撃ちたるあとの青空にさむざむとわが影うかびおり
わが天使なるやも知れぬ小雀を撃ちて硝煙嗅ぎつつ帰る　『テーブルの上の荒野』

寺山が短歌や芝居、映画などで同一モチーフ（例えば「かくれんぼの鬼」のイメージなど）を執拗に繰り返したのは有名だが、この「銃」の歌群もまさにそれである。寺山は銃を「撃ちて硝煙嗅ぎつつ帰る」イメージに固執していた。それが寺山の人生（と文学）にとって重要なメタファーだったからである。ここにおいて「銃」は、自分の運命を自らの手に取り戻し、自ら切り開いてゆくための武器としてある。「われの神なるやも知れぬ冬の鳩」も「わが天使なるやも知れぬ小雀」も、いわば天空から寺山の人生を決定し運命づける祭司である。だから掌の運命線を自ら描き変えるように、寺山はそれらのものを撃つ。その先にあるのは、あらゆる桎梏からの「自由」である。だからこそ、飛翔の自由を失った「もはや飛ばざるもの」は妬まないのだ。そしてまたこれらの歌に、一様に「帰る」という語が用いられているのも象徴的だ。銃を撃つという、運命にあらがう行為（運命への能動）を経たのち、彼は初めて自分の人生への栄光の帰還を果たすのである。帰り着いた先は、もはやルーティンにまみれた、退屈で息の詰まる日常の連続ではない。

繰り返すが寺山にとって、銃を撃つことは運命を自らの手で切り開き、人生を自らの手に取り戻すための突破口としてイメージされていた。ちょうど李庚順にとって母殺しとその先にある東京がそうであったように。寺山が「銃」に込めた祈りは、そうした比喩としての「殺し」であり、自由な明日、自立した未来へのイニシエーション（通過儀礼）だった。掲出の〈猟銃を撃ちたるあとの青空にさむざむとわが影うかびおり〉は、そうした自由と表裏をなす孤独を歌うが、しかし運命の青空には、今やくっきりと我の、ただ自分一人の、「影」が刻印されている。
もう一点、これも寺山の短歌作品のキーワードである「斧」の歌を見ておく。

声のなき斧おかれありそのあたりよりとびとびに青みゆく麦　初期歌篇「十五才」
山小舎のラジオの黒人悲歌聞けり大杉にわが斧打ち入れて　『空には本』
路地さむき一ふりの斧またぎとびわれにふたたび今日がはじまる
冬の斧たてかけてある壁にさし陽は強まれり家継ぐべしや
なまぐさき血縁絶たん日あたりにさかさに立ててある冬の斧　『血と麦』

寺山にはもともと北方志向がある。人生の成功を約束する〈ここではない場所〉として選んだのは「東京」だったが、ローマン的心情は、成育した青森のさらに北方を志向していた。短歌には「北」という語が多出し、また「ドンコサック」や「チエホフ」「トロイカ」などロシアの凍土への憧憬を示す語彙も多い。「斧」の歌にもまた、どこかそのような手触りがある。特に好んで用いた「冬の斧」は、直接的に「北」と呼応する。「斧」はむろん何かを「断ち切る」意志のメタファーだが、同時に、歌われたこれらの「斧」には、無言の存在感と温もりがある。それは〈わが通る果樹園の小屋いつも暗く父と呼びたき番人が棲む〉（初期歌篇「十五才」）といった歌のイメージと繋がっている。

この歌を念頭に、私が寺山作品の「斧」にイメージするのは「父」である。北の凍土の風土性を象徴する「斧」に、寺山は幻の「故郷」のイメージを重ね、また望むべき（寺山の言葉でいうならば「そうであったかも知れない」）「父」のイメージを重ねたのではなかったか。現実の父を幼くして南方で失った寺山少年は、どこかにいるかも知れない「本当の父」を幾度も夢想したという。斧はもともと殺戮や伐採の武器だが、同時に寺山には〈父性〉の象徴としてあった。

そういえば「斧」という字の中には「父」がいる。寺山はそれを無意識に（あるいは意識的に）感じていたのだと思う。「斧」という字の中に棲む「父」に、直感的にせよ意識的にせよ、揺るがぬ存在感と温もりを求めていたのである。

＊

寺山修司は『書を捨てよ、町へ出よう』の中で、一九六五年夏、銃砲店に立てこもってライフルを乱射した一人の少年（片桐操）について、次のように書いている。

（「ああ、悪い夢を見たな」）

と、片桐は朝、目ざめて思ったことだろう。そして目をこすりながら「さて、仕事へ出かけよう」と立ち上がって、そこが留置場のつめたいコンクリートだということに気がついて、はじめて自分の人生が一日で変ってしまったことに気がついたのではなかろうか。

（「スクリーンの殺人文化」）

夢想することと実行することの間には千里の隔たりがある。その隔たりは、イマジネーションの暴走によって、時にたやすく飛び越えられてしまうが、しかしわれわれは観念世界だけにとどまることはできない。いつかイマジネーションの暴走から現実に引き戻された時、その隔たりを埋める事はもはや絶望的に不可能であることに気が付くだろう。一度飛び越えてしまうと、二度と引き返すことはできないのだ。

寺山と同様に永山則夫について幾度も書いた中上健次は、また一方で、エッセイ集『鳥のように獣のように』（一九七六年）で次のように述べている。

母は、長いあいだ息子のぼくが、本を読み小説を書くことを嫌っていた。言ってみれば南瓜の次元ではなく、活字や金銭ではかられる抽象の次元である。母には、本にとりつかれ、文字にとりつかれる人間は、ノイローゼになり自殺するという想像があった。物々交換同様の行商を長い間やっていた母には、物質の次元から身を離すと、必ず不幸がくるという確信がある。

〔……〕いまここに在ることとは、しなびたひなたくさい南瓜と同じ次元に身をおくことだ。

（「萎びた日向くさい南瓜」）

文学が嫌いだ。すべて嘘だと思う。言葉になって表わされたものなど、無意味だと思う。〔……〕おまえは幽霊といっしょじゃないか。この現実を生きていないじゃないか。小説を書くのを止めろ。この現実を、単純な生を生きる男として、生きろ。〔……〕もちろん最後の一ミリほどで、文学、言葉を信用しない限り、書いて表わすことは成りたたない。それはわかっている。

（「初発の者」）

言葉、文学、そしてそれに繋がる抽象的観念世界。それはまさに両刃の剣である。文学に関わるとは、その危うい両刃の剣を振るうことに他ならない。イマジネーションの世界に籠城し、夢想の自慰の中に遊ぶのは簡単だ。夢想には責任を取らなくていい。想像の世界にとどまる限りは罰せられない。返り血をあびないで済む。だが、何度も言うように、現実を離れた観念の暴走は危うい。「情念の病気」はそのすぐ先である。見てきたように、「虚構派」と分類される寺山や塚本にとってさえ、〈殺し〉の歌は単なる観念の遊戯ではなく、深いところで切実に、実人生や自らのアイデンティティ、時代の現実と結び付いていた。そうなのだ。たとえ想像上の〈殺し〉を歌う場合でも、書くことは返り血を浴びることでありたいと私は思う。死を趣味的に扱ってはならないと、あのおびただしいガンジス河畔の死体が、私に教えている。

前衛短歌とは何だったのか

——イメージの造形

一九九〇年に、仲間が集まって評論を中心にした同人誌「ノベンタ」を創刊した。創刊号から三号までの共通テーマは〈前衛短歌を問い直す〉、分担して各号に「方法」「主題」「思想」の三方向から評論を書いた。つまりその時点でいわゆる前衛短歌を私たちは、「方法」「主題」「思想」三位一体の現代文学運動と捉えていたのだった。あれから二十年。塚本邦雄が没し、春日井建が没し、そしてまた菱川善夫、冨士田元彦が没して、歌壇の状況は大きく変化した。そうした節目に、改めて前衛短歌が問いかけたものを整理しておく意味はたいへん大きいと思う。

1　一方の極としての境涯詠

三枝昻之著『啄木—ふるさとの空遠みかも』が評判になっている。啄木が文学を志してから死ぬまでの四年間を、短歌、小説、詩、日記、創作ノート、手紙、および関連する膨大な資料に当たりつつ迫った労作である。本書の特徴の一つは、人間ドラマとしての魅力にある。東京へ向けて船で函館を発つ冒頭シーンから臨終の日に散りやまぬ桜の場面まで、宮崎郁雨、金田一京助、鷗外、鉄幹、晶子、牧水、白秋ら、啄木を巡る人間群像を交えながら、丹念に啄木の人と文学が辿られている。いわば評論と評伝の接点にある仕事だと言える。もともと啄木の歌が広く愛唱される理由は、人生のドラマとしての醍醐味と懐かしさにある。本書はその啄木の魅力を余すところなく伝える。

このように短歌作品を通して人生・人間を読むところに、近年の三枝の方法がある。歌だけを単独で〈読む〉のではなく、歌を通して〈事実〉に迫るスタイルである。こうした「事実への接近」は、テキストだけを唯一の対象とする読みへのアンチテーゼ、あるいは問題提起と捉えられる。三枝は日記や手紙などを通して、むしろ積極的にプライベートに踏み込み、実人生のドラマに肉薄する。キーワードは「生活感と体温」「人生的な味わい」、そして「人生のあわれ」(『啄木─ふるさとの空遠みかも』より)である。

近代には、個人史とセットで作品を読まれるに足る歌人がたくさんいた。そうした実人生のドラマ・境涯詠を一方の極に置くとき、前衛短歌の特徴と主張はたいへんクリアーに見えてくる。

2　評論の変化と作品

短歌界はここしばらく、歌人論と短歌史研究の時代へシフトしているようだ。三枝の啄木論(およびその前の前川佐美雄論）を初めとして、鉄幹、晶子ら近代の歌人たち、またその延長に現代歌人を対象とした優れた歌人論・短歌史研究が連続して出されている。ごく大ざっぱに戦後の歌論の流れを振り返ると、まず戦後派から前衛短歌の時代まで、原論・短歌本質論の時代があり、その後、共時性を軸とした状況論・時評の時代が続いた。そして、現在の歌人論（およびそれと関わる短歌史研究と〈読み〉）の活況である。そうした中で三枝昻之、永田和宏は、前衛短歌の影響をじかに受けつつ、まさに原論・短歌本質論から出発したと言える。三枝昻之著『現代定型論―気象の帯、夢の地核』、永田和宏著『表現の吃水』『解析短歌論』は、いずれも短歌形式＝定型というもっとも根源的な短歌の本質に基盤を置き、現代短歌運動と連動しながら、短歌とは何かを考察したものだった。第一評論集『表現の吃水』所収の「定型論の現在―三枝昻之氏への手紙」において永田和宏は、「〈定型論〉、そしてそこから必然的に派生してくる〈文体論〉という視座から、作品を、そして短歌の現在を逆に照射することの重要性」を言い、「最も単純な原理が、最も多くの事実を説明し、未だ解明不可能な現象の解明に役立つことは、自然科学の根本であり、それは単に自然科学にのみ限られた事情ではないでしょう」「『なぜ定型か』という最も基本的な問いに、定型詩の実作者という立場から答えるとすれば、それは当然いかに世界とかかわるかという、その関係性においてこそ成立するはずのものなのだということなのです」と三枝に呼び掛ける。これらの言葉は、今も私には熱くまぶしく響く。前衛短歌運動、およびそれが拡大したいわゆる「現代短歌運動」は、原論・短歌本質論とリンクしそれと雁行して来たという側面を、永田や三枝のこれらの評論は伝えている。特に「いかに世界とかかわるか」という問いは、前衛短歌の根本テーマと合致する。だが今、そうした言葉はほとんど聞こえない。そのことと、歌人論の隆盛とは何かしら関係があるのではないか。いろいろなものが出尽くして拡散し、「世界」とか短歌の未来とかの新たなビジョンが見えない閉塞感が、出自である近代の再検証を通した現在位置の再確認を促しているのではないだろうか。

前衛短歌の時代の読みの主流は、いわばテキスト絶対主義だった。基本的に作品に書かれたことだけを、純粋に文学的なテキストとして、ストイックに読むという方法である。そこでのキーワードは〈事実よりも真実〉〈コンフェッション（告白）の戒め〉だった。等身大の個人的・日常的な事実の報告はトリヴァリズム（瑣末主義）として批判され、〈作中主体「われ」＝作者本人〉という素朴な読みを極端に警戒した。そして逆に〈虚構〉は文学の重要な方法の一つとして評価された。これについては後に具体的に触れる。一方現在はむしろそうしたテキスト絶対主義は下火となり、人生・境涯とセットで読む方向へとシフトして来ている。その一つの例が歌人論の隆盛だろう。むろん近代は基本的にプライベートの時代であり、人生とセットの時代だった。それはプライベートを嫌った和歌の歳時記的類型化に対する、大きな揺り返しだったと言える。そこで選択されたのが「自我の詩」としての短歌だった。だから例えば啄木を読むときに作品と個人史とを重ねるのはよくわかる。作品がそれを求めているからである。しかし現代の作品を読む場合、あるいは現代の実作においてはどうだろうか。短歌とは畢竟、境涯詠なのだろうか。この問いは今大変重い。

3　虚構という「創作」

前衛短歌は「告白・報告、瑣末主義、境涯詠」へのアンチテーゼだった。それは例えば、寺山修司の「ただ冗漫に自己を語りたがることへのはげしいさげすみが、僕に意固地な位に告白癖を戒めさせた。『私』性文学の短歌にとっては無私に近づくほど多くの読者の自発性になりうるからである」（『空には本』後書き「僕のノオト」）との言葉がよく伝えている。「無私に近づくほど多くの読者の自発性になりうる」とは、「我の現実ではなく、我々の現実＝時代の現実を」という前衛短歌の主張に重なる。私ごとの報告ではなく時代の危機に対応できる開かれた表現を、という主張は、明らかにいわゆる第二芸術論がトラウマとなって生まれて来たものだろう。もし時代の危機に拮抗し、事実のもう一つ奥の〈真実〉に到達できるならば、虚構であってもかまわない、むしろ一個人の現実に小さく縛られるよりは虚構を積極的に活用したい、というのが前衛短歌の方法の一つ目のポイントだった。

その虚構表現の実際をここで確認しておきたい。事実と虚構の問題を端的に示すのは家族の歌である。

象牙のカスタネットに彫りし花文字の　マリオ　父の名　ゆくさき知れず　　塚本邦雄
老いは目くらむばかりのかなしみとおもふ暗がりに青梅嚙む父よ
世界の終焉(をはり)までにしづけき幾千の夜はあらむ黒き胡麻炒(い)れる母

塚本邦雄は生後すぐ父と死別した。父の名前は欽三郎。一首目は、そうした喪失体験が根にあるが、しかし作品では父の名は「マリオ」となり、エキゾチックなスペインの〈例えばマタドールやフラメンコの〉悲劇的ロマンに転化されている。また二首目では、早世した父が老いて孤独を晒している。生き延びた父のイメージは〈父よあなたは弱かつたから生きのびて昭和二十年春の侘助〉(『魔王』)など、後にも繰り返し登場する。楠見朋彦著『塚本邦雄の青春』には、「私には幻想の父しかゐない。嬰児の段階で父に死なれた子には、瞼の父すらゐないのだ。私の歌集にあまたたび出没する『父』は、無限に増殖し、百面相を演じ、時にはスーパーマンとなる」との塚本邦雄自身の言葉が紹介されており参考になる。一方、塚本は母をも二十四歳で喪った。三首目では、世界の終焉まで、既に亡き母との静かな夜が永続すると歌われる。父の歌も母の歌も、虚構という方法の中に、むしろ切実に塚本の心の〈真実〉が投影されている。ちなみに塚本は自らの生年〈それはまた父の没年でもあった〉を、自筆年譜では二年遅めている。結果、二十四歳で亡くした母は、塚本自身の虚構のストーリーでは、二十二歳で亡くしたことになっている。

桃うかぶ暗き桶水替うるときの還らぬ父につながる想い
アスファルトにめりこみし大きな靴型よ鉄道死して父亡きあとと（ママ）も
わが通る果樹園の小屋いつも暗く父と呼びたき番人が棲む
寺山修司

年譜では寺山の父は、昭和二十年修司九歳のときに「アルコール中毒のためセレベス島にて死亡」とされている。寺山の自伝に混じるフィクションは有名で、この記述もどこまで事実かわからないが、南方で戦病死したことはよく知られる。一首目はそれを直接反映しているが、重要なことはこの「還らぬ父」が寺山一個人の父を越えて、戦後の全ての「還らぬ父」に繋がる〈時代の現実〉を映している点だ。それは先の塚本作〈父よあなたは弱かつたから生きのびて昭和二十年春の侘助〉と見事に対をなしている。塚本の「父」もまた一個人の事情を越えて、時代の大きな現実に手を伸ばしている。寺山作品には「父の墓標」「父の霊」「父の遺産」「父の背」といった語彙が頻出する。そしてその「父恋い」は引用二、三首目のように、フィクションの中に自在なイメージを広げてゆく。

花々は頭（こうべ）を振りて昏れんとす寝椅子に母の眠りゆくべく　岡井　隆
母の内に暗くひろがる原野（げんや）ありてそこ行くときのわれ鉛の兵
父よ　その胸廓ふかき処（ところ）にて梁（はり）からみ合うくらき家見ゆ
夜学より帰れば母は天窓の光に濡れて髪洗ひゐつ　春日井建
太陽が欲しくて父を怒らせし日よりむなしきものばかり恋ふ
女なる母を殺ぎたるわが胸に洗はれて清しうつしみの像

これらの作品でも、歌われた父、母は、作者一個人の経験を越えて物語化され、ある意味で普遍的な存在としての「父」「母」に到達している。岡井にはどこか、敬虔でストイックな聖家族（幼児イエスと聖母マリアおよび聖ヨセフの三人家族）のイメージがある。春日井は、エディプス・コンプレックスに通じる背徳を高らかに歌う。文学表現における虚構とは、端的に言えば「創作」である。前衛短歌は戦後の短歌表現に創作を持ち込み、物語（ロマン）を実現したのだった。

4　比喩の拡大

次に、前衛短歌の文体上のもう一つの大きな特徴である比喩（喩的表現）について見たい。

戦争のたびに砂鉄をしたたらす暗き乳房のために禱るも
殺戮の果てし野にとり遺されしオルガンがひとり奏でる雅歌を
不安なる今日の始まりミキサーの中ずたずたの人参廻る
雪の上を驟雨過ぎしが数千の地下より天にむけし銃口　　塚本邦雄

いずれもメタファー（暗喩）によって、時代を隠微に覆う錯綜した危機や漠然とした不安の、視覚化、形象化がなされている。しかも部分的な比喩と違って一首全体が濃厚な比喩性を帯びているところに、大きな特色がある。メタファーをより大きく捉えればサンボリズム（象徴）によるイメージの造形ということになる。直喩だけではなく、むしろ積極的にメタファー、サンボリズムにまで比喩の概念を広げたところに、前衛短歌の文体・表現上の大きな成果があった。このことは何度でも確認しておく必要があるだろう。

燃えおちる内なる橋の数知れず病む訴えのなかを行く時

海こえてかなしき婚をあせりたる権力のやわらかき部分見ゆ

手も足も付根で断つて立つてゐるわたしは何といふ終末であらう

暗殺ののちの一夜(ひとよ)といふべきか闇にしみみに何か繋れる

岡井　隆

一首目の「燃えおちる内なる橋」という暗喩は、医師としての自らの精神的危機のイメージ化である。二首目は、全体がメタファーとして機能しつつ、エロスとしての権力、政治を捉え、戦後という時間を覆う空気を寓話化する。三首目は、やはり寓意性によって、自身の存在の根幹に関わる精神的危機をサンボライズする。四首目は、直喩のバリエーション(「べきか」は「ごとし」に置き換えられる)である上句を、さらに下句のメタファーで受けつつ、時代の捉えがたい不穏な空気を暗示する。この重層的な比喩性は、レトリックの達人ならではだろう。岡井隆はこのように、戦後日本の精神風土と、その中で苦悩する一人の知識人の精神風景を、イメージの造形によって形象化する。

5　世界への参加の意志

そうした前衛短歌のエッセンスは、現在にどのように受け継がれているだろうか。一例を挙げる。

爺杉(じいすぎ)の中のこだまを呼びにきて若きあかげら若き首をふる
レストラン「煙草を吸う犬」で待ち合わせ赤き男女は互みに笑う
鳥かごをいだきて旅を続けゆく鈴鹿山脈越えて男は
樹にされし男も芽ぶきびっしりと蝶の詰まれる鞄を開く

佐佐木幸綱『アニマ』

近年の佐佐木は、寓意性、絵画性、メルヘン、ユーモア、ナンセンス、そしてアニミズムへの接近を強めている。それは、アレゴリーとアニミズムの原初性によって、大きな視野からいのちを、自然を、歴史を、人間を捉え直し、世界認識を更新しようとする作業である。前衛短歌を運動体として拡大して捉えた「現代短歌運動」という呼び方を用いれば、佐佐木幸綱はまぎれなく現在もその渦中にいる歌人の一人だろう。

一方、その次の世代の三枝昻之、永田和宏の近作はどうだろうか。ともに第十歌集から二首ずつ挙げる。

父母はお墓におわしわれは寄る千年のちの親子のように　三枝昻之『世界をのぞむ家』

満ちて欠け月が上りて灯がともるそうして街に暮らしが積もる

終点の極楽橋まではしゃぎいしあの日の家族がまだ笑いいる　永田和宏『後の日々』

からすみを薄く削ぎつつ酒を飲む独りの老後のごとく酒飲む

三枝作品。一首目。あり得ない「千年のち」の再会を夢想する下句が儚く胸に迫る。この「父母」は、作者の父母その人でなくてはならない。そのかけがえのなさが、この歌の切なさを支えている。二首目。限りある生を生きる庶民のつつましい暮らしへの共感が歌われる。永田作品。一首目の「あの日の家族」のアルバムも二首目の人生の孤独なシルエットも、やはり切ない。時の流れに否応なく晒される存在の愛しさを、しみじみと感じる。両者の作品の背景にあるのは、唯一無二、一回限りの生への思いであり、それは三枝が啄木のキーワードとして述べた「生活感と体温」「人生のあわれ」という言葉とそのまま符合する。簡単には結論づけられないが、一応こうした二人の傾向を近代への接近と呼んでおきたい。前衛短歌に触発されて出発した三枝、永田の、近作に見られる私性・境涯詠へのこの回帰はたいへん象徴的だ。それがそのまま、最近の歌壇全体の一つの流れと重なるからである。

近代短歌の方法と前衛短歌の方法。ここでそのどちらが良いと言っているわけではない。短歌作品には、それぞれに応じた様々な表現、文体、方法があっていい。ただ一つだけ、前衛短歌が作品をもって残した、時代や〈私〉への危機意識（さらには短歌というジャンル自体への危機意識）は、やはり忘れないようにしたい。前衛短歌の最大の成果は、時代や人間存在への大きな視野だと言える。虚構も比喩も、大きく言えばイメージの造形による危機意識の視覚化・形象化だった。虚構や比喩を介したイメージの造形によって、読者のイマジネーションを挑発し、読者とともに世界の現実に〈参加〉すること。「前衛」とはその参加の意志だった。だからたとえ前衛短歌は終っても、その成果を「現代短歌」は、どこかにしっかり保持しておく必要があることだけは確かだろう。

多様化と分断の中で
——平成短歌の概観

1

昭和天皇が没して平成に改元されたのは一九八九年の一月だった。当時、社会的に騒然とした時代だったことを思い出す。長い昭和の終焉に続いて、欧州では民衆の手でベルリンの壁が壊された。そして翌平成二年、国内では一九八〇年代後半のいわゆる「バブル経済」が崩壊し、東西ドイツが統一された。平成三年には湾岸戦争が始まり、ソ連が崩壊した。平成五年、戦後日本の「五十五年体制」が終焉し、平成六年には松本サリン事件が勃発。平成七年、阪神淡路大震災が起こり、地下鉄サリン事件によって一連のオウム真理教事件が明るみに出た。まさに崩壊、終焉、勃発が続いた時代だった。そして、そのように始まった平成も丸二十八年を過ぎた。

その平成の二十八年間で、現代短歌にとって最も大きな出来事は、平成十七、八年に相次いだ塚本邦雄と近藤芳美の死だったと言える。それは、昭和六十一、二年に連続した宮柊二と佐藤佐太郎の死、そして平成二年の前川佐美雄、土屋文明の死に匹敵するものだった。柊二と佐太郎、佐美雄と文明の死が、戦前から戦後へと続く「昭和短歌」の終焉を象徴するものだとすれば、塚本と近藤の死は、「戦後短歌」の終りまたは転換を強烈に印象付けるものだった。しかも塚本邦雄と近藤芳美がそれぞれ、昭和の終りと共に相次いで没した前川佐美雄と土屋文明の直接的な系譜を継ぐものであったことを考えると、何か因縁めいた短歌史の意志のようなものさえ感じるのである。塚本と近藤は、まさに戦後の短歌の二つの流れをじつに象徴的に体現した歌人だった。それは、文学の方法としてはサンボリズムとリアリズムであり、現実世界への態度としては、文学至上主義と社会的「有用の歌」である。

死者なれば君等は若くいつの日も重装の汗したたる兵士
日本脱出したし　皇帝ペンギンも皇帝ペンギン飼育係りも
春の夜の夢ばかりなる枕頭にあっあかねさす召集令状
塚本邦雄

世をあげし思想の中にまもり来て今こそ戦争を憎む心よ
みづからの行為はすでに逃る(のが)無し行きて名を記す平和宣言に
吾ならば何をなし得しソ連戦車過ぐる冬日の敷石の影
近藤芳美

塚本はもっぱら言語世界内部での風刺・社会批評を旨とし、近藤は「今日有用の歌」による社会参加を理念とした。批評と参加。両者は〈現実〉へのコミットメントの方向性において対極的だったと言える。ただし、方法と態度は対極的ではあったが、大きな物語を視野に入れるという意味では共通していた。両者とも、歴史、戦争、時代、社会を、すなわち「戦後」を常に見据えていたのだった。

2

昭和末から平成への転換点は、いわば中堅として現在の短歌を支える歌人たちが次々にデビューした時期である。昭和六十二（一九八七）年、坂井修一『ラビュリントスの日々』、小島ゆかり『水陽炎』、加藤治郎『サニー・サイド・アップ』、俵万智『サラダ記念日』、六十三（一九八八）年、米川千嘉子『夏空の櫂』、荻原裕幸『青年霊歌』、六十四・平成元（一九八九）年、水原紫苑『びあんか』、大塚寅彦『空とぶ女友達』、平成二（一九九〇）年、栗木京子『中庭（パティオ）』、川野里子『五月の王』、穂村弘『シンジケート』。このうち大塚の『空とぶ女友達』と栗木の『中庭（パティオ）』のみが第二歌集で、他はすべて第一歌集である。なかなかの眺めだが、特に大きな話題となったのは、ともに昭和六十二年に出された『サラダ記念日』と『サニー・サイド・アップ』だった。それらはライトヴァース、ニューウェイブといった流行語をも生みながら、歌壇外の読者を巻き込み、従来にはなかった新しい層を短歌に導いた。そこでのキーワードは「ポップ」であり「大衆化」だったと言える。つまり多くの一般読者の参加をうながす短歌であり、それが平成短歌の「新しさ」の一つの流れを作ったと概括できる。

だがその〈短歌大衆化路線〉は、それまでにない多様な可能性を呼び込みつつ、同時に短歌というジャンルそのものの拡散や分断へと繋がった面もあった。「ライトヴァース」「ニューウェイブ」と呼ばれた（あるいは自称した）作品群の流れを引く新しい層に散見されるのは、独自の感性だけを根拠とした、「外部」への視座を欠く、シェルターやカプセルのような作品群である。そこでは景物の〈描写〉は軽視され、もっぱら〈わたしの思い〉が基準となった。そうした感性だけの閉じた世界では、作品の読み、評価も、短歌というジャンルが継承と刷新の伝統の中に培ってきた従来のコード（読みのコード、コンセンサス）は無化されて、もっぱら感性にシンクロするかどうかが尺度となる。この〈わかる／わからない〉のみが評価基準である閉じた世界に、私はある種の痛々しさを感じている。共感・感性のみの世界では、従来の文学の中心にあった「いかに生きるか」という問い（言ってしまえば思惟、思想）は排除される。

そうした中で特異な位置にあるのは斉藤斎藤である。その第一歌集『渡辺のわたし』は、従来の「うた」のパラダイム転換という意味で明らかにいわゆる「ニューウェイブ」の流れを引いているが、同時に、徹底的に〈思索的〉な歌集でもあった。

シースルーエレベーターを借り切って心ゆくまで土下座がしたい　　斉藤斎藤

名前・命名にまつわる歌集名が示すように、作品には、短歌という「一人称の文学」において、〈わたし〉の痛々しい曖昧さを突き詰め思想化する、ペルソナ論の手触りがある。特異とする所以である。

3

『サラダ記念日』『サニー・サイド・アップ』が出された昭和六十二（一九八七）年は、くしくも「バブル」の真っ只中だったが、それからほぼ四半世紀後の平成二十三（二〇一一）年に起こったのが東日本大震災である。この稀有の事態は多くの歌人に自らの短歌の根拠の見直しを迫ることとなったが、特に作品上で顕著な変化を見せた一人が吉川宏志である。

見るほかに何もできない　青海に再稼働を待つ大飯（おおい）原発　　吉川宏志

反対を続けいる人のテントにて生ぬるき西瓜を食べて種吐く

最新歌集『鳥の見しもの』より。作者は、活動を停止した大飯原子力発電所を船で海上から見、再稼働反対の座り込みを続ける人のテントを訪ねる。これらの吉川の作品に改めて思い出すのは、文学至上主義を貫いた塚本邦雄と、社会的有用の歌を求めた近藤芳美のことである。塚本は「紅旗征戎吾が事に非ず」と「明月記」に記した定家を敬愛した。だが塚本は同時に、「書く」ことその ことによって、戦争に代表される現代史を見据え続けたのだった。この先にあるのは、「書く」とは何か、詩歌とは何かという根本的な問いである。答えは当然一つではない。

なお、大震災に関連して私には次の歌も忘れ難い。

ふりかえるトキがあるナラみなでまたやヨイとおカヲやろうじゃないか　鈴木博太

福島県いわき市在住の作者が、震災翌年に発表した「ハッピーアイランド」より。「やヨイとおカ」は弥生十日。大震災前日のその日、いつもと何ら変わらない日常がそこにあったが、今やそれはどれほど遠い日であることか。一見諧謔的な文体の中に反語的に、そうした断念と祈りの思いがにじむ。

もう一人、震災とは直接関連はないが、若い世代から鳥居の歌集『キリンの子』を取り上げたい。

振り向かず前だけを見る参観日一人で生きていくということ　　鳥居

ここには、感覚の新しさといった以前の、どうしても歌わなくてはいけない理由がある。自分とは誰か。どうこの世と距離を取り、どう生きるか。それを、他人に頼らず自分で考えようとしている。それは、歌とは何かという初心であり原点である。

ここで改めて思うのは、短歌における不易と流行である。時代の感受性を先取りした先端的な〈新しさ〉は、いつの世にもまぶしいものだが、その一方で大多数の人々は、そうした流行の部分とは距離を置いて日々営々と歌を作っている。そのことを忘れないようにしたい。不易と流行とを見比べたとき、短歌のような歴史の長い文芸では、実は圧倒的に不易の側の要素が強い。むろん、だからこそ、流行の目新しさを、その異質性を、一方で大切にしなくてはならないとも言えるのだが。

あとがき

「あとがき」のまず最初に、装画の泉谷しげるさん、ブックデザインの間村俊一さんに御礼申し上げたい。間村さんには、前歌集『風のファド』に引き続いてお世話になる。どんな本になるのか、とても興奮している。

そして泉谷しげるさん。ドラマやバラエティー番組で見せる独特の表情の一方で、泉谷さんは本業の音楽ではまったく違う顔になる。ハードであり、デカダンであり、ナイーブであり、そして何よりロックである。

ロックシンガー泉谷しげるに衝撃を受けたのは、もう四十年ほど前になる。十九歳で高知から上京した私は、工事現場で働いてその日暮らしをしつつ、映画ばかりを観ていた。その頃、新宿の映画館で石井聰亙監督の「狂い咲きサンダーロード」を観た。「全国の暴走少年たちに捧げる」というようなキャッチフレーズのハードな映画だった。主演の故・山田辰夫のぶっ飛んだ演技も忘れ難いが、音楽がスパークしていた。その日私は、元「頭脳警察」のパンタを知り、そしてロックシンガー泉谷しげると出会い直したのだった。以来、折々レコード（当時はレコードだったのである）を買うようになった。将来が何も見えない日々にあって私を支えてくれた、「翼なき野郎ども」「エイジ」「旅から帰る男たち」「風もないのに」「ハーレム・バレンタインデイ」「君の心を眠らせないで」……といった曲は、今でも大切な、私のソウル・ミュージックである。その泉谷しげるがサイバーパンクなイラストレーションを描くのを、アルバム「'80のバラッド」の付属の冊子で知った。そして、いつかそれらを装幀にお借りした自分の本を出したいと夢みて来たのだった。それが今回このような形で叶うことになった。まさに夢のような思い、とはこのことだ。ご快諾いただいた泉谷しげるさんに、今まで長年の感謝も込めて、心から御礼申し上げたい。

この『言葉の位相』は、『〈劇〉的短歌論』(一九九三年・邑書林刊)、『佐佐木幸綱 人と作品総展望』(一九九六年・ながらみ書房刊)に続く、私の三冊目の評論集である。『〈劇〉的短歌論』から二十五年、『佐佐木幸綱』からも二十二年が経った。その間、枚数だけはともかく書いてきた。書評、作品評、歌人論、歌集研究……、エッセイ的なものまで合わせると、一万枚近く書いたと思う。その数がほかと比べて多いのかどうかわからないが、私にとっては膨大な枚数である。それを一枚一枚、苦しみながらなんとか書いてきた。評論を書くことが少しは楽しいと思えるようになったのは、ごく最近のことである。

私には、これまで各紙誌の編集者の皆さんに育てていただいたという思いがある。怠惰な私に原稿の依頼という形で課題を与えていただき、そして厳しく、時には優しく、待ったなしで叱咤激励していただいた。それらがなければ私は、好き好んで書くという、苦しい、しんどい作業を続けることはなかったと断言できる。締め切りというものがあるから、国会図書館や日本近代文学館、日本現代詩歌文学館などに通って資料を調べ、そして悩み、考え、混乱し、ふらつきつつもなんとか書いてきた。古典和歌を全く読んでいなかった頃に、源俊頼の歌論「俊頼髄脳」について書けなどというむちゃ振りな原稿依頼（失礼！）もいただいたが、それによって藤平春男著『歌論の研究』とも出会うことができた。本当に私は締め切りに育てられて来たという思いが強い。

「心の花」佐佐木幸綱先生、デビュー評論で現代短歌評論賞を頂いた「短歌研究」押田晶子さん、堀山和子さん、「ながらみ書房」及川隆彦さん、「雁書館」冨士田元彦さん、小紋潤さん、「短歌」本間眞人さん、杉岡中さん、石川一郎さん、「歌壇」島田尋郎さん、影山一男さん、奥田洋子さん、同人誌「ノベンタ」で大変お世話になった「砂子屋書房」田村雅之さん、「北冬舎」柳下和久さん、「現代短歌」真野少さん、「うた新聞」玉城入野さん……、そして新聞雑誌など各紙誌の編集部のスタッフの皆さん。なんだか異例のあとがきになったが、折々楽しくもつらい試練と課題を与えて下さった皆さんに、改めて感謝申し上げたい。

私はそれらの課題に幾分かでも答えられただろうか。それは今でも分からないが、書くとは、最後は苦し紛れでも自分の頭で考えることだと思う。そのようにして、市井で、路上で、現場で、今ここで、これからも書いてゆきたい。

そして今回、この評論集『言葉の位相』刊行に当たって、「短歌」編集部の石川一郎さん、打田翼さん、吉田光宏さんにたいへんお世話になった。そのお力添えがなければ、この本は出ていなかった。ありがとうございました。

感謝をこめて

谷岡亜紀

初出一覧

Ⅰ

言葉の位相　「心の花」２００９年７月〜２０１７年12月（連載１０２回）

Ⅱ

もののけ姫とエヴァンゲリオン　「短歌」２０１５年９、10、11、12月号、２０１６年１月号

斎藤茂吉の映像性　「斎藤茂吉記念館だより」第18号（２０１６年２月）

短歌と深層心理 描写詠の可能性　「短歌」２０１８年９〜12月号

Ⅲ

〈北〉のドラマツルギー　「日本現代詩歌研究」（日本現代詩歌文学館）第10号（２０１２年３月）

佐佐木信綱の〈新しさ〉　「歌壇」２０１０年９月号

折口（釈迢空）と戦後　「國文学」（學燈社）折口信夫特集号（２００６年９月）

舞踏する文体、または文体のキュービズム　「短歌」２０１５年４月号

助動詞から現代短歌を考える

1現代短歌語としての〈文語〉　「短歌研究」２０１４年４月号

2〈時間〉に関するノート　「短歌研究」２０１７年２月号

時代の中の短歌

1～8　「心の花」２０１２年９月～２０１３年７月（連載時評）

9　「短歌研究」２０１５年２月号

10　「短歌」２０１０年12月号

短歌の未来

1短歌史への視座　「歌壇」２０１６年１月号

2新人に求めるもの　「歌壇」２０１５年５月号

〈殺し〉の文学・考　現代短歌研究会編『〈殺し〉の短歌史』（水声社）２０１０年６月

前衛短歌とは何だったのか　「短歌」２０１０年６月号

多様化と分断の中で　「短歌」平成短歌の考察・総論（２０１７年５月号）

著者略歴

谷岡亜紀（たにおか　あき）

1959年　高知県高知市生まれ。早稲田大学第一文学部西洋哲学科中退。

1980年　20歳の時に「心の花」入会。佐佐木幸綱に師事。翌年から「心の花」編集部に参加。
早大中退後に劇団を立ち上げ、26歳の時、約半年タイ、インド、ネパールを放浪。

1987年　『「ライトヴァース」の残した問題』で第5回現代短歌評論賞受賞。

1994年　第一歌集『臨界』で第38回現代歌人協会賞受賞。

2006年　第三歌集『闇市』で第5回前川佐美雄賞、第12回寺山修司短歌賞受賞。

他の歌集として『アジア・バザール』『風のファド』のほか、歌文集『香港 雨の都』、評論集『〈劇〉的短歌論』『佐佐木幸綱　人と作品総展望』、入門書『短歌をつくろう』（佐佐木幸綱、谷岡亜紀著）、エッセイ集『歌の旅』、詩集『鳥人の朝』などがある。

「心の花」選者。東京農業大学グリーンアカデミー講師。早稲田大学教育学部非常勤講師。

神奈川県茅ヶ崎市在住。

言葉の位相 詩歌と言葉の謎をめぐって

2018（平成30）年11月30日　初版発行

著　者　谷岡亜紀
発行者　宍戸健司
発　行　公益財団法人 角川文化振興財団
〒102-0071 東京都千代田区富士見1-12-15
電話 03-5215-7821
http://www.kadokawa-zaidan.or.jp/
発　売　株式会社 KADOKAWA
〒102-8177 東京都千代田区富士見2-13-3
電話 0570-002-301（カスタマーサポート・ナビダイヤル）
受付時間　11時～13時 / 14時～17時（土日祝日を除く）
https://www.kadokawa.co.jp/
印刷製本　中央精版印刷株式会社

 ISBN978-4-04-884228-0 C0095